보통사람이

성공적인 삶을 사는 지혜

보통사람이 성공적인 삶을 사는 지혜

발행	2022년 09월 28일
저자	백호기
펴낸이	한건희
펴낸곳	주식회사 부크크
출판사등록	2014. 07. 15(제2014-16호)
주소	서울특별시 금천구 가산디지털1로 119 A동 305호
전화	1670-8316
E-mail	info@bookk.co.kr
ISBN	979-11-372-9637-4

www.bookk.co.kr

보통사람이
성공적인 삶을 사는 지혜

Wisdom for successful life

바르게 사는 삶이다
성공과 행복의 삶은 선순환하며 성장한다
행복은 과거, 현재, 미래에서 오는 지금의 만족감
더 성공과 더 행복은 본능적인 욕구

백호기 지음

BOOKK

들어가며

이 책의 핵심 주제는 보통사람이 평범한 삶을 통하여 성공하고, 행복한 삶을 살아가는데 필요한 노하우와 지혜를 담고 있다.

지금 당신이 이 책을 만나게 된 것은 정말 행운이다. 왜냐하면 이 책은 당신의 삶이 지금보다 더 성공하고 더 행복하게 살아갈 수 있는 지혜를 담고 있기 때문이다.
이 책은 비범하지 않은 보통사람이 성공적인 삶을 살아가는 실제 경험을 바탕으로 쓰였다. 이 책을 본다는 것은 당신이 경험하지 못한 미래 삶에 대한 지혜를 단숨에 얻게 된다.

이 책의 주제는 간단하다. 모든 사람에게는 자신만의 성공적인 삶이 존재한다. 그러나 많은 사람들은 이것을 잘 느끼지 못하고 살아간다. 성공적인 삶이란 일생 동안 필요한 여러 삶의 요소가 더 성공하고 더 행복한 삶을 이어가는 과정이다.

여기 제시된 삶의 지혜는 이 세상에 존재하는 다양한 지혜의 아주 작은 일부일 수 있다. 그러나 자신이 알고 실천한다면 내 지혜의 전부 일 수 있다. 알고 실천하는 것이 인생을 바꾼다.

이 책은 어떤 비범하고, 특정의 큰 성공을 이루기 위한, 필요한 지혜와 방법을 제시하는 것이 아니다. 이 책은 보통사람들이 성실한 일상 삶을 통하여 성공과 행복을 추구하는 과정에 대한 지혜를 담고 있다. 평범한 삶을 살아온 한 사람의 성공적인 삶에 대한 경험과 지혜를 담았다. 그리고 배운 지식도 함께 담고 있다. 또한 백세 시대를 맞아 오래도록 더 행복을 유지하기 위한 지혜도 함께 담았다.

누구도 과거의 삶을 바꿀 수 없듯이, 지금 나의 환경과 조건을 바꿀 수 없다. 그러나 내일의 나는 지금 당장 바꿀 수 있다. 지금보다 더 성공하고, 더 행복하기 위한 삶의 지혜이다.

처음 찾아가는 낯선 여행지에 편안하고 알찬 여행을 위하여 여행지도와 안내서가 필요하듯이, 이 책은 급변하고 불투명한 미래의 삶에 대하여 지침서가 될 것이다. 앞으로 살아가는 동안 실패와 후회를 줄이고, 안정적이고 어렵지 않게 행복한 성공의 삶을 살아가기 위하여 이 책은 꼭 필요하다.

성공적인 삶을 산다는 것은 더 성공하고 더 행복한 삶을 사는 과정이고, 행복한 성공의 삶을 사는 것과 같은 의미다.

주제 '보통사람이 성공적인 삶을 사는 지혜' 를 분해하여 보면
1) 보통사람이다. 2) 성공적인 삶이다. 3) 사는 것이다. 4) 지혜다. 이 네 가지로 구분된다.
1) 보통 사람이란, 특별한 재능, 특별한 환경, 특별한 성격, 특별한 조건을 가진 사람을 배제하고, 사회통념적으로 평범한 사람을 말한다.
2) 성공적인 삶이란, 일을 통하여 자신이 희망하는 목표를 이루고, 가정을 통하여 가족과 행복한 삶을 만들어 가는 것이다.
3) 사는 것이란, 정지된 삶이 아니다. 삶의 과정을 의미한다. 삶을 통하여 성장하는 삶을 의미한다. 지금보다 더 성공하고 더 행복한 삶을 사는 것이다.
4) 지혜란, 지식과 경험이 결합하여 만들어지는 것이다. 삶의 지혜는 평생의 삶 동안에 필요로 하는 모든 삶의 요소들이 성공하도록 공급되는 힘이다.

행복한 성공의 삶은 부부 중심의 가정의 행복, 일을 통한 성공의 삶, 시절마다 고비를 극복한 삶, 변화하고 성장하면서 이룬 삶을 유지하는 것이다. 그래서 행복한 삶의 활동범위는 자신만이 아니라 부부, 자녀, 부모, 형제, 친구, 동료 등과 함께 구성될 수 있다.

이 주제를 선정하고 글을 쓰게 된 동기는 보통사람에 대한 삶의 질을 향상하고 자존감 있게 살아가는 지혜를 소개하는 데 있다. 이 세상에 대부분의 사람들이 나름대로 최선을 다하여 스스로 만족하고 행복한 성공의 삶을 살고 있다. 나도 그 중의 한 사람이다. 그러나 우리 사회는 사회적인 성공 즉 부와 명예, 권력과 명성에만 매몰되어 자신의 삶을 왜소하게 만든다. 행복한 성공의 삶은 최고의 성공도, 넘치는 행복도 아니다. 어제보다 오늘이, 오늘보다 내일이 더 성공하고 희망적인 삶이면 성공적인 삶을 살아가고 있는 것이다.
평범한 삶은 근면 성실한 보통의 삶이고, 성공적인 삶은 이 평범한 삶에서 스스로 만족하며 사는 것을 의미한다. 사람들은 본성과 재능, 인성, 환경과 조건이 다 달라도 자신만의 최선을 다하는 삶을 산다.

이 책 속의 지혜는 최선을 다하고 있는 당신의 삶을 더 성공하고 더 행복하게 변화하고 성장하는 데 도움이 될 것이다.
이 지혜와 전략은 70년 동안 실제 경험과 배움의 바탕에서 나온 지혜들이다. 청년기 이전 삶은 자녀 양육에서 지혜를 찾았다. 최선을 다하여 살아온 나의 삶에 결과가 사회적인 기준으로 볼 때 부족한 삶일 수 있고. 타인으로부터 인정받은 삶도 아니다. 그러나 정성을 다하여 진실하게 살았다. 스스로는 삶의 결과가 보람되고 가치와 의미가 있다. 그리고 자부심을 가진다. 스스로 만족하면서 성공적인 삶이라 평가한다.

이 책은 당신의 운명을 바꿀 수도 있다. 몇 가지의 지혜만이라도 공감하고 실천하게 된다면, 당신은 삶에서 변화를 실감하게 될 것이다. 물론 이전에 다 알고 있던 것도 있다. 이 삶의 지혜에 공감하지 못할 수도 있다.

자연과학에서 1%의 증명으로는 전체를 말하기에는 부족하지만, 사회과학은 99%가 동의하고 공감해도 1%의 다른 의견이 존중 받듯이, 이 삶의 지혜도 모든 사람으로부터, 또는 모든 내용을 다 동의하기를 바라지 않는다. 필요 지식과 지혜는 항상 필요한 사람에게만 유용한 것이다.

이 책은 5장으로 연결되어 있고, 49개의 큰 지혜를 담고 있다. 큰 지혜 속에는 지식과 경험을 바탕으로 한 일상에서 삶의 지혜를 담았다.

[제1장]

성공적인 삶 시작하기

어떻게 살아야 하나? 바르게 사는 삶이 무엇인가? 성공과 행복에 대한 이해. 성공적인 삶, 행복한 성공, 더 성공하고 더 행복하기란? 나를 알고, 나를 긍정하며 새로운 패러다임의 삶을 시작한다.

[제2장]

성공적인 삶 이끌기

일생은 길고, 변화무쌍하며, 우여곡절과 희로애락이 있는 삶이다. 세상은 팬데믹, 4차산업, 디지털 스마트 시대로 급변한다. 이런 고비의 삶을 더 성공하고 더 행복하게 꾸준히 삶을 이끌기 위한 지혜를 담았다.

[제3장]

일터에서 성공적인 삶 이루기

성공적인 삶의 한 축인 일터에서 사회적 성공을 위한 지혜를 담았다. 일에 대한 의미와 가치를 알고, 자신에게 맞는 일을 선택하고, 일과 함께 성장 발전하고, 스스로 만족할 성공의 노하우를 담았다.

[재4장]

가정에서 행복한 삶 만들기

가화만사성이다. 행복한 성공이다. 행복과 성공은 동행이다. 행복은 성공을 받쳐주는 힘이다. 누가, 누구와 함께, 무엇을, 어떻게 행복을 만들어갈까? 그 노하우를 담았다.

[제5장]

성공적인 삶 지키기

성공적인 삶은 과정이다. 주로 꾸준한 이룸과 채움으로 만들어진다. 가끔은 비움, 멈춤, 줄임으로 이루고, 채우기도 한다. 비움과 멈춤의 지혜로 시절성공, 시절사랑, 시절행복을 지킨다.

이 책을 쓴 사람은 명예를 지닌 교수도 아니며, 성공과 행복에 대한 전문가도 아니다. 평범하게 열심히 살아온 사람이다. 그리고 지금도 세상에 호기심을 가지고 여행과 취미생활, 디지털 환경에 대하여 열심히 배우고, 사이버 공간에서 사회와 소통하고 있다.

은퇴 이후의 삶도 목적과 목표가 없는 삶은 아무리 편안하고 즐거워도 공허하다. 삶의 의미와 목표를 찾아서 행동하는 것이 필요하다, 나는 그중 하나로 삶에 대한 내 생각을 기록하고 공유하기 위해 책 쓰기를 선택했다.

처음에는 진담 반 농담 반으로 시작했다. 손자 돌봄과 병행하고, 배우며 쓰고 지우고, 또 배우고 쓰고 지우고, 생각할수록 스스로 부족했다.

그래서 읽고 배움으로 채웠다. 스스로 고치고 정리하다 보니, 성찰의 시간이 5년이 걸렸다. 퇴고하면 할수록 부족한 부분이 보인다. 끊임없이 변화하는 생각을 이제 마무리하고, 이해를 구하고자 한다.

지금 자신에게 꼭 필요한 지혜 하나라도 공감하길 희망한다.
얻은 지혜를 통해 지금보다 더 성공하고 더 행복한 삶의 꿈을 만들어가길 바란다.

성공적인 삶을 희망하는 모든 분께 바칩니다.

저자 백호기

목 차

[제1장]

성공적인 삶 시작하기

바르게 사는 것이 중요하다.

우리는 이미 자신만의 성공적인 삶을

살아가고 있다.

지금 자신의 삶에 대하여 긍정하고 사랑하라.

일상 삶에서 성공과 행복의 원천을 찾고

새로운 패러다임의 삶을 시작한다.

더 성공하고 더 행복한 삶은

인간의 본능적 욕구

지금 당장 긍정의 마음으로 시작한다.

10. 바르게 살아야 한다

인간의 존재와 사는 것에 대하여 이유가 없다.
인간은 왜 사느냐가 아니라, 어떻게 살아야 하나에 집중해야 한다. 삶의 의미와 가치는 정해진 것이 아니라, 스스로 결정하고 만들어간다. 어떻게 살 것인가? 그리고 어떤 삶을 만들 것인가? 이것이 문제다.

소크라테스가 감옥에서 독배를 마시기 전, 사랑하는 제자 플라톤에게 이렇게 말했다.
"사는 것이 중요한 문제가 아니다. 바르게 사는 것이 중요하다" 라 했다. 소크라테스가 말하는 '바르게 사는 삶' 은 비범한 삶이 아니라 평범한 삶을 말한다.

1) 진실하게 사는 것이요.

2) 아름답게 사는 것이요.

3) 보람 있게 사는 것이다.

보통의 많은 사람은 이러한 가치관으로 산다. 이해하기 어려운 삶이 아니다. 이런 삶의 철학에 대하여 부정하는 사람은 없다.

그러나 현실의 삶에서 이 당연한 삶의 철학을 지키며 살아가는 것이 쉬운 일이 아니다. 그것은 현실 사회가 도덕적으로나 윤리적으로 완벽한 시스템을 갖추지 못한 이유도 있고, 개개인의 본성이 완전하지 못한 이유이다.

그러나 어떻게 살 것인가를 고민하지 않는 사람은 없다, 어쩌면 끊임없이 고민해야 하는 문제이다. 삶의 과정에서 아무리 어려움이 있다 해도, 바르게 사는 삶에 대하여 꾸준하게 자문해야 한다.

1) 나의 삶에 목표는 진실한가?

2) 목표는 합당한 의미와 가치를 가지고 있는가?

3) 성공을 이루는 과정이나 방법이 정당하고 공정한가?

4) 이룬 성공의 의미와 가치면에서 사회적 역할이나 영향이 긍정적인가? 이것이 성공적인 삶이 가지고 있는 기본 가치이다.

바르게 사는 사람이 성공적인 삶을 사는 사람이고, '바르게 산다'는 것은 성공적인 삶의 가치이다.

그래서 '어떻게 살 것인가'에 가끔은 고민해야 한다.
왜냐하면 인간의 본성이 흔들리고, 사회의 부정적인 환경이 끊임없이 유혹하기 때문이다.

도덕성을 지향하는 삶

어떤 비범한 삶을 살기 위해서는 외부로부터 살벌한 도덕성에 대한 검증을 받는 경우가 있다. 평범한 삶에도 완전한 성공을 위해 스스로 도덕성을 지향하는 삶을 살아야 한다.
이것이 착한 성공이고 행복한 성공의 필요 요건이다.

도덕성이 객관적인 기준이 있거나, 이분법적으로 나누어지는 것도 아니다. 그래서 평가하는 사람이나, 상황에 따라서 유동적이다. '내로남불' 이라는 신조어가 나온 이유이기도 하다. 그러나 평범한 삶에도 보편적 도덕성의 기준이 존재한다. 공동사회가 공유하고 허락된 구성원이 지켜야할 도리라는 것이 있다.

도덕성을 최우선시 하며 사는 부류는 주로 성직자나, 자신의 삶을 철저히 관리하는 사람이다. 때로는 자신의 도덕성을 무기로 대외적으로 크게 이득을 얻고 성공한 사람도 있다. 자신의 이미지를 만들고 명예를 얻는다. 그러나 가끔 거짓으로 포장되어 일반인을 속인다.

다른 하나는 도덕성을 강조하는 삶을 지향하지만, 순간순간의 삶의 선택에 따라서, 도덕성에 흠결이 생기는 경우이다. 그러나 그 흠결에 대하여 바로 정정하고 반성하고 사과한다.
때로는 후회하며 다음에는 같은 실수를 반복하지 않으려고 노력한다. 이것이 평범한 사람들이 살아가는 도덕성에 대한 일반적인 행동이다.

도덕적으로 가장 부정적인 집단은 자신의 욕망이나 이득에 최우선을 두고 도덕성을 악용하는 사람이다. 또 그들은 자신의 행동이나 행위에 대하여 핑계를 대고, 강변하고 궤변으로 정당화한다. 힘을 바탕으로 정당성을 왜곡하여 사회를 속인다.
자신의 목적하는 바를 사회로부터 탈취하는 경우이다. 이런 사람을 우리는 보통 양심 없는 사람이라고 한다.
그러나 그들 자신은 얼마나 행복한 마음으로 살고 있는지는 잘 알 수가 없다. 행복은 자신의 기준이지만, 타인의 불행을 초래하는 행동은 이기적인 행복이다.

평범한 삶에서 바르게 사는 삶은 주로 두번째와 같이 실수와 반성을 반복하면서, 건강한 삶을 살아가기 위하여 노력하는 사람이다. 이런 삶을 사는 사람은 양심에 거리낌이 없고 자신감 있는 삶을 살아간다. 때로는 자부심이 있는 삶이 되기도 한다.

윤리성을 갖춘 착한 성공

모든 삶이 훌륭한 성공이면 좋겠지만, 훌륭하지는 않더라도 착한 성공이면 된다. 착한 성공은 기본적으로 도덕성과 윤리성을 갖춘 성공을 의미한다. 특히 공동체에서 상호 인정하는 삶이 되어야 한다.

성공은 자신이 만든 기준에 따라 이루어 가는 것으로, 개인의 가치관이나 도덕성, 윤리성을 포함하여 만들어진다. 그래서 때로는 사회적인 비판의 대상이 되기도 한다. 그러나 평범한 사람이나 평범한 삶은 기본적으로 도덕성과 윤리성을 어느 정도 갖춘 것을 전제로 한다.

자유경쟁 사회에서 윤리성은 복잡한 양상으로 나타난다. 그것은 시대의 변화에 따라 윤리적인 기준이 변화하기 때문이다.
윤리성은 사회적인 약속에 기반을 두고 있다.
경쟁 사회에서는 힘이 센 쪽이 강자이며, 유리하고 당연히 약자는 불리하다. 그래서 집단의 힘이 필요하고, 정의와 공정이라는 힘이 요구된다.

특히 사회적인 성공에는 윤리성의 확보가 착한 성공의 필요 요건이다. 성공에서 윤리성이 약화되면 그 성공은 무너지기 쉽고, 부정적인 성공이 될 수도 있다. 명성이 있고, 존경받는 사람은 사회적으로 성공한 사람이다. 그러나 그 성공이 부정으로 만들어 졌거나, 동의할 수 없다면 실패한 성공이다. 이 사회에서 존경받든 몇 분의 공직자 삶을 통하여, 기득권의 어두운 면을 보았다. 도덕성과 윤리성의 결여에서 오는 폐해를 경험했다.
일반적으로 사회에는 발견되지 않은 숨어있는 부정이 더 많다. '털어서 먼지 없는 사람이 없다' 란 말에 대부분 동의할 것이다. 사회적으로 공정과 정의가 무너지고 불신의 사회가 만연하다는 이유이다. 현실의 세상은 기득권에 의한 편법과 불공정이 생각보다 많다. 불행하게도 기득권이 만든 프레임과 조건, 횡포에, 평범한 사람의 힘으로 급격하게 개선하고 없앨 힘이 없다. 그래서 평범한 삶을 통하여 성공적인 삶을 살기 위해서는 감수하고 극복해야 한다.

이런 사회의 부정에 대하여 분노하고, 변화를 위한 활동에 참여하더라도, 당장 기득권의 사회는 바뀌기 어렵다.
이기적인 집단의 힘은 생각보다 강하다. 그러나 자신의 착한 성공의 삶을 위하여 윤리성을 자신의 이성적 판단에 의존하는 것이 정답이다.
내 인생은 나의 것이고, 마음대로 살겠다고 한다면, 타인에게 피해가 없고, 죄가 되지 않는 한 인정해야 한다.

그리고 도덕성과 윤리성의 차이는 도덕성은 누구나 어떤 경우에도 같은 가치의 판단을 가지고 있는 것이다. 거짓과 억지와 궤변이 통하지 않는다.
윤리성은 사회의 생활 규범이나 조건에 따라서 이해되고 유연한 규범으로 생각한다. 도덕적으로는 문제가 있지만 윤리적으로는 이해되어지는 삶이 있을 수가 있다.
성공적인 삶이 지속되고 완성도가 높아지려면, 도덕성 윤리성을 모두 가지는 성공을 지양해야 한다.

착한 성공의 힘은 길고 크다

'착한 성공', '나쁜 성공', '거짓 성공', '부정적인 성공' 여러가지 성공에 대하여 생각하고 성찰을 해야 한다. 아무리 바쁜 삶이라 하더라도, 지금 나의 행동에 대하여 가끔은 점검해야 한다.
유혹에 의한 실수 혹은 이기심에 의한 행동에 빠지지 말아야 한다.
자신을 꾸준하게 관리해도 환경이나, 욕심에 의하여 실수를 할 위험이 있다. 자신의 삶을 성찰해야 한다. 또한 삶은 자신이 계획하고 실천하기 때문에 타인은 그 내용을 잘 알지를 못한다.
그리고 과정이나 결과가 공개되지 않기 때문이다.

혼자 간직한 부정적인 삶은 후일에 스스로의 양심에 부끄럽고 후회로 변화한다. 크게 이룬 나쁜 성공보다, 작은 착한 성공이 더 큰 행복을 준다. 타인의 성공에 대한 관심보다, 자신의 삶에 집중해야 한다.
특히 사회적인 불공정은 자신만의 문제가 아니라, 타인의 권리를 침해하는 경우가 많다.

평범한 삶을 사는 사람들에게 피해를 준다는 것에 분노하지 않을 수 없다. 특히 타인에게 피해를 주는 삶은 절대로 하지 말아야 한다. 그래서 착한 성공의 삶을 지향해야 하는 이유이다.

작은 조직에서도 룰을 지키고 관행을 존중해야 한다.

자신이 성공을 향하는 삶에 과정에서 혹시 거짓 성공이나, 나쁜 성공의 요소가 있는지, 가끔 점검을 해야 한다. 왜냐하면 인간의 본성에서 오는 무의식적이고 이기적인 행동이 있을 수 있기 때문이다. 그것이 타인에게 피해를 준다면 즉각 취소하고 원상 회복하는 삶을 살아야 한다.

가끔은 도덕성, 윤리성을 생각하면서 성장해야 한다.

그래야 지속 가능하고 사회적으로 인정받고, 스스로 자부심이

있는 착한 성공이 되기 때문이다.

바르게 살기 위하여 도덕성과 윤리성을 바탕으로 착한 성공의 삶을 설계하고 실천할 준비를 해야 한다.

11. 성공적인 삶의 원천

최선을 다한 일상의 삶이 성공적인 삶의 원천이다. 일상의 삶이 성공적인 삶이 되기 위하여 최선을 다해야 하는 전제가 있다. 또한 성공적인 삶은 행복한 성공이고, 더 성공하고 더 행복한 삶의 과정이다. 그래서 일상에 삶의 요소가 원천이 된다.

일상의 삶은 의식적이든, 무의식적이든 모든 것이 성공적인 삶을 위한 행위이다. 인생은 일상의 행동이 목적한 대로 향하게 되고 그러한 의미와 가치를 가지는 일상이 성공적인 삶의 원천이 된다.

어떤 행동이라도 저마다 알게 모르게 이유가 있고, 의미와 가치를 가지고 있다. 이 의미와 가치를 찾아 느껴야 한다. 느끼지 못하면 무의미한 삶이 되고, 힘든 삶을 살게 된다. 행동함에는 이유가 있고, 가치가 있다. 행동의 의미와 가치를 음미하자.

일반적으로 성공을 말할 때 사회적인 성공만 가지고 판단한다. 그러나 사회적인 성공은 성공적인 삶에서 하나의 요소일 뿐이다. 부자가 되고, 연봉이 많고, 높은 권력의 자리에 오르고, 명성과 명예를 가진다. 이것이 사회적인 성공이다. 그러나 성공적인 삶의 요소에는 사회적인 성공 외에도, 가정을 중심으로, 직장을 중심으로, 지역 사회를 중심으로 많은 삶의 요소가 존재한다. 특히 물질적인 것뿐만 아니라, 정신적인 행복까지 포함한 삶이다. 자신의 사회적 성공이 인정받지 못하면 가치가 없다.

보통 사람들은 일상 삶에서 성공과 행복을 잘 느끼지 못한다. 평소 습관대로 무의식적으로 행동하고 지나친다. 매일 습관적으로 회사에 출근하면서 출근의 의미와 가치를 생각하지 않는 것과 같다. 그러나 가끔 출근에 대한 가치와 의미를 생각하면 자신이 뿌듯하고 만족의 미소를 지을 수 있다. 그래서 더 성공하고 더 행복하게 살기 위하여 일상의 삶에서 의미와 가치를 찾아야 한다.

행복과 불행 그리고 성공과 실패는 일상 삶에서 수시로 발생하고, 이것을 깊이 생각하면 본질이 바뀌기도 한다. 힘든 고생으로 목표를 이루었다면, 그 힘든 고생은 성공의 원천이 된다.
성공은 행복의 원천이다. 반대로 편안한 삶으로 인한 실패는 편안한 순간이 준 불행이다. 모든 삶에는 의미와 가치가 있다.

모든 사람들은 성공적인 삶의 모양을 자신이 계획하고, 자신이 실천하고, 자신이 평가하여 만들어간다. 그래서 성공과 행복은 타인과 비교될 수도 없고, 비교할 수도 없다.

성공적인 삶을 살기 위해서는 성공, 행복, 성공적인 삶, 행복한 성공, 더 성공하기, 더 행복하기, 아쉬움, 실패, 고통 등 삶의 결과에 대하여 깊이 있게 통찰하고 이해하여 숨어있는 의미와 가치를 느껴야 한다. 즉 2차적인 의미와 가치를 인정해야 한다.

일상 삶에서 성공과 행복의 원천

일상 삶은 매우 중요하다, 크고 작은 모든 업적은 일상 삶에서 나온다. 그래서 성공과 행복은 항상 일상 삶에서 나온다. 행복은 일상 삶에 녹아 있고, 일상 삶은 성공과 행복을 만들어간다.

보통의 삶을 객관적으로 표현하기 어렵지만, 각자 개인이 생각하는 비범한 삶을 제외한 삶이다. 비범한 삶을 사는 사람은 긍정적이든 부정적이든, 보통 사람의 삶과 좀 다른 삶을 산다.
보통의 삶을 생활 수준으로 표현하라고 하면, 중산층의 삶 또는 평범한 삶을 의미한다. 각 개인이 느끼는 기준이다.

일상 삶에서 성공과 행복을 찾기 위하여 성공과 행복의 의미를 이해해야 한다. 성공은 목적하는 바를 이루는 것이다. 삶의 목표와 목적은 시절에 따라, 필요에 따라 만들어지고, 일생이라는 긴 세월을 통하여 목표와 목적은 변화 성장한다.

행복이란 충분한 만족과 기쁨을 느끼어 흐뭇한 상태를 말한다. 일상 삶의 긍정적인 요소가 충만하여 마음에 걱정이 없고, 안정적인 상태를 말한다. 그래서 행복을 느끼기 위하여 행복을 느끼게 되는 긍정적인 활동이나 사고를 많이 해야 한다.
행복이 마음의 상태라고 하여 무조건 마음에게만 책임으로 돌릴 수는 없다. 자신의 환경에 맞춰 행복의 원천과 함께하는 삶을 살아야 한다.

성공적인 삶의 내용이 행복한 성공이고 또는 더 성공하고 더 행복한 삶의 과정이다. 성공적인 삶은 일생 동안 최선을 다하여 성실하게 만들어 가는 삶이다. 그래서 내 성공을 긍정하고 만족할 때 완성된다. 내 삶에 만족하지 못하면 부족한 성공의 삶이다.

성공적인 삶의 평가와 점검은 수시로 하고, 삶의 요소별로 평가한다.

그리고 세월의 흐름에 따라 과거 현재 미래를 포함한다. 총체적인 삶의 만족도는 여러가지 삶의 요소들이 균형과 조화를 이루며 성장할 때의 만족도다.

행복은 크기보다 빈도이므로 매일매일 일상 삶의 실천에서 찾는 것이 가장 바람직하다. 일상 삶에서 성공과 행복의 원천을 만들어라.

행복 원천을 발견하는 기술

행복이라는 말은 우리 일상에서 가장 많이 그리고 쉽게 사용되는 말이다. '행복 하십시오' '행복을 드립니다.' '행복해야 한다' 등으로 행복을 염원하고 인사치레로 많이 사용된다. 그래서인지 행복의 진정한 가치를 잘 느끼지 못한다.

가끔은 '지금 행복하세요' 라는 질문을 받기도 한다. 그러면 잘 지내고 있지만 내가 지금 행복한가? 라는 의문이 든다. 그래서 특별한 곳에서 행복을 찾지 말고, 보통의 행복은 일상 생활에서 발견해야 한다.

행복의 원천은 일상 삶에 많이 존재한다. 그 반대로 불편함도 함께 존재한다. 그래서 마음을 긍정적으로 바꾸면 행복의 원천을 많이 발견할 수 있다. 비슷한 환경의 삶을 살면서도 항상 밝고 친절한 사람이 있다.

이런 사람은 마음이 긍정적인 사람이다. 필요에 따라 긍정의 훈련을 해야 한다.

행복의 원천은 무한하게 존재한다. 관점을 바꾸어 생각하면 행복은 저절로 생기는 것이다. 행복을 주는 긍정적인 원천은 수 없이 많다. 일상의 생활에서 쉽게 접하는 것들 즉 즐거움, 고통의 부재, 아름다움, 황홀함, 만족감, 새로움, 신기함, 쟁취, 성공, 우월, 자신감, 존경, 존중, 봉사, 희생, 책임, 의무, 등등 다양한 활동의 결과들이다. 이를 통하여 나온다. 그렇다고 이 긍정의 원천이 무조건 행복감을 주는 것은 아니다. 오감을 통한 긍정의 원천이 삶에 의미와 결합할 때에 행복으로 나타난다. 맹목적인 즐거움은 행복을 주지는 못한다. 가족과의 즐거움, 또는 동료와의 즐거움, 아픔을 벗어나기 위한 고통과 같이 그 의미가 있을 때에 행복감이 온다.

아름다움 자체가 행복을 주지 못한다. 사랑받는 자신의 아름다움에서, 자녀가 예쁘게 커가는 모습에서, 아름다운 경치 속에서 즐기는 자신을 보면서 행복감이 찾아온다.
정신에만 취하여 오는 즐거움은 쾌락만 있고 삶의 의미가 없다. 그 쾌락은 시간이 지나고 나면 허무함으로 남는다. 같은 즐거움이라도 삶의 의미를 찾지 못하면 그 즐거움은 순간의 즐거움으로 끝난다. 주색의 즐거움과 가족관계 속에서의 즐거움은 구분된다.

차원이 높은 행복의 원천도 있다.
행복에 부정적인 원천을 행복의 원천으로 바꾸는 것이다.
인내하는 고통에서 미래 희망과 삶의 의미를 찾으면 고통이 뿌듯함이 되어, 보람과 희열을 느낀다. 많은 보통의 사람들도 고통의 삶에서도 의미와 가치를 찾아서 행복하게 살고 있다.

보통의 삶 속에도 긍정의 요소와 부정의 요소가 함께 존재한다.
인내의 고통, 기다림, 절망, 분노, 가난, 차별, 피곤함, 불공평, 불공정 등 우리의 주위에서 행복을 저해하는 원천들도 많이 있다. 이 부정적인 원천을 잘 관리하고, 극복이라는 행동으로 고통이 행복의 원천으로 변화한다.

인내의 고통은 미래 삶을 보람과 희망으로 바꾸는 힘이고, 긍정의 원천이다. 즉 긍정심리의 힘이다. 긍정심리의 힘은 인내와 고통을 극복한다. 긍정적인 사람이 더 많이, 더 쉽게 행복의 원천을 찾고 만든다. 긍정적인 사람일수록 행복한 삶을 살아가는 사람이 많고, 행복한 사람일수록 일에 대하여 긍정적이고 활동적이다. 그리고 에너지 넘치는 행동을 하기 때문에 성공의 확률이 높다.

성공적인 삶에 담긴 성공과 행복의 요소

사회 통념적으로 성공한 사람이란 부, 명예, 권력, 명성과 같은 것을 크게 이룬 사람을 말한다. 이것도 하나의 큰 성공의 요소이지만, 일생 동안의 긴 삶의 과정에서 보면 하나의 요소이다.
일생 동안의 긴 삶에는 수많은 삶의 요소들이 존재한다.
의식주와 생로병사 그리고 희로애락을 포함하고 있다. 크기는 각기 달라도 중요한 삶의 요소들이다.
삶의 평가를 단순하게 성공이라는 단어 하나로 단정할 수 없고 단정해서도 안 된다. 비범하게 사는 사람도 눈에 보이는 성공이 있고 보이지 않는 고통이 있다. 평범하게 사는 사람도 다양한 삶의 요소별 성공이 있다. 사람마다 목표와 욕망이 다르다. 그 크기도 다르기 때문에 타인의 성공에 대해 말하기는 어렵다. 진정한 성공은 자기 스스로 만족한 삶을 살고 있는 사람이다. 부자는 성공한 사람이 아니라 돈이 많은 사람이다. 혹은 돈을 많이 번 사람이라고 하면 어떨까?

성공의 원천인 목표는 자신이 필요에 의하여 정하고, 자신이 이룸에 대한 만족도로 평가한다. 이것은 타인과 비교되지 않는다는 의미이다. 타인과 비교해서 성공한 사람을 정한다면, 세상에 진정으로 성공한 사람은 몇 명 되지 않는다.
성공의 판단은 타인과 비교되지 않고, 스스로의 판단하는 것이 성공적인 삶을 사는 지혜이다.
그러나 현실의 세계는 타인과의 관계를 전혀 무시할 수 없다.
그 이유는 사회 공동체의 삶이고, 나 스스로가 완전한 독립적 인격체가 아니기 때문이다. 또한 사회의 환경과 사회적인 추세와 대세를 무시할 수 없다. 사회 공동체의 삶을 함께 하기 때문이다.

진정한 성공은 자신이 필요로 하는 목표를 달성하면 이루는 것이다. 타인의 눈에는 보잘것없는 가치도 필요로 하는 나에게는 대단한 것이 된다. 그래서 진정한 성공은 스스로 만족한 성공을 의미한다.

인생이라는 긴 삶에서 보면 성공은 많은 작은 성공들이 거미줄처럼 엮이어 있다. 그리고 인생의 최고 정점으로 향한다. 그 정점에 자신만의 완전한 성공적인 삶, 즉 행복한 성공이 있다.
꾸준하게 성장하는 행복한 성공 속의 요소들은 성공과 행복의 이름으로 성장하고 평가된다.

자신의 생애 라이프플랜을 상상하여 보자, 그 속에 수많은 삶의 요소들, 수많은 작은 성공과 행복이 존재하고 있다.
내가 행복한 사람인가를 고뇌하지 말고, 더 행복해질 수 있는 행동을 하는 것이다. 행복은 성공과 달리 목표가 있는 것도 아니며, 보이는 것도 아니다. 그리고 머물러 실존하는 것이 아니다. 그러나 마음먹기에 따라서 마음과 항상 같이한다.

현실의 삶에서 행복을 잘 느끼지 못하는 이유는 관행적으로 행동하거나, 무의식적으로 또는 치열한 삶 때문이다. 그래서 근심과 걱정 없는 삶을 살고 있으면 행복한 삶이라고 말한다.

행복은 성공의 힘이다. 배가 고프면 영양분을 공급하듯이 정신적 허약함에는 행복의 원천이 되는 활동을 통하여 에너지를 공급한다.
성공으로 가는 길에는 순탄하지 않다. 성공을 방해하는 많은 난관이 존재한다. 이 난관을 극복해야 목표로 향하는 삶을 살아갈 수 있다. 일상 삶에서 행복의 원천들과 친하게 행동하여 행복감을 유지한다.

더 성공하고 더 행복하기

성공과 행복을 더 쉽게 이해하기 위하여 더 성공하고 더 행복하기에 집중한다. 인생의 긴 삶에서 성공적인 삶을 계속 유지하는 것은 당연한 것이다. 삶이 행복하기 위하여 사는 것이 아니다. 행복하면서 사는 것이 성공적인 삶의 한 조건이다.
그런데 일상 삶이나 평상의 마음이 항상 행복할 수는 없다. 행복은 행복과 불행 사이에서 존재한다. 환희의 순간도 있고, 슬픔의 순간도 있다. 그래서 성공적인 삶은 모든 상황과 여건을 포함하여 균형 있고 조화의 삶을 살아가는 것이다.
더 성공은 삶의 단계별 요소별 성공이다. 더 행복은 일상 삶에서 다양한 행복의 원천과 자주 접하고 오래도록 같이 하는 것이다.
인생의 긴 삶에서 성공적인 삶의 평가는 기회가 있을 때마다 한다. 이때에 내 삶을 되돌아보고 미래로 나아가는 것이 좋다. 그러면서 더 성공하고 더 행복을 만들어가는 것이다.

삶은 진행형이다. 성공적인 삶에 대한 평가는 수시로 하면서 개선 발전시켜가는 것이다.
인생 삶에서 성공의 본질은 더 성공이다. 인생의 삶이 지속하는 동안 지금보다 나은 삶을 기대하는 것은 당연하다. 그래서 삶에 목적과 목표는 항상 오늘보다 더 나은 발전된 것을 필요로 한다. 더 성공은 인간 본성으로부터 나온다. 성공에 도달했다고 성공이 멈추는 것은 아니다. 삶이 성장의 기간에 있는 동안에는 성공이 지속적으로 성장한다. 지금보다 더 나은 성공이 만들어진다.

10 억원의 재산을 모우는 데 성공을 했다고 하자 그 성공으로 삶이 끝나는 것이 아니다. 10억원 재산 모우기의 성공은 성공적인 삶의 하나의 유형이다. 아주 작은 하나의 성공이다.

성공적인 삶에서는 성공의 요소들이 끊임없이 만들어지고 달성된다. 그리고 소멸한다. 때로는 한 단계 높은 목표가 요구된다. 단계별로 성공을 이루고 나면, 더 성장된 다른 성공을 요구한다. 그래서 성공은 지금보다 성장한 더 성공을 의미한다. 일상 삶의 과정은 더 성공하고 더 행복한 성장의 삶을 말한다. 삶의 요소에 희망이 살아 있는 한 성공적인 삶은 진행형이다.

12. 나를 알고, 나를 사랑하라

성공적인 삶의 과정은 길고 험난하고, 지루하고, 고통스러운 것이 현실이다. 그리고 성공과 행복도 함께 존재한다. 자신을 잘 알고, 긍정하고 자기사랑을 이어 가면 행복한 성공이 유지된다.

자기사랑의 의지는 냉정한 이성으로 자기를 사랑해야 하는 이유와 가치를 찾아 무장하는 것이다. 그래야 삶이 힘들고, 흔들릴 때에 자기사랑의 힘으로 흔들리지 않는다.

자기사랑은 지금의 나에 대하여 긍정적인 마음을 가지게 되고, 성공적인 삶을 살아가는 데에 핵심 기둥이 된다. 그래서 먼저 자신을 잘 성찰하고 이유와 조건 없이 사랑해야 한다.

그 이유는 나의 강점과 약점을 알고, 모두 받아들이고, 그 바탕에서 내 삶의 목표와 전략을 세우기 위함이다.

인간은 세상에 공평한 조건과 환경에서 태어나지 못했다. 넓게는 국가적으로 차이가 있고, 같은 나라에서 지역의 차이가 있고, 같은 지역이라도 부모의 차이가 있고, 남녀의 차이, 타고난 재능의 차이, 성장 환경의 차이 등 이런 차이를 가지고 시작한다. 이것은 나의 선택이 아니라 타고난 운명이다. 그리고 오늘의 나는 이런 차이를 가지고 출발하였고, 최선을 다한 삶으로 지금에 내가 되었다. 운명은 바뀌고 만들어진다.

지금의 자신의 삶에 대하여 어떻게 평가할까? 만족하는 사람, 불만족인 사람, 행운으로 생각하는 사람, 불운으로 생각하는 사람, 희망을 가진 사람, 절망의 삶을 사는 사람 등 다양한 사람들이 있다. 삶에는 이유가 없다. 타고난 환경은 운명이다. 받아들이고 성공적인 삶을 시작해야 한다. 나를 알고, 조건 없이 나를 사랑하고 새로운 운명을 만들면 된다. 타고난 운명보다 만들어진 운명이 훨씬 크고 중요하다.

나는 나를 진정으로 알고 있는가?

자신을 객관적으로 안다는 것은 쉬운 일이 아니다. 그것은 자신을 편안한 대로, 유리한 방향으로 보기 때문이다. 그런데 자신에 대하여 말하라고 하면, 주로 상대적인 우열의 차이를 말한다. 자신을 성찰할 때에는 우열이 아니라, 이성적으로 객관적 평가로 말하고, 타인과 다른 점을 알고 나를 존중하여야 한다.
출생을 제비 뽑기에 비유한 사람이 있듯이, 공평하고 동등한 조건으로 태어나지 못했다. 타고난 환경은 바꿀 수 없는 타고난 운명이다. 그리고 살아가는 환경과 방법은 선택적 운명이다. 그러면 어떻게 할까? 타고난 운명은 받아들이고, 선택적 운명을 결정하는데 몰입하고 성공적인 삶을 만든다. 자신감 있게 자신의 약점에 대한 불만과 불평을 흔쾌히 이해하고 받아들이고, 강점을 보완하고 새로운 것을 찾는다.

출생의 불평등으로 인한 삶에는 세 부류가 있다.
1) 아무리 노력해도 이길수 없는 재능이나 금수저 같은 환경을 타고난 사람이 있다.
2) 정반대로 보통의 노력으로도 한계가 있는, 남의 도움이 꼭 필요한 사람이 있다.
3) 그리고 대다수의 사람은 보통의 조건을 가지고 태어났다. 주어진 환경과 조건에 순응하며, 가끔은 불만 속에서 이해하며 살아가는 사람이 있다. 이 환경 속에서 자신은 성장시키고 성공적인 삶을 사는 부류이다.

그리고 이 부류에서도 개개인으로 차이는 크다. 그러나 이 차이는 긴 일생의 삶을 통하여 극복 가능하고 극복의 대상이다. 성공적인 삶을 사는 데에는 절대적인 장애는 아니다.
성공적인 삶을 사는 지혜의 내용은 주로 주어진 환경과 조건에 순응하고, 변화 발전하며 성실하게 사는 보통 사람들의 일상 삶에 대한 것이다. 나는 어떤 사람인가? 라는 것은 중요하지 않다. 나는 어떤 사람으로 살아 갈 것인가? 라는 것이 중요하다. 성공적인 삶을 사는 지혜의 핵심이다. 인생의 긴 삶 속에는 수없이 많은 운명적 선택의 순간들이 기다리고 있다. 이 운명적 선택과 행동이 내 성공적인 삶을 만들어 간다.
지혜로운 선택으로 좋은 운명을 만들 수 있고, 잘못된 선택은 더 나빠지는, 나쁜 운명으로 갈수도 있다. 운명적 선택은 타고난 운명보다 훨씬 크고 중요하다. 그래서 운명은 만들어지는 것이다. 그래서 지금의 나를 사랑하고 새로운 나를 만들어 가는 것이 성공적인 삶의 지혜이다.

인생의 긴 삶에서 지금 나에게 주어진 환경과 조건이 좋고 나쁨의 차이는 극복의 대상이다. 그 차이는 쉽게 뒤집을 수 있다. 성공한 많은 사람들은 자신의 약점을 극복한 사람이다.
성공과 행복은 성적 순이 아닌 것과 같고, 수많은 실패를 경험한 창업자는 후일에 큰 성공을 이룬다. 성공한 사람들은 항상 자신을 믿고 노력하고 도전하는 사람들이다.

진정으로 나를 알면 99%는 성공이다

당신이 어떤 사람인가?'를 물으면 객관적으로 조리 있게 모든 것을 말하기 어렵다. 그것은 내가 나 자신을 성찰하는 기회가 적었기 때문이기도 하고, '나' 라는 존재는 아주 복잡하다.
그러나 많은 사람은 자신을 잘 알고 있는 것처럼 큰 소리 친다.
이번 기회에 자신을 다시 한번 성찰하고 자신에 걸맞은 삶을 살고 있는지 생각하는 기회로 삼는 것도 의미가 있다.

이 세상에는 똑 같은 사람은 한 사람도 없다. 피를 나눈 쌍둥이 형제도 차이가 있다. 하물며 몇 세대의 차이, 지역의 차이, 자아의 차이, 재능의 차이를 감안하면 천차만별이다.
이 천차만별의 차이를 개인이 모두 감수하라고 하는 것은 잔인한 일인지 모른다. 그러나 이런 차이에도 불구하고 평준화된 삶을 사는 것이 공정하고 공평하다고 주장하는 사람도 있다.

그러나 현실 삶에서 동질의 개인 차이만 존재한다면, 운명적으로 받아들이고 승부를 한번 겨룰 수 있을 것이다. 그러나 경쟁에는 보이지 않는 차별이 존재한다. 이 사회에 만연한 불공정, 기득권의 횡포를 개인이 감당하기는 사실 힘든다.

그러나 이 사회 시스템이 일부 기득권의 횡포를 제외하면 공정과 공평한 경쟁을 위하여 노력을 계속하고 있다.
윤리적인 감시 제도와 공권력도 강자와 약자의 공정한 경쟁을 감시하고 있다. 특별하고, 소수의 불공정을 제외하면, 이 사회적 시스템이 성공적인 삶을 사는 데에는 잘 작동하고 있다.
삶의 과정에서 성공과 행복은 지금보다 더 성장하고 더 성공을 지향한다. 그리고 더 행복한 삶도 함께 지향한다.
지금부터 더 성공하고 더 행복한 경기를 한다고 생각하여 보자, 출발점은 지금 자신의 조건과 환경이다. 삶의 지혜와 노력으로 지금보다 성장한 삶이 된다면, 성공이다. 아주 공평하고 공정한 게임이 아닌가? 다른 사람과의 경쟁이 아닌 스스로의 경쟁이기 때문이다.

스포츠 경기는 과연 공정한가? 공정한 규칙을 중시하지만 개인의 차이는 인정하지 않는다. 스포츠도 이런 차이 속에서 우열을 가리려고 경쟁한다.
지금 내가 어떤 환경과 조건의 사람인가를 떠나서, 분명한 사실은 천재적인 재능을 가진 극소수를 제외하고는 긴 인생의 삶에서 70~80%는 성공의 순위가 바뀐다. 성공적인 삶의 순위를 바꾸기 위하여는 성공하고 행복한 삶의 지혜가 생활화하고 습관화되어야 한다.

지금 현재 자신의 생애 라이프사이클은 어느 시절에 있는가?
시절에 따라 다 다른 성공과 행복의 요소를 가지고 있다.

지금 나의 조건과 환경에서 변화를 꿈꾼다면, 먼저 나를 진단하고 새로운 나를 발견해야 한다. 진정한 나를 찾아야 한다. 나의 장단점을 솔직하게 고백해야 한다. 나의 맞는 옷을 찾아야 한다.
보통의 자신은 때로는 열심히, 때로는 게으르고, 때로는 밝게 행동하고, 때로는 우울하고, 때로는 긍정적이고, 때로는 부정적이다.
내 마음속에는 항상 또 다른 내가 존재한다. 긍정의 나와 부정의 내가 대치할 적에 긍정에 힘을 보태는 지혜를 사용해야 한다. 나를 사랑하라는 의미는 핑계와 이유를 대지 말고, 지금의 나를 긍정하고 출발을 하라는 것이다. 나의 삶은 선택에 크고 작음에 관계없이 나의 책임이다.

지금의 나를 긍정하고 사랑하라

삶에서 긍정만큼 큰 힘을 가진 것은 없다. 긍정하지 않으면 진행의 속도는 반 토막이 된다. 지금의 나는 선천적인 나와 후천적인 나로 만들어졌다. 그리고 나는 성공적인 삶에 긍정적인 부분과 부정적인 부분을 동시에 가지고 있다. 지금의 나를 벗어날 수가 없다. 다만 앞으로 나를 변화시켜, 새로운 나를 만들어 갈수 있다.

재능은 정신력에 반비례한다는 말이 있다. 재능이 부족한 사람일수록 재능이 많은 사람보다 성공의 확률이 높다는 통계도 있다. 보통의 재능보다 강인한 정신력이 성공에 유리하다.

재능이 있는 사람은 학창시절에 성적은 좋을지 모르나, 세상살이 태도면에서 자만심이 존재할 수 있다.

지금 내 삶은 어디에 와 있는 가? 당신의 삶이 어디에 있든지 새로운 기준으로 시작하는 것이다. 시작을 한다고 해서 과거의 단절이라는 의미는 아니니다. 항상 새로운 날에 새로운 출발의 기분으로 시작하는 것이다. 지금의 삶에 만족하고 잘나가는 사람은 자신을 사랑하지 않을 이유가 없다. 삶이 피폐하여 못난 사람에게 사랑하라 말하기 민망하다. 그러나 누구나 사람은 자신의 삶이 위쪽에서 보면 부족하고, 아래쪽에서 보면 긍정적일 수 있다. 하지만 인간의 본성에 충실하다 보면, 만족하고 긍정하는 것보다, 부정적인 면으로 핑계를 대고 원망의 대상이 되기도 한다. 나쁜 본성을 파괴하는 용기가 필요하다.

흔들리는 대부분의 사람에게 지금의 자신의 삶을 운명으로 받아들이라고 말하고 싶다. 그리고 다시 새로운 운명을 만들라고 권한다. 지금의 내 삶을 받아들이고 긍정하고 사랑하는 것이 성공적인 삶의 출발이다. 보통사람들은 성장의 폭과 기회가 많다. 자신이 지금 처하여 있는 상황을 인정하고 긍정하며 자신의 삶을 더 성공의 길로 나아 갈 수 있다.

나는 내 삶의 주인공이다

삶에서 주인공이 되고 싶지 않는 사람이 없다. 주인공의 역할이 작지 않음을 우리는 잘 알고 있다. 그리고 주인공 한 사람의 역할이 흥망을 결정하기도 한다. 삶에서 이렇게 의무와 책임이 따르는 주인공의 역할을 해야 할까? 당신의 운명이 아닐까? 그래 운명이다. 삶에 조연은 없다. 내 삶은 내가 만들기 때문이다.

인간 삶은 선택의 여지가 없다. 태어남에 이유가 없고, 어떻게 살아야 하는지 만이 남아 있다. 포기하지 않는다면 긍정하고 자신의 재능을 개발하고 마음껏 발휘한다.
나의 역할을 다른 사람에게 넘길 수 없다. 그것은 삶을 포기하는 것과 같다. 그러나 안타깝게도 이혼의 증가, 자살률 세계1위 같은 삶의 부정적인 통계는 바로 주인공들이 감당해야 할 책임과 의무가 얼마나 어려운지를 잘 보여주는 증거이다.

현실적인 삶에서는 '나'라는 역할은 1인다역의 역할을 해야 한다. 일터와 사회에서의 역할, 가정에서 가족관계에서의 역할, 다양하게 모든 역할을 잘 소화해야 한다.
운명으로 받은 환경이나 만물의 흐름을 혼자의 힘으로 바꿀 수 없다. 그래서 이 조건과 환경을 극복하고 나아갈 사람은 주인공인 나 밖에 없다. 인간 세상에서 누구도 동등하고 평등하고 평준화된 사회에서 살아갈 수 없다. 다만 사회는 제도적으로 약속한 약자를 조금 도와줄 뿐이다. 약자의 삶을 완전하게 책임지는 사회나 사람은 없다.

운명적으로 받은 나의 역할을 어차피 해야 할 역할이라면, 기쁜 마음으로 열린 마음으로 받아들인다. 그리고 긍정적인 마음으로 참고 인내하는 자세로 최선을 다하는 것이 성공적인 삶에 주인공이 되는 길이다.

성공적인 삶의 요소는 다양하다. 다양한 요소를 모두 최상에 이를 것을 목표로 삼지 않는다. 모두가 최상이 될 수가 없고, 최상이 될 이유도 없다. 수능에 과목이 나누어진 것처럼 삶의 필요 요소도 다양하다. 필요한 삶의 요소가 실제 삶에서 불편하지 않고, 성장 발전하면 된다. 지금의 나의 수준을 긍정하고 사랑하고, 삶의 지혜와 노력으로 성장하는 삶을 지향하면 된다. 이것이 더 성공하고 더 행복한 삶이다.

성공, 행복 그리고 성공적인 삶이 멀어 보이지만, 기본에 충실하면 된다. 기본을 하지 않는 사람이 낙오자가 된다. 아니 기본에 충실한 삶이 성공적인 삶 자체인 것이다.
S대와 Y대를 사교육 없이 보낸 경험에 의하면, 학교 교과의 기본 진도에 뒤처지지 않으면 된다. 선행 학습이 난무하는 지금 자신의 학년 성취도에 만족하면 된다. 인생 삶도 시절에 맞는 삶에 만족하면 된다. 신입사원이 과장 부장의 삶을 부러워할 필요가 없다. 자신이 그 시절을 위한 준비를 하면 된다.

학년별 성취도가 있듯이, 삶에도 시절별 필요 욕구의 성취도가 있다. 각 단계에 기초와 기본이 존재한다. 기본에 충실하고 자신이 욕망하는 적정의 성취도를 유지하면 된다.

고학년은 배움으로 알아야할 양이 매우 많으므로 성적의 우열을 가르는 것은 배움을 소화하는 능력이 된다. 알고 모름이 주요하지 않고, 배움으로 받아드려야 하는 능력이다.

이와 같이 성공적인 삶도 삶의 기본에 바탕을 둔다. 나쁘게 살지 않으면 성공이고, 걱정이 없으면 행복이다.
나를 알고, 이해하고, 긍정하면서 사랑한다. 그러면 자신이 주인공이 되는 삶을 사는 것이다.

13. 성공과 행복은 동행

어쩌다 행복이 두려운 존재가 되었을까? 그것은 지금 나의 삶이 행복하다고 말하기 두렵기 때문이다. 그러나 행복은 우리 주위에 항상 존재하는 친숙한 것이다. 보통의 많은 사람들이 행복한 삶을 살아가면서도 자신의 삶을 자신 있게 행복한 삶이라 말하지 못한다.

그것은 행복과 성공을 너무 먼 곳에 두고 항상 바라보고 있기 때문이다.

사실은 성공과 행복이 일상 삶 속에서 그 원천들이 작동하고 있다.

우리 일상에 걱정이 없고 즐거우면, 희망을 가지고 살아간다면 행복이라고 해도 틀린 것이 아니다. 어떤 특별한 삶이 행복이 아니기 때문이다.

누구나 일상 삶을 작은 계획과 목적을 가지고 살아간다.
하루를 잘 마감했다면 성공적이고 행복하게 사는 것이다.
더 큰 꿈을 이루기 위해서도 일상 삶에서 행복의 원천을 발견하고, 작은 성공의 목표를 발견하는 지혜를 가져야 한다. 오늘의 목표를 모르고 사는 사람이 내일의 목표를 알 까닭이 없고, 매일 출근하는 당신이 그 이유와 가치를 모른다면, 일상의 행복을 느낄 까닭이 없다. 일상 삶 속에 성공과 행복의 원천을 발견하는 연습이 필요하다.
삶에서 성공과 행복은 항상 같이 존재한다. 그리고 행복과 성공은 선순환하고 동행한다.

행복과 성공은 선순환 한다

연구 결과에 의하면 행복한 삶을 사는 사람이 성공의 확률이 높았다. 그것은 삶을 긍정적으로 사는 사람이 그렇지 못한 사람보다 행복지수가 높기 때문이다.

성공은 행복에 중요하고 커다란 하나의 원천이지만, 행복을 주는 원천에는 성공 외에 더 많은 원천들이 있다. 반대로 성공을 이루는 과정에도, 많은 행복의 원천이 성공의 힘이 된다.
긍정적인 삶을 사는 사람은 삶의 이유와 환경을 긍정적으로 생각한다. 그래서 일상 삶이 즐겁고 행복하다.

현실의 삶에서 항상 완전한 성공을 할 수는 없다. 불완전한 성공에 대하여도 긍정하고 어제보다 오늘이 발전한 성장이면 된다. 행복한 사람이라고 항상 행복한 마음으로 살아가는 사람은 없다. 보다 많은 사람들이 더 많은 행복의 맛을 찾아 살아간다. 더 행복한 삶을 살아가려고 노력하는 것이 성공적인 삶을 사는 기본적인 지혜이다.

행복은 주로 직장 외의 삶을 통하여 많이 얻어지고, 성공은 주로 직업이라는 것을 통하여 만들어진다. 옛날부터 선인들의 말씀에 '가화만사성'이라고 했다. 집안이 화목하면 모든 일이 잘 된다. 이 말이 집안이 행복하면 성공할 수 있다는 말과 같다.
지금의 시대에도 '열심히 일하고 열심히 놀자'라는 말이 있다.
다른 말로 표현하면 '더 성공하고 더 행복하기' 와 같은 뜻이다.

지혜로운 사람은 활동적이고 적극적이다. 부족한 시간에도 자신의 가정에 충실하고, 취미 생활도 열심히 한다. 주말이면 불편한 교통 체증에도 불구하고 여행이나, 나들이, 산행과 같은 의미 있는 시간을 보낸다. 이 모든 것이 성공과 행복의 선순환 과정이다.

가정과 일터가 조화롭게 굴러가면서 힘이 충만하여 일에 몰입하게 되고 일에서 희열을 느끼게 된다. 이렇게 행복은 성공에 힘이 되고, 순환과 동행으로 성공적인 삶의 동력이 된다.

지금 자신의 삶은 성공한 삶인가? 혹은 성공을 쫓고 있는가? 지금 자신의 삶은 행복한 삶인가? 혹은 행복을 쫓는 삶인가? 가설의 질문에 답하기 어렵다. 왜냐하면 성공과 행복을 이분법으로 나누어지지 않기 때문이다. 당신은 지금 더 행복하고 더 성공한 삶을 살고 있는지 물어보면 어떨까? 그러면 많은 사람이 그러하다고 말할 수 있을 것이다.

삶은 살아가는 과정이고 노력하여 성장하여 가는 과정이다.
그래서 더 성공하고 더 행복한 삶을 추구하는 성공적인 삶을 분명하게 행복한 성공이라고 보면 된다. 행복하지 않는 삶을 성공한 삶이라 할 수 없다. 행복한 삶은 성공적인 삶이고, 불행한 삶은 실패한 삶이다. 그래서 행복 속에 성공이 있고, 행복은 성공을 위한 힘이다. 그래서 행복과 성공은 선순환하고 동행하는 것이 분명하다.

하버드대 행복수업이 말하는 행복이란?

행복에 대한 의미와 속성을 더 깊게 이해할 필요가 있다. 행복의 실체는 마음의 상태라서 표현하기가 어렵다. 행복의 의미와 속성을 더 깊이 이해하기 위하여 전문가의 견해를 알아보자.

하버드대 '행복수업'에서는 행복을 감정적인 측면과 인지적인 측면으로 접근하고 있다. 감정적인 측면에서 행복은 즐거움, 만족스러움 같은 긍정적인 기분과 감정을 뜻한다.
인지적인 측면에서는 행복은 자신의 삶이 어떤 상태에 있는지를 깨달고 삶에 대한 의미나 가치의 관점에서 지속적으로 추구한다.

소냐 류보머스키 교수의 행복은
1) 매일 즐거운 상태.
2) 자신의 삶이 만족스럽다고 느끼는 기분.
3) 자신의 삶이 의미가 있으며, 가치가 있다고 인지하는 상태라고 정의한다. '행복도 연습이 필요하다'에서 '행복의 신화에서 벗어나라'라 고 주장한다.
눈앞의 목표를 이루면 행복해질 수 있다는 믿음, 승진의 만족, 부의 편안함, 사랑의 달콤함이 오래 지속되지 않는다는 것을 주장하고 있다.
'행복의 덫에서 벗어나라'라 고 말 한다. 행복의 덫이란 엉뚱한 곳에서 행복을 찾는 경향을 말하는데, 행복이 자기 마음속에 있음에도 무의식적으로 외부에서 찾는 경향을 말한다.

행복은 저장할 수도 있고 추억을 불러 재사용할 수도 있다. 그래서 행복을 위한 소비는 경험에 소비하고, 사람과 함께하는 곳에 소비해야 한다. 행복은 크기보다 빈도이므로 일상의 삶에서 행복을 찾아야 한다. 잊고 무관심한 것에서도 의미를 생각하면 행복이 보인다. 성공의 맛과 행복의 맛을 느끼면서 생활하게 되면 행복한 삶이 오래도록 지속된다. 행복은 충만한 즐거움과 삶의 의미를 함께 느끼는 경험이고 상태이다.

그런데 어떤 즐거움의 상태가 삶에 무의미하다면 그 즐거움은 그저 쾌락일 뿐이다.
반대로 어떤 삶을 위한 인내와 노력이 의미가 있고. 가치 있는 결과가 기대된다면, 대견함이나 만족함은 행복으로 치환될 수 있다. 나날이 성장하는 내 삶을 위한 일상의 고통은 고통 만으로 존재하는 것이 아니라, 희망으로 존재함으로써 행복한 고통이다. 누구나 시절의 변화와 상태에 따라 다양한 행복의 맛을 느끼게 된다. 행복의 모양은 자신만의 유일한 모습을 가진다.

행복은 어디에서 오는가?

행복은 어디서 오는가? 많은 자료를 통하여 찾았지만 완전한 의문은 풀리지 않았다. 많은 좋은 이야기에 공감하고 동의하지만 행복의 원천에 대한 충분한 설명은 찾지 못했다.
보통의 행복은 행복감, 혹은 행복한 느낌과 같은 개념이다.

어느 한 여름 갑자기 찾아온 행복감에 깜짝 놀랐다.
무더운 여름 강원도 인제에 있는 국립 자연 휴양림 삼봉 캠핑장에서 아내와 함께 2박3일 캠핑을 했다. 아침 일찍 간단하게 식사를 하고 전날에 계획한 산행을 하기로 했다.

코스는 백두대간의 한 부분이다. 구룡령(홍천군 내면과 양양군 서면 경계)을 출발하여→ 갈전곡봉→ 가칠봉→ 삼봉약수→ 삼봉 야영장으로 가는 코스다.
이곳은 산행이 많지 않은 길이라, 길은 좁고 풀이 무성했다. 산행길은 구름 속에 묻혔다. 좁은 길 무성한 풀숲 이슬로 바지 가랑이를 적셨다. 간간이 거미줄이 얼굴에 스친다. 컴컴한 구름 속 산행 길은 무서움마저 든다. 그러나 이슬을 듬뿍 먹음은 야생화에 흠뻑 빠졌다. 이곳저곳의 나무 둥치에 오색의 예쁜 독버섯들이 고요함을 더한다. 자연에 몰입하는 순간이다.
잠시 멈추고 사방을 둘러보니 구름 속 대자연 야생화 천국이다. 오직 두 사람만의 대정원이다. 세상의 모든 잡념이 날아가고, 대자연에 몰입하는 순간에 '아~ 행복하다' 감탄사가 나왔다.

행복은 멀리 있는 것이 아니다. 힘들어도 내가 하고 싶은 것을 하고, 일상 삶 속에 행복의 원천이 있다는 것을 실감한다.
하고싶은 일이나 취미 생활, 가족과 사랑, 친구와 우정, 이 모든 것이 행복의 원천들이다. 이 원천을 경험할 때에 행복감이 찾아온다. 행복이란 즐겁고 안락한 상태 그 자체로도 의미가 있다. 행복한 원천을 찾고 유지하는 지혜가 필요하다.
행복은 만드는 것도 중요하지만 행복을 방해하는 것을 경계해야 한다.

행복을 만드는 지혜이다.

1) 쾌락에 빠지지 말라.

2) 돈을 위해 현재의 행복을 포기하지 마라.

3) 행복을 위한 절약을 실천하라.

4) 돈 걱정에서 벗어나라.

5) 물건보다 경험을 구매하라.

6) 미래 시간에 투자하라.

7) 사람에게 투자하라.

행복을 연구하는 전문가의 제안을 보자, 우리가 공감하는 내용이다. 한번쯤 실천한 경험이 있는 것들이다.

소냐 류보머스 교수는 특히 행복을 위해 돈의 절약을 강조했다. 행복의 생활은 특별한 것이 아니다. 알고 있는 것을 꾸준하게 실천하는 가운데서 느낀다.

1) 소소한 즐거움을 자주 느낄 수 있는 상황을 만든다.

2) 재활용, 빌려 쓰기를 한다.

3) 불필요한 상품에 낭비를 줄이고 빚을 줄인다.

4) 물건보다 경험에 돈을 쓴다.

래스 교수의 제안이다. 평범하고 평소의 생각과 다르지 않다.

1) 사랑하는 사람과 휴가를 떠나는 경험에 돈을 쓴다.

2) 타인을 위해 돈을 쓴다.

3) 돈 걱정을 덜 수 있도록 초기 설정을 세심하게 한다.

경험의 구매 방법으로는

1) 타인과 함께 사회적 유대감을 높이는 경험에 참여한다.

2) 살면서 계속 되새기고 싶은 추억을 만드는 여행을 한다.

3) 자아를 확실하게 실감할 수 있는 경험을 한다.

4) 쉽게 비교할 수 없는 희귀한 기회를 제공하는 경험을 한다.

이와 같은 여러 가지 지혜는 자신의 환경과 재능, 취미에 맞게 활용하는 것이 답이다.

성공과 행복은 뗄 수가 없는 것이고, 지금보다 더 성공을 하면서 더 행복해지고, 더 행복하면서 더 성공을 돕는 힘이 된다.

긍정심리의 힘으로 행복을 유지하는 노력이 필요하다.

행복은 즐거움과 삶의 의미를 동시에 유지하는 것을 수시로 생각하면서 행복 연습을 해야 한다.

14. 멋진 삶의 모습

능력 있고 잘생긴 사람이 멋있고, 모양 좋은 과일이 맛이 있듯이, 삶도 내적인 삶과 외적인 삶이 균형과 조화 있는 삶이 되어야 안정적인 삶이다. 인간은 자기 자신도 예측할 수 없을 정도로 복잡하고 변화무쌍한 삶을 살아간다.
특히 일생의 긴 삶을 거치면서 삶에 환경, 조건, 욕구, 욕망, 등 많은 삶의 요소들이 필요에 의하여 수없이 생기고 변화하면서 성장한다.

수많은 삶의 요소들은 유기적으로 관계를 형성하면서 나를 만들고 변화 성장시켜 간다. 그래서 보통 사람의 성공적인 삶에서는 이런 요소들이 균형과 조화롭게 안정적으로 성장해 가는 것이 좋다. 너무 한 가지 요소에 치우치지 말고 전체적인 조화로운 삶으로 성장해야 한다. 이것이 멋진 삶이다. 이것이 잘 생기고 건강한 사람의 모습이다.
특별한 재능을 가지고 태어나서 특별하고 제한된 하나의 목표에 전념하는 사람을 제외하고는, 삶에 요소가 균형과 조화를 이루는 성공적인 삶의 모양을 이루는 것이 좋다.
특별한 재능의 소유자나, 제한된 목표에 전념하는 부류의 사람들은 대부분 안정적인 삶보다, 도전적인 삶을 추구하는 사람이다. 그들은 비록 도전에 성공하지 못하더라도 과정에 만족하고, 실패를 교훈으로 삼고 위험성을 감수한다. 그리고 다시 도전하는 사람들이다. 이들은 주로 인기, 명성, 창업, 연구 개발과 같은 창의적인 일에 주력하는 사람들이다.
그러나 평범한 삶을 추구하는 사람은 특별한 목표도 일부 포함되지만, 보편적이고 일반적인 경쟁의 삶을 살아간다.

균형과 조화의 삶은 각 삶의 요소에 따라 구분되고 나눌 수 있겠지만, 그중 가장 크고 대표적인 카테고리는 직장과 가정의 균형과 조화의 삶이다. 일과 가정이 있는 삶을 강조하는 것도 균형과 조화의 삶이 중요하기 때문이다.

시절 삶의 요소를 놓치지 마라

자신의 생애 라이프 플랜을 그려 보면, 시절별 삶의 요소가 있다. 우리는 의식적으로 또는 무의식적으로 실천을 잘하고 있다고 생각하지만, 가끔 지나고 나면 아쉬움이 꼭 남는 요소가 있다.
균형 성장과 조화의 삶에서도 시절 요소 관리가 중요하다.
때를 놓치면 영원히 이룰 수 없는 일이기 때문이다.
특히 시절 요소는 때를 놓치지 말아야 한다. 때를 놓친 삶의 요소는 후일에 삶의 균형과 조화에 가장 큰 흠집이 된다.

예를 들어 일반 가정에서 가장 큰 관심 목표가 자녀의 양육과 교육이다. 특히 양육과 교육은 때를 놓치면 회복하기 어렵다.
성장기부터 좋은 습관과 인성의 발달에 관심 없이는 청소년기에 좋은 모습을 바라는 것은 불가능하다. 자녀 양육과 성장에 실패하면 내 성공적인 삶에 큰 균형을 잃는 것과 같다.

시절 요소 중에는 한시적으로 끝나는 요소도 있고, 생의 성장 주기에 따라 연속성을 가지고 이어가는 요소도 있다. 어떤 요소이든지 꼭 그 시절에 최선을 다해야 한다.
삶의 요소는 성장과 함께 변화하든지, 아니면 그 시절 별로 끝이 나기도 한다. 예를 들어 30대의 신혼부부의 성공적인 삶의 요소들은 개인에 따라 크게 다르겠지만 대략적으로 보면

1) 주거에 대한 목표
2) 건강관리
3) 자녀 양육과 교육
4) 가정 삶의 질
5) 직장의 안정
6) 수입의 만족
7) 새로운 가족과의 관계
8) 미래에 대한 준비

이 삶의 8가지 요소 중에서 한 가지라도 크게 기울어진 삶이 된다면, 전체적인 균형이 깨어지는 것과 같다.
성공의 요소 중 하나가 크게 손상이 되면, 그 하나로 인하여 행복의 지수가 크게 떨어진다.

돈과 권력, 명예와 명성에 너무 집착하여, 부정, 불법, 편법을 탐하거나 집착에 중독되어, 다른 삶의 요소에 등한시한다면, 삶의 균형을 잃어버린다. 이러면 성공적인 삶을 이룰 수가 없다.

모든 분야의 요소에서 100% 성공 즉 완벽한 성공을 바라는 것이 아니라, 최소한 낙제가 없는, 근심 걱정이 없는 보통의 삶이 되어야 한다.
현실의 삶에서 균형과 조화의 삶으로 성공적으로 살아가는 삶이 중요하다. 아무리 돈이 많아도 가족 중 한 사람이라도 건강을 잃어버리면, 가족 전체의 삶의 질이 떨어진다. 그래서 너무 한곳에 집착하지 말고,

순리적인 삶을 살아야 한다.

재물은 평생을 모으면 되지만, 자녀 양육이나 교육은 때를 놓치면, 그 영향이 평생을 따라다닌다. 라이프 플랜 관리에 있어서, 시절 삶의 요소를 특별하게 관리하여, 시절의 성공과 시절 행복을 이루어야 한다.

삶의 요소는 끊임없이 성장하고 변화한다

삶은 매일 새로이 역사를 만들어간다. 그래서 목표나 목적도 욕구도 매일 새로워진다. 이는 주위의 환경이나 조건에 따라 새로워진다, 그리고 삶의 성장에 따라서 지금보다 더 발전되거나 더 좋은 바람으로 변화한다.

삶에서 성공 못지않게 성장은 중요하다. 성공이 자신의 바람에 대비되는 상대적인 성취라고 하면, 성장은 자신의 삶이 과거보다 현재에 변화한 자신의 절댓값의 변화이기 때문이다. 그래서 성장은 성공보다 위대한 업적이다.

아무리 큰 업적을 낸 사람도 자신의 욕망에 100% 만족하지 않고 멈추지 않는다. 내 업적과 더 큰 타인의 업적을 비교하며, 항상 나의 업적은 왜소하게 생각한다. 그래서 성공적인 삶을 사는 지혜는 자신의 삶을 타인과 비교하지 않는 것이 원칙이다. 타인과 비교하는 순간 성공과 행복은 사라진다.

비록 나의 목표에 미달되는 성공이라도 성장한 성공이라면 만족한 성공으로 평가해야 한다. 부족한 성공은 새로운 도전을 위한 목표가 된다. 이렇게 성장 변화하는 것이다.

어떤 사람은 평생을 성장하는 삶을 살면서, 성공을 한 번도 하지 못한 사람이 있을 수가 있다.
또 다른 어떤 사람은 평생을 성장하면서 많은 성공을 이루는 사람도 있다. 이것은 자신의 삶을 생각하고 관리하는 방식의 차이에서 오는 결과이다. 전자는 항상 삶에 쫓기는 삶이고, 후자는 항상 여유 있게 행복한 삶을 살아간다.

현실의 삶이 항상 앞으로 성장할 수는 없다. 때로는 뒤로 물러서는 경우도 있다. 2보 전진을 위한 1보 후퇴로 생각하고, 전체적인 삶의 성장을 유지하면 된다.

행복의 경우 삶이 항상 안정되고 편안한 삶이 유지되는 것은 어렵다. 때로는 불안하고 아쉬움이 있고, 후회의 경우도 있지만 완벽한 삶이 없다는 사실을 인지하면서 자신을 위로할 줄 알아야 한다.

균형과 조화 있는 삶은 일과 가정에서

가장 높고 최종 단계의 균형과 조화는 일과 가정생활에 있다.
일은 주로 일터를 중심으로 해서 성공을 추구하고, 행복한 생
활은 가정과 사회의 활동을 통하여 만들어진다.
일의 성취에 너무 몰두하여 가정이나 사회생활에서 불행하지 말라는 것이고, 너무 사회생활에 몰두하여 일터에서 낙오자가 되지 말라는 것이다. 일과 가정의 균형과 조화 있는 삶을 살아야 한다.

다행스럽게도 지금의 대한민국은 중진국에서 선진국 삶의 형태로 변화하고 있다. 정책과 사회는 일과 가정의 조화 있는 삶을 강조하고 있다. 성장기 시대에 일 중심 사회에서 이제 행복한 가정 중심 사회로 변화하고 있다. 전체적인 사회 분위기가 바뀌고 있으며, 특히 30대, 40대 주력 세대가 가정 중심의 삶을 주도하고 있다.

저녁이 있는 삶, 주 5일 근무, 주 40시간, 연월차의 이행, 가사분담, 육아 휴직 등등 일 중심 사회에서 가정 중심, 행복 중심 사회로 이동하고 있다. 선진국형 삶으로 바뀌는 과정이다.

그러나 이런 환경을 누구나 공평하게 누리지는 못한다. 이런 사회 속에서도 빈부의 차이로 삶의 차별이 발생되고 있다.
그래서 사회적인 제도나 분위기에 너무 의존하거나 휩쓸리지 말라. 아

무리 좋은 제도와 환경에도 자신만의 삶이 있기 때문이다. 어쩌면 사회 제도의 강제 사항은 최소의 삶을 보장하는 것이다. 우리의 욕구는 지금 사회에서 시행되는 강제 사항보다 훨씬 높다. 그리고 많은 계층의 사람들은 더 질 높은 삶을 누리고 있다.

지금 좀 부족한 삶을 사는 사람은 내실 있는 일과 가정의 조화 있는 삶을 만들어야 한다. 성공한 많은 사람들은 일과 여가에 있어서, 자신에게 맞는 다양한 활동에서 만족과 보람을 찾고 있다. 일과 생활의 균형은 눈에 보이는 것이 전부가 아니고, 자신의 욕구를 채울 수 있는 다양한 방법이 필요하다.

일과 가정의 균형 있는 삶은 영속성이 요구된다. 누구나 성공과 행복을 위하여 많은 노력을 한다. 그러나 작심삼일이라는 말이 유행할 정도로 중도에 포기하는 경우가 많다.

어떻게 하면 꾸준하게 행동하고 연속성을 유지할 수 있을까?
1) 성취감을 느끼는 일이 되어야 한다.
2) 삶에 기쁨과 만족으로 행복감이 있어야 한다.
3) 주위에 긍정적인 영향을 주고 존재감이 있는 자신이 되어야 한다.
4) 나와 공동체에 기여하는 가치 있고 의미 있는 일이면 좋다.
삶은 완벽을 요구하지는 않는다. 그러나 실천의 의지를 기초로
노력해야 한다. 쉬운 문제가 아님을 알지만, 분명한 것은 일과

가정의 균형과 조화 있는 삶이 대세이다.
실천에 가장 큰 적은 자신의 실천 의지가 없는 것임을 명심해야 한다. 일터가 가정에 주는 부담과, 가정이 일터에 주는 부담을 최소화하고 지혜롭게 대처하면 된다.

오래도록 여운이 남는 성공과 행복의 맛

성공적인 삶의 요소 중 사회적인 성공으로 가장 중요시되는 것이 돈과 명예라고 말할 수 있다. 10억, 100억의 재산이 부러운 것은 절대적인 금액보다, 그 사용의 가치와 효용에 있다.
돈 자체가 직접 나에게 성공의 맛이나 행복의 맛을 주지는 못한다. 소유함으로 오는 만족감이 있겠지만, 실제로는 사용함으로 오는 가치와 기대 가치를 함께 가지고 있다.

사용의 가치에 따른다면, 내가 사용에 필요한 만큼의 돈이면 충분하다는 뜻이다. 필요한 만큼의 돈이란, 객관적인 숫자로 말하기 어렵다. 그것은 개개인의 욕구에 따라서 결정되기 때문이다. 호화스러운 소비도 있고, 투기와 낭비적인 소비도 있다. 그리고 바람직한 합리적인 소비도 있을 것이다. 여기서 사용할 만큼의 돈이란? 합리적인 소비의 수준을 의미하며 긍정적인 소비도 포함한다.
돈의 사용 방법 하나에도 여러 가지 성공의 여운이 크고 작음이 있듯이, 돈의 부족함에서 오는 불만은 다른 삶의 요소에서 충족하고, 서로 보완의 삶을 만들기도 한다. 이것이 균형과 조화의 삶이 중요한 이유이고, 긍정과 희망의 힘이다.

우리는 가끔 사회에서 경험한다. 보통의 가정에서 똑똑한 자녀를 두고 있는 부모의 행복해하는 모습을 본다. 그들은 다른 사람의 황금보화가 부럽지 않다. 자식의 훌륭함에 만족하게 생각한다.

성공적인 삶을 이끄는 힘은 사실적으로 일상의 보편적인 힘이다. 힘들 때에 위로 받고, 어려울 때에 희망을 보고, 일상의 하루하루의 힘이 필요하다. 성공적인 삶은 하루하루 목표를 향하여 성장하는 것이다. 아무리 좋고, 맛있는 음식도 배부르면 끝이 나고, 영원할 것 같은 즐거움도 정신 줄 놓은 광란의 시간이 지나면 다 공허해진다. 삶의 의미와 가치를 담고 있지 못한 탓이다.

삶이란 사회에서 그리고 가정에서 만들어지는 것이므로, 어느 것 하나에 소홀하게 여길 수 없다. 두 가지 다를 완벽하고 완전히 만족한 삶을 살기 란 쉬운 것이 아니다.

보통의 삶으로 성공적인 삶을 살아가는 데에는 가끔 균형이 흐트러지기도 하고 고비도 있고 절망도 있다.
이런 어려움을 극복하며 성장하고, 조화와 균형을 맞추면 살아가는 과정의 삶이 보통 사람들이 성공적인 삶을 사는 방법이다.

15. Life plan by life cycle

생애 주기 별 삶의 계획을 (Life plan by life cycle) 가지고 살아가는 사람은 많지가 않다. 아마 대부분 머릿속으로 필요에 따라서 만들고 지워진다.
만약 계획이 희미하거나, 없는 사람은 이번 기회에 한번 작성하여 보자.

삶의 계획은 시절별 삶의 계획을 포함해야 한다. 그리고 시절별 인생 목표를 달성하기 위한 계획이다. 처음은 서툴고 내용이 빈약할 수 있지만, 꾸준하게 수정 보완하여 가면 멋진 생애주기별 삶의 계획이 될 것이다.

이런 생애주기별 삶의 계획이 있으면

1) 내 삶의 방향과 달성 정도를 알 수가 있다.

2) 삶의 결과에 대하여 평가 분석하고 피드백 한다.

3) 삶의 목표와 목적 달성에 자극제가 된다.

4) 시절별 삶의 요소를 관리하는데 유리하다.

또한 내 인생의 전체적인 목표가 잘 진행되고 있는지를 알게된다. 사람에게 '어떻게 살 것인가'를 물으면 구체적으로 답을 하는 사람은 그렇게 많지가 않다.

그러나 모든 사람의 마음속에는 자신만의 꿈을 가지고 있다. 꿈이 없는 사람은 없다. 그 꿈을 평소에는 잊고 살아가거나, 구체적인 실천 방향이나 실천 행동을 잘 알지 못하는 경우가 많다. 성공적인 삶을 살기 위해서는 자신의 꿈을 구체화하고 기록으로 남기는 노력이 필요하다.

계획을 세우고, 또 계획을 수정하는 이유는 미래를 지향하는 목표도 중요하지만, 지나온 결과의 분석과 지금 환경을 리뷰하고 미래를 조정하는 것이다. 또한 이 과정에서 변화의 기회를 발견하게 된다.

삶의 계획에 최종의 목표를 정하여 놓고 살아가는 사람도 있다. 가령 '나는 훌륭한 의사가 되겠다' 라고 말한다. 의사가 되기 위하여 이과 공부를 열심히 한다. 성적의 목표는 얼마로 한다. 등 구체적인 목표를 제시하는 사람도 있다. 이런 구체적인 플랜이 자신의 삶을 리드하고, 자신의 삶을 주기적으로 평가하는 기준으로 사용한다.

음치가 대형 가수가 되기 어렵고, 몸 치가 유명한 무용수가 되기 어려우며, 창의력이 부족한 사람이 훌륭한 발명가나 연구가를 하기 힘든다. 그래서 남의 눈치를 보지 말고, 자신이 좋아하고 자신이 기대하는 만큼, 만들 수 있는 플랜을 만들면 좋다. 자신에 맞는 옷을 디자인해야 한다.

Life plan by life cycle 작성 요령

라이프 플랜은 지금 자신의 생애 주기에 따라서 삶의 요소나 목표가 정해지고 작성된다. 라이프 플랜은 오늘의 삶에서 출발하여 미래 삶을 계획하는 것이다. 지난날의 삶에 업적을 잘 분석하고, 앞으로 자신의 욕구와 희망을 포함하여 미래의 플랜을 만든다.

미래의 계획은 지금 자신의 생애 주기에 따라서 필요 요소와 적정 목표가 정해진다. 적정 목표의 수준은 자신이 달성 가능한 최대의 수준이 바람직하다.
초년, 중년의 삶을 사는 사람은 먼저 자신의 중, 단기에 희망하는 목표를 먼저 세우는 것이다. 중, 단기 목표는 지금 당면하고 있는 일이 중심이 된다.
라이프 플랜의 가장 주요한 핵심은 지금 내가 하는 일을 중심으로 해야하고, 할 수 있는 가능한 일을 세우는 것이다.

만약 미성년자인 경우, 아동 청소년의 계획은 보호자가 당사자와 협의하고, 가능하면 동의를 받고 미래를 설계를 하는 것이 좋다.

라이프 플랜 작성의 담겨야 할 소신
일생 동안 어떠한 삶을 지양할 것인가에 대한 좌우명 같은 신념이 필요하다. 어려운 조건과 환경, 달콤한 유혹에도 흔들리지 않는 좌우명 같은 것이다. 예를 들면 성실하고, 근면하게 일을 한다. 도덕적으로 정직하게 산다. 사회적 성공의 목표, 자녀 양육은 더 훌륭하게 키운다. 봉사, 희생 같은 가치관도 있을 수 있다. 또한 시절별로 세부적인 실천 내용과 목표가 전개한다.
그래야 주위의 분위기에 흔들리지 않고, 자신만의 삶에 적합한 라이프 플랜이 된다.

지금 당장 라이프 플랜을 만들어보라, 양식이나 모양에는 관계없이 만들어보라, 지금의 시절에 이루어진 삶이 있고, 앞으로 해야 할 일이 있다. 또 하고 싶은 일이 있을 것이다. 한 번 작성해서 점검하고 성공적인 삶을 새롭게 시작을 한다.

먼저 내가 바라는 성공적인 삶의 모습을 만들고, 그 속에서 삶의 요소를 찾아 만들어간다. 만들어진 삶의 요소는 목표를 설정해야 한다. 목표 실천 기간에 따라 1차 2차로 나누어서 실행의 목표를 만들어간다.

지금까지의 삶을 평가하고 앞으로 만들어 갈 자신의 꿈을 표시한다.

1) 삶의 요소: 삶에는 책임과 의무와 같이 꼭 필요한 필연적인 요소가 있다, 그리고 삶을 더 성공하고 더 행복하기 위하여 선택적 도전적인 요소를 추가한다.

2) 구체적인 목표: 삶의 요소는 구체적 항목으로 나누고, 목표를 객관화할 수 있는 것이 좋다. 행동으로 실천할 수 있어야 한다.

3) 기간의 유한: 목표는 달성의 기간이 유한하여야 한다. 기간의 만료 시점에 목표에 대한 평가를 한다. 장기 목표와 단기 목표로 구분한다.

4) 삶의 요소 속성: 내가 꼭 해야만 하는 일, 하고 싶은 일, 내가 잘하는 일, 내 꿈을 위한 일.

5) 속성의 분류: 직업적인 목표, 경제적인 목표, 가정의 목표, 개인의 목표 구분이 필요하다.

6) 타임라인: 생애별로 구분 작성되어야 한다.

7) 리모델링: 환경과 조건의 변화에 순응하고, 지금 나를 재평가하고 새로이 보완한다.

8) 목표 수준: 현실을 잘 분석한다, 나의 니즈(Needs) 수준을 파악한다. 나의 재능과 능력을 감안한다. 달성 가능한 수준으로 하고 점차 높여 간다.

9) 어떤 삶: 바르게 사는 삶을 지향한다. 현재에도 즐거움이 있고, 미래에 희망의 요소를 선택한다.

생애 라이프 플랜의 요소는 자신의 꿈의 내용이다. 꿈을 그리기 전에 한 가지 선언을 하고, 자신감과 긍정의 마음으로 시작한다.

1) 어려운 것은 있어도, 안 되는 것은 없다. 다만 수준이 낮을 뿐이다.
2) 낮은 수준의 성공은 높여 가면 되는 것이고, 이것이 성장이고 발전이며 성공의 길이다.
3) 어렵다고, 안된다고 포기하지 마라. 나의 수준대로 시작하면 된다.

삶의 요소를 만들 때에 생애 라이프 플랜의 이념과 철학을 참고하여 생각한다.
1) 어떻게 살 것인가?
2) 무엇을 남길 것인가?
3) 다른 사람들로부터 어떻게 기억되고 싶은가?
4) 사회를 위하여 무엇을 해야 하나?

최소한 새로이 시작하여 1년에 한 번이라도 자신의 생애 라이프 플랜을 리뷰할 수 있게 만들어야 한다. 거창하게 만들지 않아도 된다. 스마트폰 메모장이나 노트에 꿈을 한 번 메모하라.

이런 장점이 있다.
1) 삶의 실천에 활력이 되고, 나태하기 쉬운 삶에 자극이 된다.
2) 개인의 처하여 있는 현실과 능력에 따라 자기만의 생애 라이프 플랜이 만들어진다.
3) 동행인 즉 가족의 의견을 듣고 서로 공유하게 된다.
4) 삶의 균형과 조화를 점검하게 된다.

5) 시절의 목표를 챙기는 효과가 있다.

생애 주기 별 라이프 플랜 (Life plan by life cycle)

예시: (홍길동은 더 성공하고 더 행복한 삶을 통하여 성공적인 삶을 만들어간다. 현재 자신의 삶을 사랑하고, 최선을 다한다)

(나의 생애주기별 라이프 플랜이다)

삶 요소	소년기	청년기	30대	40대	50대	60대	70대
나 자신의 삶							
1. 나의 취업			★				
2. 나의 결혼			★				
3. 직업 안정			★				
4. 자기 계발			★	★	★	★	
5. 승진, 명예			★	★	★	★	
6. 은퇴 준비					★	★	★
7. 취미 생활		★	★	★	★	★	★
8. 사회적 활동		★	★	★	★	★	★

삶 요소	소년기	청년기	30대	40대	50대	60대	70대
가족과 동행							
1. 부부 관계			★	★	★	★	★
2. 자녀 관계			★	★	★	★	
3. 부모 관계		★	★	★	★	★	
4. 형제 관심	★	★	★	★	★	★	★
5. 자녀 양육			★	★	★		
6. 자녀 재능			★	★			
7. 자녀 교육				★	★	★	
8. 자녀 취업					★	★	
삶 요소	소년기	청년기	30대	40대	50대	60대	70대
사회적 삶							
1. 부의 축적			★	★	★	★	
2. 주거 향상			★	★	★	★	
3. 명예					★	★	★

삶 요소	소년기	청년기	30대	40대	50대	60대	70대
삶의 질 향상							
1. 취미생활		★	★	★	★	★	★
1-1 캠핑		★	★	★		★	★
1-2 산행		★	★	★	★	★	★
1-3 사진						★	★
2. 해외여행					★	★	★
3. 국내여행					★	★	★
4. 골프				★	★	★	★
5. 음악듣기					★	★	★

삶 요소	소년기	청년기	30대	40대	50대	60대	70대
도전							
1. 마라톤				★	★		
2. 책 쓰기						★	★
3. SNS 소통						★	★
4. 백두대간					★		
5. 신기술 배우기						★	★

주) 1) 이 플랜은 가장 상위 플랜이다. 요소별 세부적인 실천 목표는 추가로 단기 목표를 정한다. 2) 단기 계획은 꼭 해야 하는 일에 우선순위를 두는 것이 바람직하다.

생애주기별 라이프 플랜(Life Plan by Life Cycle)의 활용

보통의 사람들은 이런 라이프 플랜을 만들라고 권하면 난감해 한다. 아니면 거부한다. 마음이나 머릿속에 있다고 말한다. 그러나 소수의 성공한 사람은 더 훌륭한 계획을 가지고 있다.
굳이 플랜을 표까지 만들어야 하나라고 생각할 수 있다. 살다 보면 자신의 목표를 잊고 사는 경우가 많다. 그래서 자신을 라이프 플랜은 수시로 확인하고 마음을 다잡는 기회로 삼기 위하여 힘들어도 한 번쯤 작성하는 것이 좋다. 수시로 수정하는 것이 정상이다. 계획이 눈에 보이는 것과 보이지 않는 것은 정신적으로 매우 중요하다.

라이프 플랜을 작성하게 되면 삶을 통제하는 느낌이 있지만, 자신이 변해가는 모습에 자신감과 성취감을 느끼고 이런 장점이 있다.
1) 내 삶에 대하여 과거와 현재 미래를 리뷰해 본다.
2) 나의 삶이 어느 정도이며 어디에 있는지를 파악한다.
3) 내가 잊고 있는 삶의 요소를 발견한다.
4) 나의 부족한 분야를 발견한다.
5) 삶의 요소에 애착을 가진다.
6) 나태한 삶에 자극제가 된다.
7) 미래에 대한 준비의 자극제가 된다.
라이프 플랜의 요소별 하위 목표는 필요에 따라 편하게, 년 단위로, 월 단위로, 목표가 정해지기도 한다. 때로는 오늘 해야 할 일이 목표가 되기도 한다.
계획 없이 살아간다고, 삶이 잘못되는 것은 아니지만, 정신적으로 강해지고, 책임과 의무감으로 무장하면 훨씬 실천하는데 강한 힘이 생긴다.
그리고 실수나 나태함으로 보호한다.

이 이정표는 라이프 타임에 따라서 꼭 필요한 삶의 요소를 리마인드 하는 역할을 한다. 시절 삶의 요소 중 때를 놓치면 미래 삶에 두고두고 걱정을 주는 요소가 된다. 특히 자녀의 양육과 교육에 있어서, 인격 형성의 시절이 있고, 생활 습관과 인성이 길러지는 시절이 있다. 또한 배움의 시기, 도움의 기회, 사랑의 기회 등이 모두 때를 놓치면 다시 기회가 돌아오지 않는다.

라이프 플랜에는 삶의 요소별 질적인 수준은 자신의 수준에 맞추면 된다. 성공의 목표가 각 개인별로 다르고 자신의 삶에 대한 평가이기 때문이다.
라이프 플랜 삶의 요소별 하위 목표는 필요에 따라 필요로 하게 된다.
이것은 자신의 관리 스타일에 따라서 아주 세밀하게 혹은 큰 항목별로 나누어도 된다.
개인 경험이나 지식에 따라서 더 좋은 플랜을 만들 수가 있다.

한 가지 예를 들어 큰 목표가

1) 부의 축적: 기간별, 용도별, 목표를 세분화하면 지향하는 삶의 모습을 발견한다.

2) 사회적인 명성: 개인의 재능이나, 직업이나, 직장에 따라 다르겠지만 승진의 목표, 자기 계발의 목표, 변화를 위한 목표도 포함한다.

3) 일터에서 성공: 사회적인 성공과 같은 맥락을 유지하며 계획을 수립한다.

4) 사회적 안정된 삶: 가족 구성원의 사회적인 안정된 삶의 목표로 수준에 맞게 정한다.

가정에서도 필요한 큰 요소가 있다.

1) 가정의 행복을 위한 요소.

2) 자녀 양육과 교육의 요소.

3) 부모형제의 책임과 의무, 그리고 사랑의 목표.

4) 건강한 가정을 위한 활동.

라이프 플랜의 삶의 요소에는 필수적인 요소와 선택적인 요소로 구성된다. 필수적인 요소는 꼭 해야 할 일이며 누락이나 이루지 못하면 삶에 크게 영향을 미치는 경우이다. 선택적 요소는 주로 삶의 질을 높이는데 필요한 요소이다.

라이프 플랜은 정기적으로 리뷰하고 환경이나 조건의 변경에 따라 요소를 리모델링 해야 한다. 라이프 플랜은 규칙이나 법칙이 아니며, 내가 만들고 내가 수정하고, 내가 관리 평가하는 자신을 위한 플랜이다.

그래서 성공적인 삶의 수준은 자신의 생애 라이프 플랜이 잘 달성되는 것과 같다. 생애 라이프 플랜은 성공적인 삶을 살아가는 데 필요한 내비게이션이며 나침반 역할을 한다.

16. 100% 성공하기 연습

성공의 맛을 경험하지 못한 사람은 성공이라는 말만 들어도 머리가 아프고 중압감을 느낀다.
그래서 쉽게 성공을 경험하고 자신감을 가지는 100% 성공하기 연습이 필요하다. 일생의 삶은 긴 과정이다. 긴 과정을 꾸준하게 살아가기 위하여 성공에 대한 자신감과 하고자 하는 의지가 필요하다.

100% 성공하기 연습은 성공의 맛을 경험하는 것이다. 성공의 맛, 행복의 맛은 성취감이라고 다르게 표현할 수 있다. 100% 성공하기 연습을 통하여, 성공의 맛을 경험하게 되면, 자신감이 생기고, 성공을 향하는 삶에 즐거움이 생긴다.

누구나 과거의 나와 현재의 나를 생각할 때, 여러 분야에서 성장하고 발전한 삶을 살고 있다는 것을 확인하게 된다. 신체적 정신적 성장 뿐만 아니라, 사회적인 지위, 경제적인 부 등도 큰 변화를 실감하게 된다. 이것은 사실적으로 누구나 성공적인 삶을 살고 있다는 증거이다. 다만 의식하고 성공의 맛을 느끼지 못했을 뿐이다.

그러면 앞으로 좀 더 적극적이고, 더 큰 성공적인 삶을 만들기 위하여 느끼지 못한 맛을 자주 느껴야 한다. 더 적극적이고 긍정적인 삶을 위하여 일상의 삶에서 성공의 맛과 행복의 맛을 더 활성화해야 한다.

100% 성공하기 연습을 시작한 후 중도에 포기하지 않기 위하여, 먼저 일상의 삶에서 가장 쉬운 것을 목표로 정한다. 그리고 성공의 맛을 느낄 준비를 한다.
만약 성공이 어렵다고 생각하거나, 성공의 도전에 잦은 포기로 인하여 패배감에 젖어 있거나, 슬럼프에 빠져 있는 사람도 걱정할 필요 없다. 어렵지 않게 100% 성공의 맛을 찾는 지혜가 있다.

일상 삶에서 목표를 찾는다

성공이 어려운 것은 일의 목표가 너무 높거나, 달성 시기를 너무 멀리 잡아서 집중력이 떨어지는 경우이다. 다른 하나는 목적이나 의미가 불

명확하면 동력이 떨어질 수 있다.

100% 성공하기 연습은 처음에는 목표를 쉽게 100% 달성 가능한 것을 선택한다. 실천 후 성공의 의미와 성공의 맛을 느껴야 한다. 작은 성공을 통하여 성공의 즐거움과 자신감을 느끼며 성공에 대한 두려움을 잊게 한다. 점차적으로 높은 단계로 성공의 목표를 설정한다. 그리고 성공의 목표를 도전의 목표로 잡는다. 100% 성공 비결은 100% 이룰 수 있는 목표를 잡는 것부터 출발한다.

아무리 좋은 생각이라도 실천하지 않으면 생각이 없는 것과 같다. 지금 가지고 있는 자신의 재능이나 습관이 실천하는데 긍정적이거나 부정적이거나 크게 걱정할 필요가 없다. 그것은 앞으로 삶을 발전시키고 개선하여 갈 과제들이기 때문이다.

일상의 삶에는 100% 달성 가능한 목표들이 많이 있다.
그것은 무의식으로 행하는 일이 많다는 것이고, 조금만 수정 변경하면 아주 멋진 삶의 목표를 만들 수 있다는 의미이기도 하다.

예를 들면 누구나 미래의 삶을 위하여 약간의 저축을 하고 있을 것이다. 어떤 사람은 일정 금액을 저축을 먼저 하고 비용을 맞추어 생활하는 사람이 있고, 또 어떤 사람은 생활비용을 먼저 우선 사용하고, 남는 금액을 저축하는 경우가 있다.

그리고 저축의 목적은 대체로 포괄적인 경우가 많다. 저축의 전체 금액을 삶의 요소별로 필요에 따라서 나누어서 저축을 하게 되면, 성공의 확률도 높아지고, 삶의 의미를 느끼게 되어 성취감이 커진다.

가령 100만 원을 저축하는 경우이다. 그냥 저축하는 것하고, 나는 100만 원을 어떤 어려움이 있더라도 저축한다. 라는 선언을 하면 목표가 되고, 저축하는 동안 약간의 어려움 있어도 실천하게 되면 100% 성공을 달성한다.

또한 같은 금액 100만 원을 목적별로 나누어 저축한다.

1) 주거환경 개선을 위한 통장에 50만 원.

2) 2년 후 사교육 비용 준비 통장 20만 원.

3) 5년 후 해외여행 통장 10만 원.

4) 2년 후 국내여행 통장 5만 원 등으로 의미와 목적에 따라 나눈다. 비록 나중에 목적한 대로 사용되지 않아도 관계없다.

그러면 저축에 대한 성공의 맛을 100만 원 하나를 느끼는 것을, 네 개의 성공의 맛을 느낀다.

저축의 목표는 내가 세우고, 내가 실천하고, 내가 평가하는 나의 책임으로 이루어지는 것이다. 이것이 성공적인 삶의 요소 중 저축을 통한 성공과 행복을 만드는 하나의 지혜이다.

'100% 성공하는 법'으로 유명한 야냐두 김민철 대표님에 의하면, 일상에서 100% 성공할 수 있는 습관을 위하여 하루에 이를 2번 닦기, 한 번에 3분 이상 칫솔 질 하기를 소개했다.
성공의 습관이 중요하다. 작은 것부터, 쉬운 것부터 지키는 훈련과 습관이 필요하다.

우리는 성공하는 법을 몰라서 성공이 어려운 것이 아니다. 성공하는 방법을 꾸준하게 실천을 하지 못하기 때문이다. 그는 말한다. 많은 사람이 성공하지 못하는 다이어트도 두 가지만 하면 된다. 식단 관리와 운동이다. 이 두 가지를 하지 않고 다이어트 걱정만 한다.
쉬운 성공이란, 내용이 쉬운 것도 있겠지만, 목표의 낮음도 있다. 성공하고 싶다면 조금씩 천천히 하는 것도 하나의 지혜이다. 쉽고 낮은 목표로 출발하여 성공을 하다 보면, 성공의 맛을 느끼게 되고 삶의 활력이 생긴다. 성공의 맛을 즐기면서 생활하게 되면, 삶이 즐겁고 행복해지고, 저절로 상위 목표로 발전한다.

때로는 내적 자존심과 경쟁한다

100% 성공하기 연습에서 100% 달성한 성공은 성공의 맛을 느끼고, 무엇이든 성공할 수 있다는 자신감을 준다. 그러나 높은 성공의 목표나, 자신의 나태함으로 실패할 때가 있다.

만약 실패가 순수하게 자신의 문제로 나타날 때에는 자신의 자존심을 자극한다. 긍정적인 자신과 부정적인 자신이 갈등을 하게 만든다. 이때에 긍정적인 삶의 태도가 부정적인 삶의 태도를 이길 수 있는 이유를 찾아 제공한다.

때로는 현재의 이익과 미래의 이익이 상충되는 경우가 있다. 미래를 위하여 현재를 희생해야 하나? 선택에 어려움이 있을 수 있다.
미래를 위한 현재의 희생이라는 관념을 바꾸어야 한다. 미래의 긍정적인 이익은 현재에 차용하는 것이다. 그러면 현재의 희생은 사라지고, 희생이 당연한 삶으로 바뀐다.

문제는 나쁜 행동이 습관화되어 고치기 어려운 일이 있을 수 있다. 많은 사람들이 도전하여 실패하는 가장 힘든 것이 금연이다. 지금은 이익이다. 담배의 맛을 아는 사람은 안다. 마약과 같은 존재이기 때문이다. 그러나 건강을 크게 해치고 주위 사람에게 피해를 준다.
금연이 어렵다는 것은 누구나 다 아는 사실이다. 금연 전략은 긍정적인 나의 자존심과 부정적인 나의 자존심과 경쟁하게 만든다. 나는 긍정의 마음을 이기게 응원하고 독려한다. 금연 전략을 흔드는 부정적인 나에게 강하게 질책한다. 이때에 가상의 자신과의 자존심 싸움을 한다.
금연 100% 성공의 지혜를 소개한다.
일단 금연 목표는
1) 담배를 영원히 끊는 것이 아니라 내가 정한 기간만큼 담배를 피우지

않는다.
2) 정말 꼭 피우고 싶으면 내가 나의 약속과 의지를 깨고, 자존심을 버리고 피운다.
3) 금연의 기간 연장은 점차 늘려 간다. 그러면 금연 목표는 실패가 없는 전략이다.

실천 전략
1) 1차 금연 목표는 3일간이다. 금단 현상도 있다.
힘든 3일은 나와 또 다른 나와의 자존심 경쟁이다.
2) 3일을 성공하면 다시 3일을 연장하여 합이 6일이 된다. 3일의 경험을 바탕으로 약간 쉬운 성공이 된다. 금연이 아주 힘들고 금단 현상이 있을 때에, 자신에게 마음으로 용기와 칭찬하고, 부정의 욕구가 생길 때에 강하게 자기 관리를 한다. 3일간과 3일의 고통을 이기고 나면 성취감이 생긴다.
3) 이제 6일을 연장하고 목표는 12일 된다. 6일의 경험을 바탕으로 6일의 성공의 맛, 칭찬과 위로, 질책으로 6일을 넘긴다. 금연에서 아주 힘든 시기이다. 힘든 고통에는 성공의 맛과 성취감은 더 크다.
4) 이제 12일 동안의 경험으로 12일을 다시 연장한다. 그러면 24일간의 목표가 된다. 12일의 경험과 2주 후에 담배를 필 울 수 있다는 희망 고문까지 동원한다.
24일이 지나면 금연의 가능성이 매우 높아진다. 성공의 맛, 성취감은 물론이고, 실제적으로 금연이 건강에 좋다는 느낌을 가지게 된다.

5) 담배를 피울 수 있다는 희망을 배신을 때리고, 다시 24일을 연장한다. 이렇게 나와의 자존심 싸움과 희망고문을 통하여 1개월의 금연을 성공할 수 있다. 2개월, 6개월, 1년, 2년 지금까지 금연 연장이 25년이 되었다.

금연에 부정적인 환경에서 멀리해야 한다. 음주의 자리는 금연이 자리잡을 때까지 가능한 피한다. 다른 100% 성공의 연습도 마찬가지로 환경관리를 한다.
 일상의 삶에서 긍정의 마음과 부정의 마음이 충돌할 때에 긍정의 마음이 이길 수 있도록, 긍정의 마음을 응원한다. 또 다른 나의 부정의 마음에 협박과 핍박을 준다. 이것이 내적 자존심 경쟁이다.

일상의 삶이 목표가 될 때

성공적인 삶을 산다는 것은 일상의 삶을 열심히 잘 사는 것이다. 일상의 삶을 잘 산다는 것은 행복하게 사는 것이다.
일상 삶에서 작은 목표를 많이 찾아야 한다. 지금 관성적이고, 무의식적으로 하고 있는 행동을 목표화 하는 것이다.
습관적으로 당연하게 하는 행동도 목표로 삼고, 작은 성공을 기록하고 성공의 맛을 느끼게 한다. 그러면 지루한 삶이 100점짜리 삶이 된다.
예를 들어 월급 다음날은 아이와 서점가는 날로 정한다. 그리고 아이에게 자신이 보고 싶은 책 3권을 사게 한다. 그러면 아이의 목표 성취에 도 도움이 되고, 아이는 초등 고학년 3년 동안 108권, 중학교, 3년 108 권, 고등학교. 108권, 총 318권의 독서를 하게 된다. 만약 형제, 자매 2 명이 있다면 배가 된다. 자녀 교육을 위한 최고 지혜이다. S대, Y대를 보낸 실제 경험이다.

주말의 가족과의 근교 나들이도 삶의 목표로 정할 수가 있다.
아이들의 성장과 발전을 위한 노력이 지나고 보니 참 잘 한 일 중에 하나다. 이러한 삶에 그 의미를 부여하면 훌륭한 성공의 요소가 된다. 이렇게 의미 있는 삶이 많을수록 성공적인 삶이 풍성하게 완성된다.
성공을 해야 행복하다. 성공의 신화, 성공의 함정에 빠지지 않기 위하여 일상의 삶에서 작은 행복의 요소를 많이 발굴할 필요가 있다. 매일 쏟아지는 실패와 성공의 소식들 진정 자신의 성공에 대하여는 소홀한 것이 사실이다.

타인의 성공에 의하여 내 성공이 결정되는 것은 아무것도 없다. 나 자신만의 성공의 기준을 만들고 집중해야 성장한다.
타인의 성공 열개 보다, 나 하나의 성공이 더 가치가 있고 의미가 있다.
사회적인 성공이 유일한 목표가 아니며, 삶의 여러 분야에서 행복감과 만족감을 느껴야 한다. 가족과 사회와 함께 나누며 살아갈 때에, 일상 삶의 질은 향상되고, 진정한 성공이 된다.
일상의 삶에서 성공의 요소를 찾고 삶의 질을 높여야 한다.

쉽게 찾아야 할 성공의 요소들이다.

1) 건강

2) 지금 삶의 목적

3) 일의 안정

4) 가정의 행복

5) 여가 생활

6) 배움과 자기계발

7) 창조와 보람

8) 봉사와 사랑

9) 공동체와 우정

10) 부모와 가족

11) 자녀 양육

12) 자존감

13) 부자가 되는 것

14) 좋은 집에 사는 것 등등

이는 각자의 삶에서 다소 차이는 있겠지만 보통의 삶에서 목표를 찾아야 한다.

성공의 덫에 빠지지 않기 위하여는 타인의 삶과 비교하지 마라, 타인의 삶에 초연하라. 타인의 삶을 보기 시작하면 자신의 성공적인 삶을 내려놓는 것이다. 일상의 삶에서 상대적인 박탈감은 행복의 적이다. 이 책에서 삶의 지혜를 이해하고 활용하면 성공의 덫에서 벗어날 수 있다.

상대적인 박탈감을 줄이려면 자존감을 높여야 한다. 자존감을 높이는 것은 경제적인 여건만이 최우선 가치가 아니다. 자신의 삶 가치를 결정하는 여러 요인이 많다는 것을 먼저 인지해야 한다. 그래서 삶의 질을 구성한 요소를 통하여 내 삶의 풍요를 느껴야 한다. 너는 너, 나는 나의 삶의 정신을 일상에서 연습해야 한다. 100% 성공의 연습을 하는 것은 성공을 습관화하기 위한 이유이다.

17. 긍정심리의 힘

삶에서 1%의 가능성에서도 긍정심리의 힘은 작용한다.
긍정이란 그러하다고 생각하며 옳다고 인정하는 것이고 믿는 것이다. 희망이란 앞으로 잘될 수 있는 가능성을 의미한다. 긍정과 희망은 동행하며, 고비의 순간에 잠재력, 동기유발, 능력을 발휘하여 행동을 하게 하는 힘이다.
그러나 긍정의 마음을 어렵게 하는 것은, 인간의 속성이 이유와 핑계로 불확실성에 도전하기를 싫어하기 때문이다. 그래서 긍정심리가 없으면 미래의 성공에 대한 도전을 할 수가 없다.

긍정심리는 미래 삶에 대한 희망의 메시지를 가져와준다.

현재의 선택이 올바르기 때문에 잘 될 것이라는 믿음을 준다.
긍정적인 마인드는 불확실한 미래, 어려운 고비, 불가능할 것 같은 조건, 거센 반발과 반대 등에서 오는 불안으로부터 잘 될 것이라는 가능성으로 전환하게 하는 힘이다.

긍정심리의 힘을 크게 강조하는 것은, 역설적으로 생각하면 삶에는 부정적인 힘이 끊임없이 작동하고 있다는 의미가 되기도 한다. 희망이란 것도 다른 의미를 보면 부정적인 생각에서 위로의 측면이 있고, 궁여지책의 믿음일 수 있다. 그러나 근거 없는 긍정이나 희망은 무의미하다. 긍정의 시작은 근거 있는 이유와 방법을 찾아가는 것이다.

긍정적인 마인드의 소유자가 긍정적인 삶을 사는 사람이고, 성공할 확률이 높다. 그러나 부정적인 것이 반드시 나쁘고 긍정적인 것이 반드시 옳은 것은 아니지만, 긍정적인 사람이 대체로 따뜻하고 성공한 삶이 많다. 왜냐하면 긍정하지 않으면 시작할 수가 없기 때문이다.

긍정심리의 힘은 삶의 고비마다 지치고 힘들 때, 이겨낼 수 있다고 자신을 북돋아 주는 용기를 준다. 긍정심리의 힘은 미래에 꺼져가는 불빛을 다시 밝게 하는 힘을 가지고 있다.

성공적인 삶을 살기 위하여 긍정심리는 선택의 문제가 아니라 필수적인 정신 자세이다.

그래서 긍정심리의 힘을 키우는 지혜와 연습이 필요하다.
긍정심리의 힘은 자신의 잠재력을 키우고 발굴하는 마술과 같은 힘을 가지고 있다.

먼저 자신을 긍정하라

나를 긍정하는 것은 자신을 인정하는 것이다.
자신에 대하여 항상 긍정하기란 쉬운 것이 아니지만, 자신이 처하여 있는 환경과 조건에 대하여 만족하기란 쉬운 것도 아니다. 만족하지 못하더라도 운명적으로 그냥 받아들여라.

가끔 자신의 부족한 점을 깊이 생각하고 절망에 빠지기도 한다. 때로는 자신을 학대하는 경우도 생긴다. 현실적으로 세상이 어느 정도는 공평하지 않다는 것을 받아들여야 한다.
현실적인 삶에서 이 사회는 완전하게 공평하지도 정의롭지도 않다는 것을 인정해야 한다.
그러나 긴 인생의 삶에서 경험을 통하여 보면, 그 불공평은 소수이고, 극복되는 것들이다.

다른 사람의 타고난 재능이 부러우면 쿨하게 받아들이고, 자신에 대하여 긍정한다면, 자신은 가장 큰 무기인 긍정심리 하나를 얻은 셈이 된다.

그 무기는 당신의 성공과 행복을 만드는 무한한 힘을 가져 다 준다. 다른 것을 인정하고 받아들이는 것은 마음의 여유이고, 가장 긍정적인 힘이다.

사람들의 모습이 각기 다른 것과 같이, 사람의 재능이나 환경이 다 다르다는 사실을 인정해야 한다. 이것은 숙명적인 현실이다. 그렇게 보면 앞에서도 이야기한 것과 같이, 경쟁은 불공평한 것이다. 이 불공평을 누가 해결해 줄까? 조물주도 이 불공평을 해결해 주지 못한다.
그러나 어떤 정치인들은 크게 떠든다. 정의롭고 공정한 사회를 만들어 주겠다고, 삼백 년의 미국도 팔십 년의 한국도 당신에게 공정하고 공평의 기회는 100% 보장해 주지 못한다.

그러나 소수의 기득권을 가진 불량 인간을 제외하면 그런대로 공정 경쟁을 하는 사회이다.

이런 환경에서 내가 이 경쟁에서 이길 수 있는 길은 나 자신 밖에 없다. 꼭 이 사회의 경쟁에서 이기는 것이 행복한 것은 아니다. 경쟁에서 이기는 것이 나쁘지는 않기 때문에 자유 경쟁 사회에서는 일단 지는 것보다, 이기는 것이 유리하다.

나의 재능과 능력을 긍정하고, 부족함은 배우고 키워서, 역량을 향상시킨다. 나를 긍정하면 긍정의 힘이 생겨서 시너지 효과가 나타난다.

성공하고 싶다면 목표를 긍정하라

성공을 하고 싶다면 하지 말아야 할 3가지가 있다. 부정적인 생각을 버려라.

1) 그것 해서 뭐해요? 목표에 대한 의미와 의지가 있어야 한다.

2) 아니 그것 못해요. 자신에게 부정적인 시각은 시작을 어렵게 한다.

3) 그것 되겠어요? 가능성에 대한 전체적으로 회의를 가지는 경우이다.

긍정하지 않고 부정만 한다면 성공을 향한 출발을 하지 못한다.

성공을 하고 싶다면 먼저 자신의 행동을 점검하라. 그리고 부적합한 행동이 있다면 먼저 개선하라.

1) 지금 하는 일이 적합한가?

2) 주어진 시간의 낭비는 없는가?

3) 내가 하는 활동이 즐겁고 기분이 좋은가, 생산성의 성취는 조금 미진해도 좋다.

4) 계획과 약속은 연속적으로 파기하지 마라.

5) 책임감을 가져라.

6) 목표를 향하여 서서히 나아가면서 조절한다.

보통 삶에서 성공의 목표가 고도의 창의성이나 위험성을 배제하고 내 삶에 대한 긍정을 필요로 한다. 가끔 자신의 삶에 대한 지금의 환경에 대한 저항과 불신과 변명을 일삼는 경우가 있다. 이런 경우 생각의 전환을 통하여, 자신을 긍정의 환경으로 바꾸고, 주어진 환경에 긍정하며 지금의 환경에서 내가 할 작은 일을 찾는 것이다.

긍정하면 힘이 생기고 새로운 방법이 생긴다. 부정하면 할 일이 없어진다. 시간만 가기를 기다리는 것 밖에는 없다. 그러나 긍정의 결과에 관계없이 삶은 이루어지게 되어 있지만, 의도성이 없는 삶은 성공적인 삶이라 말할 수 없다.
어떤 상황에서도 작은 긍정을 찾아 즐겨야 한다. 삶에서 뜻대로 풀리는 것보다, 그 반대의 경우가 더 많다. 뜻대로 풀리지 않는 것이 신체적, 정신적, 경제적, 사회적으로 위축을 가져오는 경우가 많다.
그 과정이 누구도 피할 수 없는 세상의 일이라면 받아들이고, 그 속에서 작은 희망을 찾아야 한다. 어떤 경우라도 작은 희망과 작은 즐거움은 존재한다. 그것이 긍정의 힘이고, 긍정 심리의 마법이다.

긍정의 마음을 생활신조로 삼아라

누구에게나 시련의 어려움이 가끔 찾아온다. 포기하지 말아야 한다. 솔로몬의 지혜가 필요할 때가 있다. 누구나 살면서 한두 번은 당해 본 일이 아닐까?

그리고 긍정의 힘을 경험한 사람도 많을 것으로 믿는다.

왜냐하면 우리는 하면 된다는, 긍정심리의 힘으로 출발하여 성공을 이루었다. 모든 국민의 노력에 결과이기 때문이다. 이 결과를 폄훼하는 사람들도 존재하지만, 긍정의 마음을 생활신조로 삼고 자신을 세뇌해야 한다.

자신에게 긍정의 마음을 가지게 하는 신조이다.
1) 나는 할 수 있다.
2) 내가 원하는 결과에 대한 방법은 어디엔가에 존재한다.
3) 이와 유사한 일이 어디에는 존재한다.
4) 완벽한 결과가 아니라도 좋다, 최선의 결과만이 존재한다.

이렇게 하면 긍정의 마음은 잠재지식을 활성화하여 창조의 지식을 만들어 낸다. 때로는 새로운 발상의 전환으로 자료를 수집하고, 배워가며 일을 해결하는 데 희열을 느낀다.
이 힘이 바로 긍정심리의 힘이다.
긍정심리의 힘은 자신감이고, 잠재력을 활성화하고 동기를 유발하는 현실적으로 살아있는 힘이다.

아무리 긍정심리로 살아간다고 해도, 한계를 느끼는 경우가 가끔 있다. 긍정이 있는 곳에는 또 항상 부정의 방해꾼이 있다. 그래서 삶이 힘든 것이다. 갈등이라는 것이 어찌 보면 긍정의 마음과 부정의 마음이 서로 부딪치는 것이다. 이때에 긍정심리를 활성화하여 긍정적인 행동을 하게 한다.

긍정의 마음을 습관화하기 어렵지 않다. 부정적 마음에는 행동이 없으니 결과도 없다. 하지 않은 것에 대한 후회는 있어도, 성공의 맛은 없다. 긍정의 행동 결과는 성공의 맛도 있고 자부심이 남게 된다. 긍정의 생활화는 긍정으로 이룬 결과를 항상 오래도록 마음속에 간직하는 것이다.

긍정의 경험을 많이 하게 되면, 어떤 일을 마주하게 될 때에 항상 긍정적으로 반응한다.
이때에 그 사람을 긍정적인 사람이라고 한다.
긍정의 생활화는 본인의 경험하지 않고는 잘 알 수가 없다.
긍정적인 사람은 긍정의 맛을 알고, 긍정을 통하여 성공의 경험을 많이 한 사람이다. 부정은 짧게, 긍정은 자주 그리고 길게 경험하는 것이 좋다. 긍정의 맛은 오래 기억하라.
몹시 힘든 어느 날 지친 몸 누이니 행복을 느낀다.
힘든 하루 또 지나가네, 하루를 마감하고 하루를 정리하는 시간이다. 내일도 또 오늘 같은 하루를 기대하면서, 오늘 하루의 의미를 생각한다.
나에 지친 몸의 의미를 생각하며 쉼이 행복하다.
하루의 일과가 행복하니 얼마나 긍정적인가? 어느 힘든 하루의 독백이다. 긍정심리는 희망과 성공과 행복의 씨앗이다.
긍정심리가 없으면 시작되지 않는다.

긍정심리의 힘은 내 잠재력을 키운다

가끔 삶에 대한 회의를 가질 때가 있다.

마음속에는 근본적으로 나약함이 존재한다.

그때마다, 삶의 근본적인 의미를 생각하게 한다.

나에게 내 삶을 의미를 묻고 스스로 답을 찾는다.

지금의 겪고 있는 마음의 고통은 미래의 내 삶에 발전과 성공을 위하여 겪어야 하는 값이다.

오늘 내 일상의 삶은 미래를 위한 당연한 고통이다.

연봉이 많은 사람이나, 적은 사람이나 출근하고 일하는 것은, 오늘도 월급을 받기 위해서이다.

그래도 출근길이 즐거운 사람은 그리 많지 않다.

지금의 이 출근의 의미를 잘 생각할 필요가 있다. 나와 우리를 지켜야 하고, 아름다운 미래를 위하고, 오늘도 새로운 무엇을 배우고, 경험하기 위하여 출근한다.

어떻게 보면 월급은 보너스 같은 것일 수 있다.

내가 일한 만큼 월급을 받는다고만 생각하면 출근의 의미가 한정된다.

월급은 소비를 통하여 그 월급 효능을 경험하게 된다.

금액의 수십 배의 효과를 만들 수도 있다.

그 가치는 나의 역량으로 키울 수가 있다.

재테크나, 월급의 사용 용도에 따라서 미래에 말할 수 없는 잠재력을 만드는 힘이 된다.

월급의 5%는 자신의 자기계발을 위하여 사용하라는 선배들의 조언이 있었다. 이 5%는 나의 무한 잠재력을 만드는 원동력이 된다. 이렇게 긍정하면 출근길이 즐겁지 않을 수가 없다.
그러면 내 잠재력과 능력은 최대한 발휘된다. 이런 생각이 긍정심리의 힘이다.

18. 성장으로 가는 사다리

재미있는 게임도 인내와 끈기가 요구된다. 오랫동안 하다 보면 마음이 바뀔 때도 있는데, 우리의 삶의 과정은 재미있는 놀이와는 천지 차이이다. 아무리 의미와 가치로 포장을 해도 어렵고 힘들다. 그래서 스스로 다잡는 인내와 끈기가 필요하다.
그리고 아무리 불공정과 부정적인 요소가 있는 세상이라도 인내와 끈기 있는 삶을 이길수는 없다. 성공은 인내와 끈기를 믿어도 된다.

긴 일생의 삶을 우여곡절 없이 살아가는 사람은 없다.
그래서 삶의 기본 체력인 인내와 끈기가 필요하다.
인내와 끈기의 힘이 부족할 때 성공을 믿고 그 성공의 맛을 상상한다.

일상 삶 속에서 항상 성공의 맛과 행복의 맛으로 살아갈 수 없다. 아쉬움의 맛을 함께 하는 것이 정상적인 삶이라는 것을 명심하자.
부정적인 상태에서 오는 힘들고 불안함이나, 끊임없이 반복되는 지루함도, 모두 다 인내와 끈기를 요구한다. 이 인내와 끈기를 유지시켜주는 힘은 바로 성공에 대한 믿음과 긍정이다.
힘들 때마다 성공을 생각하고, 성공에 대한 희망을 생각하면서 인내와 끈기를 응원한다.

인내와 끈기는 삶에서 기본적이고 기초적인 정신력이다.
포기하지 않고 인내하는 삶은 자신에게 주어진 유용하고 한정된 시간을 잘 활용하게 지켜준다.
일의 업적이 나타나는 것은 재능과 능력이 시간과 결합함으로 생긴다.
인내와 끈기의 시간은 주어진 삶의 시간을 허비하거나 허송되지 않게 지켜 준다.

일을 하고 싶은 사람은 1만 명이다. 그 일을 시작한 삶은 1백 명이다, 그 일을 계속하는 사람은 1명이다. 그만큼 꾸준함이란 쉬워 보이지만 쉽지가 않다.

그래서 성공한 사람이 소수가 되는 것이다. 내가 소수의 성공한 한 명이 되고 싶다면 인내와 끈기의 기본 체력을 키워야 한다. 인내와 끈기는 약간의 고통을 동반한다.

삶의 지혜는 이 고통을 줄이고, 가볍게 넘기는 기술을 가지고 있다.

목적에 구체적인 의미와 가치를 입혀라

라이프 플랜에 삶의 요소가 명확하고 목표와 목적이 정해진다.
목적을 위한 목표가 가치와 의미를 가지고 행동을 이끈다.
목표는 눈에 보여야 하고, 정해진 목표는 가치와 의미가 있어야 한다.
그래서 항상 목표와 목적은 선명하고, 그것이 가지는 의미와 가치가 뚜렷해야 한다.

구체적인 목표는 이정표 역할을 하고, 실현 가능한 목표가 되어야 한다. 손에 잡히는 목표와 목적이 있으면 정신적인 자세가 강해지고, 행동의 결과가 눈에 보이면 만족감도 생긴다.
그래서 인내와 끈기의 힘을 위해서도 단기적인 목표와 목적은 가능한 구체적으로 잡아야 한다.

그러나 중, 장기적인 목표와 목적은 그렇게 완벽할 필요는 없다. 삶의 과정에서 변화하고 수정되는 것이 현실이기 때문이다. 다만 목표와 목적이 내용적인 동질성은 유지되어야 한다.
목표에 대한 의지는 높아야 한다. 의지가 높다는 것은 필요성이나 욕구가 강하다는 의미이다.

다른 말로 표현하면 꼭 필요하다는 것과 같다. 적당한 욕심은 필요하다. 이것은 인간의 속성에 충실하는 것이고, 사회에 해악을 주지 않는다면, 인내와 끈기를 건전하게 유지하는 힘이다.

강한 욕망을 위하여 성공의 의미를 수시로 생각하고, 자신을 파이팅 시켜야 한다. 욕망은 사람마다 삶의 철학에 따라 다르다. 종교나, 소속 집단, 학력, 지력, 정치형태, 환경, 개인, 개성, 등으로 욕망의 크기는 다르다. 자신의 수준에 맞는 욕망을 목표로 삼는 것이 좋다. 그리고 점차 키워간다.

간혹 욕망을 죄악시하는 사람도 있다. 욕망이 없는 사람은 삶의 의미가 약한 사람이다. 성공적인 삶을 이끄는 힘 중에 하나이지만, 삶의 발전을 유도하는 것은 욕망에서 출발한다.
건전한 욕망, 필요에 의한 욕망은 희망과 바람의 다른 이름이다. 욕망에 근거한 목표는 강력한 실천으로 나타난다.

성장 사다리를 타라

인내와 끈기를 병들게 하는 것은 재미없고, 성공의 맛이 없는 삶이고, 희망도 없는 삶이 주범이다. 앞으로 잘될 수 있는 가능성이 있고, 희망이 있는 삶이라면 인내와 끈기를 유지하는 힘이 생긴다.

희망이 없는 삶에서 독한 마음으로 강한 정신력으로 극복하라고 한다면 그것은 말 뿐이다. 무조건 정신력으로 극복하라고 하면 다 되는 것이 아니다.
개인마다 정신력의 차이가 있다는 현실을 인정해야 한다.
그래도 인내와 끈기를 유지하는 방법과 지혜를 찾는 것이 필요하다. 재미있고, 의미 있는 삶을 사는 지혜를 익히고, 희망을 잃지 않는 방법을 찾는다면, 저절로 생기는 힘이다. 이 세상의 수많은 사람들은 제 각각의 삶의 방법을 가지고 있다.

더 성공하고 더 행복하기의 삶은 성장하는 삶이다.
생애의 과정에 따라 성공의 욕망은 달성 가능한 욕망이어야 한다. 높은 욕망은 나누어서 작은 욕망을 만들어, 사다리를 만드는 것이다. 욕망의 사다리를 오를 때마다 만족감을 느낀다.
이런 욕망의 사다리는 목표의 사다리이면서 성장의 사다리가 된다.

합리적인 욕망으로 성공의 맛을 느끼며, 더 높은 성장의 사다리를 오르듯 성공을 이끌어야 한다.

더 성공의 삶은 더 크고 더 많은 성공을 하는 것이다.
더 성장하고, 더 성공하기 위하여는 사다리를 오르듯이 낮은 목표에서부터 높은 목표를 향하여 성장하는 것이다.

성공의 목적에서 의미와 가치를 찾아라

삶에는 삶을 이루는 많은 요소들이 있다. 그중 삶에 꼭 필요한 필수적인 요소가 있고, 다양한 삶을 위한 선택적인 요소가 있다.
이 모든 삶의 요소가 성공을 구성하는 요소들이다.
이 성공의 요소에는 각각의 목적과 목표가 존재한다.
이 목적과 목표에는 이것으로 이루고자 하는 의미와 가치이다.

아무리 큰 성공도 삶의 의미와 가치가 없다면 공허해진다.
돈이 많은 재벌을 대하는 태도에서, 보는 사람의 시각에 따라서, 비난을 하는 사람도 있고, 재벌의 의미와 가치를 인정하는 사람도 있다.
재벌의 총수는 꼭 돈 때문은 아니다. 기업은 사회적인 역할이 있고, 총수 스스로의 책임과 의무감도 있고 성취감도 있는 것이다.

개인이 부를 축적하는 것도 하나의 큰 목표가 있다. 이 부의 축적은 여러 가지 의미와 가치로 존재한다.
주택 마련, 자녀의 성장과 교육, 행복한 가정을 위한 활동, 자신의 삶에 즐거움을 위한 도구, 효도를 위한 재원, 불우이웃을 위한 성금, 이와 같이 돈 하나에도 많은 의미와 가치가 있다.
가치가 있고 의미가 있는 목표는 의미 있는 삶을 만들어 간다
가치와 의미가 명확하면 어려움이 닥쳐올 때에도 견디는 힘, 즉 인내와 끈기가 생긴다.

자신의 일과 행동에 가치와 의미를 생각하고 부여해야 한다.
어떤 한 분야에 높게 성공하는 데에는 상대적으로 남보다 재능과 능력이 탁월해야 하고 치밀한 계획과 적극적인 실행이 필요하다.
그러나 탁월함이나 치밀함이나 적극적인 실행을 뒷받침하는 정신력은 기본적이고 고전적인 근면, 성실, 인내, 끈기이다

삶의 과정을 즐기기 위한 지혜

인내와 끈기를 병들게 하는 것 중에 하나가 재미없는 삶이다. 삶의 의미와 가치를 느끼지 못하는 순간 재미없는 삶이 된다. 어떻게 하면 재미있는 삶이 될까?

삶의 과정은 길고, 복잡한 삶이다. 긴 기간 항상 재미있고 행복할 수 있을까? 정답은 가끔은 재미있고, 또 가끔은 행복하다.
항상 재미있고 행복한 삶은 없다. 더 재미있게 살아야 하고, 더 행복하게 살기 위하여 노력하는 방법밖에 없다. 다행한 것은 노력하면 누구나 더 재미있고 더 행복한 삶을 살 수 있다는 것이다. 그렇게 하려면 일상 삶의 과정이 재미있고, 행복한 원천과 같이 해야 한다.

삶의 과정을 즐기는 것이 그리 어렵지 않다. 현대 사회에 가장 뜨거운 감자인 주거의 문제에 있어서도, 과거와 현재가 너무 다르다. 또한 사

람이 처하여 있는 환경에 따라 천차만별이다. 그러나 삶의 과정을 즐겨야 한다.

삶의 과정의 즐기는 기본 조건은 지금 자신의 삶을 긍정해야 한다. 만약 지금 자신에 삶의 처지가 다른 사람과 비교하여, 차이가 있다고 하더라도 불만, 불평을 가져서는 안 된다.
지금 자신의 삶을 긍정하고 받아들여야 한다. 왜냐하면 성공적인 삶은 지금보다 더 성공하고, 지금보다 더 행복함을 추구하기 때문이다.

보통의 신혼부부는 주로 전세로부터 출발하여 작은 집을 마련하고, 더 큰 집으로 이사한다. 교육 환경이 좋은 곳으로 옮기고, 환경이 좋은 곳으로 마지막으로 실버의 삶은 편한 곳으로 옮겨 간다.
이 과정은 성공의 과정이다. 즐거운 마음과 보람으로 살아가야 한다. 지금의 전세는 의미가 있다.

삶의 과정이 개인에 따라서 모두 각기 다른 요소를 가지고 있으며, 같은 요소라고 하더라도 다른 조건과 환경에서 살아가게 된다. 그래서 다른 사람과 비교될 수도 없고, 자신만의 삶의 과정을 통하여 자신만의 삶의 맛을 경험하게 된다.

모든 요소별 삶의 맛에는 성공과 행복의 긍정의 맛이 있고, 부정적인 맛도 존재한다. 이 부정적인 맛으로 인한 좌절과 절망에 분노할 때도 있다.
그러나 이 모든 부정적인 삶의 맛도 성장하고 성공을 위한 성장통이라고 자신을 위로해야 한다.

자신을 위로하고 끌고 가기 위하여 기본적으로 긍정하고 희망을 가져야 한다.
삶에서 혼란과 좌절이 찾아오면 가장 중요한 것이 자신의 책임으로 받아들여야 한다. 타인이나, 환경에 핑계를 댄다면 포기하는 것과 같다.
최후로 스스로 해결이 어려우면 도움을 청한다.
배움을 통하여 지혜와 지식을 찾는다.

자신의 내면의 힘을 키운다. 변화를 시도한다. 잠시 휴식기간을 가진다. 내가 할 수 있는 것 만을 한다. 그리고 결과에 순응하고 긍정적인 점수를 준다.
부족한 부분은 다시 더 성공을 위하여 재출발하면 된다. 삶은 멈추는 것이 아니라 계속 전진하는 것이기 때문이다.

19. 성공과 행복의 맛 중독

삶은 희로애락이 함께 들어 있는 종합 상자이다. 삶의 과정 속에서 만들어진 여러 감정들이다. 삶의 성과나 평가에 따라 좋은 감정 혹은 나쁜 감정이 혼재되어 있다.

지속 성장하는 삶을 위하여, 좋은 감정들을 유지해야 한다. 이 좋은 감정들을 성취감 또는 만족감이라고 하고, 성공의 맛과 행복의 맛으로 발전한다. 이것을 성공의 맛과 행복의 맛이라 부른다.

어떤 누구도 성공의 맛과 행복의 맛을 싫어하는 사람은 없다. 그러나 우리 주위에는 이 두 맛을 즐기며 사는 행복한 가정이 많이 있고, 반대의 가정도 있다.

그러나 분명한 것은 모두 행복하게 살기를 바란다. 그래서 두 부류의 가정 모두 다 성공적인 삶의 지혜를 이해하고 활용해야 한다.
성공적인 삶의 지혜를 얻게 되면, 더 크고 더 많은 성공의 맛을 느끼게 될 것이다. 이 말은 삶의 방법이나 태도를 지혜롭게 선택해야 한다는 의미이다.

열심히 긍정적으로 살아가는 많은 사람은 분명하게 성공의 맛과 행복의 맛을 느끼며 산다. 보통 사람들도 개인적인 차이는 있어도 자신만의 성공과 행복의 맛을 느끼면 산다.

삶에는 쉬운 일은 없다. 삶은 힘들고 고달픈 것이 보통이다. 그래서 꾸준하고, 즐겁고, 열심히 살아가기 위하여, 일상 삶이 매우 중요하다. 먼저 행복의 맛을 찾고 만들어야 한다.

행복의 맛은 일상 삶에 녹아 있다. 일상 삶의 의미와 가치가 얼마나 중요한가?
이 속에 행복의 원천이 있다.
사랑하는 가족으로부터, 커가는 자녀로부터, 부모형제, 사회의 동료로부터 같이 존재함에서 오는 행복이다. 이 행복의 원천이 목표가 되면 성공의 요소가 된다.

우리 삶의 주변에 상위 몇 %라고 하는 성공한 사람들은 대부분 성공의 맛을 잘 아는 사람이다. 그래서 그들은 다른 사람들보다 매사에 긍정적이고 적극적이고 활기차며 즐거운 삶을 산다. 성공의 맛과 행복의 맛을 잘 활용하기 때문이다.

심지어 실패를 했음에도 그 실패를 바탕으로 미래의 새 희망을 찾아낸다. 그래서 성공의 맛과 행복의 맛을 즐긴다.

일상 삶에서 성공과 행복의 맛을 느껴라

보통사람은 일상의 삶에서 성공과 행복의 맛을 잘 느끼지 못한다. 그래서 연습을 통하여 맛을 쉽게 찾는 지혜를 배운다.
성공과 행복의 맛을 찾는 시작은 일상의 삶에서 긍정의 요소를 찾는 것이다.

누구나 일상 삶에는 긍정의 요소를 많이 가지고 있다. 걱정이 없으면 행복이라 했다. 찾아 즐기면 더 큰 성공과 행복의 맛을 찾게 된다. 그래서 맛 중독이 시작된다.
성공했다고 모두가 행복한 것도 아니며, 행복함이 없는 성공은 온전한 성공도 아니다. 그냥 하나의 목표를 달성했다는 의미를 가질 뿐이다.

삶의 과정을 즐기는 사람은 결과에 크게 관계없이 걱정이 없는 삶이면 행복하고, 성공적인 삶으로 본다.

그래서 대부분 성공과 행복은 동행하며 선순환한다.

동행한다고 해서 상호 필요충분조건의 관계는 아니다. 왜냐하면 꼭 성공해야 행복한 것도 아니며, 행복하면 꼭 성공하는 것도 아니기 때문이다. 그러나 성공과 행복이 '꼭'은 아니지만 상당한 관계가 있는 것은 증명되었다.

행복의 원천은 다양하다. 행복감을 주는 원천 속에는 즉 즐거움, 안정, 희망, 사랑, 아름다움, 등 긍정적인 가치를 가진 것들이다. 그리고 성공도 행복의 한 가지 원천이다.

이런 의미에서 보면 행복은 성공과 비례하지 않고, 공생의 관계이며, 삶에 기본이라 할 수 있다.

행복한 마음은 성공을 위한 힘이 되고, 성공을 하면 성취감이 생기고, 성취감은 또 다른 행복을 만들어준다. 성공과 행복은 선순환 하며 동행한다.

일상에서 행복의 맛을 찾고, 작은 성공에 맛을 알면, 성공과 행복은 훨씬 쉽게 동행할 수 있다.

성공한 많은 사람들은 아주 힘든 일을 즐겁게 한다. 행복은 감정적인 면이나 인지적인 면을 동시에 충족하게 되어 행복이 지속될 수 있다.

행복은 성공의 과정에 항상 포함되어 있어야 한다.

그 성공의 과정 속에는 성공의 결과에 관계없이 행복이 존재하는 삶을 살아야 한다. 이것이 삶의 과정을 긍정적으로 사는 사람이다.
성공의 목표가 사람마다 다 다르다. 그 다름에 대하여 이해하고 존중해야 한다. 사람마다 성격과 식성이 다르 듯이, 삶의 목표도 다르다. 돈을 모으는데 만족을 느끼는 삶이 있는가 하면, 그림을 그리고, 음악을 하는데 삶의 보람을 느끼는 삶도 있다.
이것은 개인마다 다름에서 오는 삶이고, 그래서 성공과 행복의 맛에 원천이 다 다르다.

내적으로 만족하고 즐겁지 않으면 진정한 성공이 아니다. 내적 기쁨은 만족이다. 지금 이 시대에 외적으로 크게 성공했지만 불행한 상황에 처한 경우를 너무 많이 보고 있다.
이것은 내적인 만족을 느끼지 못하고, 외적인 분야에 너무 매달려, 도덕적 윤리적 성공을 하지 못했기 때문이다.

성공의 만족감을 자신이 느끼면 그만이지, 다른 사람에게 꼭 확인할 필요는 없다. 열악한 환경과 조건에서 낮은 보수로 일하는 많은 사람들도, 비록 사회적 성공으로 인정은 못 받더라도, 자신의 직업에 애착과 긍지를 가지고 만족하게 살고 있는 경우를 흔히 본다.

보통 사람들도 참으로 열심히 살아간다. 그리고 성장하고 작은 성공을 이루며 살아간다. 그러나 성공의 맛을 잘 못 느끼며 살아간다. 삶을 즐겁게 살기 위하여 성공의 맛을 찾아야 한다.

그리고 학습을 통하여 습관화해야 한다.
성공과 행복의 맛은 중독성이 있어 삶에 활력이 생긴다.
성공하고 행복하면 긍정적인 힘이 생긴다. 이 힘이 긍정적 중독의 힘이다.
성공의 맛에 대한 의미가 성취감인데 누구나 크고 작음 차이는 있어도 성취감을 좋아한다. 보통의 사람들도 자신만의 성취감을 느낀다.
성공을 더 성공하고, 마지막까지 성공적인 삶을 유지하기 위하여, 이 성공의 맛을 유지해야 한다. 작은 성공의 맛을 귀하게 여기며 그 맛을 기억해야 한다.

일상 삶에서 성공과 행복의 맛을 의도적으로 만들고 찾을 필요가 있다.
성공의 맛을 만들기 위해서는 목표와 목적이 있는 삶을 살아야 한다.
일생이라는 긴 삶을 통하여 시절에 따라 많은 목적과 목표를 세우고 살아간다. 이렇게 목표 있는 삶에는 항상 성공의 결과가 따른다.

보통의 삶에서 성공의 맛을 한 번도 느끼지 못했거나, 성공의 맛을 더 느끼고 싶은 사람은 약간의 학습이 필요하다.
100% 성공하기 훈련을 통하여 성공의 맛을 경험하는 것이 좋다.

성공의 맛은 삶의 방식과 환경에 따라서 각기 다르다. 어떻게 살아갈 것인가? 어떻게 살아가고 있는가?
어떻게 살기를 원하는가에 따라서 성공의 종류도 다르고 성공의 맛도 다르다.

성공의 맛은 독특한 자기만의 맛이 되어야 한다.

성공의 맛은 항상 달콤하지 않다.

목표 달성이 매번 성공을 이룰 수는 없고, 꼭 성공만이 있는 것은 아니다. 항상 부족함이 있고 아쉬움이 있다.
심지어 좌절도 있다. 그래서 성공의 맛을 얻기 위한 일이 항상 달콤하지 않다.

성공의 평가에서 긍정적인 맛은 발전시키고, 성공의 평가에서 부정적인 맛은 다음 기회의 목표에 긍정적으로 활용한다.
때로는 작은 실패가 작은 성공보다 더 값진 것도 있다.
작은 실패가 큰 실패를 방어하는 경우도 있고, 작은 실패의 교훈이 큰 성공의 원인이 되기도 하기 때문이다. 중요한 것은 성공적인 삶을 관리하면서 지혜로운 관리를 해야 한다.

현실적인 삶 속에서는 긍정적 결과와 부정적인 결과가 함께 내 삶을 만들어 간다. 다만 긍정적인 삶의 비율을 높여가는 삶이 성공적인 삶을 사는 지혜이다.
실패의 맛이 있어서, 성공의 맛이 더 값지고 가치가 있는 것이다. 우리의 삶은 실패의 맛도 받아들여야 한다.

성공의 맛이나, 행복의 맛은, 삶을 살아가는 과정에서 발생되고, 잠깐 머물러 있다가 지나가는 것이다.
끊임없이 새로운 성공의 맛과 행복의 맛으로 교체된다. 우리의 삶이 진행형인 것과 같이 마음도 느낌도 잠깐 머문다.
삶에 부정적인 맛도 마찬가지이다. 좌절, 분노, 절망, 같은 부정적인 맛을 잘 관리하는 것도 긍정의 맛을 유지하는 방법이다.

정상 성공의 맛은 과정의 맛을 포용한다

마지막 남은 힘을 다해 목표를 이루고 정상에 도달했다. 그 성공의 맛은 말로 표현할 수 없을 정도로 오묘하다.
쉽게 이룬 성공은 어렵게 이룬 성공보다 그 만족감이 약하다. 성공은 사실 죽을 힘을 다하여 이룬 것이다. 이루고 나면 그 과정이 추억이 되고 아름다운 과정이 된다.

성공을 이루면서 성장하고 있는 것을 경험한다. 무에서 유를 창조하는 임무를 받고, 밤낮없이 몰입하고 유를 찾아내어 만들었다. 한 번쯤 경험한 맛 일 것이다. 그 맛을 오래 기억해야 한다. 자신에게 스스로 칭찬할 정도의 희열을 느낀다.

정상의 성공은 삶에 과정에서 작은 성공이 없이는 도달하지 못한다.
이것은 자연의 이치이다. 모든 것에 적용이 된다는 이야기다.
어떤 성공도 힘든 노력 없이 이뤄지는 것이 없다.
대한민국 성인들이 좋아하는 산행에서도 힘든 고행의 산행 없이는 정상의 경치를 볼 수가 없다.
일반 삶에서도 힘든 어려움을 극복하고 정상에 도달하여 성공한 사람은 자신만이 성취감과 만족감을 안다.
성취감과 만족감 속에는 과정 속에 어려움이 있기 때문이다.

자신에게 관심이 있고, 좋아하는 취미를 통하여 성공의 맛과 행복의 맛을 느끼는 지혜를 만든다.
취미도 목표를 설정하고 꾸준하게 실행하는 것을 권한다.

누구나 한번은 자신만의 정상에 서게 된다. 그러나 성공과 행복의 맛은 모두 다르다.
삶의 조건이 다르고, 환경이 다르기 때문이다. 그래서 지금 자신이 느끼는 맛이 최고의 맛이다.

고통의 과정을 즐길 줄 알아야 한다. 죽을 정도의 한계에서도 즐거움과 행복이 있다는 것을 경험해야 한다. 이런 극한의 즐거움과 행복의 맛을 느끼는 경험이 필요하다.

힘든 산행이나, 마라톤 같은 운동은 취미를 통하여 삶의 맛을 느낀다. 이것이 성공의 진정한 맛이다. 성공의 진정한 맛은 성공에 이러는 과정에서 만들어진다.

힘든 알바를 통하여 번 100만 원과 국가에서 복지비로 받은 100만 원 가치가 다르다.
알바의 100만 원은 힘든 삶의 과정이 묻어 있는 돈이다.
성공의 맛이 묻어 있는 돈이기 때문이다.

성공의 맛, 행복의 맛은 일상의 삶에서 찾는다. 삶의 행동에는 의미와 가치가 존재하므로 무의미한 행동은 없다. 이 속에 성공과 행복이 있다는 것을 명심해야 한다.
성공과 행복을 일상에서 찾고, 만들지 않으면 영원히 찾지 못한다. 그리고 성공과 행복은 스스로 자신이 만든다. 어떤 누구도, 당신이 굳게 믿고 있는 어떤 사람도, 일상 삶에서 성공과 행복을 주지 못한다.
행복과 성공은 내가 만들고, 일상의 삶을 통하여 만든다. 이 두가지를 잊지 말자.

[제2장]

성공적인 삶 이끌기

인생은 길다.

누구나 자신만의 성공적인 삶을 이끌어 간다.

성공적인 삶을 위해 지식과 지혜를

지속적으로 공급해야 한다.

급변하는 4차 산업과 디지털 사회에서

성장하고 발전하기 위하여

배움을 습관화하고

항상 깨어 있는 삶을 살아야 한다.

삶은 선택의 연속이다.

20. Life Plan by Life Cycle 리모델링

세상은 너무 빨리, 너무 크게 변화한다. 내 삶의 요소도 이에 따라 변화가 요구된다. 어떤 사람은 인생이 짧다고 말하지만, 인생의 삶은 결코 짧다고 말할 수 없다. 그것은 시간에 대한 효율적 활용의 문제이다.

지금 이 사회는 경제, 기술, 문화, 사회 모든 분야에서 삶의 환경이 급속하게 변화하고 있고, 미래를 예측할 수 없다.

시대의 변화에 따라 자신의 삶도 환경의 변화에 적응해야 하고, 욕구와 욕망도 끊임없이 진화한다. 그래서 라이프 플랜은 시대의 환경과 나 자신의 욕구에 따라서, 정기적으로 때로는 수시로 점검하고 조정되어야 한다.

지난 삶을 분석하고, 내 미래의 삶을 새로 조정한다. 이것이 기존의 생애의 라이프 플랜 리모델링이다. 문재는 미래를 보는 눈이다. 혹자는 미래를 한 치 앞을 예측하기 어려운 시대라고 한다. 특히 코로나 팬데믹으로 인하여 새로운 사회 환경과 질서가 생기고, 4차 산업과 디지털 환경이 폭발적으로 발달하고 있다. 이에 따라서 4차 산업을 대표하는 AI, 빅데이터, 사물인터넷, 로봇 등이 세상을 빠르게 변화시키고 있다.

쏟아지는 기술과 정보의 홍수 속에서, 1년 앞을 예측하기 어렵다. 이에 내 생애 라이프 플랜도 유연하게 수정되어야 하는 이유이다.

세계미래보고서

세계미래보고서에 따르면 포스트 코로나 이후에 8가지 큰 변화의 흐름을 제시하고 있다. 개인의 삶마다, 시대에 따라 다르겠지만, 특히 중. 장년층은 이 보고서에 주목해야 한다.

1) 부의 미래가 변화한다. 부의 판도가 바뀐다.
2) 교육의 미래가 바뀐다. 대학 학위가 무용지물 시대가 온다.
3) 우주 시대가 온다. 공상 과학이 아니다.
4) 누구나 미래학자가 되어야 살아남는 시대가 온다.
5) 인공지능 국회의원과 가상국가가 생긴다.
6) 기본소득제와 복지의 미래가 바뀐다.

7) 거대한 위기와 새로운 기회로 비즈니스, 일자리가 변화한다.
8) 인류 문명의 지각 변동과 기술 문명의 미래가 바뀐다.
이런 변화도 리모델링을 해야 하는 하나의 이유이다.

성공은 최고가 되는 것이 아니라, 최고의 목표를 향하여 나아가는 것이다. 행복은 즐거움과 만족만을 주는 것이 아니라, 걱정 근심이 없는 삶도 포함한다. 그래서 지금보다 더 성장하고 안정된 삶이면 된다. 그래서 삶의 목표는 환경에 맞게 수시로 재 설정되어야 한다.

행복과 성공의 삶은 일상의 삶이다

지금 나는 어느 시절에 와 있나? 대부분 청소년기를 지나고 청년, 중년, 장년, 노년으로 이어지는 한 시절의 삶을 살고 있을 것이다. 어떤 시절에 도달해 있든 상관이 없다. 지난 삶에 대하여 쿨하게 받아들이고, 새로이 삶을 리모델링하면 된다. 그러나 과거를 냉철하게 분석하고 미래의 삶을 재설계해야 한다. 성공적인 삶의 가치는 지금보다 더 성공과 더 행복해 가는 과정의 삶이기 때문이다.

지난 시절의 아쉬움을 머리에 담지 마라, 다만 부족함이 있다면 교훈은 가지고 가야 한다. 그런데 아쉬움이 있는 삶에서 교훈을 찾지 못하면, 아쉬움을 반복할 가능성이 많다.

그래서 교훈을 꼭 찾아야 한다. 교훈을 찾지 못하면, 물어보고
배움을 통하여 찾아야 한다.

지금이 중요하다. 어떤 환경이나, 어느 시절에 있더라도, 지금 보다 더 성공하고 더 행복한 삶을 만들어 가면 된다. 지난 시절에 아쉬움이나 부족한 점은 만회할 기회는 충분하다.
한 시절의 삶에 결과와 교훈이, 다음 시절의 새 목표의 기초가 된다. 삶은 끊임없이 변화와 성장을 한다. 또한 새로운 기회의 삶도 제공한다.

이것을 이루기 위하여 삶의 기술을 꾸준하게 배워야 한다. 하루 나들이 운전에도 네비게이션에 의존하는 삶인데, 내 삶이 어떤 상태로 어디로 가고 있는지에 대하여 알고 있어야 한다.

오직 나만의 삶을 무책임하게 살기를 원하는 사람은 아무도 없다. 꿈의 플랜이 없으면, 열심히 최선을 다한 삶을 살아도, 내가 잘 살고 있는지, 잘못 살고 있는지를 알지 못한다.
그래서 삶의 과정을 진단하고, 판단하고, 조정할 수 있는 기회를 찾기 위하여 라이프 플랜을 리모델링을 해야 한다.
긴 세월 동안 관리할 목표를 항상 가까이에 두고 관심을 가져야 한다. 그래야 내 성공적인 삶의 플랜이 수시로 나의 행동에 적극적으로 관여하게 된다.

계획은 무너지기 전에 리모델링하라

계획과 현실이 너무 멀어지면 계획을 활용할 가치가 없다. 너무 멀어지기 전에 리모델링을 통하여 현실에 가까이 가야 한다.
계획대로 잘 진행되는 삶은 방심하지 말고 계속 유지 발전하면 된다. 그러나 힘든 고비의 삶을 너무 오래도록 시간을 끌면 진퇴양난에 빠지고 계획과도 너무 멀어진다.

현실과 계획을 수시로 점검하여 진퇴양난의 환경에는 빠지지 말아야 한다. 앞으로 갈 수도 없고, 뒤로 물러설 수도 없는 환경을 만들어서는 안 된다.
삶의 계획도 심하게 무너지고 나면 다시 회복하기 어렵다.
무너지기 전에 고쳐야 한다. 이상과 현실이 너무 차이가 나면 현실성이 떨어지고, 플랜이 무의미 해진다. 무너지기 전에 새로이 리모델링해야 한다.

아무리 크고 화려한 왕궁의 대리석도 폐허가 되어 그냥 버려지면 돌에 불과하다. 우리 삶의 계획도 항상 가까이에서 관리되지 않으면 쓸모없는 허상이 된다.
삶의 계획과 목표는 순발력 있게 변화해야 한다. 새로운 제도와 기술, 유행, 삶의 방식이 쏟아진다.
그래서 내 삶의 전략과 기술도 수시로 수정되어야 한다.

매일 변화의 마음을 가져야 한다. 새로운 지식과 지혜를 얻는 동시에 내 삶의 전략도 변화하는 것이다.

매일 신문을 보고, 정보를 검색하는 것은 매일 새로운 변화에 적응하기 위해서다. 성공한 많은 사람들은 지식과 지혜를 하루하루 습관처럼, 무의식으로 받아들이고 축적한다.

시대와 환경이 아무리 변화해도 라이프 플랜의 요소에 의미와 가치는 크게 변화하지 않는다. 그것은 기술과 환경은 변화하지만, 근본적으로 인간 삶의 본성은 쉽게 변하지 않기 때문이다. 라이프 플랜의 뼈대는 크게 변화가 없어야 하고, 내용의 수준이나 세부적인 기술과 방법이 시대에 따라서 조정되어야 한다.

리모델링의 장점은 계획과 현실이 가까이 가는 것도 중요하지만, 이 리모델링 과정에서 지난 과거의 성찰이 더 중요하다.
성찰에서 얻은 지혜는 새로운 삶의 목표에 좋은 정보가 되기 때문이다.
리모델링은 자주 하면 할수록 실제의 현실에 가까이 간다.

리모델링은 시대에 따라 새로이 목표를 정하는 것도 중요하지만, 지금의 내 삶을 점검하는 역할이 더 중요하다. 내 삶이 정상적으로 균형 있게 성장하고 있는지 점검하여야 한다.

한 가지 삶의 요소에 너무 빠져 다른 삶의 요소에 부족함을 준다면 조정되어야 한다.

대표적인 예로 일과 가정 상호 균형을 맞추어 성장해야 한다.
삶의 요소에서 하나를 얻기 위하여 하나를 포기하는 것은 바람직하지 않다. 삶은 균형과 조화이다.

리모델링은 성장 모형으로 한다

라이프 플랜의 리모델링은 본연의 기능과 역할을 유지한다.
최초로 만든 라이프 플랜의 가치와 철학을 유지한다.
부자가 되고, 직업이 바뀌어도 일터의 성공과 가정의 행복 추구는 변함이 없다.

시절에 따라 자신의 가치관이 바뀌고, 사회적 위치가 변화하고 사회의 환경도 변화할 때에 리모델링의 시기, 방향, 내용이 정해진다. 그 방향은 더 성공하고 더 행복하기 위한 성장형 삶의 모형이 되어야 한다.

삶이 일생 동안 항상 성장만을 하지 못한다. 보편적으로 청년기에서 장년기의 삶까지는 가장 왕성한 성장을 지향한다. 그리고 성공의 차원에서 가끔은 비움과 멈춤도 성장의 모형이다.

성장과 멈춤이 반복되지만, 결과적으로 성장하는 것이 보통의 삶이다. 성장 멈춤의 시기는 보통 은퇴시기다. 은퇴의 삶은 이유 있는 멈춤의 삶이다.
라이프 플랜이 멋진 폼으로 만들 필요는 없지만, 최소한 자신의 마음속에는 삶의 요소별 목표를 가진다. 그리고 일 년에 한 번 이상은 점검하고 기록으로 남겨 두는 것이 좋다.

만들어가는 삶이 사회적으로 큰 성공을 이루지는 못했다고 하더라도, 그리고 삶의 과정에 대하여 아쉬움이 있다고 하더라도, 최선을 다하여 이룬 성공이라면 만족한 삶이다.
부족한 점, 아쉬운 점을 아는 것도 라이프 플랜 리모델링의 역할이다. 이것을 다시 활용하면 더 큰 성과를 얻는다.

리모델링은 현실에 근접해야 한다

최초의 라이프 플랜이 자신의 재능, 환경, 조건, 그리고 욕구에 기초하여 만들었다면, 지금의 시대는 과거의 어떤 시대보다 변화 속도가 10배 이상이다.
매일 쏟아지는 정보와 기술의 량을 보자. 로봇공학, 인공지능(AI), 사물인터넷(IoT), 메타버스, AR, VR, 블록체인, 클라우드 같은 생소한 기술이 우리의 삶에 가까이 다가왔다.

어떤 학자는 미래에는 모든 사람이 미래학자로 살아야 하는 시대라고 했다.

현실의 삶에 근접한 리모델링을 해야 하나, 쉬운 것이 아니다. 변화에 관심을 가지고 신 지식을 배워서 리모델링을 통하여 지속적인 성공과 성장을 하는 데 도움을 주어야 한다.
그리고 플랜은 실현 가능성이다. 현실성이 없는 목표는 삶에 도움이 되지 못한다. 비록 성장은 하더라도, 계획한 목표 달성에 실패를 반복하는 것은 바람직하지 않다. 더 성공과 더 행복의 관리 면에도 좋은 현상은 아니다. 그래서 가능하면 목표를 이룰 수 있는 현실의 목표를 만들어야 한다.
그래야 성취감도 높아지고 만족한 삶이 계속된다.
목표관리를 하는 방식은 각자의 생각에 따라서 다르겠지만, 어떤 사람은 목표를 높게 하여, 최선을 다하면 달성율은 떨어지더라도 실제 수치가 최대화된다고 믿는다.
또 어떤 사람은 목표를 합리적인 수준으로 잡고, 최선을 다하여 수치를 달성한다. 달성의 성취감으로 더 높은 목표에 도전한다고 믿는다. 둘 다 장, 단점이 있지만, 더 성공하고 더 행복하기의 관점에서는 무엇이 좋은 선택일까? 목표는 현실성과 의지의 조화이지만, 목표를 보수적으로 잡고 성취도를 높인다.

지금 우리 사회가 겪고 있는 청년의 실업 문제도 이상과 현실의 차이에서 발생한다. 고도성장 후에 오는 후유증이기도 하지만, 고학력자의 양산과 현실에서 직업과 학교 교육의 괴리가 가져오는 고통이다. 그러나 이 중에서도 현실의 삶을 잘 이용하는 사람도 있다.

자신의 능력과 재능에 관계없이 한 직업에 수년을 보내는 사람도 있고, 어떤 사람은 자신의 조건과 환경을 고려하여 학교 전공을 무시하고, 새로운 기술을 배운다.

분명한 것은 기술과 직업, 직종이 급격하게 변화하는 것이 사실이다. 이에 순발력 있게 변화 적응해야 한다.
직업 하나의 선택에 있어서도 이렇게 많은 경우의 수가 나온다. 다른 모든 삶 요소에 변화하는 환경과 조건이 반영되어야 한다.

21. 매일 새로운 세상, 깨어나라

매일 새로운 태양이 뜨고, 새로운 세상이다. 새로운 기술과 지식, 정보가 쏟아진다. 세상 변화에 깨어 있지 않으면 알 수가 없다. 성공적인 삶을 살기 위해서 내가 몸담고 있는 이 공간을 벗어 날 수가 없다. 특히 세계화 속에서 기술의 대변혁의 시대를 맞았다. 오늘의 삶은 기술과 정보의 홍수 속에 코로나 팬데믹으로 New normal 시대에 순응해야 한다.

현실에 삶은 정보통신기술 (ITC)의 융합으로 대변되는 차세대 산업혁명, 초연결, 초지능, 초융합의 이름으로 변화하고 있다.
이 기술들이 벌써 우리의 실생활에 깊숙하게 적용되고 있다.
이런 시대에 지금 내 위치가 어디에 있는지 확인하고, 지금 필요함이 무엇인지, 나의 미래를 위하여 무엇이 필요한지를 고민해야 한다. 비록 변화에 둔감한 산업이나 업종에 종사하더라도 시대의 흐름은 읽어야 한다.
일상 삶의 변화 없이 내 삶이 바뀌기를 바라는 것은 욕심이다. 꿈의 실현은 변화의 행동으로 실현된다. 시대에 따른 변화는 선택이 아니라 필연이다.
1년, 2년을 보면 변화를 실감하지 못한다. 5년 전과, 10년 전과를 비교하라. 변화를 실감하고 당위성을 찾을 것이다.

꼭 거창하게 4차 산업혁명에 참여하라는 이유로 매일 새로운 당신으로 깨어나라는 이야기가 아니다. 기존 삶의 환경과 조건도 4차 산업 혁명의 영향권에 있다. 머지않아 전 산업과 연결되고 융합되어 우리 삶 가까이에 오게 된다. 그래서 새로운 정보와 지식을 받아들여야 한다.
최근 1~2년 사이에, QR코드 없이 출입이 제한되고, 키오스크 없이 주문이 어려워졌다. 스마트폰 없이 택시 타기도 어렵다. 이러한 변화 속에서 직업의 선택, 직업의 변화, 내가 배움을 지향해야 할 분야가 어디일까? 변화에 민감해야 한다.

변화를 쉽게 받아들이기 위해서는 먼저 새로움에 대한 호기심을 가져야 한다. 그리고 일상 삶에서도 새로움에 대한 배움을 습관화 한다.

새로운 작은 변화는 큰 변화의 시작

매일 찾아오는 새로운 오늘, 나에게는 행운이다. 잡지 못하면 불운이다. 매일 새로운 변화가 나로 하여금, 무엇이든지 다시 선택할 수 있는 기회를 주어서 행운이다.
새로운 오늘이 내 인생에 가장 운이 좋은 날인지도 모른다. 나의 변화를 독려하고 있는지도 모른다. 새로운 오늘이 요구하는 것은 급변하는 환경에 대응하고, 미래를 준비하라는 것이다.
그래서 내 삶을 이끌어 갈 힘을 채우기 위하여 지식과 지혜를
습득하고, 이를 위하여 항상 깨어 있어야 한다.

사람들은 변화를 그렇게 좋아하지 않는다. 현재의 익숙함과 편안함에 안주하려 한다. 그리고 변화의 필요성을 알면서도 시작이 두렵고, 꾸준한 변화는 더욱 두렵다.
변화에 대하여 두려워할 필요가 없다. 왜냐하면 당신은 알게 모르게 새로운 변화를 통하여 지금의 자신이 되었다.
더 성공하기 위하여 지금의 방법보다 새롭고 신속한 변화를 요구할 뿐이다. 지금까지도 꾸준한 성장과 변화를 하여 왔다. 그러나 지금의 특수한 시대적 상황에 따라서는 성공적인 삶을 위하여 적극적으로 깨어나야 한다.

우리 사회의 직업 중에 변화에 민감한 곳도 있고, 둔감한 곳도 있다. 공무원, 교사, 군인 같은 누군가 만들어 놓은 매뉴얼에 의하여 일을 하는 집단은 변화에 둔감한 곳이고, 글로벌의 기술 경쟁 기업, 4차 산업, 디지털 산업, 반도체, 바이오 같은 신 산업 군에 있는 사람은 변화에 민감하다. 후자의 산업 군에 근무하는 사람이나, 이 분야에 관심을 가진 사람은 변화에 민감해야 하고, 자주적이고, 적극적으로 지식과 지혜를 축적해야 한다.

그리고 국제적인 기술 경쟁으로 살아가는 모든 집단에서는 변화가 생명과 같다. 특히 글로벌 시대에는 무한 경쟁의 시대가 되었다. 4차 산업 혁명은 혁신적인 변화를 촉진하고 있다.
변화의 시작은 항상 작은 변화로부터 큰 변화로 발전한다.
IT 산업의 많은 벤처기업은 모두 작은 새로운 것에서 변화를 시작했다.
지금은 거대 기업이 되었다. 하루에도 수많은 스타트업 기업이 생긴다.

그런데 보통 사람이 성공적인 삶에서 요구하는 변화는 재벌이 되고, 발명가가 되고, 명성이 높은 권위자가 되는 것을 바라는 것이 아니다. 조직에서 성장하고, 자신의 분야에서 성장하고, 그래서 사회나 조직에서 인정받는 삶을 살기 위함이다. 이런 삶에도 필요한 기술과 지혜를 쌓아야 한다. 이것이 큰 변화를 대비하는 것이다.
1차 산업의 농업도 4차 산업의 기술이 적용되고, 2차 산업, 3차 산업, 서비스 산업까지 IT 기술과 융합, 결합하여 디지털 시대가 되었다.

좋은 대학 나온 사람이나, 좋은 직장에 다니는 사람도, 보통의 대학을 나오고, 보통의 기업에 다녀도, 자신의 자리에서 변화와 변신을 게을리하지 말아야 한다. 새로운 작은 지식과 지혜가 모이면 새로운 나로 태어난다. 이것이 새로운 기회를 만들어 준다.

이런 경험을 한 적이 있는가? 어제 퇴근까지 풀리지 않은 난제가 아침에 갑자기 화장실에서 번개처럼 '유레카' 라고 외치며 문제가 해결된 적이 있는가?
무에서 유가 나온 것은 아니다. 이것은 정보가 꾸준하게 머리에 축적되어 온 결과이다. 뇌는 밤에 잠자는 사이에도 머신 러닝(Machine Learning)이 작동하여, 암묵지에서 문제 해결 방법을 찾았다.
잠자는 사이에도 당신의 뇌는 암묵지(*학습과 경험을 통하여 개인에게 체화되어 있지만 겉으로 드러나지 않는 지식) 속에서 해결 방안을 찾았다. 그래서 평소에 폭넓은 관련 지식이나 지혜가 데이터베이스화 되어 머릿속에 저장되어야 한다. 그래야 창조적인 지혜가 생긴다.

성장과 변화의 동력은 배움이다

알파고가 스스로 만들어진 것이 아니다. 수많은 정보와 기술의 집합체로 만들어졌다. 배움이 없으면 지식과 지혜를 얻지 못한다. 지식과 지혜가 없으면, 성장과 변화에 대응하지 못한다.

4차 산업혁명은 전 세계의 산업구조, 시장의 모델, 고용의 질을 크게 변화시킬 것으로 예측하고, 많은 첨단 분야에는 적극적으로 적용되고 있다. 우리의 실생활에도 적용된다.
일부 선진국에서는 4차 산업이 오기도 전에, 5차 산업(고분자 화합물, 바이오 의약품, 에너지)을 준비 중이다.
이렇게 세계화 국제화는 지금까지 세계 경제가 예측하기 어렵고, 다양한 분야의 준비까지 요구하고 있다.
지금까지 우리 사회를 이끌어가는 리더 기업이나 지식인은 매우 빠르게 4차 산업을 준비하고 있다. 많은 투자를 통하여 세계 속에서 생존경쟁을 하고 있다. 세계 기술 기업의 M&A도 빈번하게 추진된다. 특히 이와 관련된 기술이나 직종에 관련되어 있으면 변화에 대하여 촉각을 세워야 한다.

일반 보통의 소비생활에서도 변화를 실감하고 있다. 자동차 자율 주행의 도입, 빅데이터의 상용화, AI의 생활화가 우리의 삶을 크게 변화시키고 있다.
디지털에 익숙하지 않으면 친척 집 방문도 어렵다, 매식의 주문도 어렵다. 대중교통의 이용도 맞춤 시대에 도달했다.

더 현명한 사람은 변화의 시대를 기회의 시대로 만들어가고 있다. 변화의 이용자가 아닌 공급자가 되어 있다. 새로운 신종 직업이 수없이 생겨나고 있다. 1인 기업이 번창하고, 개인기 하나로 유명한 인물이 되었다. 청소년이 유튜브와 메타버스를 통하여 수익을 창출하고 있다.

어떻게 무엇으로 변신할 것인가는 각자의 위치에서 배움으로 시대를 통찰해야 한다. 노력에 따라서 이 시대를 나의 것으로 만드는 시대가 될 수 있다.
아니면 시대에 종속되어 보통의 삶을 어렵게 계속 유지할 것인가? 지금 변신해야 하는 선택의 기로에 놓여 있다. 변신을 준비해야 한다. 기회는 준비한 사람에게만 온다.
배움을 통해 변신의 힘을 가져라, 기회를 포착하라, 미래의 준비는 지금 조금씩 변화하는 것이다.

왜? 어떻게 변화해야 하나

먼저 성공적인 삶은 평생을 지속해야 하는 삶의 과정이다.
이 삶을 이끌기 위하여 변화 시대에 대응하는 것은 당연한 일이다. 시대의 변화에는 원인이 있고, 목적과 이유가 있다.
원인과 목적, 이유를 바탕으로 자신의 변화에 대한 당위성을 찾아야 한다. 왜 내가 변해야 하는가에 대한 확고한 당위성이 없다면, 지금의 익숙함과 편안함에서 깨어나지 못한다.

시대의 흐름을 인지하고 동의한다면 정보를 통해서, 지식을 통하여, 자신을 깨어나게 해야 한다. 자신이 깨어나야 한다는 당위성에 신념을 가지면 도전이 시작된다.

현대의 디지털 환경에서 필요한 지식에 배움이 아주 쉬워졌다. 원하고 목표로 한다면 어디에서나 원하는 지식과 지혜를 원격으로 배울 수 있다. 기술 서적을 쉽게 접할 수 있다. 대학을 가지 않아도 훌륭한 교수의 지식을 인터넷으로 배울 수 있는 환경이다.

당장 직장을 그만두고 길거리에서 무엇을 찾는 것이 아니다. 먼저 변화를 인지하고, 필요 지식을 얻는다. 그리고 통찰하면서 작은 준비를 하는 것이다. 기회를 잡을 준비를 하는 것이다. 투잡을 하라는 것도 아니다. 자료를 축적하고 분석하면 기회를 만날 수 있다.

삶의 생태계가 3차 산업에서 4차 산업으로 변화한다고 해서 외계인의 세계가 되는 것이 아니다. 지금의 삶의 방법이 바뀌는 것이다. 산업과 생활이 다양한 변화를 가져오고 있다. 실생활에서 4차 산업혁명 초기를 넘어서는 변화를 경험하고 있다.

작금의 코로나19로 인하여 변화된 사회의 모습을 보라, 새로운 삶의 패러다임이 형성되었다.

1) 직장의 근무 형태가 변화했다.

2) 온라인 수업과 학습에 크게 기여했다.

3) 비대면 서비스업이 확대되었다.

4) 온라인 쇼핑의 증가가 폭발적이다.

5) 외식문화의 변화와 모임 문화, 결혼, 장례 문화도 변화했다.

6) 여행 문화의 변화.

7) 스타트업 기업이 증가한다.

세상을 바꾸는 신 기술의 등장과 발전에 주목해야 한다.

신기술에 관심을 가지고 우리 삶에 얼마나 깊이 관련되어 있는지를 주목해야 한다.

1) 로봇 공학

2) 사물인터넷(IoT)

3) 인공지능(AI)

4) 메타버스(METAVERSE)

5) 증강현실(AR)

6) 가상현실(VR)

7) 블록체인

8) 클라우드

9) 빅데이터 등 이를 기반으로 한 산업이 급속하게 발전 변화하고 있다.

벌써 4차 산업의 신기술은 우리의 삶에 깊숙하게 와 있다. 인터넷과 스마트 기기는 누가 어떤 제품에 관심을 가지고 있는지를 빅데이터와 AI 기술로 예측하고, 사용자에게 필요 정보를 제공하고 있다.

유튜브는 누가 어떤 정보에 관심이 있는지를 알고 정보를 제공한다. 지금 우리는 빅데이터에 의한 AI의 지배를 얼마나 받고 있는지를 실감하지 못한다. 심지어 사회적인 여론이 이미 AI의 지배를 받고 있다.

미래의 기술 발전에 따르는 새로운 직업군은 전문가의 견해를 참고하여 대비해야 한다. 전문가의 견해도 어디까지 발전할지 알 수 없다고 한다.

이런 기술의 변화는 실제로 전문 분야까지 영역을 넓히고 있다. 최근의 투자 전문가로 펀드와 증권 분야에 AI 애널리스트가 나왔다.

AI 변호사의 논쟁이 시작되었다. AI 의사의 사진 판독이 신속 정확하다라 보도되고 있다.

알파고의 바둑, AI 체스가 인간을 능가하는 것이 입증되었다

이런 사회적인 변화 속에서 스스로 변화를 주도하기 위하여 자신의 사고를 새로이 해야 한다.

변화에 대응하기 위한 마음의 자세이다.

1) 변화의 당위성을 가져야 한다.

2) 지금보다는 성장 진화해야 한다.

3) 지금에 안주하면 뒤처진다는 인식을 해야 한다.

4) 지식과 지혜를 통하여 변화를 시도한다.

5) 도전에 대한 두려움을 호기심으로 이긴다.

6) 완벽한 계획은 없다.

7) 실행에 옮긴다.

8) 실패는 작은 성공이다, 포기하지 않는다.

9) 불편함은 나를 성장시킨다.

10) 융통성 있는 전술, 전략, 계획으로 수정하면서 실행한다.

11) 성공은 성장에 의미를 둔다.

12) 성공적인 삶은 과정이다, 결과는 아무도 모른다.

13) 포기하지 않으면 모든 변화는 무죄다.

하루의 신문을 보고 새로운 각오를 하는 것도 작은 변화이다. 전문 서적을 보고 나의 재능을 키우는 것은 더 크게 내가 새로이 태어나는 것이다.

매일 새로운 나로 태어남에 두려워하지 마라. 변화하지 않고는 새로움을 얻지 못한다. 새로움을 얻지 못하면, 성공적인 삶을 이끌지 못한다. 머물고 성장하지 못하면 퇴보다.

22. 오늘이 어제도 내일도 만든다

오늘이 일몰하여, 내일에 오늘이라는 이름으로 다시 일출한다.
일몰하는 오늘은 어제가 되고, 저 내일은 오늘이 된다. 그래서 삶에서 어제, 오늘, 내일의 경계가 없다.
성공적인 삶에서는 하나의 시간이다. 삶에 시간은 연속이다.

오늘 지금의 나는 어제까지의 삶이 만든 결과물이기도 하고, 내일을 준비하는 주체자이다. 내 삶의 원인과 결과는 끝이 없는 연으로 연결되어 흐른다. 과거, 현재, 미래 모든 것이 지금의 선택에서 결정된다.

많은 행복 전문가들은 오늘 지금 행복하라고 조언한다. 맞는 말이다.

행복은 항상 지금 존재하기 때문이다. 행복의 이유와 원인이 어디에 있든지 행복의 감정은 오늘 지금에 존재한다.
분명하게 행복은 지금에 존재하는 것은 불변이다. 그러나 행복의 원천인. 행복의 이유, 조건, 원인은 지금에 존재하지 않을 수도 있다.

행복의 원천은 오늘 지금 존재하는 것도 있고, 어제의 좋은 추억에서, 미래의 희망에서도 온다. 여행의 좋은 추억이, 미래의 희망이 지금 행복의 원천이 되기도 한다.
그런데 좋은 추억도, 미래의 희망도 바로 오늘, 그리고 그 날의 오늘이 만든 것이다. 오늘이 없는 과거도 미래도 없다.
오늘이 있으므로 추억도 희망도 존재한다. 그래서 오늘 시간은 성공적인 삶에서 모든 것이 만들어지는 시간이다. 허송세월로 보내지 마라.

성공적인 삶을 꾸준하게 이끌어 가기 위하여 어제의 좋은 삶을 위하고, 내일의 희망적인 삶을 위하여 오늘 지금 해야 할 일의 선택이 지혜롭게 결정되어야 한다.
오늘은 지나간 오늘을 통하여 교훈과 지혜와 지식을 얻었고, 내일을 위한 지혜로운 삶을 선택한다. 오늘 지금 내일에 대한 잘못된 선택은 어제의 아쉬움으로 남는다. 좋은 선택은 성공으로 남는다. 그래서 오늘 지금의 선택이 어제와 내일에 성공적인 삶을 결정한다.

매일 습관적으로 반복되는 일상의 삶을 새롭게 하라, 지금 하지 않으면 평생 하지 않는 것과 같다. 오늘은 오늘 할 일이 있고, 내일은 내일에 할 일이 있기 때문이다.
오늘의 일을 내일로 미루면 영원히 하지 못하는 것이다. 그것은 어제와 오늘이 미래와 하나이기 때문이고, 영원히 하지 못한 삶은 성공적인 삶에서 아쉽고 부족한 한 부분이 된다.

오늘이 없다면 어제도 내일도 없다.

편의상 존재하는 어제, 오늘, 내일 중에서 오늘이 중요한 것은 새삼스러운 이야기가 아니다. 그것은 오늘이 어제와 내일의 모든 삶의 형태를 결정짓는 순간의 시간이기 때문이다. 오늘은 어제가 만든 경험과 지식, 지혜를 바탕으로, 새로운 정신, 소중한 물질적 가치를 생산하는 순간이다.

오늘의 삶이 중요한 또 하나의 이유는 오늘 선택한 삶에 의하여 과거의 모양이 결정되고, 내일 삶의 모양이 결정되기 때문이다.
오늘보다 더 성공하고 더 행복한 삶을 위하여 필요한 지혜가 바로 오늘 만들어지고 선택된다.

간혹 어떤 사람들은 불편한 지난 과거를 잊자고 하는 사람들이 있다. 현재만 잘하면 된다고 주장한다. 생각이 잊자고 하면 잊어질 수 있는 것인가?

불편한 진실은 오늘 치유를 통하여 잊어지는 것이고, 새로운 좋은 과거로 만들어야 한다.
인간의 긍정심리의 힘은 대단하다. 아무리 나쁜 추억에서도 1%의 긍정을 찾아서 불편한 진실을 치유한다. 그래서 성공한 사람들은 하루가 바쁘고 힘들지만 행복한지 모른다.

많은 사람이 불편한 진실을 잊자고 소리쳐도 잊히지 않을뿐더러, 그것은 불편한 과거에서 벗어나려는 핑계와 자기 합리화이다.
과거 삶의 옳고 그름의 관계는 오늘 현명한 지혜를 바탕으로 원인을 찾아야 한다.

경험과 지식의 축적 없이 좋은 학교에 진학할 수 없고, 기술의 축적 없이 장인이 될 수가 없다. 자신의 현명한 삶의 지혜 없이, 지금 좋은 선택이 어렵다.

오늘 자신은 좋은 선택을 위한 지혜를 쌓는 노력을 해야 한다. 그리고 오늘 선택해야 할 일은 지금 나의 경험과 지혜를 바탕으로 최선의 선택을 한다. 내일은 더 많은 지혜를 축적하여, 더 좋은 선택으로 더 성공하고 더 행복한 삶을 만든다.

성공적인 삶 속에는 많은 삶의 요소들이 시절별로 필요에 따라 만들어지고 소멸되기도 한다. 특히 중요하게 관리될 요소가 시절 요소들이다.

시절 요소를 관리하지 못하면 시절을 놓치는 것과 같고, 기회를 놓치는 것과 같다.

오늘이 없으면 어제의 삶도 내일의 삶도 없다는 것을 이해했다. 그리고 주요한 것은 오늘의 삶이 진실되고 현명하지 못하면, 어제의 삶도 내일의 삶도 부정적인 삶이 된다는 것이다.

그래서 최소한 최선을 다하고, 바르게 살면, 성공적인 삶이 된다. 오늘의 나의 행동에 정성을 다해야 한다.

성공적인 삶의 선택은 오늘 지금

어제, 오늘, 내일로 이어지면서 성장하는 삶이 성공적인 삶이다. 이 삶에서 여러 가지 요소가 서로서로 거미줄처럼 연결되어 전체적으로 자신의 삶을 만들어 간다.
생애 라이프 플랜에 따라서 오늘 해야 할 일을 한다. 일터와 가정과 사회와 연결된 삶에 각 요소가 균형 있게, 조화롭게 삶의 공간을 채워간다.

물리적인 시간, 오늘 하루 24시간, 어떤 의미와 가치를 가지고 있을까?
누구에게나 주어진 물리적인 24시간은 동일하다.
자신에게 주어진 시간이 자신의 성공적인 삶을 위하여 얼마나 충실하게 사용되어 질까?

이것은 개인의 삶의 방법에 따라서 큰 차이가 난다.
시간을 의미와 가치로 환산한다는 이야기이다. 물리적으로 사용한 시간을 의미와 가치로 나누어 생각하면 크게 두 분류이다.
성공적인 삶에 긍정적으로 작용한 시간과, 부정적으로 작용한 시간이다.
긍정적 시간은 더 성공하고 더 행복을 위한 시간이다. 그러나 부정적으로 사용된 시간은 그 반대이다.

여기에 가치를 포함하여 보자, 같은 삶의 요소에 사용된 시간에 가치를 결합하면 사용한 시간과 사용한 가치의 곱이다.
지혜로운 기술과 방법을 사용하고 시간을 늘리면 최대의 가치가 만들어진다.
그래서 오늘의 시간을 긍정적인 삶의 시간에 투자하고, 보다 현명한 삶의 도구를 사용하는 것이다. 현명한 삶의 도구를 사용하기 위하여 사회에서 좋은 지식과 지혜를 받아들여야 한다.

이런 삶이 복잡하고 어려워 보이지만, 정도의 차이이지 보통 사람들 모두가 노력하고 있는 일이다. 다만 좀 더 체계적이고 계획적으로 하면, 낭비의 시간을 줄일 수 있고, 나태한 시간을 막을 수 있다.

예를 들어 내가 같은 시간에 10톤 트럭으로 운반하는 물건의 량과, 1톤 트럭으로 운반하는 물건의 량을 비교하여 보자. 열 배의 차이가 난다.
우리 삶의 주위에도 연봉의 차이를 보자, 연봉은 일의 가치에 의하여 정해진다. 높은 연봉을 위하여 개인의 시간당 생산가치를 높여야 한다.
배움을 통한 지식과 지혜의 습득은 필수이다. 누구나 최고가 될 수는 없지만, 지금보다 더 성공하고 더 행복한 삶은 가능하다.

엠제이 드마코의 부의 추월차선에 시간에 대한 이야기가 나온다. 다른 사람의 시간을 나의 삶을 위하여 사용하게 하는 이야기이다.
특히 부의 축적에 있어서 공감 가는 이야기다. 자신의 시간 가치를 높이는 것도 주요하지만, 타인의 시간 가치를 나의 가치로 가져오는 것이다. 타인이 나의 부를 위하여 일하게 한다.

시간의 흐름은 현재에서 미래로 흐른다. 시간의 흐름에서 부가가치가 창출된다. 부를 축적하기 위하여 많은 방법 중에 하나이다. 많은 사람들이 무의식적으로 사용하고 있는 일이다.

1) 돈을 벌기 위하여 나의 시간을 직접 육체적이나, 정신적으로 노동의 대가를 받는 급부가 있다. 주로 임금 근로자의 임금을 의미한다.
2) 다른 사람의 시간을 당신의 이익으로 가져오는 삶이다. 자본을 투자하여 기업을 운영한다. 임대업, 지식 수익 즉 특허권, 상표, 음원 등은 타인이 사용한 시간에 따라 이용한 부가가치의 일부를 나의 부로 축적된다.

일정한 조건과 환경을 제공하면 타인이 사용한 시간의 가치를 나와 공유한다.
나는 쉬고 있어도 부가 창출된다. 이처럼 내 시간의 가치가 사람에 따라서 물리적인 시간에 비례하지 않는다.

미래의 기회를 발견하고 선점하라

오늘의 현명한 선택 중 하나는 미래를 보는 통찰력이다. 통찰력으로 기회를 발견하고 선점한다. 세계경제나 국내 산업을 통하여 보자, 지금의 초 일류 기업도 초기에는 작은 기회의 선점에서 출발했다. 그 작은 기회가 지금은 어느 누구도 도전할 수 없는 거대 기업이 되었다.
보통의 삶에서도 삶의 시절이 많이 남은 사람은 미래의 기회 선점에 유의해야 한다. 산업의 흥망주기가 매우 짧아졌다.
2차, 3차 산업 주기가 삼사십년이라면, 4차 산업의 시절에는 변화의 속도가 더 빠르다. 미래를 보는 통찰력이 요구된다.

미래를 보는 통찰력은 어디서 오는가? 그것은 정신적인 성장에서 온다. 정신적 성장은 꾸준한 지식과 지혜의 공급이다.
지식과 지혜는 배움과 경험으로 얻어진다. 디지털 시대에 배움의 경로는 다양하다. 그리고 지식과 지혜의 공급자도 다양하다. 특히 디지털 시대 통신과 영상의 발달로 타인의 경험을 쉽게 공유할 수 있다. 포탈이나 유튜브, 메타버스 같은 사이버 공간에서 비대면으로 강의를 듣는다. 그리고 책을 통하여 더 깊이 있는 것을 배운다.

각자의 환경이나, 필요한 지식의 내용에 따라서 방법을 선택하면 된다. 그러나 지식과 지혜가 너무 난무한 상황에서는 진실한 지식과 지혜의 선별하는 것도 하나의 과제이다. 올바른 지식과 지혜, 선택은 아무래도 권위 있는 사람이 좋을 것이다.

깊이 있는 지식과 지혜는 책을 통하여 얻는 것이 가장 신뢰가 있으나, 영상이 대세를 이루는 지금 환경에서 독서는 찬밥 신세가 되었다. 그러나 어느 정도 권위가 있고, 깊이가 있는 것이 책이다.
자신의 통찰력을 갖기 위하여 다양한 분야의 지식과 지혜를 가져야 하고, 자신에게 적합한 정보 경로를 활용하면 된다. 신체적 유지와 만족을 위하고 좋은 음식을 먹기 위하여 많은 비용을 쉽게 지불한다. 그런데 삶의 지혜와 혜안과 통찰력을 얻기 위하여 얼마나 노력을 하고 있을까?

일부 꿈이 있는 사람은 정규교육 외에도 석사, 박사 과정에서 배우고, 평생교육원, 사이버 대학, 인터넷 강의, 유튜브, 독서, 세미나 등 다양한 분야에서 열심히 배운다. 그러나 보통의 사람들은 시간적, 금전적, 기타 환경의 이유로 소극적이고, 제한적인 것이 현실이다.
그러나 시대에 낙오자를 면하기 위하여 정신적인 성장은 필수이다. 깊은 성찰이 필요한 통찰력을 갖기 위하여 꾸준한 지식과 지혜의 축적이 필요하다.
이런 꾸준한 지식과 지혜의 체계적인 축적은 현실에서 가장 효율적인 방법이 독서이다.
독서가 선택의 폭이 넓고, 다양하고, 수준이 가장 깊다. 그리고 가장 최신의 정보이고, 비용도 가장 저렴하다. 시간과 장소에도 자유롭다.

많은 세계적인 전략가, 선각자, 전문가의 지식을 단숨에 배울 수 있다. 그리고 그들도 타인의 책을 통하여 배운 사람들이다.
세계적으로 성공한 모든 사람이 지혜의 습득 방법에 독서의 습관화를 추천하였다.

이 혜안과 통찰력이 필요한 이유는 미래에 대하여 크고 작은 의사 결정을 해야 한다. 4차 산업혁명과 스마트디지털 세상으로 삶의 패러다임이 급속하게 변화했다. 사회적인 모든 분야에서 급격하게 변화하고 있다. 그래서 넓게 깊게 배우고 고민하여, 나만의 길을 개척해야 한다.
누구도 미래를 확실하게 조언할 수가 없다. 어떤 학자는 "미래는 모든 사람이 미래학자가 되어야 살아갈 수 있다" 라고 했다. 이 말은 미래 변화에 스스로 적응하라는 말이다.
미래를 잘 선택하는 것은 미래를 보는 눈이다. 미래를 보는 혜안을 가져야 한다. 우리는 모두 자신만의 혜안을 가지고 있다. 그리고 혜안을 높이려고 오늘도 꾸준하게 노력한다.
혜안이 뛰어난 사람들은 벌써 발 빠르게 새로운 질서에 뛰어들었다. 새로운 주자로 자리매김하고 있다. 객관적인 증거로 주식시장의 변동을 보라. 바이오, ICT를 기반으로 하는 디지털, 반도체, 로봇, 게임, 메타버스 같은 신종 산업이 대세를 이루고 있다. 유튜브, 메타버스 AR의 세상에서 수익 사업이 확대되고 있다. 비대면 온라인 마켓의 성장을 보라, 세상 변화에 혜안을 가져야 한다.

세계의 경제 흐름, 선진국의 변천, 기술개발의 발전을 지금의 나와 연결시켜 보자. 누구나 알고 있는 세계적인 기업, 노키아의 몰락과 코닥의 몰락을 보라, 기술의 변천에서 현재와 미래를 보지 못하고 안주한 결과이다.

개인의 실직도 예정되고 경고된 일들이 많았다, 구조조정이다, 파산이다. 모두가 매일매일 쏟아지는 정보에서 경고가 있었다.

개인의 삶도 운이 좋게 이런 흐름에 편승한 사람은 수억의 연봉을 받지만, 변화에 몰락하는 업종에 있는 사람은 명퇴의 위기를 맞고 있다. 운이 좋은 사람이 행운으로 선택을 받았을까?

아니다. 그들은 혜안이 있는 사람들이다. 혜안은 배움에서 온다.

지금 어떤 직종 직업에 있더라도 시대의 흐름을 끊임없이 관찰하고 변화를 준비해야 한다.

환경 변화에 대한 최소한 10년 후의 나의 모습을 예측하고 있어야 한다. 즉 내가 몸담고 있는 업종이 성장 최고점을 알고 있어야 한다. 전문적인 기술을 가지거나, 탁월한 개인 재능으로 살아가는 사람을 제외하고는 미래를 보는 공부를 해야 한다.

1) 시대의 변화의 흐름을 알라.
2) 기술 변화를 읽어라.
3) 내가 있는 업종의 선진국의 변천을 읽어라.
4) 경쟁업체의 실태를 주시하라.
5) 국가 간의 산업 이동을 체크하라.
이와 같은 변수를 감안하여 자신의 경쟁력을 준비하라, 공부를 게을리 하지 마라.
당신은 정말 좋은 시대에 살고 있다. 세계 정상급의 현명한 지식인의 지혜를 쉽게 얻을 수가 있다.
10년 후, 20년 후, 없어지고, 새로 만들어지는 직업들을 조사해 보라 변화를 실감하게 된다.

기회는 항상 미래에 존재한다

삶에서 오늘이 있음이 행운이고, 신은 누구에게나 변화의 기회를 주었다. 오늘의 삶에서 변화할 수 있는 기회를 항상 주고 있다. 그런데 많은 사람은 매일 주어지는 오늘의 기회를 무심하게 넘긴다.
당연한 말이지만 과거에서 기회를 찾을 수 없다. 미래에 항상 기회가 존재한다. 그러나 기회는 준비하는 사람에게 보이고 찾아온다. 그 준비가 바로 내가 새로운 혜안으로 지금 하는 일이다. 오늘 삶을 둘러싸고 있는 환경과 변화의 추세를 관찰하고, 오늘 해야 할 일을 선택해야 한다. 오늘은 선택의 기회를 가진 유일한 시간이다.
선택의 기회를 놓지는 것은 큰 변화를 놓친 것과 같다. 기회는 언제나 오는 것이 아니다. 기회가 언제 올지 모르지만, 준비한 사람에게만 기회가 온다.

기회라는 것은 다른 이름으로 운이라고 말할 수가 있다. 그 기회가 내 성공의 큰 변수였다면 운이라고 말할 수가 있다. 많은 성공한 사람은 기회가 운이 된 사람이다.

오늘 내가 미래의 계획을 세우지 않는다면, 남의 계획에 끌려가기 십상이다. 다른 사람이 나를 위해 해주는 것은 아무것도 없다. 계획이 없으면 목적지 없이 떠 있는 배와 같다.
많은 사람들은 현재와 미래를 세밀하게 생각하지 않고 살아간다. 세월이 한참 지난 후에 더 진취적인 전략을 세우지 못함에 후회한다. 나는 그때에 뭘 했는가라고 후회할 수 있다.

지금 우리 사회에서 지탄을 받고 있는 강남의 사교육 현장을 보자, 그것이 사회적으로 옳고 그름을 떠나서 그들은 자녀의 미래를 위하여 세밀한 삶을 살고 있다. 그들은 오늘도 사교육 전쟁을 치르고 있다.
혜안과 지혜는 보통사람이 배움과 경험으로 손쉽게 얻을 수 있다. 이 책을 통하여 어떤 한 사람의 지혜와 경험을 자신의 지혜와 경험을 조합하여 더 좋은 혜안과 지혜를 가져도 좋다.

이런 자극으로 스스로 다른 준비를 하게 된다면 더 좋은 일이다. 삶의 방법과 기술과 지혜는 무궁무진하다. 절대로 오늘의 시간을 허비하지 마라.
성공적인 삶이 계속 유지되기 위하여는, 내일이 기다려지는 삶이 되어야 한다. 이 세상의 많은 불공평 속에서 가장 공평하고 동등하게 주어진 것이 오늘이라는 시간이다. 또한 내일이라는 시간일 수 있다.

내일이 기다려지는 삶은 희망이 있는 삶이다. 성공적인 삶. 행복한 삶이다. 내일 행복한 날은 오늘 준비된 것이다.
누구나 내일이 기다려지는 삶을 설계하고 만들어가야 한다. 현재와 미래는 시간의 연결이 아니라 내용이 중요하다.
기다려지는 내일은 오늘이 만든다. 바로 지금이다.

23. 기회의 선택은 준비된 행동

큰 성공을 이룬 대부분의 사람은 자신의 성공을 자신의 재능과 노력의 결과라고 이야기한다.

그러나 성공을 이루지 못한 사람은 운이 좋지 못했다라고 한다. 여기서 운이란 기회를 의미한다.

보통 사람들은 성공적인 삶에서 꾸준한 성장을 목표로 삼는다. 그러나 시절의 변천에 따라 필연의 변화가 필요할 때가 있다. 그 필연의 변화는 삶의 고비일 수도 있다.

이때에 고비를 변화의 기회로 삼아야 한다. 그리고 준비하고 기다려야 한다.

크게 성공한 사람의 삶의 과정을 자세하게 살펴보면 재능과 노력 이외에 다른 요소가 영향을 미친 것을 볼 수 있다.
그 요소 중에서 운이라고 말하는 요소가 성공을 좌우한 것을 발견하게 된다. 99%의 노력에 100%의 성공을 이루게 하는 것이, 1%가 운의 역할을 할 수도 있다.

다가온 운을 내 것으로 만드는 것은 나의 행동에 달렸다.
기회가 바로 운이기 때문이다. 그런데 기회도 준비를 하는 사람에게 찾아오고, 혜안 있는 사람의 눈에만 보인다.

기회를 부르는 준비는 크게 두 가지다.
1) 재능과 능력이다. 일을 감당할 수 있는 재능과 능력의 우월함을 가추어야 한다.
2) 인성과 품성이다. 심성과 품성은 같은 집단에서 사회성의 우월함을 증명해야 한다.
보통 운이 좋아 기회를 잡은 사람은 인성과 능력 둘 다 우월한 사람들이다. 기회는 스스로 찾는 사람에게만 보인다.
인적 네트워크를 통하여 포착하게 된다, 기회가 포착되면 대시를 하고, 기회를 잡는 노력을 해야 한다.

삶의 선택에 따라 성공적인 삶의 질을 좌우된다.
일상에서 보편적으로 이루어지는 선택은 단지 능률이나 효율의 문제이지만, 어떤 고비에서 큰 변화가 필요하여 불가피하게 선택을 해야 할 경우가 생긴다. 이런 변화가 왔을 때 지혜로운 선택을 해야 한다. 이 선택이 운명을 바꾸는 선택일 수 있기 때문이다.

경쟁 사회에서 기회를 선점하는 것이 매우 중요하고 필요하다. 기회가 항상 공평하게 주어지는 것도 아니지만, 기회를 포착하는 것도 기술이다. 준비하고 노력하여 찾아온 기회를 선점했다고 하더라도 다른 면에서 보면 운이다. 준비하라, 찾아온 기회를 포착하고 선점하는 기술과 지혜를 익혀야 한다.

타인으로부터 운을 부르는 행동

성공적인 삶을 이루기 위하여 누구나 자신의 재능과 역량을 총동원하여 행동한다. 이 모든 행동은 자신의 힘과 자신의 책임으로 만들어진다. 이 과정에서 직, 간접적으로 사람과의 관계는 필연이다. 사람과의 관계에서 우연이라고 생각되지만, 자신의 삶이 크게 영향을 주고받는 일이 가끔 있다.
우연이 운에 가까운 것으로 보이지만, 깊게 생각하여 보면 자신의 행동으로 얻은 결과라는 것을 깨닫는다. 다만 타인의 눈에는 운으로만 보인다.

성공한 사람의 대부분은 자신의 재능과 노력으로 성공했다고 말한다. 그러나 크게 성공한 K 팝 가수도 자신의 재능도 훌륭하지만, 좋은 기획사를 만나고, 좋은 멤버를 만나고, 많은 훌륭한 스텝들의 노력의 결과이다.
구성원 개인의 입장에서 보면 운이 좋아서다. 재능도 능력도 인내의 습관도 일정 부분 운이 작용한다.

성공적인 삶의 요소 중에서 성공의 요소는 대부분 사회적인 관계에서 이루어진다.
사회적 관계에서 운을 부르는 행동은 매우 중요하다.
이것을 생활화하고 습관이 되도록 하는 것도 하나의 지혜다.

1) 절대 남 탓을 하지 않는다.
2) 변명하지 않는다.
3) 원한을 품지 않는다.
4) 진심을 말하고 상대의 환심을 산다.
5) 진심으로 칭찬한다.
6) 살짝 어수룩하게 똑똑한 척을 배제한다.
7) 질문과 답변을 듣는 습관을 기른다.
8) 단정한 옷차림과 바른 자세, 말끔한 태도를 갖는다.
9) 기회를 기다린다.
10) 질투하지 않는다.

11) 경쟁자를 객관적으로 파악하고 분석한다.

12) 사소한 문제는 스스로 사라지도록 시간이 해결하게 둔다.

운이 좋은 사람과 그러치 않은 사람은 평상시에 구별되지 않는다. 운 좋은 사람의 성공에 열쇠는 위 12가지 내용과 같이 자신의 행동에 숨어 있다.

운을 부르는 행동이 습관화된 사람은 다른 사람들로 하여금, 도와주고 싶은 마음이 생기게 행동한다. 성실한 노력이 우직한 성공이라면, 운을 더한 성공은 영리한 성공이다.

기회는 기다리는 것이 아니라, 운을 만들어가고, 찾아온 운은 잡는 것이다. 운을 잡는 노력도 하나의 성공을 위한 중요한 준비된 행동이다.

스스로 운을 만드는 지혜

어느 시대에도 기득권이라는 것이 있다. 기득권 자체가 문제되는 것은 아니지만, 그 기득권이 부정적으로 작용하여 사회에 폐해를 일으킬 때 문제가 된다. 주로 기득권의 부정적인 형태는 먼저 불공정한 행위이다. 그리고 부의 대물림, 권력의 대물림, 부와 권력의 결탁, 조직 내에서도 이와 유사한 형태의 불공정이 존재한다. 평범한 보통 사람과는 다르다.

보통 사람들은 기득권과는 거리가 멀고, 스스로의 힘으로 바르게 사는 사람이다. 이 사회에는 이런 사람이 주축이 되어 살아간다. 보통의 사람들은 정상적이고 보편적이며 일반적인 삶의 룰에 기초하여 도덕적 윤리적으로 성공적인 삶을 산다.

내 삶을 타인의 삶과 비교하지 마라, 내 고유의 운, 시간, 태도에 의하여 만들어진 유일하게 만들어진 삶이다.
그러나 내 삶이 독존의 삶 같아 보이지만, 인연으로 이루어진 삶이다. 가족과 친구, 동료 등 사회의 구성원과 함께하는 삶이다. 아무리 혼자의 주체적인 삶을 산다고 해도, 보이고, 듣고, 부대끼는 것이 혼자가 아니다.

그래서 보통의 사람들은 이를 감수하고, 자신만의 삶을 추구한다. 왜냐하면 평범한 삶을 사는 사람은 비록 재산과 권력이 없고 약하다 하더라도 부러워하지 않는다.
그들이 행하고 보이는 것이 부러워 보이지만, 보이지 않는 그들의 마음은 썩어 있는지 모른다.

산업화 이전에 청소년기를 보내고, 청년기를 산업화 시대를 보냈다. 그래서 나는 성장기에는 공부보다는 농사일 돕기가 더 중요했다. 주말이 없는 삶이지만, 학대가 없고, 배부르게 먹을 수 있고, 사랑이 있는 부모라서 나는 운이 좋았다.

건강하고 건전한 부모님의 DNA를 타고나고, 정직과 성실한 삶의 태도를 물려받았다. 그래서 태생적으로 산업화에 잘 적응하고, 많은 사람의 도움을 받으면서 운 좋은 삶을 살았다.
고유한 내 것이라고 하는 태도도 운 좋게 받은 것이다. 보이지도 않고 나도 잘 모르는 생각, 행동, 인식, 표현도 다 운이 좋은 환경에서 만들어졌다. 이것이 타고난 운이다.
부모는 자녀에게 좋은 DNA를 물려주는 것도, 성공적인 삶의 하나의 중요한 요소이다.

이제 스스로 후천적 운을 만들고 부르는 실질적인 전략과 행동의 지혜가 필요하다. 이런 활동의 지혜는 제3장 일터에서 더 성공하기에서 자세하게 소개하기로 한다.

불운에서 행운을 지키는 법

삶에는 행운이 있으면 불운도 존재한다. 행운이 주요한 만큼 불운을 피하는 것도 성공적인 삶에 주요한 행동이다.
많은 사람들은 스스로 일을 그르쳐 놓고 그것을 운명이라 한다.
운명은 만들어지는 것이다. 있는 그대로 두는 것도 운명이다.
새로운 선택을 통하여 운을 바꾸는 것도 만들어진 선택적 운명이다. 운명을 만드는 것도 중요하지만, 불운에서 지키는 삶도 중요하다.

행운을 부르는 행동으로 성공할 수 있듯이, 불행을 관리하는 기술을 배워야 성공을 지킬 수 있다. 불행은 질병과 같아서 갑자기 찾아오기도 하지만, 적당한 기술과 지혜로 잘 치유할 수도 있다. 가장 좋은 지혜는 삶의 기술을 통하여 불운을 피해 가는 것이다.

일상 삶은 매 순간마다, 판단과 선택의 연속이다. 선택과 판단이 긍정적이면 성공도 행운도 가까이할 수가 있다. 판단은 성공과 실패, 행운과 불운의 양면을 가지고 있다. 그것은 행운을 부르는 선택도 있고, 불운을 부르는 선택도 있다는 의미이다.
새로운 선택이 불투명하고 크게 자신이 없을 경우, 2보 전진을 위한 1보 후퇴의 길도 열어 두어야 한다. 삶의 과정에서 진퇴양난의 환경에는 빠지지 말아야 한다.

불운에 빠지지 않고, 행운이 따라오는 선택의 지혜 몇 가지다.
1) 판단을 높이려면 말과 행동보다, 진정한 목표가 무엇인가를 생각한다.
2) 장기적인 효과와 결과를 꼼꼼하게 따져야 한다.
3) 잠재적인 저항과 거부를 예측하고, 불행을 줄이는 것이 실수를 줄이는 것이다.
4) 행동하기 전에 책을 통하여 점검하고, 식견 있는 사람의 고언을 듣는다.
5) 화를 절제하고, 흥분하지 말며, 판단을 흐리게 하지 않는다.

불행의 위험을 막는 행동을 습관화해야 한다.

1) 다른 사람의 시기심을 부추기는 말과 행동을 삼가 한다.

2) 성공에 대하여 너무 자랑하지 마라, 성공하지 못한 사람이 더 많다.

3) 성공을 너무 혼자 독점하지 마라, 현실은 같이 살아가는 조직이고 팀이다.

4) 자신의 성공에 감탄해하고 어리둥절하면, 다른 사람이 행복해한다.

5) 조금 불행하다고 생각하고 감수해야 한다.

6) 이기고 있다는 것을 숨겨라.

성공적인 삶에 지속적인 성공은 항상 새로운 삶의 연속이다. 성공을 위하여 스스로의 재능과 능력을 성장시켜야 한다. 재능과 능력의 성장에는 한계가 있다. 재능, 능력, 노력 이외의 성공의 요건은 행운이다.

'마크 마이어스 '행운이 항상 따르는 사람들의 7가지 비밀'에서 성공, 행복, 행운에 대한 이야기가 평소의 나의 생각과 유사하고 공감하여 글을 쓰는데 참고가 되었다.

24. 고통이 주는 선물

아픔이 없는 성공은 없다. 성공은 고통이 준 선물이다. 그래서 성장통이 없는 삶도 없다. 다만 크고 작을 뿐이고, 자신만이 느끼는 행복한 아픔들이다.

일상에서 아무리 쉬운 일이라도 행동이 따르고, 행동에는 제약과 불편함, 귀찮음, 고통 같은 것이 함께 따른다.

긴 시간의 일과 큰일은 더 큰 고통이 따른다. 원인이 없는 결과가 없듯이, 성공에도 고통이 따르고 이것이 성장통이다. 성장통을 성공의 맛으로 즐길 수 있는 지혜를 발휘해야 한다.

크게 성공한 사람은 실패와 아픔을 당연한 것으로 받아들인다.

이 실패와 아픔을 성장통이라는 것으로 깨닫고 있기 때문이다.
담담하게 받아들이고 긍정적으로 넘긴다.
성장통이 순간에는 고통스럽고 아픔이 있지만 필수적으로 거쳐야 할 과정이라고 받아들이면 고통이 훨씬 작아진다. 그리고 성장통을 겪은 후에는 스스로 대견해하고 뿌듯하며 스스로 자랑스럽게 생각한다.

보통 사람은 성장통을 그냥 평소의 아픔, 그 자체로 생각하기 때문에 그 아픔이 더 아프고 힘든다. 성장통은 의미와 가치 있는 아픔이다. 그래서 그 아픔은 보통의 무의미한 아픔보다, 훨씬 넘기기 쉽다. 삶의 의미를 깊이 잘 생각하면, 의미 없는 고통은 없다. 때문에 삶에서 고통은 성장통이다.

성장통을 겪은 후에는 반드시 성장이 뒤따라온다. 성공적인 삶은 더 성공하고 더 행복한 삶을 지향한다. 더 성공과 더 행복에 대한 대가가 성장통이다. 성장통의 결과는 자신의 삶에 지혜로 남게 된다. 자신을 지혜롭고 현명한 사람으로 성장시킨다. 성장통은 필연의 과정이기 때문에 고통과 인내의 순간을 미래 성공의 기쁨으로 받아들인다.

고통에서 벗어나는 지혜

가장 현명하게 성장통을 넘기는 방법은 꾸준하게 자신을 긍정하는 것이다. 지금 하는 일에 대한 의미와 가치를 찾아 긍정함으로 성장통을 줄인다.

큰 시험을 앞둔 수험생의 고통은 얼마나 클까? 이런 불안과 고통도 성적이 잘 나올 것을 기대하고 배움이 주는 역할을 긍정하고 극복한다.

성장통의 해소 방법도 저마다 고통의 크기와 고통이 주는 의미에 따라 다르지만, 미래의 희망과 긍정으로 극복한다.

보통 일상 삶에서 즐겁고 행복한 일도 있지만, 그 반대로 고뇌와 힘들고 아픔의 시간도 많이 발생한다. 때로는 내가 감당하기 힘들 정도로 한꺼번에 몰려올 때도 있다. 일의 어려움이 극에 달하고, 몸 상태도 극히 나쁠 때도 있다. 그러나 현실의 삶은 쉬어 갈 시간적인 여유가 없다. 진퇴양난의 함정에 빠지기도 한다.

이런 순간에는 잠시 짬을 내어 이 순간에서 벗어나야 한다. 그리고 다시 시작하여 고비의 순간을 넘겨야 한다. 정신을 집중하고 몰입하여 지금의 프로세스를 모두 뒤집어버리고, 새로운 프로세스로 새로이 시작을 한다. 이렇게 고통의 맷집을 키운다.

일의 고통에서 벗어나는 5가지 지혜를 실천하라.

1) 생각을 바꿔라: 미래의 걱정이 현실로 나타날 확률이 극히 적다는 것을 인식하라. 생각의 출발점을 바꾸어 보자, 세상의 어려움은 해결되지 않는 것이 없다. 긍정하자.

2) 쉬운 문제부터 우선 해결하라: 힘든 순간이 몰려오는 것이 문제다. 어떤 한 문제가 해결되지 않고 길을 가로막고 있기 때문이다.

3) 풀리지 않는 문제는 뒤로 돌려라: 다른 일 해결에 지장을 주어서는 안 된다. 정상적인 업무를 먼저 처리하고 풀리지 않는 문제를 다시 도전한다.

4) 긍정한다: 해결되지 않는 일은 없었다. 시간을 두고 암묵지를 활용한다.

5) 그 생각에서 멀어져라: 제3자의 관점에서 지켜본다, 그러면 다른 사람에게 조언하듯이 가볍게 아이디어가 나온다.

이런 진퇴양난의 고통을 극복하고 나면 고통의 맷집이 생긴다. 고통의 맷집은 자신감이다.

나만 힘든 삶이 아니다, 나를 위로하라.

성공의 과정에서 성장통은 누구에게나 공평하게 찾아온다. 다만 지혜로운 사람은 성장통을 사전에 줄인다. 발생하더라도 빨리 미래의 성공과 희망으로 치유한다.
아주 지혜로운 사람을 제외하고는 성장통을 느끼며 삶을 사는 것이 보통이다. 어쩌면 삶에 고통이 없는 사람은 무의식으로 살아가는 사람일 것이다. 그래서 나 말고 다른 사람도 다 삶의 성장통을 겪는다.

많은 사람들은 힘든 순간을 맞을 때에 왜 나만 이럴까? 라고 자책한다. 그렇지가 않다. 누구에게나 다 힘들고 어려운 순간을 맞이한다. 나보다 더 어려운 사람도 많다. 어떤 재벌 총수는 수년을 감옥에서 그룹의 운영을 고뇌했다. 우리는 이와 유사한 것을 많이 간접 경험하고 있다. 이런 사람들은 순간의 고통을 어떻게 넘기고 있을까? 아마 각자 최선의 지혜로 순간을 살고 있을 것이다.
보통의 삶에서 성장통을 쉽게 넘기는 사람이 있고, 힘들게 넘기는 사람이 있다. 전자의 사람이 되기 위하여 지혜와 훈련이 필요하다.
외롭고 힘들다고 생각하면 더 힘들다. 모두가 다 힘들다고 생각하면, 위로가 되고 덜 힘들다. 사람은 감정에 따라 고통의 크기는 달라진다. 성장통은 시기와 종류 그리고 크기에 따라 다 다르게 다가온다. 그래도 고통을 이기는 힘은 자기 스스로의 지혜와 의지와 노력이다.

우리의 삶을 누군가가 대신 살아주는 것은 불가능하다. 내 삶의 책임을 타인에게 돌리는 것은 있을 수 없는 일이다.
내가 가장 어렵고 힘들 때에 진정으로 내 마음을 알아주고, 위로를 해주는 사람은 드물다. 그래서 자신을 위로하는 주문 같은 것을 가져라.

1) 어쩔 수 없는 일이면 받아들이고 즐기자.
2) 지나가고 되돌릴 수 없는 일이라면 원망하지 말자.
3) 아무리 큰 후회에서도 교훈은 있다.
4) 내일이면 잊히고, 약해질 것이다.
5) 방도는 있다, 다만 내가 모를 뿐이다 찾아보자.
6) 실패는 반쪽 성공이다. 이곳에 교훈이 있다, 그리고 나를 위로한다.

삶의 고통 보따리 12개

누구에게나 고통스러운 경험과 실패와 같이 부정적인 경험을 가지고 있다. 실패와 부정적인 경험도 성장의 밑거름이다.

리더십 전문가 존 맥스웰은 '사람은 무엇으로 성장하는가'에서
고통의 보따리 12가지를 소개하고 있다. 이에 크게 공감하고 동의하며, 내 생각과 함께 편집했다. 아울러 고통의 해결책도 함께 첨가했다.

1) 미숙함에서 비롯된 고통:
주로 사회 초년생은 경험과 열정만으로 목표가 이루어지지 않는다. 경험의 부족과 미숙함이 한계를 보인다. 참을성 있게 배우고 성장하여 신뢰를 쌓는다.

2) 무능함에서 비롯된 고통:
능력의 한계를 경험해야, 자기계발의 당연성을 가진다. 교육, 전문 잡지, 전문서적을 통하여 스스로 지식인이 되어야 한다.

3) 실망에서 비롯된 고통:
일이나 상대의 반응이 기대에 비하여, 결과가 낮았다. 환경과 상황을 깊게 이해하고 참고 견디어야 한다.

4) 갈등으로 비롯된 고통:
조직에서는 이해관계나, 개인의 성향에 따라서 주장과 협조의 강도가 다르다. 남을 바꾸는 것보다, 내가 바뀌는 것이 훨씬 쉽다.

5) 변화에 비롯된 고통:
변화는 스스로 혹은 필연에 의하여 선택한 삶이다. 변화에 대한 두려움과 선택의 고통이 따른다. 변화 없이는 성공을 이룰 수 없다. 더 큰 기회와 성공이 있다고 긍정하라.

6) 질병에 비롯된 고통:
일상적으로 맞는 고통은 아니지만, 꼭 질병이 아니라도 건강의 상태는 성공적인 삶의 질을 크게 좌우한다. 건강을 잃으면 모든 것을 잃는다. 방심하기 쉬운 건강을 챙긴다.

7) 어려운 결정에서 비롯된 고통:
결정에는 항상 긍정과 부정이 대립한다. 어떤 하나를 선택하면 찬성과 반대의 편이 생긴다. 반대의 편을 설득하는 어려움이 있지만 약간은 감수해야 한다. 지혜롭고 이성적으로 결정하라.

8) 재정적인 손실에서 비롯된 고통:
조직에서나 개인적으로 의사결정으로 인한 재정적인 손실은 매우 고통스럽다. 최소한 작은 손실이 바람직하지만, 그 원인을 명확하게 하여 다음의 선택에 신중을 기하고, 선택의 노하우를 얻어야 한다.

9) 관계 상실에서 비롯된 고통:
개인의 스타일에 따라 친화력이 있는 사람과 부족한 사람이 있다. 원리원칙을 너무 강조하고, 미숙함이나 불의에 대한 단호함으로 인하여 많이 만들어 놓은 인연이 사라진다. 좋은 관계를 위하여 허용하는 범위 내에서 여유가 있는 삶이 되어야 한다.

10) 일인자가 되지 못한 데서 비롯된 고통:
아주 승부욕이 강하거나, 독점욕이 강한 사람은 자신의 자리에서 일인자를 꿈꾼다. 자신의 일에서 일인자가 되려는 목표를 부정할 이유는 없다. 일인자가 되지 못해도 실망하거나 질투하지 말며, 겸손을 배워야 한다. 계속 노력하면 때가 되어 일인자가 된다.

11) 직업에 비롯된 고통:
자신의 직업에 만족하는 삶은 그리 많지가 않다. 그 불만의 원인을 잘 정리하고 분석한다. 그 결과 지금의 직업을 꼭 바꿀 정도로 고통이 있으면, 자기 계발이나 성장을 통하여 해결한다. 직업은 가족 전체의 삶과 연관되어 있다. 소중하게 다루어야 한다.

12) 책임에 비롯된 고통:
조직에서 하위직에서 상위직으로 리더가 되면 자신의 가족 뿐만 아니라 조직원 전체의 삶과 미래에 대한 책임의 고통이 따라온다.

이렇게 여러가지 요인으로 고통의 삶이 나타날 수 있다. 삶은 즐거움과 고통이 함께 있는 삶이다.
고통은 이기지 말고 훈련으로 함께 극복하는 것이다.

삶의 고통을 교훈으로 바꾸는 지혜

고통의 경험을 교훈으로 삼아, 나쁜 선택이 되풀이되지 않게 해야 한다. 그러면 한층 더 성장하고 더 성공의 교훈을 얻게 된다.

고통의 경험을 교훈으로 바꾸기 위하여

1) 긍정적인 인생관을 가져라:
삶에 대한 기준과 의미, 돈을 대하는 태도, 자신의 건강, 자녀의 미래 등 사물을 보는 관점을 긍정적으로 가져라. 낙천적이고, 활기차고, 싹싹하며, 과묵하며, 대범하고, 마음이 넓고, 베풀고, 상대를 존중하고, 믿음이 가는 사람, 이런 것이 긍정적인 인생관이다.
2) 창의력을 활용하고 개발한다:
기존의 틀에서 문제 해결점을 찾기 어려울 때에는, 관점을 바꾸어야 한다. 관점을 바꾸어 창의력을 발휘해야 한다.

창의력을 높이는 방법
(1) 고통의 원인을 세부적으로 요인을 분석한다.
(2) 세부적인 요인에 대한 원인을 찾아본다.
(3) 세부적인 요인의 해결책을 찾는다.
(4) 과거의 비슷한 사례를 찾는다.
(5) 다른 분야와 연관을 짓는다.

(6) 새로이 설계한다.

(7) 창조는 모방이라는 생각으로 넓게 본다.

3) 고통의 가치를 인정한다:

고통을 바로 긍정의 가치로 만들기는 쉬운 일이 아니다. 세월이 지나고 나면 그 교훈을 알게 된다. 지금 바로 교훈을 얻기 위하여, 고통이 없으면 발전도 없다는 긍정의 마음으로 나를 관리한다.

4) 고통의 교훈에서 더 큰 변화를 만난다:

고통에서 교훈을 바로 얻는 것도 쉬운 것이 아니다. 머리가 아니라, 마음으로 긍정적인 교훈을 찾아야 한다. 머리로 생각하고 마음으로 감정을 발하게 된다. 행동의 변화는 감정에서 더 강하게 작용한다. 이를 위하여 긍정적인 변화를 위한 수양 훈련이 필요하다.

5) 인생은 내가 결정한다:

보통 사람들은 내가 처하여 있는 환경이 내 삶을 결정짓는다고 핑계를 된다. 본질적으로 보면 그 환경은 나의 관리 밖에 있지만, 나의 마음먹기에 따라, 나의 가치관에 따라 관리될 수 있다. 성공을 한 사람은 모두가 어려운 환경을 이기고 극복한 사람이다.

성장통을 극복하는 지혜를 배우고 훈련하면 어렵지 않게 고통과 고비를 넘긴다. 그러면 더 성공하고 더 행복한 삶과 함께 동행한다.

25. 지혜를 공급해 주는 원천

움직이는 모든 것에는 에너지가 필요하고, 성장하는 모든 것에도 영양분이 필요하듯이, 성공적인 삶의 과정에는 삶의 지식과 지혜가 꾸준하게 공급되어야 한다.
사람들은 현재 자신의 삶이 다른 사람의 삶과 차이가 있음을 인식하고 있다. 그것은 지금까지 삶의 과정에서 개인이 받아들인 지식과 지혜, 경험의 종류와 크기가 다르기 때문이다. 그래서 앞으로도 더 성공하고 더 행복하기 위해서는 꾸준하게 양질의 지식과 지혜, 경험을 공급받는 것이 필수이다.

계속 성장의 기본적인 힘은 일상생활에 활용되는 기본적인 지식과 지혜이다. 이 지식과 지혜를 얻기 위한 필요한 활동을 늘여야 한다. 그리고 부정적인 태도를 줄여야 한다.

1) 게으르지 말며.

2) 변명하지 말며.

3) 거짓말하지 말고.

4) 남과 비교하는 삶을 살지 말라.

하루아침에 행동과 습관이 바뀔 수는 없지만, 하나씩 바꾸고, 수시로 마음속에 새기며, 부정적인 행동과 자세를 점점 줄여 간다. 조금씩, 하나씩 부정적인 행동을 줄이면, 긍정적인 행동의 비중이 커진다.

그리고 긍정적인 행동으로 새로운 지식과 지혜를 보충해야 한다. 그래서 라이프 플랜을 계속적으로 리모델링하고, 새로운 나로 깨어나서, 지금 현명한 삶의 선택을 할 수 있다. 지식과 지혜, 경험을 꾸준하게 공급해야 한다.

인터넷 발달과 디지털 시대에 새로운 많은 지식과 지혜가 공개되었다. 필요로 하는 지식과 지혜를 배우기 쉬워졌다. 그리고 불편함에 대하여 대처하는 방법과 기술들이 쉽게 공유되는 개방의 사회가 되었다.

누구나 본인이 마음만 먹으면, 세계 어느 곳이라도, 쉽게 접근할 수 있는 환경이 되었다. 정보와 기술의 독점 시대에서 누구나 조금의 노력과 창의력으로 스스로 미래를 만들어가는 환경이 되었다.

"생각이 변하면 행동이 변하고, 행동이 변하면 습관이 변하고, 습관이 변하면 인생이 변한다" 는 것을 음미해야 할 시기이다.

지혜를 키우는 방법

준비가 잘되고, 재능과 능력이 있는 사람에게 성공이 그렇게 어렵지 않다는 것은 당연한 이야기다. 준비가 좀 부족하고, 보통의 재능과 능력을 가진 사람은 상대적으로 열심히 해야 하고, 좀 힘든 성공의 길을 걷는다. 그러나 지금은 성공으로 가는 길이 다양하다. 특히 4차 산업 혁명을 맞아, 삶의 방식이 다양하고, 기술 발달이 세분화되어 성공의 터가 확대되었다. 성공의 패러다임이 바뀌었다. 학벌, 학력, 스펙이 우대받는 사회에서 재능 능력이 우대받는 사회로 변화했다.

지난 시절에는 스펙이 우열을 좌우했지만, 지금은 지식과 정보, 재능과 능력이 우대받는다. 더 성공하고, 더 행복하기에 필요한 지식과 지혜의 준비는 지금도 늦지 않다. 굳이 스펙에 목숨 걸 필요가 없다.

기본적이고 기초적인 자기계발 방법이다. 많은 사람이 알고 실천하는 내용이다. 기본에만 충실해도 성공적인 삶을 살 수 있다.

1) 인내와 근성을 가져라:

가장 기본이다. 포기하지 않으면 성공한다는 명언이 있다. 인내와 근성에 도움되는 요건은 좋아하는 일, 즐거운 일을 한다. 일에 의미를 찾아 동기를 부여한다. 그리고 희망과 긍정의 메시지를 자신에게 공급하는 것이다.

2) 좋은 인적관계를 만들어라:

근면 성실하고, 긍정적이고, 진취적인 사람과 함께 해야 한다.
구성원과 협업해야 하고, 멘토를 만들고, 소셜미디어를 통한 멘토를 만들어도 좋다.

3) 일의 우선순위를 찾아라:

일의 성과가 없거나 풀리지 않을 때에는, 일의 우선 배분이 중요하다. 자신에 성공적인 삶의 시절에 따라서, 삶의 목표와 일치하게 일을 선택하고 시간을 효율을 높인다.

4) 일에 최선을 다해 몰입한다:

일의 성과는 일의 방법과 투입시간과 열정의 곱이다. 최선을 다했다고 쉽게 말하지만, 그것은 자신만의 기준일 수 있다. 자신의 후회가 없고, 아쉬움이 없이 노력을 해야 한다.

5) 어떤 방법인가? 기술이다:

일의 성과는 일의 방법과 투입시간과 열정의 곱이라고 했다.

투입시간은 한정되어 있다. 열정도 한계가 있다. 일의 방법은 제한이 없다. 그래서 지식과 기술, 지혜가 제일 중요하다.

6) 열정을 위한 힘:

열정은 개인의 힘이다. 열정이 몰입을 부를 때에 '유레카'의 지혜가 나온다. 즐거운 마음에서 그리고 성공할 수 있다는 믿음에서 나온다. 긍정의 마음으로 희망으로 행복한 마음을 유지할 때 열정을 만든다.

7) 일의 방법을 위한 기술 습득이다.

성공의 기술은 배움과 경험을 바탕으로 한 지혜이다. 지혜의 축적을 위하여, 새로움에 대한 호기심, 배움을 생활처럼 하고, 작은 성공을 먼저 실행하여 자신감을 키운다. 이를 바탕으로 더 큰 성공에 도전하고, 성공의 선순환 구조를 만든다.

8) 꿈의 크기:

꿈의 크기는 능력과 시절별로 필요 욕구에 맞추어 정하고, 욕심을 부리지 않는다.

9) 정보의 흐름에 편성하라:

4차 산업시대, 디지털 시대이다. 기술은 폭발적으로 발전하고 있다. 전체적인 지식과 기술을 배우기에는 한계가 있다. 먼저 내가 무엇을 배울 것인가를 정해야 한다.
그리고 어디에서 배워야 하나를 정해야 한다. 전체적인 흐름을 읽는 것은 필수이다, 나에게 필요한 정보를 위주로 깊게 파고 든다. 전문서적, 디지털 도구를 활용하고, 인터넷, 유튜브, 포탈, 그리고 연구소, 대학 공유 사이트를 이용한다.

하나의 지혜가 성공과 행복을 담보하는 것은 아니지만. 꾸준한 실천은 성공을 긍정한다. 행동으로 실천해야 한다. 그 실천이 쉬운 것이 아니지만, 실천의 강도, 의지력의 정도에 따라서 삶에 성장과 변화의 크기가 달라진다.

성장의 고비를 넘기는 지혜

지속적으로 성장하는 힘은 반드시 할 수 있다는 긍정적 심리에서 온다. 일생 동안의 성장 과정에는 몇 차례의 어려운 고비가 있다. 고비의 순간은 짧지만, 그 고통은 크다. 고비의 극복에는 고통이 따른다. 고비 극복은 해야 할 숙명의 과제이다.
극복을 통한 경험과 지혜는 진정한 경험적 가치를 지닌다.
육체에도 성장통이 있듯이, 정신적 성장인 지식과 지혜의 공급에도 성장통이 따른다.

보통의 고비는 크게 두 가지의 경우에 찾아온다.
하나는 현실의 상황이 매우 복잡하고 어려움으로 발생하는 경우이다. 다른 하나는, 방법은 있으나, 내 스스로가 해결 능력이 부족하여 발생하는 경우이다. 먼저 고비는 반드시 극복되어야 한다.

고비를 넘기는 일차적인 쉬운 접근법의 하나는
1) 문제에 대한 심층 분석이 있어야 하고, 고비의 문제점이 무엇인지를 찾아야 한다.
2) 문제 해결을 위하여 무엇이 필요한지를 파악한다.
3) 필요한 정보를 수집하고 공부한다.

업무적인 고비 중에서 무에서 유를 창조해야 하는 업무가 있을 수가 있다. 내가 경험하지 못한 문제를 해결해야 하는 일이 생겼을 경우이다. 내가 직접 경험하지 못했다고 하여, 완전히 새로운 일이 아닌 경우가 많다. 다만 나만 모른다. 실용적으로 검증된 것 외에는 어떤 선진 국가나, 선진기업, 연구기관, 조사 기관에서 내가 필요로 하는 비슷한 자료가 있다는 것을 긍정해야 한다.
그래야 정보 구하기가 시작되고 구하기 쉽다.

지금의 시대는 정보 공유의 시대이기 때문에 어렵지 않게 자료를 구할 수가 있다. 지구상의 모든 지식인의 지혜를 이용할 수 있다. 그러나 정보와 자료의 홍수 속에서 무엇이 지금 필요한 정보 인지, 어디에 있는

지를 아는 것이 중요하다. 포탈이나 연구소, 대학을 통하여 필요한 기술과 지혜를 습득하는 것도 능력이다.

긍정심리의 마술

지속 성장의 시작은 긍정심리이다. 성공과 행복을 만드는 데 필요한 많은 요소 중에 크게 나누면, 긍정적인 요소와 부정적인 요소가 있다. 그러나 일상 삶 속에는 긍정의 요소와 부정의 요소가 함께 존재하고 함께 살아간다. 이런 삶이 리얼한 삶이다. 긍정의 요소만 존재하는 것은 유토피아 세상이고 가상의 세상이다.

긍정의 힘을 경험하지 못한 사람에게 아무리 설명을 해도 이해하기 어렵다. 만약 당신이 긍정의 힘을 믿지 못한다면 쉬운 삶을 살아왔거나, 어려움을 경험하지 못한 것이라고 본다.
긍정은 집중력을 높이기 위하여 자신을 세뇌한다. 세뇌는 나를 다잡는 것이다.
내가 찾지 못한 지혜는 어딘가에는 존재한다고 믿는다. 책이나, 타인의 경험에는 분명하게 존재한다고 믿는 것이다. 다만 내가 아직 찾지 못했을 뿐이라고 생각한다.

그러면 마치 일 중독자처럼 몰입하고, 행동한다. 어느 순간에 문득 대안이 나오게 된다. 그러나 그것이 완벽하지는 않지만, 실마리를 풀 수 있는 대안이 혜성처럼 나타난다. 이 혜성처럼 나타난 아이디어를 바탕으로 문제 해결에 나선다. 나는 이것이 긍정심리의 마술이라고 믿는다.

긍정심리의 마술이 통하면 희망이 보인다. 희망이 이루고자 하는 목적이고 목표라면 이것이 달성될 것이라는 정신적인 힘이 긍정심리이다. 지속적인 성장의 힘은 미래에 대한 희망을 지켜주는 것이 긍정이다. 희망을 버리지 않는 것은 계속 성장을 의미한다. 계속 성장은 더 성공이다.

무조건 자신을 긍정하고 때로는 위로하고, 응원해야 한다. 지속적인 성장을 위한 힘 중 하나가 나를 응원하는 힘이다. 삶을 만들어가는 과정이 평탄한 길만 있는 것이 아니다. 삶에는 힘들고 지칠 때가 있다. 이때에 스스로 긍정하고 응원해야 한다. 그리고 작은 성공의 맛과 행복의 맛으로 용기를 응원해야 한다.
삶에는 분명하게 안락한 행복의 맛도 있고 씁쓸한 실패의 맛도 있다. 그리고 후회도 있고 아쉬움도 있다. 행복과 아쉬움은 한마음에 존재한다.

영원한 성공도 영원한 불행도 없다, 작은 성공과 작은 행복을 응원하지 않으면 사라진다. 작은 성공과 행복을 꾸준하게 실천하는 지혜가 필요하다.

지친 나를 응원도 하고, 지친 나를 포용하고, 때로는 나태해도 이해한다. 명상과 좋은 이야기를 듣고, 지침서나 지도서를 통하여 자신을 단련한다. 이 모든 것이 삶의 지혜다.

26. New normal 시대에 대응

뉴노멀 시대는 시대 변화에 따라 새롭게 부상한 기준이 표준이 되는 시대이다. 지금 이 시대에 삶의 환경이 급속하게 변화하고 있다. 변화된 사회는 새로운 조건과 환경을 요구한다.
환경의 갑작스러운 변화로 새로운 조건과 환경을 만들 시간적인 여유가 없다. 사회는 미래 변화를 미처 예측하지 못하고 준비하지도 못했다. 갑작스레 준비한 처방은 사회적인 혼란을 초래했지만, 나름대로 역할을 다하고 있다.

지금 세상이 얼마나 빠르고 무섭게 변화하는지를 새삼스럽게 설명할 필요가 없다. 이 변화를 실감하지 못하는 사람은 세상의 변화부터 먼저 자각해야 한다. 남녀, 노소, 빈부에 관계없이 급변하는 변화 속에 살고 있다.

어떤 미래학자는 스스로 말한다. 미래의 세상은 미래학자가 예측한 대로 바뀌지 않는다. 그래서 스스로 미래 예측자가 되어야 한다고 주장한다.
포스트 코로나 뉴노멀 시대는 변화된 조건과 환경이 표준을 만든다. 얼마나 예측이 어려운가? 그러나 삶은 때로는 순응하고, 대응하고, 극복한다. 의욕도 희망도 변화에 맞추어 변화해야 한다.

그러나 사람들은 일상의 변화에도 두려워하고 저항하지만, 뉴노멀 환경에서 변화와 혁신에 적응을 하지 않으면 안 된다.
현재의 익숙한 삶에 안주하는 삶은 있을 수가 없다.
안타깝게도 많은 사람은 지금의 현재를 보고 느낀다. 하루하루를 보면 변화를 실감하지 못한다. 오늘과 1년 후를 보고, 오늘과 3년 후를 보라는 것이다. 1년 후, 3년 후가 부담스러우면 과거, 1년 전과 오늘, 과거 3년 전과 오늘을 생각하라, 변화를 거부할 수가 없다.

지혜롭고 긍정적인 사람들은 선제적으로 뉴노멀 시대를 대응하고 있다. 선제적으로 미래의 욕구를 찾아 시스템을 만든다.
그러나 보통의 사람은 소극적으로 받아들이고 있다.
사람은 본능적으로 변화에 저항하고 익숙함에 안주하려 하는 경향이 있다. 좀 더 개방적인 교육 시스템이나 훈련을 받은 사람은 삶의 변화에 적극적으로 행동을 한다.

New normal 시대에 대응 또는 순응은 선택의 문제가 아니라 필수적인 과제이다. 모든 영역에서 4차 혁명이 확산되고 있다.
모든 영역의 사람들이 삶에 대한 태도나 행동이 바뀌어야 한다.
각자의 위치와 자리에서 생각하고, 방법을 찾는다. 두려워할 필요는 없다.

불규칙적인 변화를 예측하기 어렵다. 특히 장기적인 변화는 더더욱 예측하기 어렵다. 그러나 변화의 경향과 시대의 이슈에 대하여 호기심을 가지고 유연하게 대처하고, 지금의 내 생활과 내 직업과 어떤 관계에 있는지 살펴야 한다. 각자가 지금 가지고 있는 그 환경에서 생긴다.
평소에 대략적인 준비를 하고, 변화에 순응하고 적응하면 된다.

변화와 성장은 의도적인 노력이다

리더십 전문가 존 맥스웰의 '사람은 무엇으로 성장하는가'라는 책이 평소의 나의 생각과 유사하여 참고를 했다.
변화와 성장에 친숙하기 위하여 변화와 성장에 대한 당위성을 이해하고 공감해야 한다. 그래도 변화와 성장은 힘든 과정이다.
그 중에서 일상의 삶에서 성장을 가로막는 요인을 제거하는 것도 성장과 변화를 쉽게 할 수 있는 지혜이다.

1) 성장이 저절로 이루어진다는 착각에서 벗어나라.

주입식 교육에 익숙하고, 타율적인 학습에 길 들려진 원인으로 자발적인 성장이 안된다고 생각한다. 성장하려면 의도적으로 노력을 해야 한다.

2.) 성장의 방법을 잘 알지 못한다:

어쩌면 성장이라는 개념을 잘 못 이해하고 있다. 열심히 노력하면 성공한다는 피상적인 관념을 가지고 있다. 사회는 학교의 배움과 달리, 필요한 지식이 개인마다 다르다. 지식의 습득하는 방법과 재능도 다르다. 개인의 차이로 인하여 성장도 차이를 가져온다.

3) '아직은 때가 아니야'라 고 늑장을 부린다:

변화의 시간은 흐른다. 멈춤이란 것이 없다. 보통의 사람은 마음먹은 대로 행동하고 실천하지 못하는 경우가 많다, 한 가지만이라도 매일 변화를 생활화하라. 늑장을 부리는 것은 안된다.

4) '실수하면 어쩌지'라 고 불안해한다.

미래 성장은 불확실성이 당연하다. 미래라는 것이 불확실성을 가진 특성이 있는 만큼, 성장을 위하여 두려움을 극복해야 한다.

5) 최상의 방법을 찾다 가는 때를 놓친다.

최상의 방법은 일단 시작해야 발견할 수 있는 것이다. 실천을 하면서 개선하는 것이 바람직하다.

6.) '그럴 기분이 아니야'라 고 느낌과 영감으로 이성적인 판단을 흐리게 한다. 기분과 느낌, 영감은 모두 핑계이다. 이성적인 판단에 우선하라.

7). 나보다 나은 다른 사람에게 배워라:
멋지고 훌륭한 사람을 만나면 기가 죽을 수 있지만, 배우고 나면 같은 사람이 된다. 그래서 배울 점이 있으면 배워라.

8) 이것보다 쉬울 줄 알았다.
성공한 사람들이 단숨에 정상에 간다고 생각하지 마라. 성장은 저절로 이루어지지 않는다.
누구나 힘든 과정을 통하여 성공하고 변화한다.

변화는 기회이다

세계는 무서운 속도로 변화하고 있다. 코로나와 4차 산업시대에 내일의 세계 질서나 환경은 알 수가 없다. 그리고 많은 학자들은 코로나가 끝나도 과거의 시스템으로 돌아갈 수 없다고 말을 한다. 불확실한 미래를 안고 살아가야 한다.
변화는 기회를 제공하는 삶이다. 무서운 이야기다. 역설적으로 보면 변화하지 않으면 기회가 없다는 이야기다. 그렇다 변화가 필요할 때 변화하지 않으면 당연히 기회를 잃게 된다.

변화의 욕망이 있거나, 준비를 하는 사람이나, 준비가 된 사람은 황금 같은 기회이다.

지금 창의적이고, 개혁적이고, 도전적인 사람들은 성공의 날개를 달았다. 스타트업, 즉 신생 창업기업이 크게 성공하고 있다. 그래서 새로운 직업이 생기고 새로운 일자리가 생긴다.
물론 자유 경쟁의 사회에서 뜨는 업종이 있으면, 지는 업종도 있다. 그래서 각개인은 자신의 능력에 따라 대변화에 편성해야 한다. 이제 시작이다. 자신의 대변화, 새로운 모형의 사회에 적응할 준비를 해야 한다.

준비의 방법은 창의적으로 창업이 있을 수 있다. 다른 쉬운 접근은 지금 자신의 일을 통하여 변화하는 것이다.
1) 선진 기업을 벤치마킹 한다.
2) 신기술과 기법을 도입한다.
3) 자신의 일의 방법을 바꾼다.
4) 정보의 접근 통로를 다변화한다.
5) 신기술을 기반으로 준비한다.

어떤 경우이든 자신의 수준에 따라 자신에게 맞는 방법을 선택하는 것이 가장 중요하다. 먼저 자신의 수준을 높이는 노력을 하라. 현실의 삶에서 최고가 되는 것이 쉬운 일이 아니지만, 더 성공하기의 전략은 자신의 위치에서 최고가 되면 된다. 자신의 레벨에서 최고를 유지하면 된다.

변화는 예측하기 어렵다. 그러나 다행인 것은 세계적으로 권위있는 많은 미래학자들이 이런 예측하기 어려움에도 불구하고, 각자의 지식을 바탕으로 미래를 예측한다. 그리고 많은 정보와 지혜를 예측하여 소개하고 있다.
세계미래보고서 2030-2050 (박영숙, 제롬 글렌 지음)에서 10년 후, 30년 후를 예측하고 있다. 이것이 예측한 대로 맞을지는 알 수 없지만, 대응할 실마리는 주었다. 미래를 준비하는데 그만큼 도움이 된다.

부지런한 사람, 호기심과 욕망이 많은 사람은 많은 것을 경험하고 이루면서 더 잘 살아간다.
세상의 모든 경험을 다하지 못하지만, 그래서 더 성공의 삶은 더 경험하는 것에 목표를 둔다. 이것도 삶의 지혜이다.
기회는 지나가고 나면 다시 돌아오지 않는다.

성공에는 긴 시간을 요하는 것도 있고, 짧은 단기의 목표도 있다. 또한 성공을 이루기 어려운 것도 있고, 그리 어렵지 않은 의미 있는 목표도 있다. 이러한 중, 장기의 목표와 삶의 과정에서 쉬운 목표를 통하여 즐거운 삶을 만들어 가야 한다. 이것이 성장이다.

일터에서 조직의 목표나, 사회에서의 목표는 상대적이고 전투적일 수 있다. 이 상대적이고 전투적인 삶의 목표는 때로는 치열하다. 이기고 지는 것이 표면적으로 나타난다. 이것을 위하여 조직의 직무와 관련하여 지식과 지혜는 창조적인 힘이 필요하다.
그리ㅉ고 보이지 않는 외부 변화의 압력은 필연이다, 이 속에 기회의 요인이 있다. 기회를 잡는 힘의 핵심은 배움에 있다.

당신은 무한한 능력의 소유자다

인간은 끈질기고 무한한 능력의 소유자이다. 인공지능의 현실화로 인간의 자리가 위태롭다고 말하는 사람이 있다.
로봇, AI, 사물인터넷, 블록체인, 클라우드 등의 발달로 없어지는 일자리와 새로이 생기는 일자리가 요동치는 것은 현실이다.
그러나 인간은 생명체 중에서 가장 현명하여 모든 기술을 지배한다.

그러나 과거보다는 앞으로 많은 일이 기술과 기계에 의존하게 되는 것은 부인할 수 없다. 지금 자신의 시절에 따라 실감하지 못할 수 있지만, 청년세대로 내려갈수록 더 많이 의존하게 된다. 앞으로 어떤 직업이 AI에 의존하고, 로봇에 일자리를 내어 주는지를 미래 학자는 예측하고 있다. 자신의 위치에서 어떻게 대응해야 하는지를 스스로 방법을 찾아야 한다. 또한 미래의 우리 아이들에게 어떤 교육을 어떤 방법으로 시켜야 하나가 고민해야 할 과제 중 하나이다.
어떤 현명한 사람은 삶에서 역전의 기회가 왔다고 생각 한다. 긍정적으로 생각하고 배우면 대응책이 나온다. 인간은 무한한 능력자이기 때문이다.

기업에서 개인의 목표를 수정하라, 과거에 승진을 통한 권위적인 성공이라면, 지금은 최고 기술을 보유하고 최고의 능력자가 살아남는 환경이다. 능력자라고 해서 꼭 높은 기술의 분야를 말하는 것이 아니다. 평범한 일상의 삶에도 능력자가 있다.
예를 들면 청소의 달인, 제빵의 달인, 등등 많은 분야의 최고가 되면 된다.

많은 사람은 능력 향상이 필요함을 잘 알고는 있다. 그러나 능력 향상을 위하여 적극적으로 실천하는 사람은 그렇게 많지 않다. 기회의 운으로 성공한 것처럼 보이는 사람도 무척 노력을 많이 한 사람이다.
성공적인 삶을 위하여는 적극적인 변화의 삶을 유도해야 한다.
그리고 정말 최선을 다한 변화의 삶에 대하여도 긍정적으로 받아들여야 한다.

변화는 융합과 통합의 시대를 만들고 있다. 이렇게 통합과 융합을 이야기하는 것은 모든 업종에서 이런 현상이 대세이고, 첨단 산업에서 융합의 기술이 상용화되고 있기 때문이다. 실제 현장에서 적용되고 있고. 더 높은 수준으로 발전하고 있다.
소수가 관련된 첨단 산업에만 융합의 힘이 작용하는 것은 아니다. 과거의 업무와 직종 속에서도 밀접한 관련의 업무가 존재하고 발전되어 왔다.
일터의 여러 직종에서 배운 지식과 경험은 모든 분야와 연관되어 있다는 것이다.
삶의 지식과 지혜는 버릴 것이 없다. 비록 업무의 동질성이 100% 같은 것은 아니지만, 지식과 지혜는 유사한 것이다. 변형하여 활용하면 보탬이 되지 않는 것이 없다.

4차 산업에 속하는 첨단 기술은 말할 것도 없고, 기존의 업무에서도 기술과 정보가 융합해야 한다. 인사 전문가는 해당 부서의 업무내용을 잘 파악하고 인재를 풀로 활용해야 한다.
제조기업 생상부서도 원가 회계를 알아야 하고, 영업부서는 기업회계를 알아야 기업의 최종 목표 달성에 한 목소리를 낸다.
숫자만 취합하는 회계는 살아 있는 회계가 아니다.
회계를 모르는 생산부서나, 기업회계 모르는 영업부서는 재고의 무서움을 모른다.

원가회계, 기업회계를 알면 내가 몸담고 있는 기업이 비만인지, 동맥경화인지, 영양실조인지, 고혈압인지를 안다. 그래야 스스로 처방이 나온다. 이제는 전 부서가 기술의 변화를 감지하고 전체 부서가 변화를 해야 한다. 가장 고전적인 총무, 인사, 회계까지 AI로 무장한 신기술이 접목되고 있다.
직장에서 승진과 높은 수준의 일을 하려고 하면, 다른 관련 부서의 업무를 소상하게 알아야 한다. 관련 업무의 내용을 알지 못하면 종합적이고 건설적인 일을 하기 어렵다.

그래서 평소에 관련 업무의 지식을 높여 놓아야 한다.

자신의 업무를 하기도 어려운 현실에 관련 업무에 신경을 쓸 시간적인 여유가 없다고 할 것이다. 그러나 잠재력이 무한한 인간은 마음만 먹으면 멀티태스킹을 가능하게 한다.

자신의 변신은 업무의 변신이고, 변화 시대의 대응이다. 자신의 경력관리는 자주적으로 능동적으로 해야 한다.
지금은 글로벌 시대이다. 능력에 맞추어 전직도 하나의 삶의 기술이고 지혜가 되었다.
능력자는 자신의 능력을 자타가 공인할 정도로 탄탄히 한다. 자신의 미래에 하고 싶은 일을 선포한다. 중요한 인맥 관리를 성실하게 하고 평소에 자신의 뜻을 피력한다.
그러면 기회가 찾아온다.
이것이 New normal 시대에 가장 현명한 대응이다.

27. 성공하고 행복하기는 본능적 욕구

성공적인 삶은 꾸준한 성공과 지속적인 행복이다. 꾸준하고 지속적인 성공과 행복이라고 하면 어려운 것처럼 느껴질 수 있다. 그러나 보통 사람들의 평범한 삶도 성장하면서 살아간다.
꾸준한 성공은 중단 없는 성장의 삶을 말한다. 긴 인생의 삶에는 기복이 있고, 고난도 있다. 그러나 이를 극복하고 희망을 가지며, 꾸준하게 성장하는 것이 성공적인 삶이다.

보통 사람들은 삶에서 성공과 행복의 맛에 목말라 한다. 그런데 더 성공하고 있고, 더 행복한 삶 임에도 불구하고 그 맛을 잘 느끼지 못한다. 그것은 삶을 무심하게 살거나, 긍정적이지 못한 이유이고, 너무 큰 성공이나 다른 곳에서 행복을 기대하기 때문이다.

큰 성공이나, 긴 세월이 요구되는 성공의 요소는 분야별, 시절별로 여러 개로 나눌 수 있다. 모든 성공은 작은 성공으로 나눌 수 있다. 나누어 관리하면 많은 작은 성공과 행복을 얻게 된다. 작은 성공과 행복은 일상의 삶에서 목표가 되고 목적이 된다. 일상 삶 속에서 작은 성공과 작은 행복의 원천을 많이 가지는 지혜가 필요하다.

성공적인 삶의 핵심은 일상 삶 속에서 꾸준하게 작은 성공과 작은 행복을 만들어 본능적인 욕구에 충족하는 것이다.

그러나 가끔은 고통의 감정이나, 부정적인 상황을 겪기도 하겠지만, 전체적으로 조화롭고 긍정적이면 성공적인 삶을 사는 것이다. 행복은 걱정이 없는 삶이며, 완벽한 환희의 삶도 아니다.
그래도 성공적인 삶을 살기 위하여, 일상 삶에서 가능한 작은 성공을 통하여 성공의 맛을 찾고, 평범한 삶 속에서도 삶의 의미를 찾아 행복의 맛을 자주, 그리고 오래도록 유지하는 것이 삶의 기술이고 지혜이다.

성공과 행복은 본능적 욕구

인간은 태어나면서 본능적으로 성공과 행복의 욕구를 가졌다. 성공과 행복은 인간이 살아가기 위한 기본적인 바람이고 욕구다. 태어나 성공이나 행복의 의미를 잘 알지 못하는, 유아 청소년기 때부터 본능적으로 성공과 행복의 행위를 한다. 본능적으로 배가 고프면 울음으로 의사 표시를 하고, 배불리 먹으면 미소로 행복하다는 답을 한다. 성공의 맛과 행복의 맛을 솔직하게 표현하는 것이다.

유아 청소년의 성장 발달 과정에서, 직접적으로 성공과 행복을 배운 적은 없다. 그러나 본능적으로 뒤집고, 기고, 일어서고, 걷고, 넘어지면서도 본능적으로, 스스로 즐기며 행동한다. 본능 속에도 성취감이 존재한다.

남보다 앞서가는 것, 많이 가지는 것, 예쁜 것, 이런 것들에 대한 가치를 유아기에는 잘 알지 못하지만 본능이다. 이 본능을 아동기, 청소년기의 육체적인 성장과 함께 정신 분야에서도 성격, 재능, 자질이라는 이름으로 인격체가 형성된다.

이후 사회적 환경과 경험에 따라 후천적으로 성격이 변해간다. 그래서 유아기, 청소년기가 올바른 성장 교육의 가장 중요한 시기이고, 건전한 본능적 욕구가 형성된다. 청년기와 장년기를 거치면서도 본능적 삶보다 주위 환경에 우선하는 자주적 이성적 삶을 산다.
그래서 청소년기가 본능적 욕구를 바탕으로 재능과 성격, 인성이 형성되는 좋은 시기이다. 이후 올바른 성격을 바탕으로 바른 행동의 삶을 살아가는 습관을 익혀간다.
사회적 환경은 생각보다 강하다. 유아기의 선한 본능적 행동은 청소년기를 거치면서 사회 통념의 틀에 익숙하고 습관화되어 간다. 성공과 성취로부터 오는 본능적인 맛보다 이성적인 판단에 우선한다. 이런 사람은 자주성과 자발성을 상실하여 이타적이고 타율에 익숙해 스스로의 성취의 맛을 잘 느끼지 못한다. 그래서 성공과 행복에 대하여 개인이 가지는 태도나 반응이 다 다르다. 성공적인 삶의 지혜를 통하여 성공의 맛, 행복의 맛의 본능적인 욕구를 일상에서 찾아야 한다.

지금 내가 어떤 조건과 어떤 성향을 가지고 있다고 하더라도 과거로 돌아갈 수는 없다. 그리고 그 자주성과 자발성이 성공과 행복의 전부가 아니기 때문이다. 또한 성공한 많은 사람들은 성인이 되어서도 자신의 성격과 성향을 바꾸기 위하여 꾸준한 노력을 한다. 필요하면 우리 인간에게는 지혜라는 것이 존재하여 마음만 먹으면 언제든지 자신을 바꾼다. 거짓에 능한 것도 인간이 가지고 있는 유일한 부정적인 특권이다.

자신만의 본능적 욕구에 충실해야

성공과 행복의 관계는 삶의 과정에서 서로 선순환 한다.
행복은 성공의 힘이 되고, 성공은 또 다른 행복의 원천이 된다. 이렇게 성공과 행복은 선순환 한다.

아주 크게 성공한 사람이나, 보통 사람이나 모두 자신만의 성공과 행복을 가지고 살아간다.
삶의 요소에 따라 차이가 있고, 크기의 차이는 존재하지만, 그 차이는 비교 대상이 아니라, 다름이다. 유일한 자신만의 성공이고 행복이기 때문에 타인과의 비교 대상이 아니다.

삶의 과정 속에도 긍정의 요소와 함께, 아쉬움, 후회, 아픔, 슬픔, 괴로움, 외로움, 고통, 분노, 억울함, 같은 부정적인 요소가 함께 녹아 있다. 이것도 삶의 한 과정이고 살아 숨쉬는 동안 같이 해야 할 삶의 요소들이다.
마지막 삶까지 어떻게 동행하는 것이 좋을지 지혜를 찾아야 한다. 행복도 행복을 받아들이는 능력과 노력이 필요하다.
행복 지수를 높이기 위하여 행복의 연습이 필요하다.
받아들이는 능력이 부족하면 행복한 순간에 행복하다는 것을 느끼지 못한다. 한참을 지난 후에 아하! 그때가 행복했다는 것을 늦게 깨닫는다, 조급함보다, 내 삶을 수시로 생각하면서, 내 삶에 숨어 있는 행복의 맛을 느껴야 한다.

행복과 불행은 매우 복잡한 상황과 환경에서 나타난다.
복잡하다는 것은 개인마다 다 다르다는 것이고, 하나의 그 무엇으로 말할 수 없기 때문이다.
이것이 행복이다라고 소개할 수가 없다. 어떤 사람은 평범한 것에서도 행복을 느낀다. 똑같은 환경과 조건에서 사람마다 다르다는 의미이다.

어떤 사람은 죽을힘을 다하여 산을 오르고, 이후에 오는 대견함으로 만족감과 행복함을 느낀다. 마라톤에서 오는 절정의 고통이 주는 쾌감의 맛을 경험하지 않은 사람에게 설명하기 어렵다. 큰 시련과 고통을 극복한 후 안도감과 자신에 대한 대견함으로 행복감을 느낀다. 경험하지 않은 사람은 잘 모른다. 어떤 사람은 이런 맛에 중독되기도 한다.

행복이 지금 현재에 느끼는 감정임에는 틀림이 없다. 그러나 행복의 느낌을 주는 원천은 다양하고, 시차적으로도 과거, 미래, 현재에서 온다. 가끔 과거 추억과 경험의 기억에서, 미래에 희망을 상상하면서 행복의 감정을 느낀다.
일상의 삶에서 불안, 공포, 안정, 평안, 희망, 즐거움 등 긍정적인 심리와 부정적인 심리가 선택을 강요할 때가 있다.
이 선택에 의하여 행복과 불행으로 나눠진다. 긍정적인 사람이 부정적인 사람보다 행복지수가 높은 것은 행복의 감정을 선택했기 때문이다.

플라톤은 '행복이 끝없이 변화하는 흐름 속에서 잠시도 머물러 있을 수 없는 것, 다만 지속되기를 바라는 마음의 상태' 라고 했다. 그래서 우리는 행복의 요소를 많이 선택하면 행복이 길어진다.
행복이 오래도록 지속하고 더 행복하기 위하여 긍정의 활동을 해야 한다. 긍정적인 활동이란 것이 일상 삶에서 행복의 원천을 활성화하는 것이다.

성공과 행복을 주는 원천들은 사랑. 성공. 희망. 아름다움. 칭찬. 즐거움. 새로움. 긍정. 믿음. 성취. 목표 달성. 우정. 효도. 건강. 승진. 직업. 명예. 권력. 부. 정직. 근면. 나눔. 봉사. 등 일상의 삶 속에서 많이 존재한다. 이런 원천들은 일상 삶과 함께 활동할 때에 얻어진다.

오늘 고통의 선택은 내일을 위한 전략적 선택이다

젊은이들은 솔직하다. 지금 힘든 것을 참아라, 그리고 내일을 위하여 참고 견디라고 하면 받아들이기 싫어한다.
왜 내일을 위해 오늘을 희생해야 하나라고 반문하기도 한다.
그러나 진지하게 생각하면 오늘과 내일이 시차적으로 구분될지 몰라도, 삶에서 구분하기 어렵다. 왜냐하면 지금 이 편안함이나 만족감이 얼마나 오래갈지 모르기 때문이다.
반대로 오늘의 이 불편함이나 고통도 바로 편안함으로 돌아올 수도 있기 때문이다.

만약 오늘의 행복과 미래의 행복을 선택할 때 고민이 된다면 그 선택의 기준은 선택의 지혜를 참고하면 된다.

1) 이 기회가 이번 한 번 밖에 없고, 지금 하지 않으면 기회가 없어진다면 그것은 무조건 선택해야 한다.

2) 동종 행복의 원천이 반복적으로 일어날 것 같으면 어떤 행복이 더 의미가 있고, 더 오랜 기간 유지되는가에 따라서 결정해야 한다.

그래서 성공의 맛과 행복의 맛도 가끔은 미래를 위하여 오늘을 희생하고, 미래에 더 큰 것을 얻는 지혜로운 생활이 요구된다. 오늘에 희생이라고 한 것이 미래에 더 큰 것을 얻는 원천이라면 그것은 희생이 아니라, 전략적 선택이고, 투자다.

부정적인 상태와 환경이 어찌할 수 없이 닥치는 경우가 있다.
그렇다고 쉽게 바꿀 수도 없다. 왜냐하면 대부분 삶의 환경이 다른 사람의 손에 있기 때문이다. 바꿀 수 없고 피할 수 없는 일이라면, 어차피 해야 할 일이라면 받아들이고, 고통을 최소화하여 감수하고, 고통 후에 오는 희망을 상상한다.

어려운 일이라도 잘 받아들이는 사람들이 있다. 일은 본래부터 다 어렵고 짜증스러움 거다. 그러나 어려운 일이라도 즐기면서 해야 한다는 당위성으로 자신을 위로하며 더 잘 견딜 수 있다.
그런 사람이 조직에서 즐겁게 열심히 일을 하는 사람이다.
반면에 소수에 불평불만자도 있다. 하지만 삶이 누구나 다 똑같이 살아가지 못한다는 것을 긍정해야 한다.

긍정심리의 힘을 믿어라

완벽한 긍정주의자는 없다. 이 말은 가끔은 부정적일 때도 있다는 것이다. 당연하다, 부정적인 마음을 긍정적인 마음으로 바꾸기 위하여 부단히 노력을 한다. 그리고 우리의 목표는 얼마나 더 긍정적인가에 따라서 정해진다. 가끔은 현실에 분노하고 미래에 절망하지만, 가능한 필요한 것에 긍정해야 한다. 긍정하지 않으면 삶이 진행되지 않을 때가 있다.

성공과 행복의 맛은 일상 삶에서 긍정적인 마음에서 온다.
이를 바탕으로 즐겁게 일을 하고 목표에 도전하면 성공의 확률이 높다.
이것이 행복의 힘이다.
성공과 행복의 동행을 믿어라. 내 삶을 나의 환경과 수준에 맞추어 살면 더 성공하고 더 행복해진다.
보통 사회적 기준의 성공, 즉 부와 명예가 없는 성공에서도 성공의 맛을 즐기며 행복한 삶을 사는 사람이 많다.

성공의 맛은 어떤 맛일까? 인간은 태어나면서 본능적으로 성공의 맛과 행복의 맛을 알고 있다.
어린아이의 고통과 아픔의 몸짓을 보면 본능적이고 선천적이다.

본능적인 욕구 충족에 대한 만족과 행복감은 상대적인 만족이 아니라 절대적인 만족감이다. 산행 후에 허기를 채우는 식사는 배가 부르면 만족한다. 장난감을 가지고 싶다. 그것을 가지면 만족한다. 그러나 점차 성인이 되면서 이성적으로 욕심을 배우게 되고 후천적인 이기심이 생긴다.

삶에서 본능적으로 성공과 행복이 꼭 필요하다.
그래서 이를 관리하기 위한 연습이 필요하고 성공과 행복을 위한 지식과 지혜의 습득과 연습을 계속해야 한다.
성공의 목표는 개개인 모두가 다 다르다. 자신의 목표가 정해지면 행동으로 옮겨야 하고 그것을 이루는데 최선을 다하는 것이 성공적인 삶의 목표이다.

삶에서 누구에게나 성공적인 삶의 지수를 높이는 삶이 훌륭한 삶이다. 그러나 누구에게나 성공적인 삶이 크고 작음의 차이는 있어도 누구에게나 존재한다. 이 책도 성공적인 삶에 지수를 높이는데 목표를 둔다. 더 성공하고 더 행복한 삶에 목표를 둔다. 삶의 순수한 본능적 욕구는 상대적인 욕구가 아니고, 절대적인 자신만의 욕구를 말한다. 타인과 비교하지 않고, 자신만의 절대적인 욕구에 만족해야 한다.

28. 나의 성공과 나의 행복

어떻게 살아야 보람 있는 삶이 될까? 어떻게 살아야 성공할 수 있을까? 이것은 누구나 바라는 삶의 목표이고, 나의 성공과 나의 행복에 대한 바람이다. 그러나 나만의 성공, 나만의 행복이지만, 인연으로 연결되어 있고, 오픈된 사회에서 어느 정도는 사회적으로 인정받는 성공적인 삶이 필요하다.

이 성공은 사회적으로 인정되고, 최소한 중산층의 삶을 의미한다. 중산층 삶의 수준이 쉽게 이루어지지는 않을 경우도 있겠지만, 1차 목표는 중산층이고, 더 높은 계층으로 가야 한다.

아니 어떤 사람은 바로 최상층의 삶을 목표로 하는 경우도 있을 것이다. 더 성공하기는 항상 지금 자신의 위치에서 출발한다. 그래서 누구나 '자신의 성공', '자신의 행복'에 집중한다.

그런데 보통의 많은 사람들은 모두 최고, 최상의 목표에만 집중한다. 그러나 더 성공하고, 더 행복한 삶은 성장의 전략과 계획을 가지고 성장에 집중한다. 성장을 통하여 최고 최상을 삶으로 지양한다.

성공과 행복은 원인과 결과가 있는 과학이다.
성공과 행복이 우연히 이루어지는 것이 아니라, 삶의 지혜로 만들어지는 과학적 결과이다.

나의 성공과 나의 행복은 일생의 삶 동안 꾸준하게 같이 동행하며 만들어졌다. 어떤 사람은 성공을 해야 행복하다고 하여 성공을 행복의 꼭 필요조건으로 삼는다.
반대로 행복한 사람이 더 성공할 수 있다고도 말한다. 성공과 행복은 정비례 관계에 있지는 않지만, 행복에 대한 연구 조사에 의하면 행복하게 사는 사람이 성공하는 경우가 많았다.

그러나 실제의 삶에서 성공과 행복을 나누고 우선순위를 묻는 것은 의미가 없다. 이미 성공과 행복은 한 몸으로 굴러 가고 있다. 성공을 하고 행복하지 않다면 성공이 무슨 의미가 있을까? 또한 삶이 행복하면 되었지 무엇을 더 필요로 할까? 그래서 성공과 행복은 수레바퀴와 같이 동행한다.

가끔 서로가 원천이 되기도 하고, 결과가 되어 선순환하고 동행한다.

인간의 모든 활동이나 노력이 최종적으로 행복으로 향한다.
부와 명예, 명성, 권력, 존경 같은 것도 당연하게 행복을 준다.
정신적이든 물질적이든 최종의 목표는 행복으로 향하는 것이 사실이다.
성공과 행복은 삶의 과정에서 반복적으로 이루어지는 삶의 결과이다.
크고 작은 성공도, 크고 작은 행복도 삶의 과정 속에 연속적이고 한 덩어리처럼 굴러간다.
이 행복은 저 성공의 힘이 되고, 저 성공은 다시 이 행복의 원천이 되어 큰 성공과 큰 행복의 삶을 만든다.

성공을 위해 먼저 행복의 원천을 찾아라

성공적인 삶의 힘은 일차적으로 신체적 건강과 정신적 건강에서 출발한다. 지금 나의 육체적 정신적 건강 상태가 양호하면 최고의 컨디션이다. 최고의 컨디션을 유지하기 위하여 자신의 모든 상태를 긍정적으로 관리하고, 부정적인 심리 상태를 유발하는 환경과 조건을 멀리하는 지혜를 발휘해야 한다.

행복한 마음의 상태에서 성공의 삶을 살아가기 위하여, 지금 환경과 조건을 받아들이고 긍정해야 한다. 지금 상태가 부족하고 아쉬움이 있다고 하더라도, 미래 성장에 대하여 믿음으로 지금의 상태를 긍정한다. 지금의 상태를 긍정하는 지혜는 바로 자신을 보는 관점을 바꾸고, 여기서 자신의 장점을 찾고, 숨어 있는 재능과 자질을 찾는 것이다. 그리고 한 가지의 장점이라도 활성화시킨다.

예를 들면 퇴근 후 친구와의 잦은 음주로 불량한 직장인이 있다고 가정하자. 어떤 면에서 그는 친화력이 있는 사람이다. 그 친화력을 필요한 사람을 만나는데 활용한다. 음주 가무가 건전한 토론과 상담의 음주 자리로 바꾸는 것이다. 그래서 스스로 행복한 마음을 가지고, 성공을 이루는 일에 몰입한다.

많은 사람들은 행복이라면 아주 먼 곳에 있고 남의 이야기처럼 생각한다. 행복을 주는 원천은 일상의 삶에 많이 존재한다.
그러나 많은 사람들이 이를 이해하지 못하고 다른 곳에서 행복을 찾으려고 한다. 아픈 사람을 생각하면 건강한 나는 얼마나 행복한가? 굶주린 사람을 보면 한 끼의 식사가 얼마나 감사하고 행복한가?
일상 삶에서 행복은 어떤 의미에서 보면 살아 있음이 행복이고,존재함이 행복이고, 희망이 있음이 행복이다. 오늘보다 내일에 성장함이 행복이다. 행복은 마음의 긍정 지수와 비례한다.

세상의 모든 사람이 부자가 될 수 없고, 동등한 권력이나 명예를 가질 수 없다. 그래서 부와 명예로는 모두가 행복해질 수가 없다. 현실의 삶은 모두 계층적인 삶의 구조를 가지고 있다. 타인과 비교하면 상대적인 성공과 행복은 얻을 수가 없다.
그래서 성공적인 삶의 지혜는 자신만의 절대적인 삶의 목표를 지향한다. 자신이 추구하는 부자, 권력, 명예에 만족하는 지혜를 가지면 된다. 그리고 무한히 존재하는 행복의 원천을 소유하는 것이다. 이것은 더 성공하고 더 행복하기 연습을 통하여 얻을 수 있다. 어쩌면 행복은 가장 쉽고 간단하다. 매일 감사하면 행복하다, 즐거운 일이 생기면 행복하다. 매일 즐거운 일을 만드는 훈련이 그렇게 어렵지 않다.

미국 하버드대의 연구 결과에 의하면, 졸업생 268명에 대하여 70년간 일생 동안 추적 연구 조사한 결과 행복한 사람이 더 오래 살고, 생산성이 높으며, 수익도 높다는 사실을 확인했다.
행복해지기 위하여 삶을 긍정적으로 생각하고, 의미 있는 일을 한다. 특히 일상 삶에서 일을 대하는 태도에 따라서 자신의 감정이 달라진다. 현실적 일상 삶에서 모든 것을 긍정적으로 대할 수는 없지만, 점진적으로 바꾸어 가는 것이다.

성공과 행복한 삶의 영역

성공의 멘토 중 한 분인 '브라이언 트레이시'는 성공과 행복한 삶의 영역을 소개하고 있다. 누구나 잘 알고 있고 공감하며, 지금 우리 자신의 현실 삶에서 나타나고 있는 영역이다.
지금 자신은 어떤 영역에서 우열이 있는지 분석하여 보자, 그리고 부족한 영역에 더 집중하면 더 좋은 결과를 얻게 된다.
1) 마음의 평화와 안정을 주는 영역
2) 건강과 활력의 상태
3) 사랑하는 사람들과 관계
4) 경제적인 자유
5) 가치 있는 목표와 이상
6) 명확한 자기 인식
7) 성취감 있는 삶과 자아실현

삶의 모든 영역을 포함하고 있다. 성공적인 삶의 요소도 이 영역과 일치한다. 그러나 이 영역의 하나하나가 독립하여 삶이 만들어지지 않고 통합적으로 이루어진다. 그래서 성공적인 삶의 모형은 이 모든 영역이 균형과 조화로운 모습을 유지하는 것이다. 그리고 자신의 부족한 영역이 있다면 그곳에 관심을 갖고 집중한다.

우리 현실의 삶에서도 이 영역에서 벗어날 수가 없다. 가령 마음의 평화만 보더라도 무엇에서 마음의 평화가 올까? 건강, 사랑, 경제, 가치관, 성취감에서 어느 영역 하나가 크게 손상을 입게 되면, 마음의 평화가 올 수가 없다. 그래서 각 요소가 걱정이 없는 수준은 유지되어야 한다.

행복 습관을 위한 행동의 기술

경력 관리 전문가 유키 소노마가 쓴 '하버드 행복 수업'에서 소냐 류보머스키(캘리포니아 대 심리학) 교수의 연구 결과를 인용하고 있다. 개인의 행복을 결정하는 요인을 연구한 결과이다.
크게 공감하여 인용한다. 그리고 우리 주위에서 사회적인 성공에 관계없이 행복한 삶을 사는 많은 사람들이 이것을 증명하였다. 앞으로도 누구에게나 기회가 있다는 것도 함께 증명하고 있다.
1) 유전적 요인 50%
2) 환경적 요인 10%
3) 의도적인 활동 40% 정도 영향이 있다고 연구되었다.
유전적인 요인이나 환경적인 요인은 자신의 힘으로 바꾸기 어렵고, 40%에 해당하는 의도적인 활동에 집중해야 한다.

소냐 류보머스키 교수는 과학적인 근거를 바탕으로 지속적인 행복을 위해 열 두가지 행동 습관을 제안하고 있다.
이것은 그리 특별하고 독특한 내용이 아니고, 널리 잘 알려져 있고, 많은 사람이 실천하는 보편적 지혜이다. 이것만 보아도 행복은 일상 삶에서 찾아야 한다. 평소의 생각과 유사하고 공감하여 삶의 지혜로 편집하여 제안한다.

1) 작은 일에 감사하고 감사함을 꼭 표현한다.
2) 낙관적인 태도를 기른다.
3) 과도한 비난과 사회적인 비교를 피한다.
4) 친절을 실천한다.
5) 인간관계를 돈독히 한다.
6) 스트레스와 트라우마에 대한 대처법을 익힌다.
7) 용서하는 법을 배운다.
8) 몰입할 수 있는 활동을 늘린다.
9) 삶의 기쁨을 조용히 음미한다.
10) 목표 달성에 열중한다.
11) 정신적 혹은 종교활동에 참여한다.
12) 건강에 주의를 기울인다.

또한 이 책에서는 하버드대에서 실시하는 온라인 강좌인 '행복과학'을 통하여 행복 연습 방법을 소개하고 있다.
이 내용 역시 많은 사람들이 평소에 실천하고 공감하는 내용들이다. 다시 한번 생각하고 꾸준하게 실천하는 것이 중요하다.

세계 어디에도 성공과 행복의 특별한 비법은 없고, 평범한 지혜의 실천이 중요함을 깨닫는다.
1) 매일 좋은 일 세 가지 기록하기.
2) 적극적으로 경청하기.
3) 타인에게 친절을 베풀기.
4) 용서 실천하기.
5) 마음 챙김 호흡법 실천하기.
6) 명상하기.
7) 자신을 다독이는 편지 쓰기.
8) 스스로를 늘 다독이기.
9) 감사 일기 쓰기.
10) 감사 편지 쓰기.
11) 자신이 경외(인간의 능력이나 지각으로 이해하거나 알 수 없는) 하는 것에 관하여 글쓰기.

익숙한 내용들이다. 행복 만들기 활동 중에서 각자에게 알맞은 것을 선택하여 실천하는 것도 성공적인 삶에 도움이 된다.
선택의 팁으로 네댓 개를 선택하는 것을 제안한다.

행복 습관을 행복 연습에서 강조하지만 행복의 첫걸음은 고마워하고 감사의 마음이다. 감사의 마음은 주는 사람과 받는 사람 모두에게 기분이 좋아지고 행복감을 느낀다.

일상에서 작은 행복의 힘

주로 행복한 사람은 긍정적인 사람이 많다. 행복하지 않는 사람은 부정적인 사고를 많이 하는 사람이다. 긍정적인 사람이 만족감과 행복감을 많이 느끼며 산다. 또한 만족감과 행복감은 삶에 의욕과 활기 있는 삶으로 살아가게 한다. 이 때문에 삶의 결과가 좋아진다.
그래서 행복한 사람이 성공의 빈도가 높다. 성공을 통하여 만족감이나 성취감을 많이 느낀다. 이 감정들은 다른 새로운 행복감을 만들어 낸다. 더 행복해지는 삶은 연속이다. 이렇게 성공과 행복은 서로서로 재생산과 선순환한다.

행복의 원천은 감사하고 고마워하기, 친절 베풀기, 인간관계 강화하기를 이야기했다. 여기에 더하여 사소한 즐거움 만들기를 포함해야 한다. 삶의 요소 중에는 수많은 작은 요소들이 있다. 이것을 사소한 일들이고, 이것을 잘 관리하면 작은 즐거움이 만들어진다.
한 달의 몇 번의 맛있는 외식보다. 매일의 운동을 통한 즐거움, 매일의 음악 감상, 독서 등 많은 활동이 이에 해당된다.

긍정적인 태도를 만드는 감정들은 다양하다. 기쁨, 감사, 평온, 관심, 희망, 긍지, 즐거움, 영감, 존경, 사랑, 봉사, 희생, 양보 등 많이 존재한다. 삶을 통하여 이것들이 나의 생활과 연결되어 있을 때에 긍정의 감정이 생겨서 긍정적인 행동을 하게 한다.

이 긍정심의 원천을 찾고 가까이하는 삶의 활동을 늘인다. 그러나 보통은 바쁘다, 힘든다, 더 편안하고, 더 좋은 일을 찾아서 다닌다. 그러다 보면 기회를 놓치고 아무것도 하지 못한다.

쉬운 것, 바로 가까이에 있는 것부터 의도적으로 실천한다.
1) 점심 후 가볍게 산책하기.
2) 친구와 점심 먹기.
3) 취미 생활하기.
4) 새로운 좋아하는 분야 책 읽기.
5) 뮤지컬 연극 영화 보기.
6) 등산, 캠핑, 여행 등이다.

이러한 활동을 통하여 만든 행복의 힘은 성공의 원동력이 된다.
성공을 통한 행복감은 다시 다른 성공의 삶을 만드는데 역할을 한다. 성공과 행복은 선순환함을 실감하게 된다. 이런 활동을 하고 나면 기분이 좋다고 느낀다. 이것이 행복한 마음의 상태이다.

행복 연구소 자료에 의하면 행복도를 높이는 일상생활의 다양한 활동 중에서 행복지수를 높은 순서를 나열한 것이다. 조사 보고서 내용이다.

참고하여 자신의 삶을 한번 비교하여 보자.

1) 섹스. 2) 운동. 3) 대화와 수다. 4) 놀이. 5) 음악 감상. 6) 산책 및 걷기. 7) 식사. 8) 일 생각하지 않기.

9) 기분 좋은 일에 대한 생각. 10) 기도, 명상. 11) 요리.

12) 쇼핑. 13) 자녀 돌보기. 14) 편안한 휴식. 15) 독서. 16) TV시청. 17) 집안일, 18) 뉴스 시청. 19) 미용과 건강관리. 20) 출퇴근 이동. 21) 중립적인 일에 대해 생각하기. 22) 집에서 컴퓨터 하기.

23) 근무. 24) 수면. 25) 불쾌한 일에 대한 생각 줄이기

자신의 일상 삶에서 무엇이 행복의 감정을 만들고 있는가? 자신의 생활 습관을 바꾸는 것도 성공적인 삶의 지혜가 된다.

힘들지만 우리는 가끔 자신의 성공적인 인생을 위하여 어떻게 살고 있는지 생각하고 내가 무엇에 무관심한지를 생각할 필요가 있다.

그리고 어떤 의미 있는 삶을 살아갈지에 대하여 주체적으로 생각한다. 자신의 성공적인 인생은 스스로 만든다.

29. 최선을 다한 더 성공의 삶

성공적인 삶은 진실로 최선을 다한 삶이면 된다.

진실로 최선을 다하여 사는 사람은 그렇게 많지가 않다.

최선이란 것은 모두 자기 자신의 기준에서 나오고, 약간의 아쉬움을 가지고 있기 때문이다.

그래서 최선의 결과는 모두 다 다르다. 자신이 최선을 다한 결과라고 인정하면 만족해도 된다.

'최선을 다했다' 라고 하는 말은 자신에 대한 위로의 말로 사용되기도 한다. 삶의 결과에 대하여 자신을 위로할 때에 가끔 사용하거나, 아니면 결과에 만족할 때에도 사용하기도 한다.

그러나 다른 사람은 그 사람이 실제로 최선을 다하며 살고 있는지, 잘 알지 못한다. 최선이란 것은 자신만이 알기 때문이다.
같은 일에 대하여도 최선의 결과는 사람마다 다르다. 그리고 최선의 결과에 대한 만족도도 다 다르다. 노력 결과의 차이는 개인의 성향이나 재능과 환경의 차이이고, 만족도의 차이는 개인이 가지고 있는 기대치의 차이 때문이다.

'최선'이라는 말을 가끔은 실패에 대한 위로와 핑계로 사용하기도 한다. 대체로 긍정적으로는 우리의 삶에서 최선을 다했다고 하면 자신을 위로하는 측면이 많다.
이 세상에는 같은 삶을 사는 사람은 한 사람도 없듯이, 완벽한 만족의 삶도 없다. 자신만의 만족한 삶을 찾아야 한다.
진정으로 최선을 다한 삶의 결과가 아쉬움은 있지만, 후회가 없다면 삶에 만족해야 한다. 사람마다 삶의 크기가 다 다르기 때문에, 최선을 다한 삶이면, 성공의 크기에 관계없이 만족해야 한다.
더 성공하고 더 행복한 삶은 단순하게 성공의 크기만을 의미하는 것이 아니라, 그 성공을 만들어 가는 과정도 함께 포함한다. 그래서 최선을 다하는 삶에 가치는 더 크다.

어떻게 살 것인가라는 질문에 대하여 대부분의 사람은 다 잘 알고 있거나, 동의하는 원칙이 있다. 성실하게 살아라, 바르게 성실하게 사는 것이 최선을 다하는 삶이라고 볼 수가 있다.

성실하게 사는 것은 정성스럽고 참되게 사는 것이다.
거짓이 없이 올바르게 정성스럽게 사는 것보다, 더 최선을 다한 삶이 어디에 있을까? 특수한 경우를 제외하고는 최선을 다한 삶에 만족해야 한다.

최선의 다한 성공이 최고 성공이다

사람에게는 자신만의 최고의 목표가 있다. 최고의 목표는 꼭 하나만이 존재할 이유가 없다. 일생에 중요한 삶의 요소마다 최고의 목표를 두어야 한다.
사회적 성공인 부와 명예도 하나이고, 가족 관계의 인연에 대한 사랑의 목표, 자녀에 대한 양육과 교육의 목표, 부부의 행복의 목표, 순수한 자기 성찰의 목표 등 개인마다 삶 요소의 비중에 따라 다양할 수 있다.

이런 최종의 목표는 최선을 다함으로 얻어지는 최선의 성공이 되고, 최고의 성공이 된다. 아니 최종의 성공일 수도 있다.
그리고 이 최선의 목표는 삶의 과정에 의하여 성장 발전을 통하여 이루어진다. 이렇게 더 성공하고 더 행복한 삶을 살아가는 것이다.

바람직하고 최고이면서, 최선의 목표 조건이다.
1) 자신이 목표로 하는 계획이어야 한다. 그래야 자신이 열정과 의욕으로 키워간다.

2) 목표를 달성했을 때에 나에게 어떤 의미가 있어야 한다. 성공에 대한 기대가 있어야 한다. 물질적인 보상이나, 정신적인 보상이 있는 목표가 바람직하다.

3) 목표는 달성 가능해야 한다. 성공에 대한 확신은 없어도, 최선을 다하는 목표가 되어야 한다. 그래서 목표는 자신의 환경, 재능과 능력을 꼼꼼히 살펴서 자신이 정한다.

4) 최선을 다하여 최고의 목표에 도달하기까지 많은 단계의 목표가 있다. 그리고 환경과 조건, 현실에 따라서 목표와 계획은 수정되어 간다. 이것이 Life Plan By Life Cycle 리모델링의 한 분야 일 수도 있다.

삶의 목표는 내가 좋아하고, 즐겁게 즐길 수 있는 요소만으로 구성되지 않는다. 운명적으로 해야 하는 목표가 있고, 강력한 선택적 욕구와 요구에 의하여 만들어지는 것도 있다. 그런데 내가 좋아하고 싫어함에 관계없이 해야 할 일들이 더 많다.

삶의 목표를 이루기 위해 부정적 감정이 따르는 일이 현실에서 요구되더라도, 이성적이고 논리적으로 분석하면 의미와 가치를 찾을 수 있다. 그래서 해야만 하는 부정적인 일에 대하여도, 가치와 의미를 부여하고 의도적으로 즐겨야 한다.

의도적이라는 의미는 모든 목표에는 의미와 가치가 있다는 것이다. 그것을 의식적으로 의미와 가치를 부여하자는 것이고, 그러면 과정을 즐길 수 있는 의미를 발견하게 된다.

의미 있는 목표가 되면 목표를 추구하는 과정이 희망적이고 즐거우며, 최종의 결과가 좀 부족하더라도 과정에 만족한다.

그래서 좋은 목표는 그 결과가 만족하지 않더라도 과정에서 노력 그 자체가 행복일 수도 있다.

뛰어난 업적을 만들고, 크게 성공한 사람도 진정으로 만족이 없으면 그 성공은 헛수고이다.

만약 부정의 힘에 의하여, 윤리적 도덕적으로 벗어난 방법으로 목표를 달성했다면, 목표는 이루었다고 하지만 그 과정이 얼마나 괴로웠을까? 그 이후에도 자괴감을 느낄 것이다.

우리는 주위에서 어마어마한 명성과 권력의 소유자도 내적으로 부패한 성공을 여러 번 경험하고, 비참하게 몰락하는 것을 보아왔다. 끝내는 스스로 목숨을 버리는 일도 있다.

그것을 최선을 다한 성공보다는, 편법을 동원한 나쁜 성공이다. 잘못된 선택으로 몰락하고 끝을 냈지만, 스스로는 얼마나 괴로울까? 그리고 그 자신은 최선을 다한 삶으로 강변할 것이다.

그러나 인간이 양심과 비양심이 존재하는 한, 나쁜 성공은 이 사회에 보이지 않는 어느 곳에 또 있다고 보아야 한다. 나타난 것은 빙산의 일부일 것이다.
사회가 완전하지 못한 인간의 집단인 만큼 이런 사회적인 부정적인 요소와 함께할 수밖에 없다.

최고 성공을 위한 더 성공의 삶

삶의 목표를 최고로 할 것인가? 보다 더 성장할 것인가?
최고의 목표는 하나이고, 더 성장의 목표는 과정이다. 인생의 긴 삶이 성장이라면, 성장 그 단계마다 최고의 성공이 있고, 단계별 차이는 더 성공이다. 어느 시점에 멈추는 곳이 마지막 최고의 성공이다. 더 성공의 삶을 통한 최선의 성공은 최고의 성공이다.

정상적인 보통의 삶은 역량을 계속해서 키워가는 삶이다.
꾸준하게 역량을 키우려면 내면에 가지고 있는 역량을 키워야 한다. 더 성공의 삶은 내 역량의 성장과 비례한다.

전문가에 의하면 사람들은 평생 동안 자신의 잠재력을 10% 밖에 쓰지 않는다고 한다. 보통의 재능을 가진 사람도 잠재해 있는 잠재력을 더 활용하면 더 성공을 이룰 수 있다.

인생의 과정에서 인생 역전은 비일비재하다. 비슷한 처지에서 출발한 동기들의 삶을 보자, 짧은 세월에는 잘 느끼지 못하지만 세월이 지나서 5년, 10년, 15년, 20년 그 이후의 삶을 보면, 성공의 크기와 차이를 발견하게 된다. 이것이 후천적 잠재력을 잘 활용한 사람과 그렇지 못한 사람의 차이다.

열심히 일하여 성과를 내는 것과 역량을 키워 성과를 내는 것은, 같은 성과라고 하더라도 다르다. 역량이란 단위당의 효율이라고 한다면, 열심히 한다는 것은 일의 강도 즉 시간적 의미이다. 열심히 하면 성과가 커진다. 역량을 높이고 열심히 하면 성과는 배가 된다. 그래서 모두가 능력을 배가하기 위하여 기술과 지혜를 배우려고 노력한다. 배워야 하는 이유이기도 하다.

성공과 성장의 길은 하나의 영역과 하나의 방법만 있는 것이 아니다. 성공적인 삶의 영역을 폭넓게 찾아야 한다. 일의 방법도 지금의 방법에 안주하지 말고 다른 영역에서도 찾아보아야 한다. 이것이 창의적인 발상이고, 창조적인 모방이고 깨어 있는 삶이다.
삶에 경험을 통하여 보면, 성공적인 삶의 길은 다양하고, 삶의 크기도 다양함을 현실에서 느낀다. 내 주변의 많은 삶들 중에 나와 같은 사람은 한 명도 없다.

더 성공하기 의한 삶에 지혜

최선을 다하여 살아가는 삶의 지혜 몇 가지를 정리하여 보자.

1) 성공적인 일 처리 방법은 하나가 아니다. 사고의 틀을 깨자.

2) 창의성과 융통성이 높으면, 성공의 확률이 높다. 변화와 혁신은 여기에서 나온다.

3) 목적에 대하여 의식을 집중하며, 방법이 나온다. 몰입한다.

4) 실패의 교훈도 좋은 도구가 된다. 실패에서 교훈을 찾으면 일부의 성공이다.

5) 미래는 원래 알기 어렵고 통제할 수 없다. 긍정적인 사고를 견지하라.

6) 현재는 꼭 알아야 하고 통제할 수 있다. 통제할 수 없는 현재에 빠지지 마라.

7) 성공의 삶은 계속 행동하면서 끊임없이 개선하여 바로잡은 결과이다.

보통사람의 성공과 행복은 그렇게 어려운 과정이 아니다. 왜냐하면 삶에 목표가 최고가 아니라, 지금보다 더 성장한 삶이 목표이기 때문이다. 최고에 집중하면 성공이 멀어 보이고, 단계별 최고보다 더 성공에 집중하면 매일매일 성공이다. 어제보다 더 성공하는 오늘, 오늘보다 더 나아진 내일, 이것이 진정한 성공이기 때문이다.

이런 경우는 어떨까?
보통의 삶은 일을 통하여 돈을 받는다. 삶에 꼭 필요한 귀중한 돈이다. 일을 통하여 번 일정 금액의 돈은 생활비라는 보편적인 가치를 가지고 있다.
만약에 그 돈을 생활비로 먹고 살아가는 데에 다 소비했다면, 그 일의 가치는 생활비라는 가치만을 가진다. 이월 잉여가치는 제로이다.

다른 한편으로는 계획적이고 의도적으로 70를 생활비로 사용하고, 30은 투자를 통하여 10%의 수익을 낸다고 가정하면 보존의 가치 30과 추가 3이 더하여 33이 된다. 이것이 이월 잉여가치이다. 이런 삶이 더 성공의 삶이다.

어떤 사람은 지금 당장의 수입이 생활비로도 부족하다고 말한다. 그러나 극빈층의 삶을 제외하고는 강한 절약에 삶의 지혜를 발휘하면, 여유 있는 삶이다.
통신비 십 수만 원을 내고, 매일 5천 원의 커피를 수 잔을 마시고, 쪼들리는 삶을 산다. 삶의 방법은 너무나 다양하다.

나에게 주어진 삶도 사는 방법에 따라 미래의 삶이 크게 변화한다. 비록 성공적인 삶이 최고가 아니라도, 걱정이 없고, 약간의 아쉬움에도 만족하면서, 어제보다 오늘이 보다 더 성장한다면, 성공적인 삶이고 행복한 성공이다.
악착같이 성공하는 것보다, 멋지게 패배하는 것도 의미가 있을 수가 있다. 멋지게 성공하는 것도 중요하지만 최선을 다하고 멋지게 패배하는 것도 의미가 있다.

멋지게 패배한다는 것은 타인에 대하여 핑계 없이 스스로의 책임에 통감함을 의미하기 때문에 패배의 교훈은 작은 성공의 값어치보다 더 큰 의미가 있다.

멋진 패배의 교훈은 다음 도전의 큰 지혜가 된다. 삶은 중단 없이 성장하는 것이고, 긴 일생을 통하여 보면, 삶의 지혜 아닌 것이 없다. 끊임없이 지혜의 공급이 필요하다.

[제3장]

일터에서 성공적인 삶 이루기

일터에서 더 성공을 이뤄라.

어제보다 오늘이 오늘보다 내일이 성장하면

최선에 성공, 최고의 성공이다.

ICT, 디지털, 4차산업 융합의 시대,

재능, 기술, 능력이 우대 받는 사회다.

배우고 익혀 최고 능력자가 되라.

준비하라. 배워라, 성장하라.

지혜로운 선택으로 운명을 바꿔라.

일터 성공은 성공적인 삶의 필수 요건

성공적인 삶이 완성된다.

30. 일의 의미와 가치

일이 없는 사람은 일자리가 행복의 터다. 일은 직업이란 이름으로 삶에 꼭 필요하고, 꼭 가져야만 하는 것이다. 사회 생활을 시작하면서 제일 먼저 도전하는 것이 좋은 일자리를 구하는 것이고, 이를 위하여 피나는 노력을 한다. 그러나 경쟁 사회는 내가 원하는 일, 마음에 드는 좋은 일을 모두에게 제공하지 못한다. 그리고 일을 하면서도 만족하기도 힘든다. 그래서 저마다 이유 있는 실업자가 많다.

사람들은 대부분 직업이라는 이름을 가지고 일을 하면서 살아간다. 그런데 숙명적으로 해야 하는 일에 대하여 만족도는 그렇게 높지 않다. 만약에 많은 사람들이 일을 함에 있어 보람과 즐거운 마음을 가진다면 행복지수가 훨씬 높아진다.
일이 가지고 있는 숨은 의미와 가치 그리고 역할을 이해하게 된다면, 일에 대한 긍정적인 태도를 더 많이 가지게 될 것이다. 일에 의미와 가치를 알고 보람과 즐거움을 갖게 된다면 성공적인 삶의 한 축인 일을 통한 행복은 훨씬 더 커진다.
일의 선택은 일차적으로 일의 의미와 가치를 알고, 일을 해야 하는 당위성을 가져야 한다. 그리고 내가 가지고 있는 재능과 능력을 감안하고, 다양한 사회적 환경과 조건을 나에게 맞추어 선택하는 것이 좋다.

일을 하는 것보다, 노는 것이 훨씬 더 편안하다. 그러나 어떤 이유로 일을 할 수 없는 환경에서 노는 것이 과연 편안할까? 일을 하고 있기 때문에 노는 것이 편안한 것이요, 일이 없이 노는 것은 괴로움이다. 이것은 일을 마친 후에 찾아오는 휴식의 개념에서 편안함이다. 실업자의 고통은 어떤 아픔보다 크다.

일은 사회적인 의무이고, 자신의 삶을 유지하고 발전을 위한 원천이다. 그래서 우리는 일의 좋고 나쁨을 떠나서, 일에 성실하게 임해야 한다. 다만 어떤 일을 선택할 것인가는 자신의 욕구와 능력에 따라 선택해야 한다.

보통의 삶에서 일은 직업과 동일한 의미로 사용된다. 일은 대가를 받기 위하여, 지정된 장소와 주어진 시간에 정신적 육체적 활동을 하는 것이다. 다른 하나는 어떤 계획과 의도에 따라 이루려고 하는 대상이기도 하다. 봉사, 취미와 같이 대가 없이, 스스로가 좋아하고, 필요에 의하여 하는 활동도 일의 일부이다.

일은 사회적인 영역 즉 직장과 직업의 측면에서 보아야 하고, 많은 시간과 열정을 쏟는 일은 성공적인 삶에서 가장 큰 비중을 차지하는 요소이다. 일은 경제적인 측면 이상으로 정신적으로 의미와 가치를 포함하고 있다. 그래서 좋은 일, 좋은 직장, 많은 연봉, 안정된 직업, 명예와 명성과 권위 등 이런 것에 의하여 일에 대한 선호와 차별이 생긴다.

이런 현상을 부정할 수는 없다. 그러나 모든 사람이 다 최고의 직장을 가질 수도 없는 것도 사실이다. 그래서 이 선호도에 의한 차별의 기준을 절대적으로 볼 것이 아니다.

일은 각 개인마다 재능과 환경, 조건으로 얻어진 것이다. 그래서 각 개인의 기준으로 물질적 정신적인 급부를 포함하여 절대적인 의미와 가치로 평가해야 한다.

현명한 일의 선택

일의 선택은 개인 성공의 절대적인 변수다. 쉽게 조언할 수도 없다. 매우 신중해야 한다. 그것은 개인의 욕구가 다르고, 개인의 재능과 능력이 다르기 때문이다. 처음 선택한, 직업과 직장이 삶의 질을 크게 좌우하고, 쉽게 바꿀 수도 없어 오래도록 머무는 경우가 많기 때문이다. 그리고 특별한 불만이 없을 경우 오래 머물기를 원한다. 그리고 인생 삶 중에서 가장 많은 시간과 노력을 투자하는 곳이다.
현명하게 일을 선택하기 위하여 일에 대한 자신이 원하는 바를 이성적으로 논리적으로 정립해야 한다. 일반인이 선호하는 직업선택의 기준은 돈과 명예, 권력이다. 그러나 최근 많은 사람들은 직업 안정성과 자신이 좋아하는 일에 비중을 크게 둔다. 현실에서 청년들은 실업으로 많은 고통이 있는 것도 사실이다.

취업의 현실은 항상 일부 소수의 사람을 제외하고는 자신이 원하는 대로 잘 이루어지지 않는다. 좋은 일자리는 치열한 경쟁을 통하여 얻어진다. 지금 얻어진 직업이 자신의 원하는 곳인지 알 수는 없지만, 자신이 지금까지 준비한 재능과 자질의 수준에 어느 정도 맞게 얻어졌다면 만족해야 한다. 아쉬운 점이 있다면, 앞으로 필요 욕구에 따라, 시대 요구에 따라, 변화하고 발전하면 된다. 성공한 많은 사람들도 이런 과정을 다 거쳤다.

디지털 시대에 급변하는 4차 산업혁명의 시작으로 일과 직장, 직업의 환경도 급변했다. 이런 변화와 환경은 전통적인 기존의 일자리에도 변화를 요구한다. 개인의 재능과 기술을 바탕으로 한 새로운 형태의 직업이 많이 생기고 있다.

개인 지식과 능력을 바탕으로 스타트업 기업이 생기고, 크게 성장하는 것이 현실이다. 지금의 눈에 보이는 것에 너무 집착하지 말고, 미래의 직업을 바라봐야 한다.
미래의 직업에 주목해야 한다. 지금 발 빠른 사람들은 ICT와 디지털, 4차 산업의 기술을 접목한 기업을 만들고 있다.
디지털 시대의 새로운 직업은 사용자 중심의 맞춤형 시스템으로 변화하고 있다. 이의 특징은 대형, 대량 공급 시스템에서 개인이 필요로 하는 소량 맞춤형으로 변화하고 있다.

스스로 모든 것을 책임지는 창업을 제외하고, 일 선택의 기준이 여러 가지가 있겠지만, 가장 중시하는 것이 연봉을 무시할 수 없다. 왜냐하면 삶을 살아가는데 돈이 매우 중요한 요소이기 때문이다.

우리 사회는 직업이 무엇인가, 직장 어디 인가? 연봉이 얼마인가? 등 많은 질문을 통하여 그 사람의 신분을 결정하고, 사회적인 성공의 기준으로 삼는다. 그러나 일은 타인의 평가보다 자신의 만족도가 더 중요하다. 왜냐하면 모든 사람이 사회적 기준이 되는 성공적인 일자리를 갖지 못하기 때문이다.
일의 선택은 자신의 재능에 부합하고, 근무 조건, 환경 그리고 자신이 좋아하는 일과의 조화에 기준을 두는 것이 좋다.

직업 선택에 일반적으로 고려할 사항은
1). 자신의 재능과 능력에 맞는 직장을 선택한다.
2). 미래에 발전 가능한 업종을 선택한다.
3). 희소성이 있고, 안정성이 있는 직종이나 직업을 선택한다.
4). 지금의 대우보다 장기적인 성장에 우선한다.
5). 적성이나 좋아하는 일이 좋지만, 너무 집착하지 말라.
6). 전문직을 제외하고 취업을 위해 세월을 너무 낭비하지 말자.
7). 시대의 흐름에 따라 일을 바꾸어 가라.

최근 조사에 의하면 취업 희망자의 취업목표가 공기업이 42.3% 대기업이 20.1% 중견기업이 16.6%으로 조사되었다. (2020년)
이 결과는 많은 의미를 포함하고 있겠지만, 안정성과 여유 있는 삶을 바라는 욕구가 담겨있다. 현실은 모든 사람에게 이 욕구를 다 충족시키지 못하는 안타까움이 있다.
그래서 직장인의 절반이 과거로 돌아가면 다른 직업을 선택하겠다는 설문 조사 결과도 있다. 직업 즉 일을 쉽게 바꾸기 어렵다. 그래서 특별한 경우를 제외하고는, 지금의 일을 통하여 변화하고 혁신하여 희망적인 일로 바꾸어 가는 것이다.

지금 하고 있는 일이 자신의 적성에 부적합하다면, 자신이 원하고 잘할 수 있는 일이 무엇인지를 깊이 고뇌하라. 이 고뇌의 핵심은 어떤 새로운 일을 잘할 수 있는지에 대하여 확인해야 한다. 그리고 원하는 직종으로 변경할 준비를 하는 것이다.

그러나 지금 내가 하고 있는 일에 대하여, 왜 불만인지를 이성적으로 평가해야 한다. 지금 당장의 현실 상황보다, 성장을 감안한다. 최선을 다한 노력에도 미래가 없다면 전직을 고민한다.
아무리 좋은 직장에서도 자신이 인정받지 못하면 의미가 없다. 좀 부족한 직장이라도 그곳에서 인정받고 성장 가능성이 보인다면 바람직한 일이다. 좋은 직장으로 이직하기 이전에 항상 지금의 직장에서 최선을 다하고 인정받는 사람이 되어야 한다.

일에서 즐거움을 찾는 지혜

주 40 시간 근로제도로 인하여 근로 시간이 크게 감소되었다.
그래도 잠자는 시간을 제외하면 일과 함께하는 시간이 길고, 삶에 차지하는 비중이 가장 크다. 일을 통하여 보람과 즐거움을 찾아야 하는 이유이다. 그래야 행복과 만족이 오래도록 지속된다. 일이 자신에게 주는 즐거움과 보람을 높이기 위하여 일이 가지고 있는 보이지 않는 의미와 가치를 인식해야 한다.

보이지 않는 일의 의미와 가치이다.
1) 일을 통하여 얻어지는 급부는 그 자체만으로 가치와 의미가 있다. 이

급부는 일상 삶에 에너지다.
2) 일의 가치는 1차적으로 소득의 크기로 만족하고, 소비를 통하여 2차적 3차적으로 더 만족을 창출한다. 미래를 위하여 사용한 기대 가치가 무한하다.
3) 일은 자신의 다양한 재능과 능력, 욕구를 끌어내고 자신을 성장 발전시킨다. 자기 성장의 면에서 기쁨이고 보람이다.
4) 일을 해야 하는 것은 선택이 아니라 필수이며, 삶을 위한 의무이고 책임이다. 국가적 사회적 의무를 다함에 만족해도 된다.
5) 자신의 일이 조직과 사회에서 필수적인 역할을 한다.
6) 필수적인 일의 의미와 가치는 보람이고, 만족이다.
7) 열심히 일하여 급부를 받고, 보너스로 자아실현을 이끌어 내어 자존감 성취의 장이다.
8) 일하는 것이 의무가 아닌 특권으로 인식해도 좋다. 일할 권리라고 생각해도 된다. 국가가 일자리 창출에 몰두하는 것도 국민에 대한 국가의 의무다.

그러나 많은 사람들은 하고 싶은 일을 하며 돈을 벌고 싶어 한다. 하고 싶은 일의 의미는 개개인 별로 다양하다. 그것은 아마 스트레스 없는 일을 하고, 가장 좋은 대우를 받는 직업을 원하는 것이다. 이것은 기본적인 인간의 욕망이다.
그러나 사회는 정반대의 시스템을 가지고 있다. 가장 힘든 일을 하는 사람에게 가장 좋은 대우를 한다. 이 진실에 동의하고 있다면, 내가 어떤 일을 해야 하고, 지금의 나의 대우에 대하여 고민해야 한다. 큰 연봉을 받는 사람들은 이것에 동의한 사람이다.

일을 선택할 때에 먼저 생각해야 할 사항이다.
1) 내가 무슨 일이 하고 싶은지를 숙고한다.
2) 왜 하고 싶은지를 파악하고 당위성을 찾는다.
3) 내가 그 일을 잘 할 수 있을지를 냉철하게 생각한다.
4) 그 일을 하게 되면 나에게 중, 장기적으로 무엇이 돌아오는지를 생각한다. 이 네 가지가 좋은 점수가 나오면 일을 적극 추진한다.

사회학자 '로버트 벨라'는 일을 대하는 태도에 따라 세 가지로 분류하여 설명하고 있다. 일의 의미와 가치를 세 가지로 요약하고 있다. 나는 어떤 부류에 속하는 지를 알고 '소올 워크'로 변화 발전해야 한다.
1) 일을 통하여 먹고 살기 위한 '라이프 워크'.
2) 경험과 경력으로 사회적인 성공을 지향하는 '비즈니스 워크'.
3) 일을 통하여 즐거움, 뿌듯함, 자아실현의 장으로 '소올 워크'로 나누고 있다.
현실의 일에서는 그 구분이 명확하게 구분되어 지지 않고 혼합하여 그 역할을 하고 있지만, 자신이 어떤 쪽에 비중이 있는 지에 따라서 만족도는 달라진다. 대부분의 일을 잘 분석하면 이 세 가지 모두를 가지고 있다.

능력자로 살아 남는 지혜

일단 직장에 입사를 하면, 지금의 일에 긍정하라. 신체적으로 정신적으로 트라우마를 제외하고는 적극적으로 대처한다. 일에 대한 긍정은 나를 능력자로 만드는 시작이다. 어떤 분야에서도 능력자가 우대받는 세상이다. 능력자는 자신의 능력으로 일을 만족하게 처리하는 사람이다. 그리고 어떤 어려운 과제도 잘 처리한다. 능력자는 급여를 통하여 부를 늘이는 것도 의미가 있지만, 자신의 능력을 개발하고 능력을 향상하고 기술을 보유하면 미래 삶에 두고두고 자산으로 활용하는 사람이다.

일을 통하여 능력자가 되는 방법을 소개한다.

1) 조직의 일은 조직 필요에 의하여 배분된다. 긍정하라.
2) 배우고 경험하여 경쟁력 있는 사람으로 태어나야 한다.
3) 어떤 분야의 일이라도 조직에서 필요하면 솔선 수범한다.
4) 일의 개선은 능력의 향상이다. 자기계발은 자산이다.
5) 체계적인 조직을 갖춘 기업에서 다양한 보직이나 직종에서 다양한 경험을 적극적으로 수용하라.
6) 좋아하는 일과 즐거운 일은 자신이 하기 나름이다. 그 이유를 찾아라.
7) 조직에서는 더 중요한 보직과 더 주목받는 보직이 분명하게 존재한다. 초연하라.
8) 자기 성장의 일이면 가장 좋은 일이다.

주어진 분야에서 인정을 받고, 믿음을 받는 것이 제일 중요하다. 새로운 선택의 기회가 왔을 때에 선택의 행운이 작용한다.

과거의 종신고용이나, 호봉제도에 의한 인사제도의 시대는 지나갔다. 직무의 능력이나, 회사 기여도에 바탕을 둔 인사제도가 주도하는 시절이다. 자기계발을 통한 자신의 경력이나 능력 향상은 직장 성공의 중요한 방법이 되었다. 자신의 능력 향상과 책임 의식을 가져야 한다. 능력자만이 살아남고 대우받는 시대이다.

그러나 최근에 기술 융합의 시대에는 다른 분야의 지식과 결합이 활성화되어 가고 있다. 일에 대한 성찰의 시간을 가져라.
기술 융합의 시대에 나의 커리어가 다양한 역할을 잘 할 수 있도록 준비 한다.

일은 삶의 일부이다

일은 과연 나에게 먹고 살기를 위한 재정적인 역할만 하고 있는가? 일을 제공하는 직장은 재정적인 역할 외에도 많은 이익을 제공한다.
직장은 일을 통하여 지식과 지혜를 경험하게 하고 나도 기업과 함께 성장한다. 만약 새로운 도전이라면 이에 따르는 위험을 기업이 부담한다.
나에게 성장과 변화를 위한 기회도 제공한다.

일은 인류의 존재와 함께 삶의 기초를 이루었다. 일은 성장과 발전 그리고 성공의 원천이다. 일은 가정을 유지하고 윤택한 삶을 살게 하는 역할을 한다. 삶에서 일이 주는 의미는 삶을 위한 근원적인 활동이다. 일을 하지 않으면 정상적인 삶이 이루어지지 않는다. 그래서 어떤 사람은 일을 하지 않는 사람은 먹지도 말라고 했다. 먹지도 말라는 말이 얼마나 끔찍한 말인지 깊이 생각하자. 일이 없으면 사회적인 성공 자체가 존재하지 않는다. 일은 그 자체로서 성공의 주체자이고 성공의 결과물이다.

일에서 얻은 급부는 가정의 행복을 유지하는 에너지 역할을 한다.
1) 생활비용을 얻어오는 활동이다. 의식주를 해결하고, 삶의 질적인 향상을 가져온다.
2) 가족의 부양 비용 즉 교육 레저 문화 비용이다.
3) 가족의 미래 삶을 위한 비용 즉 부의 축적이다.
4) 자존감의 획득이나 지위, 권위와 명성을 획득하는 장이다.
5) 대외적으로 과시하고자 하는 욕망 충족의 도구이고 과소비와 사치를 제공한다.
6). 일의 사회적인 책임인 세금, 국가와 사회의 발전, 이런 목적을 위해 꼭 필요한 활동이고 의무다.
일이 삶의 일부이기 때문에 은퇴 날까지는 일을 해야 한다. 은퇴는 개개인의 조건과 환경에 따라 다르게 찾아온다. 그러나 일은 삶의 일부이므로 가능하면 영원한 현역이 되면 좋다.

31. 일의 선택과 역할

보편적으로 일의 선택은 취업이라는 이름으로 이루어진다. 그러나 4차 산업혁명으로 급변하는 지금의 시대에는 직업의 선택이 아니라, 직업을 만드는 시대가 되었다. 많은 사람들은 자신의 능력과 재능을 바탕으로 스타트업 기업의 형태로 소비자 맞춤형 기업을 만들어 서비스를 제공한다. 일을 만드는 시대다.

그러나 아직은 새로이 만들어진 일자리는 일부이고, 기존의 일자리가 대부분을 차지하는 것이 현실이다. 그래서 전통적인 일자리 기준으로 준비해야 한다.

일은 삶이 살아 있는 동안 끊임없이 해야 할 행동 중에 하나이다. 어떤 일을 할 것인가라는 것은 어떤 직업을 가질 것인가와 같은 말이다. 직업 선택의 요건은 개인마다 처하여 있는 환경과 조건 그리고 재능이나 능력에 따라 다르다.

현실에서 직업의 우열은 존재한다. 그래서 자신이 선택한 직업이라고 하더라도 만족도는 다르다. 직업 선택은 개인의 역량에 따라서 선택된다. 그래서 경쟁에 의하여 선택되는 직업은 누구에게나 자신이 원하는 일을 제공하지 못한다. 그래서 자신의 능력에 의하여 얻기 때문에 남을 탓할 수가 없다.

직업 선택은 보편적이고 교과서적인 기준으로 말할 때 내가 좋아하는 일, 내가 잘할 수 있는 일을 하는 것이다. 취업난이 심각한 요즈음은 돈이 되면 무조건 한다는 말이 있다. 이것은 일의 역할 중에 생계유지 수단으로만 이야기한 것이다.
이런 사람은 지금 하는 일이 미래에도 나에게 적합한 일인지 생각하고, 일의 미래 안정성, 성장과 발전 가능성을 생각해야 한다.

일의 선택은 개인의 성향이나 개인이 가진 능력에 따라서 주로 경쟁을 통하여 얻어진다. 그리고 일의 선택이 하고 싶은 일보다는 환경과 조건에 더 우선을 두고 선택한다. 그러다 보니 자신이 일에 만족하는 사람은 적다. 일의 선택은 재능과 적성과 환경과 조건이 조화로운 것이 좋다. 너무 한쪽으로 치우친 일의 선택은 후일에 일의 만족도가 떨어진다.

첫 직장은 자신에게 새로운 운명의 시작일 수 있다. 삶의 과정에서 변화 혁신을 통하여 삶을 만들어가는 장소이기 때문이다.
첫 직장은 자신이 최선을 다하여 얻었다. 이 곳은 오래도록 일을 해야 하는 장소이기 때문에 선택의 조건으로 미래의 발전성을 포함하여 종합적으로 검토되는 것이 좋다. 직업의 미래 발전과 안정에 집중하고, 행복한 삶을 유지하는 최소한의 조건을 갖추어야 한다.

일 선택의 요건

일의 선택 요건은 일반적으로. 특별한 자격이나, 재능을 보유하지 않은 사람의 경우는 아래를 참고한다. 그리고, 좋은 일의 선택을 위하여 아래에서 많은 항목을 포함하면 좋은 직장일 가능성이 높다.

이 시대의 많은 청년들은 자신의 일을 지혜롭게 잘 준비하고 있다.
1) 내가 좋아하는 일과 좋아할 수 있는 일.
2) 내가 잘 하는 일과 잘할 수 있는 일.
3) 산업군이 미래에 성장을 주도하는 일.
4) 직업으로 안정성이 있는 일.
5) 급부가 평균 이상인 일.
6) 개인의 경력이 우대받는 일.
7) 기술 발전과 가까이 있는 일.

8) 지금까지 내가 준비한 것과 유사한 일.
9) 특별한 재능과 기술을 가지고 있으면 활용 가능한 곳에 집중한다.
그리고 미래를 바꾸는 신기술이나, 미래를 선도하는 꼭 필요한 산업에 도전하는 일이면 더 좋다. 특히 청년들은 미래를 바꾸는 기술에 주목하라. 로봇공학, 사물인터넷(IoT), 인공지능(AI), 가상현실(VR), 증강현실(AR). 블록체인, 클라우드, 메타버스 등에 관심을 가지고 도전하길 권한다.

성장산업에 주목한다. 4차 산업 관련, 핀테크, ESG, 생명공학, 우주 산업 등 기술 발전과 환경에 편성하는 기업과 산업에 주목한다. 그리고 기존의 일과 연결하고 융합하고 발전을 위하여 준비한다. 쉬운 일이 아니다. 개인의 성향에 따라 운명적인 변화를 기대한다면, 도전의 대상이다. 그리고 취업 정보 흐름에 관심을 놓지 마라, 지금 당장 이직과 전직이 아니라도 기업 환경의 변화를 알 수 있다.

이 사회는 모든 사람이 원하는 일자리를 다 제공할 수 없다. 그래서 자신이 선택한 일에 적응하고 좋아하는 일로 만들어 가는 것에 몰입한다. 그래서 일단 선택한 직업이나 일에 대하여 긍정적인 부분을 찾고, 사랑하는 것이 가장 현명하다. 비록 현재의 직업이 좀 부정적인 면이 있다고 하더라도, 긍정적인 부분도 있다. 긍정적인 부분을 잘 살리면, 좋아하는 일이 될 수도 있다. 그 일에도 신기술을 접목하면 더 좋다. 그리고 장기적으로 새로운 직업의 변화에 기회를 노리는 것도 일 선택의 지혜이다. 새로이 목표로 하는 일에 대하여 지식을 축적한다.
일이 주는 역할은 가족의 삶과 직결되어 있다. 자신만의 만족만으로 지탱되는 것이 아니다. 가정의 삶에 가장 중요한 경제적인 분야를 책임지는 영역이다. 그래서 직업은 최소한 빈곤에서 벗어나야 하는 요건을 갖는다. 어쩌면 일 선택의 제일 중요한 요건이다. 일의 선택에 최상의 한계는 없지만, 최저 기준은 유지해야 한다. 기본적으로 행복한 생활을 유지할 수 있는, 최저의 생계를 유지하는 재정적인 요건을 갖추어야 한다.

그리고 직업의 안정성이다. 아무리 좋아하는 일이고, 급여가 높은 일이라고 하더라도 미래가 불투명하면, 오랫동안 행복을 지키기 어렵다. 앞으로 10년 사이에 없어지는 직업과 새로이 생기고 사라지는 직업이 수만종이 된다고 전문가는 전망한다. 처음 직업을 가지는 사람이나, 기존의 직업인도 자신의 직업 변화에 관심을 가지고 대비해야 한다.

재화의 획득과 관리

일이 가지고 있는 의미와 역할이 여러 개가 있지만, 제일 비중이 큰 것은 재화를 획득하여 삶에 필요한 재화를 공급하는 것이다. 일은 자신의 시간과 재능을 제공하여, 새로운 가치를 생산하는 행위이다.

자유 자본주의는 새로이 생산된 부가가치를 합의된 시스템을 기준으로 생산 참여의 기여도에 따라서 분배하고, 개인에게는 근로의 몫으로 급여라는 이름으로 분배한다. 일한 사람에게는 급여의 이름으로, 자본을 투자한 사람에게는 배당과 이자의 이름으로 지급한다.

일의 역할은 크다. 자본과 결합하여 크게는 국가와 기업, 사회를 지탱하는 원동력이다. 그래서 국가는 국민에게 근로의무를 강제하고 있다. 일은 자율적으로 하는 것처럼 보이지만 국가의 보이지 않는 강제 시스템에 의하여 일을 하지 않으면 살아갈 수 없도록 만들었다.

이에 반대의 입장에서 이런 제도와 규범에서 벗어나 자유로이 살아가는 사람도 있다. 그러나 일반 보통의 사람들은 근로를 통하여 국가와 사회에 기여하고 급부를 받고, 필요한 재화를 획득한다. 개인의 능력에 따라서 급부 분배의 차이는 크다. 이로 인한 사회적인 빈부 격차가 생기고, 부작용도 있다.

자유 자본주의 사회에서는 능력에 우선한 배분을 정의로 보기 때문에 정당한 것이다. 공공선의 입장에서 조세제도와 여러 가지 제도를 통하여 평준화에 노력하지만 자유주의 이념과 충돌하여 어려움이 많다.

4차 산업의 혁명으로 로봇과 AI 등장으로 실업이 증가하는 추세이다. 그래서 선진 국가들은 국민의 최저 생계를 보장하기 위하여 기본 소득제도를 검토하고 있다. 이의 재원으로 로봇과 같은 기계에게 세금을 부과하자는 주장도 있다.

돈을 싫어하는 사람은 아무도 없다. 인간은 태어나면서부터 죽음을 맞을 때까지, 돈이 필요하지 않는 날이 없다. 성공적인 삶을 살기 위하여 얼마의 돈이 필요할까? 그러면 필요한 돈을 어떤 방법으로 벌 수가 있을까? 그 금액을 정확하게 말할 수 있는 사람은 아무도 없다. 그러나 많으면 많을수록 삶이 편리하고 풍족하고 행복한 생활을 쉽게 할 수 있는 것은 사실이다. 돈이 성공적인 삶에서 하나의 중요한 요소인 이유이다.

자신이 만족할 만큼의 돈을 버는 삶은 그리 많지가 않다. 그것은 사람의 욕망이 자신의 능력 이상이기 때문이고, 돈으로 만족을 유지하지 못하는 것은, 돈이 가진 속성상 만족을 오래도록 유지하지 못하는 한계 때문이다.

그래서 성공적인 삶의 지혜에서 부의 기준은 자신의 소극적 욕구를 충족하고, 필요한 만큼의 재화를 얻는 것을 목표로 한다. 필요한 만큼이란, 부족하지 않음을 말한다. 소극적인 목표 이상의 부는 보너스이다.

일을 통하여 버는 돈은 한정되어 있고, 풍족하고 만족한 경우는 일부의 사람에 한정된다. 이 사회가 자산의 양극화도 있지만, 연봉의 양극화도 심각하다. 일부 사람들은 필요한 돈을 벌기 위하여 다양한 일을 하고 투 잡을 마다하지 않는다. 그만큼 돈이 사회에 미치는 역할이 크다는 증거이다.

그래서 성공적인 삶의 요소인 재정적인 면에서 오는 행복에 대하여 고민하자. 돈의 가치에 대하여 새로이 생각할 필요가 있다. 돈의 효용 가치를 알아보자.

그 돈이 가지고 있는 숨은 가치를 알아야 한다. 돈의 가치는

1) 내 품으로 들어올 때의 가치.

2) 들어온 돈이 내 품에 있을 때의 가치.

3) 이 돈을 내가 소비할 때의 가치로 나누어진다.

같은 금액의 돈이라도 가치가 다르다. 내가 가진 돈은 수입 원가가 각기 다르다. 힘든 노동의 대가로 번 돈, 재벌의 아들이 부모로부터 받은 돈, 설사 금액이 같다고 하더라도 그 가치는 다르다. 내 품에 있는 돈의 가치는 부의 정도에 따라 다르다. 사용 가치도 마찬가지다. 같은 금액을 사용 용도에 따라서 효용가치가 다르다는 것이다. 자녀의 미래를 위해 사용한 학자금과, 유흥으로 사용한 돈의 가치가 다르다.

보통의 삶에서 재화의 비중이 이렇게 커진 이유는 절대적인 금액에 대한 것도 있지만, 돈으로 인간의 욕망을 채우고, 사회의 창작 공간에서 부의 사용이 행복한 삶을 과대 포장하고, 미화하고 있기 때문이다. 그리고 삶의 질을 부의 사용으로만 찾는다. 부동산의 급등, 교육제도의 불안정, 사교육의 과다한 지출 등이 부의 필요성을 더 높인다. 비범하게 성공한 사람들의 부의 축적이 보통사람들의 부의 축적을 더 왜소하게 만든다.

일은 나를 사회적 존재로 만든다

일이 없으면 두문불출할 수 있다. 그러면 사회에서 외톨이가 된다. 일이 주는 하나의 큰 역할은 자신을 사회의 일원으로 인정받게 한다. 일을 하는 직장인은 사회관계망의 모든 곳과 네트워크로 연결되어 자신의 존재를 확인하게 한다.
일에 좋고 나쁨을 떠나서 일을 하는 자체만으로 사회가 인정하는 사람으로서 뿌듯한 일이다. 그래서 일 즉 직업은 생활이 안정이 되고, 미래에 희망을 가지고 있으며, 본인이 만족한 직업이면 된다. 꼭 사회적인 성공에 기죽을 필요가 없다.
사회적인 성공을 이룬 사람을 이 사회가 존경하고 존중하는 경우도 있지만, 많은 경우 위선과 부정의 탈을 쓴 경우도 있다.
그래서 사회적 성공에 연연할 필요가 없다. 보통사람은 일터에서의 존재와 스스로의 성공으로도 충분하다.

일반적으로 사회 통념상 성공한 사람이다.
1) 돈을 많이 번 사람.
2) 직위나 명성이 높은 사람.
3) 어떤 분야에서 최고가 된 사람.
4) 과거보다 지금이 크게 성장한 사람.
대략 이렇게 구분하여 보자, 틀린 말은 아니다. 정확하게 표현하자면, 그 분야에서 성공한 사람이다. 사회적인 성공의 다른 요소도 많다는 것이다. 만약 위의 사람들이 범죄 행위가 있다거나, 도덕적, 윤리적으로 하자가 있다면 바르게 성공한 사람으로 볼 수가 없다.

이와 같이 사회적인 성공은 왜곡되고 모호성을 가지고 있다.
1) 타인의 눈에만 보인 성공이라는 특징을 가지고 있다.
2) 성공이 삶에 한 분야의 요소만을 가지고 있다. 돈, 직위, 권력, 명성 등은 삶에서 한 분야이다.
3) 성공에 대한 크기와 표준에 대한 기준이 없다.
4) 성공에 대한 기준이 각 개인의 생각과 자신의 기준에 의존한다.
5) 평가되고 인정하고 있는, 성공이 진작 본인의 의사와는 상관이 없다.
그래서 사회적인 성공은 뉴스 정도에 정보의 가치를 가지고 있다.

일을 한다는 것은 사회적으로 인정받을 뿐 아니라, 사회적 성공도 함께 하고 있는 것이다. 일을 통하여 나를 사회인으로 유지하고 가정의 행복한 삶을 지탱한다. 더 넓게는 사회 공동체의 책임과 의무도 함께 한다. 그래도 제일 중요한 것이 자신의 삶이다. 어떻게 일을 관리하면, 보람있고 행복하게 일을 할 수 있을까?를 고민해야 한다.
그런데 어떤 사람은 일 자체가 삶의 즐거움을 앗아간다고 하는 사람도 있다. 이것은 일의 전체적인 역할과 가치의 의미를 생각하지 않기 때문이다. 이는 일이 주는 1차적인 육체적, 정신적 피로함에서 느끼는 고통이다.

일의 중요한 역할 중 하나가 새로운 나를 만들어가는 것이다. 새로운 나는 아주 서서히 조금씩 변해 가기 때문에 본인은 잘 느끼지 못할 수도 있다. 그래서 자신의 성장 변화를 등한시한다. 그러나 자신의 성장 변화는 미래 삶의 희망이기 때문에 중시하고 잘 관리해야 한다.

현실 사회에서 직업의 선택 제1조건이 연봉이라고 말하는 사람들이 많다. 제일 좋은 직장의 순위가 연봉 순위로 결정되는 것으로 보아도 틀린 것은 아니다. 그러나 행복의 관점이나, 장기적인 관점에서 직업의 선택과 직종의 선택은 연봉 이외 자신의 커리어 관리의 장소다.
자신의 성장과 직업 자체가 미래에 비전과 잠재력을 가지고 있어야 한다. 지금 연봉에 선택의 비중을 줄이고, 미래의 성장에 비중을 높이는 자신의 관리가 바람직하다.

일터에서 즐겁게 일할 수 있는 지혜 중 하나는 미래 커리어의 변화에 희망을 두고, 성장 변화를 위해 열심히 노력하는 것이다. 월급은 보너스라고 생각한다. 학교는 돈을 내고 배운다. 직장은 월급으로 행복한 가정을 유지하게 하고, 나에게 배움과 경험의 기회를 제공한다.
좋은 직장은 일을 통하여 새로운 나를 만드는데 적합한 곳이다, 나의 일터는 새로운 나를 위하여 경험의 지혜를 제공하고, 이 지혜는 누적되어 자신만의 자산으로 남는다.

일터의 선택 기준에서 성장과 발전의 요소를 중시하는 것이 일의 장래성이다. 일이 자신에게 성장과 발전을 제공하지 못하는 일이라면, 장기적으로 일을 바꾸는 것이 좋다.

32. 정성을 다해 나를 만드는 법

시절에 따라 내 삶의 조건과 환경은 변화 발전한다. 이에 따라서 나 자신도 적응하고 변화 발전해야 한다. 나는 시절을 선도하고 적응하는 사람으로 변화해야 한다. 정성을 다하여 참되게 변화해야 한다, 이렇게 정성스레 만들어진 나는 타인과 모든 면에서 다르다. 신체적, 정신적 면에서도 다르다. 그래서 사회에서 인정받는 정도도 다 다르다. 자신만의 나를 만든다.

사회적 규범이나 사회적 필요에 따라서, 일자리 선택에도 우열이 있고, 대우의 차이가 있다. 성공적인 삶을 위하여 일자리 선택에서 우수한 지위에 있는 것이 좋다. 좋은 대우를 받는 것이 삶에 유리하다. 그래서 능력 있는 자신을 만들기 위하여, 누구나 삶에서 꾸준하게 마음과 정성을 다한다. 최선을 다하지 않는 사람은 드물다.

정성을 다하여 나를 만드는 것은 능력자가 되기 위하여 지식과 지혜를 꾸준하게 쌓는 것이다. 지식과 지혜, 경험을 경쟁력 있게 유지하기 위하여 배움을 계속한다. 성공의 정점에 이를 때까지 자신의 가치를 꾸준하게 높여가야 한다. 사회의 지식과 지혜는 끊임없이 변화 발전하기 때문에 정성을 다하여 자신을 만들어 가지 않으면 낙오자가 될 수 있다.

취업 전의 대학 4년 동안이 자신의 능력을 향상하고 자리를 잡는 첫 번째 기회다. 무의미하게 지내는 4년의 삶이 있는가 하면, 자신의 삶을 철저히 관리하여, 자신의 능력과 경험을 통하여 타인과 비교하여 우월함을 유지하는 사람도 있다. 이런 사람이 자신이 원하는 직업을 가지는 데에 유리한 조건을 갖춘 능력 있는 사람이다.

더 큰 변화의 시작은 졸업 후 처음 직장을 가진 후이다. 취업 후에 직장의 삶은 치열한 경쟁의 새로운 시작이다. 생존하고, 더 성장하고, 더 좋은 곳, 더 높은 곳에 가기 위하여 능력자로 남는 경쟁의 장이다.
능력자로 남는다는 것은 일터에 있는 동안, 현재 자신의 자리에서 능력자로 남아야 한다. 스스로 자신의 가치를 높이고, 상대적, 절대적 능력자로 남아야 한다.

그래서 지금 당장 좋은 직장을 선택하는 것도 의미가 있고 중요하지만, 지금 자신이 선택한 직장에 만족하고, 가치를 높이고 능력자로 남는 것에 집중한다. 국내 기업에서 시작하고, 한 분야의 능력자로 성장하여, 글로벌 기업의 한 분야의 최고의 능력자로 성공한 사람을 많이 본다.
내 가치는 내 스스로가 만들고, 그 평가는 상대방이 하게 된다. 필요로 하는 곳에서 원하는 만큼의 가치를 가지고 있어야 한다.
물건의 가치는 짧은 기간에 만들어지고 대량 생산되지만, 사람의 가치는 하루아침에 만들어지지 않는다. 내가 좋은 대우 받기 원하면 나의 가치를 꾸준하게 높여야 한다.

가치 있는 사람이 되는 것은 똑똑한 사람이 되는 것이다.
똑똑한 사람이란 복합적 상황이나 새로운 환경 속에서도 성공을 만드는데 필요한 힘을 갖춘 사람을 말한다. 똑똑한 사람이 되는 것은 일차적으로 자신의 조직에서 최고가 되고, 점차 외부로 범위를 확대하여 간다. 지식과 지혜를 꾸준하게 채워야 한다.

똑똑한 사람이 되기 위하여
1) 자질과 성품이 긍정적인 사람이 유리하다.
2) 재능을 가진 사람은 그 분야에서 똑똑한 사람이다.
3) 지식과 지혜는 변화 대응하고, 꾸준한 성장을 하는 사람이다.
4) 인내와 끈기가 기본으로 갖춘 사람이 유리하다.
이 네 가지를 완벽하게 갖추고 출발하는 사람은 없다.

그러나 보통 사람들은 일생 동안 이 네 가지에 충실하려고 노력한다. 긴 인생의 삶을 통하여, 이 네 가지 방법을 지키려고 노력하는 사람이 성공적인 삶을 살게 된다.

자신의 재능과 성품에 정성을 다한다

보통 사람들은 자신의 자질이나 성품을 긍정적으로 생각한다. 그리고 자신이 가진 자질이나 성격에 대하여도 후한 점수를 준다. 자신은 무엇이든지 잘 할 수 있고, 성격도 좋다고 말한다.
그러나 사회는 냉정하고 객관적이다.

실전에서 기업이나 조직은 제3자의 입장에서 보고 객관적이고, 상대적으로 평가한다. 여기서 문제는 상대 평가와 우열의 판단이다. 같이 입사한 동기생에게도 일을 잘하는 사람과 못하는 사람의 차이는 매우 크다. 객관적인 자료는 없지만 경험에 의하면 2배 이상의 차이가 있을 수 있다. 이 2배의 차이는 눈에 보이는 단순한 차이일 뿐, 창의성, 장래성, 잠재력을 포함하면 더 차이가 크다. 그래서 자신의 자질과 재능의 수준을 알아야 한다. 그리고 부족한 부분을 알고 채우는 노력을 해야 한다. 그래야 후일에 아쉬움과 후회가 없다.

부족한 재능이나 성품은 바꾸기가 쉬운 것은 아니다. 그러나 노력하면 분명하게 바꿀 수 있다. 긍정하고 필요한 재능과 성품으로 바꾸기 위한 노력을 꾸준하게 해야 한다.

나는 오래전 부족한 재능을 채우기 위하여 개인적으로 노력하여 극복한 경험이 있다.

1978년 대학 졸업 후 수출 전문 제조업체에 입사했다. 나의 전공이 사회계열이라 나의 지식이 회사 업무를 하는 데에 많이 부족 했다. 스스로 부족함을 깨닫고 1) 숫자계산의 수단으로 주산 실기에 주력하고, 2) 제조업에 필요한 공업부기, 3) 경영분석에 필요한 회계학, 4) 수입 수출에 실무를 위해 무역학을, 5) 브랜드 유통 사업을 위해 마케팅을 독학으로 배웠다. 후일에 다른 입사 동기들 보다, 좋은 보직을 받고, 필요한 인재로 남는데 도움이 되었다. 부족함을 채우는 것은 당연하지만, 그러게 하지 못하는 사람도 많다.

다음의 지혜를 항상 마음에 두고 일을 실천하라.

1) 내 생각이 절대 진리라고 생각하지 마라.

2) 타인의 잘못을 보고, 나의 부족함을 생각하라.

3) 첨예한 대립의 일에 대하여 양보하라. 크게 손실되는 것이 있는가 생각한다.

4) 개인적인 일에 너무 집중하지 않는다.

5) 동료를 진심으로 믿고 사랑한다.

6) 고뇌와 마음이 아플 때에는 좋은 글을 읽는다.

7) 나를 되돌아보고 자문자답의 시간을 갖는다.

8) 정직함을 최고의 가치로 생각한다.

9) 흔들리는 마음은 자신만의 도덕적 화두로 내면의 승리로 이끈다.

10) 청렴, 용기, 인내, 소신, 지혜를 마음속에 갖는다.

11) 긍정적인 자질과 성품이 재능을 향상시킨다.

재능을 일과 일치시키는 것이 가장 합리적이다. 주로 전문직이나, 예능인은 재능과 일을 일치시킨 사람이다.

가능하면 재능과 일의 일체성에 갖추는 것은 금상첨화다.

1) 선천적인 재능과 일을 접목한 직업이 예능인, 예술인, 창작인이다. 이들도 끊임없는 노력 없이는 성공을 이룰 수 없다.

2) 후천적으로 재능을 일과 직업으로 접목시킨 직업이다. 의사. 변호사, 세무사. 박사, 기술사 등이다. 힘든 노력으로 후천적으로 재능을 만든 사람들이다.

3) 보다 낮은 재능과 일과 일체성을 유지하는 직업이 연구소 연구 인력이다. 꾸준한 인내를 바탕으로 만든 직업이다.

4) 더 낮은 집단이다. 전공에 맞는 직업을 선택한 사람들이다.

일과 재능의 일체성이 높을수록 직업과 일의 안정성은 높아진다. 직업의 다양화 속에서 자신의 재능에 맞는 직업 선택은 일차적으로 성공의 발판을 만든 것이다.

천부적인 재능을 가진 예능인도 눈물겨운 노력 없이는 최고에 도달하지 못한다. 수십년의 재능 있는 무명가수가 늦게 빛을 보는 경우를 우리는 흔히 본다. 아무리 큰 재능도 정성을 다하여 갈고 다듬어야 가치가 나타난다. 기업도 사오 십년을 넘기기 어렵고, M&A를 통하여 변화하고 성장하고 유지한다. 각 개인도 성공적인 삶과 행복을 위하여는 좋은 성품, 재능, 지식과 지혜, 인내와 끈기의 4가지 무기를 가지고 정성을 다하여 자신을 만든다.

지식과 지혜라는 영양분을 공급한다

초급 사원이 되면, 일에 적응하는 단계이다. 일터에서 더 성공하기 위한 삶의 시작이다. 학교에서 배운 지식이나 평소의 상식은 기업에서 필요로 하는 실무와는 많은 차이가 있을 수 있다. 배우고 적응해야 한다. 지식과 지혜는 건설적으로 사용될 때에만 힘이 된다.

그러나 작금의 시대는 경력자가 우대되고, 인턴사원 제도가 보편화 되어 신규 취업이 더 어려워졌다. 필요한 능력을 포함하여 실무 능력을 갖추어야 하는 이중고를 겪고 있다. 어쩌나 취업 준비생의 비애이다.

2차 산업, 3차 산업을 거쳐 4차 산업의 시대를 맞이했다. 현실은 각 산업의 비중은 다르지만 같은 공간에서 존재한다. 그래서 산업별로 기술 변화의 속도가 다르지만, 분명한 것은 변화 속도가 매우 빠르다는 것이다.

조직의 형태나, 조직원의 구성도 남녀의 차별이 급속하게 없어지고, 업적 평가도 실적 중심으로 하고, 스스로 책임과 의무를 다하는 구조로 변화하고 있다. 개인의 능력이 확연하게 나타나는 시스템이다. 그리고 능력자에게는 후한 보상도 주어진다.

능력자가 되기 위하여 꾸준한 지식과 지혜의 공급이 절실하다. 지식과 지혜 공급을 위하여 꾸준히 노력을 해야 한다. 그리고 꾸준한 성장을 위하여 정성과 인내와 끈기가 요구된다.

스스로 무엇을 어떻게 할 것인가를 자율적으로 결정하고, 자신의 발전과 기업의 발전을 동일시한다. 여기서 능력자란 특별한 사람을 의미하지 않는다. 누구나 자신의 위치에서 능력을 발휘하는 능력자를 의미한다. 능력자는 자신의 일을 남보다 달리 상대적으로 잘하는 사람이다. 능력자는 육체적인 일에서부터 정신적인 일에 이르기까지 존재한다.

나의 성장 없이는 조직이나 기업의 성장은 없다.
자신의 안정적인 성장을 위하여 고민하라.
1) 항상 자신의 미래에 대한 큰 그림을 마음속에 가지고 있어야 한다.
2) 자신의 약점을 인정하고, 약점을 달게 받아들이고 성장하기 위해 노력해야 한다.
3) 항상 배움의 자세를 가져야 한다. 매일 실천하라.
4) 내가 접하고 알고 있는 경로는 한계가 있다. 다변화하라.

5) 새로움을 받아들일 자세가 되어야 한다. 긍정하라.
6) 기쁜 마음으로 다른 사람을 인정하고 자만심을 버려야 한다. 겸손하라, 그리고 실천하라.
유명 대학교수나 지식인의 책 1권을 읽으면, 그 교수의 제자가 된 것과 같다. 10권의 책을 읽으면 10군데 대학과 10명의 스승을 둔 것과 같다. 한 권의 책으로 인생이 바뀐다고 생각하지 않는다. 최소 1년에 6권이면, 5년이면 30권, 그러면 당신은 분명하게, 그 위치에서 능력자가 된다.

나태함을 정성과 끈기로 극복한다

사람은 다양한 재능과 다양한 수준의 능력을 가지고 있다. 그래서 이 사회는 필요로 하는 똑똑한 사람을 구하기 위하여 여러가지 방법을 동원한다. 그래서 선택되어지는 운명이다.
선택의 순간에는 많은 경쟁자와 비교되지 않을 수가 없다.
그래서 불법과 편법 그리고 아빠 찬스, 엄마 찬스가 유행하는 것도 이 치열한 경쟁이 한 가지 원인이기도 하다.
그러나 사회의 첫 출발을 너무 비굴하게 시작하지 마라, 그 꼬리표는 평생 간다. 자신의 수준에 맞게 출발하고, 인생 역전의 기회가 많이 있다. 인생의 시간은 길다.

그러나 공무원, 교사, 군인, 은행, 공기업 같은 직종이나, 직종의 이동이 어려운 곳은 한 우물을 팔 수밖에 없다. 이것의 성공여부는 자신만의 판단이다. 선택과 행동 없이는 결과가 없다. 작심삼일이 되어서는 안 된다.
인내와 끈기는 인간이 참으로 오랫동안 사용해온 기술이다. 현대에도 필요하고, 평생을 사용해야 할지도 모른다. 여기 플러스하여 정성까지 합하면 안 되는 것이 없다. 인내와 끈기는 쉬운 기술이 아니다. 그래서 인내와 끈기의 과정에서 고비의 극복은 미래에 이익을 가져와 긍정과 희망으로 바꾼다.

인내와 끈기를 오래도록 유지하는 지혜이다.
1) 인내와 끈기를 유지하는 지혜의 하나가 바로 성공의 맛과 행복의 맛을 이용하여 성공과 행복을 유지하는 것이다.
성공과 행복의 맛이 생활화되면 즐겁고 항상 만족하여, 인내와 끈기를 무의식으로 넘기게 된다.

2) 목표는 달성 가능하게, 기간을 적절하게 정한다. 목표의 수치는 판단 가능하게 한다. 큰 목표는 작게 나누어 계획을 수립한다. 그러면 단기의 실천이 어렵지 않게 이루어진다.
포기는 자신 관리의 실패이고, 나와 또 다른 나와의 자존심 경쟁이다. 인내와 끈기의 시련이다.

3) 목표 달성의 마음속에는 항상 긍정과 부정의 두 마음을 동시에 가지

고 있다. 변화를 꿈꾸면서 성공하기 위하여 긍정의 마음에 정성을 쏟아야 한다. 부정의 마음을 극복하기 위하여 목표만을 생각하지 말고, 목표가 가지는 의미와 의도를 생각하면 훨씬 목표에 대한 집념이 강해진다.
4) 그리고 예상치 않는 경우를 위하여 어떻게 할 것인가 플랜 B를 준비한다. 플랜 B가 없으면 고비에 대처하기 어렵고 당황하게 된다. 플랜 B는 고비에 유연하게 대처할 수 있다. 플랜 B는 플랜 A를 보완하고 정신적인 안정감을 준다.

작심삼일에 대응하기 위하여 정성과 인내와 끈기를 유지하기 위한 지혜다.
1) 달성하고 싶은 것을 목표로 삼는다.
2) 목표 달성을 위해 구체적으로 어떤 행동을 찾고 만든다.
3) 하고자 하는 행동이 이 목표 달성에 얼마나 효과적인가? 목표를 정한다.
4) 효과가 없다면 어떤 다른 계획이 필요할까? Plan B 준비다.
이 네 가지 질문을 심사숙고하고 계획을 수립하면 목표 달성과 성공하는 경험을 맛볼 수 있다. 그리고 작심삼일의 덫에 걸리지 않는다.

성공의 목표와 목적은 진화하고 변화한다. 성공과 행복의 근원도 삶의 주기 즉 시절에 따라 생기고 소멸한다. 꾸물거리지 마라, 꾸물거리는 것은 자신의 게으른 탓도 있지만, 자신도 모르게 실수를 두려워하는 마음이 있기 때문이다. 완벽한 상황을 만들고, 완벽한 계획, 완벽한 성공을 위하여 시작하지만 현실은 계획대로 되지 않는다. 부족한 성공이라도 다시 시작하고 성장하는 것이 삶이다.

꾸물거리는 사람들의 유형에서 벗어나라.
1) 일을 너무 잘 하려고 시작을 못하고 실천이 미뤄진다. 완벽한 계획은 없다.
2) 실패가 두려워 걱정이 많은 사람이다. 성공과 실패는 항상 같이 존재한다. 성공률의 싸움이고, 실패는 반의 성공이다.
3) 일을 과도하게 하며 우선순위를 정하지 못한다. 진행하고 수정하면 된다.
4) 비현실적인 낙관주의로 조금 있다가 하면 된다는 생각을 버려라.
시작하고, 계속하라, 멈추지 마라, 나는 아직 더 성장하고 내 가치를 높여야 한다. 성실하게 배우고 익히면 자신의 가치는 높아진다. 자신을 긍정하라.

33. 성장과 변화를 위한 힘의 공급

인생은 태어나서 성장하고 끊임없이 변화하면서 살아간다. 성장과 변화는 만물이 살아가는 기본적인 원리이다. 이 성장과 변화에는 끊임없는 에너지 공급이 필요하다. 어떤 환경과 조건 속에서도 살아남기 위하여 에너지 공급은 필수이다.

더 성공하고 더 행복한 삶도 성장과 변화의 삶이다. 성장과 변화는 선택의 문제가 아니라 바꿀 수 없는 불변이다. 그래서 성장과 변화를 거부하면 삶을 포기하는 것과 같다. 적극적인 방법으로 에너지를 충전해야 한다. 성장과 변화는 자연스럽게 얻어지는 것이 아니다. 성장과 변화의 에너지는 배움을 통한 지식과 지혜 그리고 경험의 공급에서 온다.

이 세상은 같은 날이 하루도 없다. 다만 세밀하게 보고 생각하지 않으면 같아 보일 뿐이다. 새로운 오늘의 마음은 성장하는 변화의 마음이어야 한다. 성장과 변화를 두려워할 필요가 없다.
변화에 관심을 가지고, 호기심을 가지고 변화를 주시한다.
그러면 변화의 속도와 크기에서 당위성이 보인다.
크게 성공한 사람은 변화에 집중하고 몰입하여 자신의 변화와 성장을 크게 한 사람이다. 큰 변화와 성장은 혁신이다.

스스로 변화의 동기를 찾는 노력이 가장 중요하다.
1) 지금 내가 하고 있는 일의 변화에 대하여 주시한다.
2) 지금 나의 일에만 완전 몰입하지 말고, 다른 분야의 변화도 주시하라. 숲과 나무를 함께 본다.
3) 지금 나는 변화에 대응하여 무엇을 어떻게 준비해야 하나를 고민하고, 지혜를 찾는다.
4) 종합적으로 사회, 경제, 기술 발달의 흐름을 보아야 한다. 그리고 나의 일과 연관성을 찾는다.
5) 정보 흐름을 습관적으로 체크해야 한다. 그래서 나의 일과 사회 흐름을 읽는다.
6) 나와 직접적인 관계가 있는 정보를 먼저 찾는다. 그 외의 정보도 참고한다.
7) 융합의 시대, 통합의 시대, 4차 산업의 시대에 적응할 수 있는 것을 찾는다.

8) 직접 필요 외의 정보도 수집하여, 전체적인 흐름을 파악한다.
9) 미래 예측이나 창조성이 있는 정보에 항상 호기심을 가진다.

전체적인 사회 경제 기술 정보의 흐름을 알기 위하여, 당신은 수백명의 직원을 고용해야 할지 모른다. 그러나 천만다행으로 세계의 흐름을 전문적으로 제공하는 기관이 있고, 전문가도 많다. 지식 공유의 디지털 세상이다.
이를 적극적으로 활용하면 필요한 지식과 지혜를 얻기 쉽다. 그러면 최고의 지식을 가진 수백명의 직원을 고용한 것과 같다.

꿈이 없으면 미래가 없다

희망이 없으면 미래가 없는 것과 같다. 성장과 변화가 없이, 현재에 안주하는 삶은 희망이 있을 수가 없다. 포기하지 않는다면 성장과 변화를 시도해야 한다. 변화의 시도가 별다른 특별함이 아니다. 변화에 관심을 갖고 깨어 있는 삶을 말한다.

성장하고 변화하라고 하면 보통의 사람은 짜증스럽고, 부담스러워 한다. 거부감도 있을 수 있다. 그런데 당신은 지금까지 성장과 변화를 통하여 지금에 와 있다. 지금의 시대가 너무 급박하게 변화하고 있어, 지금보다 더 성공하고 더 행복한 삶을 위하여 좀 더 체계적이고 의도적으로 성장과 변화를 하자는 의미이다. 아마 당신은 지금처럼 살아도 자신이 수용만 한다면 당신만의 행복한 삶을 살 수도 있다. 지금의 삶도 충분하게 존중 받는 삶이다.

그래도 더 의미 있고 더 가치 있는 더 멋진 삶을 바란다면, 라이프 플랜이 제시하는 일상 삶의 요소들이 제각각 목표를 가지고 성장과 변화를 하면 더 좋다. 어떤 한 분야 성공도 그 자체만으로도 중요하지만, 얼마의 크기로 성공을 이루는 것도 중요하다.

지금 나의 경쟁력을 확인해 보자. 어떤 꿈을 이루고 싶은가, 적합한 경쟁력을 가지고 있는가? 자문하여 보자. 꿈을 위하여 시간적인 여유가 있는 사람은 지금부터 자신의 경쟁력을 점차 키우는 것도 한 방법이다. 시간과 세월의 환경이 촉박한 사람은 지금 현실을 바탕으로 자신을 변화하는 것이 더 좋을 수 있다.

성장하기 위하여는 누구나 더 높은 목표를 세워야 하는 것은 당연하다. 더 높은 목표를 가져야, 자신의 부족함을 인식하고 방법과 지혜를 찾는 동기가 생긴다.
더 크게 높게 생각해야, 새로운 세계가 보이고, 변화 무상한 세계에 대한 준비를 하게 된다. 필요한 곳에 길이 있고 방법이 보인다. 하루하루의 작은 준비가 지나고 나면 누적이 되어 큰 차이를 보인다.
성공의 꿈은 내일의 꿈이고, 내일의 꿈은 1년 2년 그리고 5년 10년의 큰 꿈으로 이어지는 각 단계이다. 직장인이 최초에 CEO가 꿈이라면, CEO가 되기 위하여 단기 중기 장기의 실행 계획이 필요하다.

성장과 변화를 위해 꾸준하게 힘을 보충하라

식물의 성장에는 좋은 토양에 튼튼한 씨앗을 뿌리고, 햇빛이 잘 드는 곳에서, 수시로 충분한 물을 공급하고, 가끔은 잡초를 제거하고 영양분을 공급하면 꽃과 열매를 맺는다.

개인의 성장과 변화도, 성공도 자연의 법칙과 똑같다. 인간은 이 자연의 법칙을 무시할 수는 없다. 삶에 필요한 요소를 이성적이고 자주적으로 찾아 보완하고, 채워 소기의 목적을 달성한다. 자연은 환경과 조건에 순응하지만, 인간은 환경과 조건을 만들어 조정한다.

성공의 방법을 모르는 사람이 있을까? 행복의 지혜를 몰라서 행복하지 않을까? 성공과 행복에 대한 방법, 습관, 지혜, 여러 가지 이름으로 세상에 많이 공유되어 있다.
당장 성공과 행복이라는 단어를 검색하면 성공과 행복에 대한 지식과 지혜는 풍부하다. 그런데 왜 모두가 성공하지 못하고, 행복하지 못할까? 삶의 방법은 자신만의 것이 있고, 실천이 중요하다. 자신에 맞는 실천의 지혜가 부족하기 때문이다.

어렵지 않다. 긍정의 마음으로 꾸준한 배움과 고뇌를 통하여 삶의 지혜를 공급하면 된다.

사회적으로는 표면화되지 않고, 타인에게 알려지지 않은, 많은 성공적인 삶을 사는 사람들은 자신만의 성공과 행복을 만들어 가고 있다. 그 원동력은 자신만의 자주적인 삶을 목표로 변화하기 위하여 꾸준한 배움, 성실한 자세 정성을 다 하는 것이다.
성장의 삶은 성공에는 부족해도 더 성공의 삶을 이룬 것이다.

더 성공은 지혜를 얻기 위하여 꾸준하게 배움을 실천하고 노력하는 결과이다. 꾸준하게 지식과 지혜의 공급을 생활처럼 한 삶이다. 어떤 이름 있는 CEO가 하루에 신문을 5가지를 본다고 했다. 이것은 이 사람이 지식과 지혜가 부족해서가 아니다. 새로운 지식과 지혜, 정보를 공급하기 위한 생활이다. 하루에 각종 신문에는 수십가지의 정보가 쏟아진다.
보통 사람도 더 성공하고 더 행복한 삶을 살아가는 사람이 많이 있다. 그들도 자신의 삶을 더 높은 수준으로 높이기 위하여 매일매일 힘을 보충하고 있는 사람이다.

보통의 사람 중에는 취업 후에 배움을 등한시하는 사람이 있고, 배움을 통하여 꾸준한 자기 계발을 하는 사람이 있다.
배움을 계속하기 어려운 환경을 극복하고, 배움을 실천하는 사람이 성공의 기회가 더 많다. 능력 향상과 지식과 지혜를 얻기 위한 가장 현명한 방법은 배움 밖에는 없다.

좋은 환경의 기업은 자체적으로 자기 계발을 위한 시스템을 갖추고 있지만, 그렇지 못한 기업은 스스로 찾아야 한다.

스스로 힘을 보충하고 자기계발 동기 부여를 위하여 부단히 스스로 노력해야 한다.

일상의 일에 몰입하고, 가끔은 일 주위의 환경을 점검한다.

1) 항상 산업 환경의 변화를 주시하라.

2) 나와 관련된 산업의 추이를 더 세밀하게 파악하라.

3) 나의 회사의 안정성과 발전성을 주시하라.

4) 이 회사에서 내 역할의 중요도와 일의 가치를 점검하라.

5) 나는 조직의 발전에 기여하고 있는가.

6) 나는 필요한 준비를 하고 있는가.

7) 만약 지금의 일이 부정적이라면, 다른 일에 대한 준비를 하고, 기회를 기다린다.

일에 대한 주위의 환경을 알기 위하여 정보를 파악하고, 자기 계발의 동기를 찾아야 한다.

이를 위한 실천해야 할 행동들이다.

1) 정기적으로 일일, 월간 경제 정보지를 본다.

2) 회사의 재무제표를 인지하고, 동종 업종의 실태를 본다.

3) 직접 업무와 관련된 월간 잡지를 본다.

4) 업무 관련된 최신의 책을 분기마다 본다.

5) 관리, 창의. 판단. 결단의 지혜를 높이기 위한 책을 본다.

6) 관련 세미나 참가한다.

7) 디지털 공간에서 다양한 분야에 호기심을 가지고 배운다.

배움과 간접 경험을 통하여 자신의 능력과 경쟁력을 높여야 한다.

성장 변화의 주역이 돼라

회사의 주인은 누구일까? 어떤 회사의 대표이사는 직원들에게 여러분이 이 회사의 주인이라고 했다. 그러나 근로계약서에는 갑과 을의 관계가 명확하다.

을의 입장에서 주역이 돼라, 일반적인 관점에서 보면 모순으로 보인다. 그러나 갑과 을의 책임. 의무, 권리를 이야기하는 것은 근로 관계가 아니라, 기업 성장과 개인의 성장 변화 측면에서 봐야 한다. 기업의 안정적인 성장은 자신의 안정적인 성장과 함께 한다.

그리고 기업의 안정 성장은 모든 관계인과 소속인들의 성장과 변화와 함께 동행한다. 기업은 사람이 움직이는 곳으로 사람의 우수성과 비례한다. 그래서 기업은 우수한 직원을 선발하기 위하여 노력하고, 최선의 좋은 대우를 제시하기도 한다.

일터 성장은 조직원의 성장과 비례한다. 성장과 변화의 주역이 되기 위하여 기업과 조직원은 상호 동행해야 한다.

1) 기업은 근로자에게 신의와 성실로 책임과 의무를 다해야 한다. 기업 성장의 성과를 가능한 범위 내에서 공유한다. 그리고 근로자 미래의 삶에 비전을 제시해야 한다.

2) 근로자는 신의와 성실로 기업을 성장 발전하는데 기여해야 한다. 그것은 주어진 일을 잘하는 것은 물론이고, 기업의 혁신과 변화를 위하여 자신의 역량을 키울 책임도 있다.

3) 성장과 성공을 위하여는 훌륭한 인재가 된다. 호기심을 가지고, 목표를 뚜렷하게 만들고 관리한다. 일상 삶에서도 목적과 목표를 명확하게 하는 습관을 가진다. 재능과 능력을 향상시킬 수 있는 방법을 찾는다. 그러면 일터에서 훌륭하게 성공한 자질을 갖춘 능력자가 된다.

10년 무명의 가수가 일약 스타로 태어나는 것을 우리는 흔히 본다. 그들도 자신의 재능을 위해 피나는 노력의 결과이다.
보통의 사람에게도 보이지 않는 자신만의 재능이 있다. 자신의 재능을 스스로 깨닫고 꾸준한 노력이 필요하다.

배움에 감사하고, 경험에도 감사하라

1) 일터에서 경험의 지식을 자산화 한다.
어떤 일터에도 일의 경험은 자신에게 가장 큰 자산이다.
어떤 기업은 내부 정보라고 체계적이고 엄격하게 관리하는 곳도 있지만, 자신의 머릿속에 있는 것은 어쩔 수 없는 것이다.
현장에서 배운 지식과 지혜의 가치와 의미는 크다. 자신의 자산이다. 귀하게 여기면 자신의 지식으로 잘 정리하여야 한다. 조직원은 급여 이상의 가치 창출을 해야 하고, 자신의 업무를 발전시켜야 한다.

2) 끊임없는 학습의 필요성을 자각해야 한다. 급변하고 많은 정보가 쏟아지고 있다. 배우지 않으면 퇴보한다. 지금 알려지지 않은 지식도 몇 달 후면, 헌 지식이 된다. 배움을 생활처럼 하지 않으면 뒤처지는 사람이 된다.

3) 감사하고 솔선 수범하는 자세가 큰 자산이다. 긍정적이고 감사하는 마음은 당장은 몰라도 결국 본인에게 돌아온다. 남 탓을 줄이고 스스로 책임지는 연습이 필요하다. 리더의 덕목을 위해서도 필요하다.

4) 한두 직급 높은 입장에서 생각하라. 지금 자신의 위치보다 한두 직급 높게 생각하면서 일하고, 배운다. 높은 직위를 위한 것도 있지만, 역지사지의 덕목도 함께 배운다.

일터에서 성공을 위하여는 꿈을 크게 가지고 그 꿈을 키워간다.
꿈을 키우기 위하여 능력과 지식을 높여야 하고, 지금의 맡은 책임과 의무를 다 함은 물론 최고의 고수가 되어야 한다.

그리고 경험과 배움에 감사하고, 즐기며, 생각은 항상 높은 단계를 지향한다.

34. 고비를 변화의 기회로 바꾸는 법

위험과 고비를 즐기는 사람은 없다. 그러나 과감하게 변화에 도전하는 사람은 고비를 즐기는 것처럼 보인다. 그런데 편안한 삶, 익숙한 삶에 적응되면, 자칫하면 나태하고 현실에 안주하는 삶을 살게 된다. 디지털 산업과 4차 산업의 확산 시대에 현대인은 깨어 있는 삶을 살아야 한다. 급변하는 사회와 산업 환경은 어떻게 변화할지 잘 모른다.

꾸준한 성장은 현실에 안주하지 않고 깨어 있는 변화의 삶을 말한다. 변화의 삶은 내가 원하여 선택하는 삶이 아니라, 사회 변화로 인한 필연적으로 찾아오는 환경이다. 이 환경은 항상 불투명하고 위험한 고비를 동반한다. 깨어 있지 않으면 삶은 고비에 대비하기 어렵다. 준비한 사람은 필연의 고비를 약하게 넘기고, 준비가 소홀한 사람은 큰 고통이 따른다.

고비는 통상 다음과 같이 찾아온다.
1) 조직에서 통상적으로 일어나는 일을 바탕으로 나타난다. 업적 평가, 승진, 부서 이동, 업무 변경 등으로 인하여 조직의 환경 변화로 인한 스트레스가 찾아온다. 특히 책임과 의무, 기대의 차이에서 고민과 갈등이 나타난다.
2) 다른 하나는 자신의 불투명한 미래와 성장에 대한 불안으로 인하여 발생한다. 사회 환경의 변화에 대한 불안도 함께한다.
3) 예고되지 않은 피할 수 없는 외부의 환경 변화에 의하여 겪게 되는 경우이다. 이 경우 준비되지 않은 삶은 대응하기 어렵고, 고통이 크게 따를 수 있다.

고비 없는 삶이 없다는 것을 인지해야 한다. 그래서 고비를 예상하고 고비를 대비하는 사람이 있고, 또는 무관심하게 사는 사람도 있다.
준비를 잘한 사람은 고비의 고통을 느끼지 않으면서 넘긴다. 타인의 눈에는 그것이 운으로 보이겠지만, 본인은 노력으로 스스로 고비를 극복한 사람이다. 때로는 오히려 변화와 성장을 선재적으로 활용하고, 사전에 예측하여 기회로 활용하는 사람도 있다. 가장 현명하고 쉽게 일터에서 성공한 사람은 자신의 일을 스스로 찾아 하는 사람이다.

변화 없이 한곳에 정체하는 사람은 편안할지는 몰라도 시간이 지나면 도태된다. 한 부서에 오래 있거나, 같은 계층에 오래 있는 사람은 언젠가는 무능하게 되어 어려움에 처한다. 작은 고비는 예방하고, 큰 고비는 성장의 기회로 삼아야 한다.

일을 좋아하게 만드는 법

'일을 즐기자'라 고 구호를 외치면 공허하게 들릴지 모른다. 왜냐하면 일보다 노는 것이 훨씬 편하기 때문이다. 그러나 우리 주위에는 어떤 환경에도 자신의 일을 소중하게 여기며 즐기는 사람이 많이 있다.
자신의 일 하나를 즐겨 하지 못하면서 다른 불만을 할 수 있나? 어떤 이유를 만들어서도 자신의 일을 즐겨 해야 한다. 만약 자신의 성격이 체질적으로 맞지 않고, 최대한 노력해도 어렵다면, 새로운 일을 찾는 것이 장기적으로 바람직하다.

나는 아주 힘들고, 비전이 없는 일을 즐겁게 한 적이 있다. 주경야독의 시기였다. 나의 환경과 조건에 맞춰져 산 삶이고, 먹고, 자고, 학비를 보장해 주는 일은 고맙고 다행스러운 일이 아닐 수 없었다. 일 자체는 힘들고 비전이 없었지만, 이 일을 통하여 얻어지는 가치는 당시 나에게 꼭 필요한 것이었다.
이 시기를 지나고, 이 고비를 넘기고 나면, 새로이 준비한 기회가 있었기 때문에 즐겁게 했다.
지금의 일에 감사하고 즐겁지 않을 수가 없었다. 미래에 희망만 생각하면 고비의 일도 즐길 수 있었다. 이 때가 1969년 공업고등학교를 졸업하고 삼성그룹의 모체인 제일모직 기능직 근무 시절이다.
좋아하는 일과 좋은 직장은 개인의 능력이나, 적성, 재능에 따라 선택하는 것이 보편적이다. 그러나 환경의 지배에서 오는 고통은 정신적으로 극복해야 한다.

직업 선호도가 시대에 따라서 변화되고 있다. 사회적으로 선호하는 직장과 개인이 선호하는 직장은 다르다. 대부분 좋고 나쁨 보다는 능력이나 재능에 맞추어 취업을 하는 것이 현실이기 때문이다.

지금 사회적으로 직장의 선호는 편안하고 안정성이 최고로 꼽힌다. 불안정한 사회 환경에서 당연한 결과이다. 그러나 다른 견해도 있다. 안정성이 높은 직업 군은 자기 변신과 자기 발전의 일과는 거리가 있다. 그리고 활동적이고, 창의적이고, 모험적인 일과도 거리가 있다. 직업의 선택은 성공과 행복에 절대적인 영향을 주기 때문에 전적으로 본인의 선택과 판단에 의하여 하는 것이 바람직하다. 왜냐하면 환경과 조건 희망과 욕구가 다 다르고 더 성공과 더 행복은 자신의 기준으로 만들기 때문이다.

보통 사람으로서 취업 준비생이 첫 직장을 선택함에 있어서 고려할 사항이다. 개인의 성향이나 능력과 재능이 천차만별인 상황에서 하나의 기준만이 있을 수가 없다.
참고로 활용하면 된다.
1) 자신의 취향과 일치하는 취업을 위하여, 너무 긴 시간을 허비하지 마라. 힘들게 취업한 직장도 만족하지 않을 수도 있고, 아쉽게 선택된 일에서 만족을 찾을 수도 있기 때문이다.
2) 현재의 금전적인 조건에 너무 큰 비중을 두지 마라. 연봉에 너무 비중을 두지 말라, 성장성도 중요하다.
3) 미래에 자기 발전과 함께하는 직업의 선택이 바람직하다.
4) 전문가가 될 수 있는 곳을 선택하라.
5) 자신의 능력을 최대한 발휘할 수 있는 곳을 선택하라.
6) 산업의 구조상 성장 산업을 선택하라.
7) 자신의 적성을 고려하라.
8) 보수는 필요한 생계수단 이상이면 족하다.

능력과 능률의 고비 탈출 법

신규 채용의 방법이 많이 바뀌었다. 과거에는 졸업을 기준으로 정기적으로 공채라는 이름으로 대규모로 선발했다.
지금은 많은 기업이 실제 업무 경험을 바탕으로 경력사원 채용이 증가하고 있다. 또는 스펙이라고 하는 기준으로 선발한다.

기업의 입장에서 필요한 인재를 선발했다고 하지만, 선발된 인재의 실재적인 능력은 차이가 크다. 서로가 불만족의 상태이다.
1차적인 고비는 처음으로 받은 직무의 수행에서 오는 고비다. 일에 대한 수행 능력과 능률에 대한 고비이다. 성실한 태도에도 불구하고 성과에 만족하지 못한다면, 이는 지식과 경험의 부족에서 오는 경우가 대부분이다. 이런 직접적인 고비에 두려워하지 말고 극복 방법을 찾으며 된다.

먼저 성과가 부족한 이유를 알아야 한다. 그 원인을 모르면 해결책을 찾기 어렵다.
1) 모르는 것은 죄가 아니다. 기초부터 배워라.
2) 부끄러워하지 말고, 도움을 청한다.
3) 지난 전임자가 만들어 보고한 보고서를 참고로 한다.
4) 전문가의 오픈된 지식을 활용한다.
5) 디지털 세상에서 당신이 필요한 어떤 지식도 얻을 수 있는 환경이다. 최소한 주어진 일은 어떤 방법을 동원하더라도 잘 처리해야 한다.

똑같은 과제를 처리하는 데에도 그 방법과 내용이 다 다르다.
비슷한 경력을 가진 사람의 일처리 능력은 상호 얼마나 차이가 날까?
객관적인 자료는 없지만 경험에 의하면 느낌으로는 2-3배는 차이가 있다. 이런 차이로 인하여 일터에서 성공의 크기가 달라지고 우열이 나누어진다.

다른 하나의 고비는 조직원 상호 간에서 발생한다. 상하관계에서 또는 동료 간에도 발생한다. 인권이나 개인의 인간성에는 문제가 없지만, 업무의 스타일이나 일의 지시 방법에 따라서 갈등이 존재하는 경우가 있다. 이런 고비를 줄이는 방법은

1) 상호 의견을 끝까지 듣기.

2) 문제점만 요약 이야기하기.

3) 이성적으로 대화하기.

4) 부하가 부족한 점이 있다면 당연하다고 생각한다.

지금의 사회에서 위계와 권위에 의한 부하에게 부당한 억압이
존재한다는 것은, 부족한 인간의 타고난 태생적인 한계인지 모른다. 그러나 지금의 사회는 평등과 상호 존중의 사회가 정착되어 가고 있다.

가끔 자신에 대하여 성찰하라

일터 성공 중 하나가 조직에서 인정받고, 만족한 대우를 받는 것이다. 다른 하나는 내 스스로가 성장하여 미래가 희망적이면 된다. 일터는 내 성장과 내 행복을 만든데 필요한 곳이다. 성공적인 삶에 꼭 필요한 재원을 마련하는 곳이다. 감사해야 할 곳이다.

그러나 지금 하고 있는 일과 몸담고 있는 조직이 나의 미래를 담보하지 않는다. 나의 미래가 불투명할 때에 고비가 찾아온다.
일터는 항상 양면성을 모두 가지고 있다. 이 양면성 모두 수용하고, 성찰하면서 자기를 키워가야 한다.

내적으로는 경쟁이라는 룰에 의하여 강한 자가 이기는 구조다. 경쟁에서 우위를 확보하지 못하면 도태되는 것이 현실적인 고비다. 일터의 경쟁은 보이지 않는 전쟁이다. 이로 인하여 많은 직장인은 불만 속에서 살아가는 사람이 많다. 직책과 연봉, 미래의 안정성, 조직에서의 유대, 미래의 희망 등으로 갈등과 고민에 빠지고, 이로 인하여 여러 형태의 고비를 맞게 된다. 이것은 어떤 사회나 어떤 조직에서나 구조적으로 가지고 있는 것이다. 스스로 수용하고 극복해야 할 대상이다.

이런 고비에 처했을 때 해결책을 가르쳐주는 사람도 없고, 조직도 방관한다. 뚜렷한 방책도 없다. 그래서 스스로 변해야 한다. 고비를 넘기고 성장하기 위하여 평소에 자신의 힘을 키우는 방법 밖에 없다. 가장 보편적이고, 고전적인 방법이 스스로 배움을 통하여 지혜를 찾고 고비를 넘기는 것이다.

고비의 순간에 기회의 선택은 순수하게 자신의 자유의사에 의하여 결정한다. 선택이란 개인의 자유를 의미한다.
선택하기란 어렵지 않지만, 현명한 선택은 쉬운 것이 아니다. 창조적 가치와 경험적인 가치, 태도적인 가치를 가지고 진정으로 나에게 필요한 것이 무엇이며, 내가 무엇을 얻고, 무엇을 양보할 것인가를 선택해야 한다.
성공적인 선택의 지혜는 꾸준한 지혜의 공급, 꾸준한 배움이 만들어 준다.

고비를 성공의 기회로 전환하라

완벽주의는 핑계일 뿐이다. 계획과 실행의 차이, 계획의 변경과 다른 선택은 실패가 아니라, 선택사항 중 다른 하나다. 불편한 환경이 나를 성장시킨다. 욕구를 지배하고 통제하라. 융통성이 필요하다. 뼈아픈 시련의 극복도, 한때의 포기도, 한 번의 실패도 성공으로 가는 과정이다.

어떤 기업에도 소위 말하는 선호하는 부서와 관심을 받는 부서가 있다. 당연한 일이다. 일의 경중이 있는 것이다. 소외되었다고 투덜거리지 마라, 스스로 조명을 받는 사람이 되면 된다.

그 방법은 주목받는 일을 찾아서 해야 한다. 모든 일의 분야에는 변화와 개선의 요소가 있다. 이런 해결책이 재능과 능력에서 나온다. 어떤 조직이나 일에는 개선의 요소들이 있다. 또는 자신의 업무가 아니라고 하더라도 별도의 연구 리포트 같은 것을 작성하면 된다.
일생의 삶을 통하여 보면, 성공과 실패는 공존한다.

이 이야기는 삶이 작은 성공과 작은 실패의 관계 속에 있다는 것이고, 실패의 연속이나, 치명적인 실패가 공생한다는 이야기는 아니다. 모든 것을 다 잘 할 수도 없고, 잘 할 필요도 없다. 완전한 성공도 완전한 실패도 없다는 것이다.

고비를 넘기는 나쁜 전략을 피하라. 이것은 고비를 넘기는 대안처럼 보이지만 실천의 전략이 아닌 경우이다.
1) 나쁜 전략은 전략과 목표를 혼동한다. 뻔한 목표와 구호를 제시할 뿐 구체적인 행동을 제시하지 않는다.
2) 나쁜 전략은 선택과 집중을 무시하고 모든 면을 두루 만족시킨다.
3) 나쁜 전략은 부정적인 생각이 들까 봐, 문제 분석을 의도적으로 피한다.
4) 나쁜 전략은 '더 열심히 하자'는 피상적인 방법론에 의존한다.

스스로 무능력자로 남지 마라. 조직체에서는 모든 조직원은 자신의 무능력이 드러날 때까지 남으려는 경향이 있다.
시간이 지남에 따라 조직은 무능력자로 채워진다. 이것이 '로렌스 피터' 교수의 피터의 원리이다.

무능력자로 남지 않기 위하여 스스로의 능력 향상을 해야 한다. 조직원을 교육하고 조직의 재설계를 통하여 조직원을 능력자로 변신시켜야 한다.

자신은 조직에서 무능력자로 남아있지 않아야 한다.

능력자는 고비를 쉽게 넘기고, 지혜로운 능력자는 고비를 피한다. 결과적으로 고비는 자신의 부족함에서 오는 경우가 대부분이다. 그래서 자신은 항상 깨어 있어야 한다.

35. 운명적 변화를 상상하라

익숙한 일상의 삶도 지나고 나면 그것이 운명으로 다가온다.
변화하는 모든 삶에는 운명적인 요소가 포함되어 있다.
다만 크고 작을 뿐이다. 평범한 삶에서 큰 변화에 대하여 생각하여 보자, 기혼자의 배우자 만남, 성장과 배움의 과정, 진로와 직업의 선택, 자녀의 양육과 교육, 다른 여려 분야에서도 운명이라고 할 만큼의 큰 삶의 결정에는 항상 운의 요소가 있다.
이런 큰 삶의 결과에는 일상 삶에서의 운의 요소가 포함되어 있다. 운도 암묵지나 느낌, 혹은 감 같은 지혜로 만들어진다.

직업에서 변화가 가장 적은 곳이 공무원, 교사 공기업의 직원과 같이 매뉴얼에 의하여 움직이고, 국가가 고용을 책임지는 곳이다. 시대의 변화와 기술의 변화에 둔감하여 스스로 운명적인 변화의 기회가 적은 곳이다. 그 반대로 일반의 많은 직업군에 있는 사람은 글로벌 경제 질서와 국가 경제, 나라의 정책, 그리고 4차 산업 같은 기술 발전 등으로 급변하는 환경에 놓여 있다.
생존을 위한 필연의 변화를 해야 한다. 이와 연관된 직업군에 있는 사람들은 더욱 자신의 환경 변화에 대하여 항상 주시하고 변화를 준비하고 실천을 해야 한다.

일의 분야에서 운명적인 변화라는 것은 직업이나 직종을 크게 바뀌는 것을 의미한다. 평생 잘나가는 일을 의식으로 바꿀 필요는 없지만, 변화무쌍한 변화의 시대에 변화 없는 일은 없다. 그래서 관심을 가지고 시대 흐름을 주시할 필요가 있다. 준비되지 않은 갑작스러운 미래의 환경 변화에 대응하기 위해서는 가끔 미래를 상상하라.

삶은 선택의 연속이다. 선택에는 분명하게 나름의 이유와 당위성이 있다. 이유와 당위성은 확실한데, 객관적인 자료를 찾지 못하면 약간의 운이 작용한다.
삶의 여러 조건 속에서 삶 방법의 선택은 운이라는 것이 많이 관여되어 있다는 것을 느낀다. 조건과 기회에 대한 선택은 어떻게 보면 운이 항상 존재한다.

미래 준비를 잘하면서 사는 사람은 운의 불확실성을 줄이고, 결과에 대한 확실성을 높인 사람이다. 어떤 면에서 보면 운은 만들어진다고 보아도 틀린 말이 아니다. 왜냐하면 운도 노력에 의하여 얻어지기 때문이다. 선택은 이성적인 판단이다. 이성적인 판단이라고 객관적이지 않다. 타인의 도움도 운으로 보이지만, 그 타인이 나에게 보인 태도는 내가 운을 부른 것과 같다.

긍정의 삶과 긍정의 운

어떠한 삶이라도 자신이 스스로 긍정하지 않으면, 인정해 줄 사람은 아무도 없다. 비록 성공의 목표에는 미달하더라도 성장했다면, 긍정하고 자신의 삶을 사랑해야 한다. 왜냐하면 목표를 시기별 단계로 세분화하면, 시기별 성공을 이룬 것과 같다. 더 크게 성공하고 더 쉬운 성공을 위해서는 긍정하는 마음에서 출발한다. 이것이 긍정의 삶이다.

일터에서 더 성공의 삶은 자신의 성장을 통하여 만들어지는 것이다. 작게는 같은 조직, 같은 업무 속에서 변화하고 성장한다.
큰 변화가 필요할 때에는 큰 변화의 환경과 조건에 따라 혁신적인 선택이 요구된다. 혁신적인 선택에 의한 변화의 결과를 총평할 때에 감성적인 표현으로 행운, 또는 불운이라는 말한다. 일의 선택은 객관적인 지혜와, 객관화할 수 없는 감성적인 지혜의 조합에 의하여 결정된다. 이 선택의 결과는 두 조합이 미친 영향에 따라 나타나고, 역할의 비중에 따라 운의 비중도 달라진다.

무엇이 변화를 가로막고 있는가, 그것은 안일함이고 부정적인 사고이다. 큰 변화에 흐름의 기회를 놓치지 말아야 한다.
변화는 새로운 환경에 도전하는 것이다. 변화 없는 성장은 오래가지 못한다. 새로운 변화의 시도는 지금의 익숙함에서 벗어나는 것이다. 익숙함에서 벗어난다는 것은 변화를 위하여 생각을 바꾸는 것이다. 기존의 생각에서 벗어나는 용기와 당위성을 찾아야 한다. 지혜로운 선택이라도 약간의 운이 포함된다.
결과론적으로 지혜의 선택은 운이 포함되어 있다. 모든 선택의 이유가 100% 객관적이고, 논리적, 이성적이지 않기 때문이다. 지난 삶의 많은 경험이 그러했고, 맞는 말이다. 먼저 논리적으로 보자, 분명하게 선택에는 정과 반이 두 개의 또는 그 이상의 경우가 있다. 작은 선택이라도 경우의 수가 인간으로서는 완벽하게 파악할 수가 없이 많다.

선택은 단순한 이유와 당위성이 만든다. 선택의 이유와 당위성은 나의 지식, 지혜 속에서 결정된다. 개인의 지식과 지혜의 신뢰도는 한계가 있다. 이 선택의 결과는 나의 지식과 지혜를 바탕으로 만들어진 결과이다.

올바른 선택을 위한 8가지 기술

일의 선택에서 선택의 어려움이 있을 때가 있다. 이유와 근거를 찾지 못한다. 이 때에 활용하는 기술이다.

1) 시간의 축을 바꾸어 생각하여 본다: 지금 일의 진행이나 삶에 너무 몰두하지 말고 타임머신을 타고, 내일로, 미래로, 1년, 2년, 혹은 5년, 10년 후의 세상에서 나를 생각한다. 그러면 문제도 모순도 보이고, 기회도 보인다. 일이 잘 진행되거나 순조로운 상태에도, 어려운 고비가 있을 때에도 항상 시간의 축을 바꾸어 가면서 생각한다.

2) 시야의 높이와 폭을 바꾸어 생각한다: 지금 현재의 나무를 보아야 하나, 아니면 숲을 보아야 하나, 우리는 많은 갈등과 고뇌를 한다. 결론은 둘 다를 보아야 한다. 시야를 높게 넓게 보면 감추어진 것들이 보인다. 그러고 나서 선택한다.

3) 역할을 바꾸어 생각한다: '역지사지' 하라는 말이 있다. 변화의 생각이 깜깜하게 막히었다. 그러면 상대방의 입장이나 역할에서 사물을 바라보라.

4) 목적을 재조명하여 본다: 일을 즐겁게 하는 사람도 있겠지만 힘들게 고통속에 있는 사람도 있다. 그 이유는 사람마다 개인적인 문제로 인하여 또는 조직의 문제도 있을 수 있다.

5) 잠재력 발휘의 기회를 만들어라: 자극이 없으면 변화가 스스로 만들어지지 않는다. 조직의 나태함도 변화의 자극이 없이 무사안일의 일 처리에서 발생한다. 창조적인 성장과 변화를 위한 인사이동을 한다. 누구에게나 잠재력이 숨어 있다.

6) 해야 할 일과, 하지 말아야 할 일을 선별하라: 변화는 해야 할 일을 적극적으로 추진하고 이루어야 한다. 반대로 하지 말아야 할 일을 찾는 지혜를 가져야 한다.

7) 타업종에서 변화와 기술을 차용하라, 기업의 내부 혹은 같은 업종에서는 변화의 기운이 한계에 왔다고 생각될 때가 있다. 일차적으로 경쟁은 동일 업종을 본다.

8) 기다림도 변화의 기회이다: 지금 이 순간에 나의 역량을 최선을 다했다고, 생각될 때에도 아직도 변화의 방법을 찾지 못했다. 그러면 시간이 약이다. 왜냐하면 외부의 환경이 바뀌기를 기다리는 것이다. 외부의 환경은 분명하게 확실하게 바뀌게 되어 있다. 이것은 진리이다. 그러나 준비는 필수이다.

변화의 기회는 새로운 운명의 찬스

일상 업무 속에서 작은 변화라고 하더라도 생각에 머무르지 말고 행동으로 옮겨져야 한다. 행동으로 쉽게 옮겨지기 위해서는 행동력이 필요하다. 변화의 기회를 쉽게 잡기 위해 예지력, 판단력, 결단력, 실천력과 같은 것을 훈련해야 한다.

변화가 어려운 것은 시작에 대한 두려움이 있기 때문이다.
어떻게 하면 두려움이 없이 변화를 쉽게 할 수가 있을까?
걱정보다 호기심에 집중하고, 변화의 결과에 긍정하고 힘을 실어야 한다. 행동으로 옮길 수 없다면 결과를 기대하지 말아야 한다. 성공과 실패에 상관없이 실천할 수 없다면 결과도 없고, 의미도 없다.

기회는 운이다. 기회가 만든 내 삶의 변화는 운명이라고 할 수 있다. 사람마다 주어진 것이 다르고. 타고난 원천도 다르고, 가지고 태어난 재능도 다르다. 그대로 두면 태어난 조건, 환경 그 자체가 운명이 된다. 그러나 현실의 삶은 기회를 잡고 노력하면서 운명을 바꾸어 새로운 운명을 만든다. 타고난 운명대로 살 것인가? 내가 만든 운명으로 살 것인가는 자신의 선택에 달려 있다.

기회는 운명의 원인이기도 한다. 운명은 흘연하게 찾아오는 것이 아니라, 꾸준한 노력과 순간순간 선택에 의하여 조금씩 변화하면서 바뀌어 찾아오는 것이다. 선택의 순간순간 운명의 씨앗이 뿌려진다.

재능과 노력 없이 성공한다는 것은 매우 어렵지만, 뛰어난 재능을 가지고 부단히 노력하는데도 그에 상응하는 성공을 이루지 못하는 사람도 많다. 비슷한 수준의 재능과 노력으로 다 같이 열심히 일하는 사람들 사이에도 상당한 소득 격차가 발생하는 까닭은 무엇일까?
그것은 지능, 훈련, 경험, 대인관계 등이 생산성에 영향을 미치는 까닭이다. 생산성에는 재능과 노력 이외의 요건이 크게 작용한다.

목적 있는 기다림에는 행운이 따른다

운명의 요소는 성장 주기에 따라서, 사회환경과 자신의 필요 욕구와 욕망에 따라 변화한다. 시대에 따른 자신의 욕구와 욕망은 삶을 강하게 변화시키는 원동력이다.

꾸준한 성공은 돈이 아니라, 자신의 욕구와 욕망에 필요한 자기 성장이다. 매일 새로운 나로 태어나는 것이다.
인생에 성공과 행복만이 있는 것이 아니라, 좌충우돌 인내하며 살아가는 삶의 과정 속에 행운도 있고 좌절도 있다.

성공이란 것이 목표를 이룸을 말하는데, 목표를 이룸이나 성공을 한 것은 같은 의미이다. 그래서 성공은 노력과 인내로 얻었다고 볼 수도 있고, 선택하고 인내한 것의 결과이기도 하다.

삶은 선택의 연속이라고 했다. 그래서 선택적인 운은 만족할 수도 있고 불만족일 수도 있다. 운은 나만의 것이다. 내가 선택한 기회를 만족으로 이끌고 유지하기 위하여 필요한 지혜와 재능이 투입되고 노력해야 한다.

비록 변화의 기회, 즉 운의 선택이 두 가지의 결과를 가지고 있지만, 실패가 두려워 기회를 선택하지 않을 수 없다. 왜냐하면 삶이 진행되고 성장하는 것을 어느 한 순간도 멈추게 할 수 없다. 시간을 멈추게 할 수 없기 때문이다. 그래서 변화는 필연이다. 필연의 변화이기 때문에 선제적으로 기회를 만들어 좋은 운이 되게 해야 한다.

자신의 지난 삶에 아쉬운 선택이나, 기회 상실은 운과 지혜 어느 쪽에 그 원인이 있을까? 그 원인은 어느 쪽이라 말하기 어렵다. 객관적으로 결과를 말하기 어렵지만, 같거나 비슷한 상황에서 크게 성공한 사람이 있고, 그렇지 못한 사람이 있다.

성공한 사람의 삶을 분석하여 보면 운보다는, 지혜와 안목이 더 큰 비중을 차지함을 느끼게 된다.

1) 가장 현명한 사람은 기회가 올 것을 예상하는 사람이다. 그래서 기회를 위하여 준비를 한다.
2) 다음의 현명한 사람은 기회가 왔음을 아는 사람이다.
기회가 왔을 때에 적극적으로 자신의 것으로 만드는 사람이 있다. 미래에 대한 불안과 결단력 부족으로 기회를 놓치는 경우가 있다.
3) 변화의 기회를 알지 못하는 사람도 있다. 한참의 시간이 지난 후에 알게 되고 아쉬워한다.

꾸준한 노력과 경험, 그리고 미래에 대한 배움으로 예지력을 키워라, 눈앞의 기회는 꼭 잡아야 한다. 그렇게 해야 당신이 원하는 운명으로 바뀐다.

36. 보이지 않는 위기에 대응하기

일터에서 작은 위기는 여러 번 찾아온다. 작은 위기는 예측되고 쉽게 극복되는 것들이다. 그러나 삶의 운명을 좌지우지할 수 있는 큰 변화와 고비는 미처 생각하지 못한 가운데 찾아와 삶을 어렵게 할 수도 있다. 깨어 있어야 한다.

삶에 운명을 바꿀 수 있는 큰 변화와 위기는 보이지 않는 것처럼 보이지만, 현명한 삶을 사는 사람에게는 예상되고, 직감으로 느낄 수가 있다. 삶을 세심하고 지혜롭게 살면, 간단하고 단순한 것은 예측도 가능하다. 그러나 가장 무서운 위기는 나의 힘보다 큰 사회적 국가적 위기이다. 국가적 위기는 예상되고 발생되면 개인의 힘으로 대응할 방안이 없다.

위기대응과 극복 방법은 개인의 환경과 조건에 따라서 다르다. 준비와 대응은 강도의 차이이다. 준비를 강하게 하면 위기를 쉽게 넘기고, 약하면 강하게 다가온다.

남들은 운 좋은 전직이라 하지만, 나는 위기를 예감했다.
나는 대학을 졸업하고 1978년 신입사원으로 수출을 주력으로 하는 지방의 제조회사에 입사를 했다. 8,90년대 10대 수출품이지만, 노동 집약적 산업으로 노무 효율의 한계를 직감했다. 일본 산업의 변천사를 볼 때에 업종의 계속 존속과 성장에 한계를 예상했다. 그래서 1989년, 11년 동안 근무하던 제조회사에서 유통 전문회사로 전직했다.

예상대로 이 산업이 십수년 사이에 중국과 동남아로 급하게 이전되었다. 나는 2000년대 전후 성장하는 유통산업과 함께 성장하면서 근무했다.

제조회사에서 기획, 원가, 분석, 노무, 교육, 전략 업무를 하는 과정에서 업종의 흥망성쇠를 예감하고 스스로 전직하여 고비를 넘겼다. 남아 있던 옛 동료들은 좀 힘든 전직을 했지만, 그들은 나를 운이 좋은 사람이라고 했다. 그러나 나는 미래를 보고, 전직을 실천한 사람이다.

직업의 불안정을 극복하라

성공적인 삶에서 실직이 가장 큰 고비인 것은 부인할 수 없다. 그러나 삶의 요소는 직업의 안정성 외에도 많다. 직업의 안정성이 확실하게 보장되는 직업은 이직에 대한 유연성이나, 업무의 자율성이 크게 떨어진다. 공무원, 교사, 공기업과 같은 부류의 직업군은 개인의 자발적인 성장에 한계가 있다. 창의성, 활동성, 자율성, 전직에 대한 유연성이 떨어진다.

자신이 원하는 직업을 가지는 사람은 소수이다. 그래서 직업의 선택에 안정성에 너무 치중하지 말고, 다른 장점이 있는 좋은 직업을 가지고, 안정성의 문제는 스스로 다른 방법으로 해결한다. 이 이야기는 안정성 같은, 한 분야에 너무 치중하여 시간을 끌면 시절별 삶의 시기를 놓치는 경우가 있다.
취업이 너무 늦어지면, 결혼을 포함하여 독립적인 삶의 시작이 늦어진다.

위의 직업군은 안정성이 보장되고 보편적으로 업무가 편안하다. 창의력이나 실적을 강요당하지 않는다. 근무평가, 업적평가에 자유롭다. 정년이 확실하게 보장되고 퇴직 후 연금으로 노후가 보장된다. 이것도 삶에서 매우 중요하다 그러나 개인적으로, 능력과 재능을 발휘하여 자기 발전에 제한이 있다.

그러나 능력 위주의 직업은 안정성은 약하나 자신의 재능과 노력으로 능력을 최고로 발휘하고, 업적에 따라 대우를 받는 직업이다. 이 업종은 조건에 따라 스톡옵션 등 대우의 폭이 매우 크다. 그래서 능력 있는 사람들은 이런 직업군에서 안정과 풍족하고 만족한 삶을 함께 추구한다. 이런 환경에서 미래의 안정성도 현재의 윤택한 삶도 함께 충족하면 가장 바람직하다.
그러나 이 사회의 다양한 직업군은 안정성이 약하고 수입도 많지 않는 직업이 많다. 좋은 조건의 일자리를 찾는 것은 기본적인 욕구인데, 자본주의 사회 구조상 일자리의 불균형은 항상 존재한다. 일자리의 질적인 불균형을 줄이는 사회 정책적인 노력이 더 강화되어야 한다.

현재 우리나라의 교육이나, 직업의 선택에 있어서, 제도나 실태가 정상적인지는 알 수가 없지만, 수십만 명의 공시생들이 삼수 사수를 하는 현상은 문제이다. 대졸자의 취업 준비를 위해 휴학과 졸업을 미루는 현실도 분명히 문제점이 있는 것은 사실이다. 직업의 만족도는 취업 전과 후가 많은 차이가 있다. 너무 때를 놓치지 말고, 취업 후에 좋은 직업으로 발전시키는 것도 한 방법이다.

직업의 불안정은 자신의 직업에서 오는 경우와, 외부의 환경으로부터 오는 위기로 나눠진다. 자신의 직업에서 오는 위기는 일을 대하는 태도나 능력을 높여서 해결한다. 그리고 선택한 일에 대하여는 긍정의 힘으로 극복이 가능하다.

문제는 외부 환경의 급격한 변화에서 오는 경우이다. 이것을 막을 수는 없지만, 살아남는 방법은 평소에 자신의 역량을 키우는 것이다. 장기적인 직업 변화의 흐름을 파악한다. 기술과 자격증 등 스스로 노력을 꾸준하게 해야 한다. 대체 인력과, 새로이 필요로 하는 분야를 주시한다.

디지털 시대와 4차 산업 혁명으로 환경이 급변하고 있다. 더불어 직업의 변화가 급속하게 진행되고 있다. 의사, 변호사, 회계사, 교수, 선생, 심지어 정치인까지 AI가 대체한다고 예언한다.
이런 변화에 민감하게 대처하고 배움을 끊임없이 해야 한다. 그리고 누구나 쉽게 할 수 있는 일 보다는, 기술과 지혜가 필요한 일을 선택하는 것이 좋다. 일을 통하여 성장하고, 한 분야의 전문가가 되어야, 안정적인 직업인이 될 수 있다.
그래도 어려움이 다가올 수 있다. 그래서 생활의 안정성을 위하여 재정적인 분야의 대안을 수립해야 한다. 국가의 실업급여가 대안으로 있지만 실제 필요한 재정에는 턱없이 부족하다.

미래를 위한 준비

2020년 12월 UN 미래 보고서에 의하면 2030년까지 20억 개의 일자리가 소멸되고, 현존하는 일자리가 80%가 사라진다고 한다. 아울러 수억 개의 새로운 일자리도 생긴다고 한다. 미래가 예측대로 될지는 알 수 없지만 급변하는 것만은 사실이다.

맥킨지 연구소는 재래식 일자리를 소멸시킬 9가지 신기술을 소개했다.

1) 사물 인터넷

2) 클라우드

3) 첨단 로봇

4) 무인 자동화

5) 차세대 유전자 지도

6) 3D 프린트

7) 자원 탐사 신 기술

8) 신 재생 에너지

9) 나노 기술을 들고 있다

현실은 알 수 없고, 국가마다 차이가 있는 것은 분명하다. 일부기술은 이미 우리 삶에 적용되고 있는 것도 사실이다.

실제로 우리 현실에 적용되고 있는. 자동응답 시스템, 자동 번역기, 자동 통역기, 자동주문, 무인 자동차, 원격수업, 메타버스 등 많은 분야에서 실제 삶에 적용되고 있다.

기술 발달로 인한 새로운 분야라고 하지만, 어떻게 보면 지금의 일을 성장시키기 위한 것이기도 하다. 미래를 위한 준비를 충실하게 하다 보면, 현재의 일이 어떻게 변화하고 성장해야 하는지를 깨닫게 된다. 변화의 깨달음은 때로는 지금의 직업에 안정적인 역할도 하고, 이 분야의 전문가가 되는 일거양득이 될 수도 있다.
왜냐하면 자신의 일에 대한 미래의 위기는 자신밖에는 모르기 때문이다. 스스로 고민하고 관심을 가져야 한다. 많은 보통 사람들은 국가의 정책이 내 직업에 어떤 영향을 주고 있는지 잘 생각하지 않는 경향이 있다.

세계사적으로나 우리나라 역사에서도 나라의 번영과 패망은 국가경영 즉 정치에서 기인된다. 그러나 많은 보통의 사람들은 삶이 어려워지면, 큰 틀의 국가보다, 만만한 기업에 책임을 돌리곤 한다. 물론 기업의 책임이 없다는 것은 아니지만, 기업은 한계기업으로 망하게 되면 새로운 기업이 설립되어 순환하지만, 국가의 패망은 모든 기업을 망하게 한다. 국민을 피해자로 만든다. 그리고 정치가는 책임을 다른 곳으로 돌리는 위선적인 특징을 가지고 있다.

19세기 말 20세기 초까지 세계적으로 부강했던 남미의 자원 부국들이 지금의 실태를 보라. 수십년 전만 해도 세계 경제 20위 안에 든 잘나가는 국가들이었다. 지도자가 국가 경영 실패로 세계 경제와 기술 발전을 따라 하지 못했다. 국가 경제가 실패하면 기업과 국민은 모두 허덕인다.

위기와 기회는 함께 존재한다

기회는 대부분 위기의 뒤쪽에 숨어 있다. 그리고 위기는 보통 사람에게 비슷한 유형으로 온다. 그래서 그 위기를 꼼꼼하고 지혜롭게 성찰하면 기회가 보이고, 그렇지 않으면 현재만 보이고 미래를 보지 못한다.
직업의 종류에 따라서 직장에서의 위기는 아주 다양한 형태로 나타난다. 그리고 그 형태나 위기의 강도가 엄청나게 차이가 난다. 어떠한 직업이 가장 안정적이고 좋은 것인가에 대하여는 개개인의 생각이 다르기 때문에 단정적으로 말할 수는 없다.

보편적인 위기는
1) 정상적인 업무 속에서 비슷한 일을 반복함으로 겪어야 하는 권태와 미래에 대한 불안이다. 위기에서 오는 갈등이 존재한다.
2) 직장이나 직업을 바꾸어야 하는 환경이 찾아온다. 크게 변화하고, 시대의 환경에 적응해야 하는 갈등이 존재한다. 이런 경우가 평생에 한두 번은 찾아온다.

1)의 경우는 비슷한 일을 반복하면 성장이 없는 것이다. 성장이 없으면 모든 것이 제자리다. 그러면 자신의 대우면이나, 업무면에서 책임과 의무와 권한의 측면에 대하여 불안과 위기감을 갖는다.
최근의 추세는 일 중심으로 수평조직이 많이 통용되고 있지만, 아직도 인맥이 살아 있다. 그래서 갈등은 상존한다. 스스로 경력을 쌓고, 성장하여 어떤 직위에 갈 수 있는지, 가끔은 고민한다. 스스로 업무를 변화시킬 필요가 있다. 선진기업, 선진국가, 유사업종 등에서 실마리를 찾는다.

만약에 내가 최선을 다하였다고 생각하고, 미래에 불투명한 환경이 있다면 폭 넓은 변화의 길을 모색해야 한다. 그곳에 기회가 숨어 있을 수 있다. 편안함과 안정감에 너무 안주하면 큰 변화를 경험할 수 없다.

2)의 경우는 조사 보고서에 의하면 보통의 많은 직장인은 직업의 변화를 마음속에 품고 있다. 이에 의하면 직업의 선택에 58%가 바꾸고 싶어 한다. 그 이유가 36.3%가 더 좋은 직장. 26.3%가 일이 생각했던 것과 달라서다. 많은 사람이 직업을 바꾸고 싶어 한다.

나름의 이유가 있겠지만, 지금 이곳에서 최선을 다했는지에 대하여 성찰하고 결정한다.

일상 삶에서 꾸준한 작은 준비가 최선이다

엠제이 드마코의 '부의 추월차선'에서 형제의 이야기가 나온다. 같은 회사, 같은 부서에서 일을 하고 있다.
형은 퇴근 후에 TV를 보고, 스포츠 경기를 좋아한다. 주말에는 경기장을 찾아 즐긴다.
동생은 퇴근 후에 그날의 신문을 보고, 특히 경제 신문의 기사를 유심히 본다, 그리고 가끔 서점에서 전문 서적도 본다.
성공에 중점을 둔다면 어떤 사람을 선택해야 할까?

미래에 위기가 왔다, 또는 선택의 기회가 왔다. 두 형제 중에서 기회의 선택이 누가 더 유리할 것인가? 하루하루의 준비가 매우 중요하다. 매일의 작은 준비는 위기와 미래의 선택에 크게 도움이 된다.

당신이 좋아하는 것을 하려고 하면 싫어하는 것도 해야 한다. 노력이 필요하다. 시스템을 구축하기 위한 시간을 아까워하지 마라, 씨앗이 꽃을 피우려면 배양의 시간이 필요하다.
많은 사람은 변화를 좋아하지 않는다. 변화를 원하는 사람은 극소수이다. 그래서 크게 성공한 사람은 극소수이다. 당신은 변화를 원하는 사람이 되어야 한다. 긍정적인 마음가짐은 매사에 행운아라는 의식으로 가지고 있어야 한다.

엠제 드마코가 자신을 긍정심리의 측면에서 설명한다. 공감하여 옮겨 본다.
나는 운이 좋아, 다른 친구들처럼 술 마시고, 즐기지 않았다.
힘들게 공부해서 좋은 학교에 갔다. 운이 좋아서 기업에 못 가고 창업을 했다. 운이 좋아서 실패를 했다. 운이 좋아서 4번 밖에 안 말아먹었다. 운이 좋아서 다시 시작했다. 운이 좋아서 딱 한 번 성공했다.

성공한 사람의 이야기는 실패한 이야기밖에 없다. 운이 좋아서 무엇인가 새로이 시작하기로 했다. 운이 좋아서 도메인을 샀고, 운이 좋아서 실패에서 배우고 운이 좋아서 새로 시작했다. 운이 좋아서 술 먹고 드라마 보지 않고 책을 보았다.
내가 선택한 순간의 운이 좋았고, 선택에 머무르지 않고 행동했다. 운이라고 표현하지만 노력이고, 현명한 선택이다.

시행착오도 한 과정이다

보통 사람도 가끔은 시행착오를 통하여도 성장한다. 일을 열심히 하는 것도 중요하지만 가끔씩 내가 하고 싶은 일이 무엇인지, 앞으로 해야 할 일의 분야가 무엇인지를 성찰해야 한다.
이 성찰을 통하여 지금까지 쌓아온 경험과 다른 일을 꿈꾸어야 한다. 일의 정체성을 바꾸기 위해, 더 성장하는 곳으로 변화해야 한다.

삶에는 정당하고 명확한 목적과 목표는 반드시 필요하다. 우리는 수시로 이런 질문을 자신에게 던져라.
1) 어떻게 하면 나의 일에서 행복을 찾을 수 있을까?
2) 어떻게 하면 배우자와 가족과 행복하게 살 수가 있을까?
3) 어떻게 하면 감옥에 가지 않고 사회적 성공으로 남을 수 있을까?

직업을 선택하고 성공하는 것은 삶의 목적을 달성하기 위한 수단이다. 무엇을 위해 일하는지 서로에게 다시 한번 물어봐야 한다. 삶의 의미를 끊임없이 고민해야 한다.

정체된 삶은 바람직하지 않다. 익숙함을 버리고 새로움을 선택하는 것만이 정체된 삶을 깨뜨리는 유일한 길이다. 익숙하고 안정된 환경은 새로운 미지의 세계로 나아가는데 걸림돌이 된다. 인생의 터닝 포인트를 맞이하려면 미지에 대한 두려움을 극복하고 과감한 결정을 내려야 한다.

현재에 만족하는 사이에 인생을 바꿀 기회는 멀어진다.
나의 변화를 가로막는 것은 나 밖에 없다. 내가 수시로 나의 성장을 점검해야 한다.

37. 꼭 필요한 사람이 되는 법

보통사람이 성공적인 삶을 살기 위하여, 사회에서 어느 정도는 필요하고 인정받는 사람으로 살아야 한다. 조직에서는 있어도 되고, 없어도 되는 사람이 있다. 그런데 조직의 성장을 위해서는 꼭 필요한 사람이 있어야 한다. 일터에서 더 성공의 삶을 위하여 조직에서 꼭 필요한 사람으로 남아야 한다. 꼭 필요한 사람은 상대적인 경쟁에서 얻어지는 것도 중요하지만, 절대적인 능력을 가지고 있어야 한다.

꼭 필요한 사람은 사회로부터 존경받고 큰 성공을 이룬 사람을 말하는 것이 아니다. 자신에게 주어진 자리에서 책임과 의무를 다하는 것이다. 그러나 많은 사람은 책임과 의무를 다하는 것이 하루의 일과를 무사히

마치는 것으로 생각한다. 꼭 필요한 사람이 되는 것은 더 높은 책임과 의무감을 가지는 것을 의미한다. 책임과 의무는 당연한 일 같아 보이지만 쉬운 일이 아니다. 자신의 직분이나 자리에서 책임과 의무를 충실하게 한다. 직위에 따라 예측되는 변화에도 대응하는 것도 책임과 의무이다. 그러면 자연스레 꼭 필요로 하는 사람이 된다.

일부 보통 사람들이 자신의 삶에 대하여 불평 하는 것을 보면, 기본적 책임과 의무마저도 게을리하고 있는 것을 본다.
그래서 먼저 자신에게 주어진 책임과 의무를 깊이 성찰하고, 먼저 깨달아야 한다. 그리고 꾸준하게 실천하면 자신의 분야에서 꼭 필요한 사람으로 남는다.

우리 사회는 경쟁 사회다. 정상적이고 평상의 환경에서는 경쟁에 대한 압박이나 갈등을 심하게 받지 않는 것처럼 보인다. 그러나 생존 경쟁은 보이지 않는 곳에서 이루어진다. 자신에 주어진 책임과 의무를 다하고, 치열한 경쟁에서 자신을 지키기 위하여 플러스 알파가 있어야 한다. 이것이 거대한 사회적 흐름에서 자신이 감당해야 할 기본적인 과제이다.

조직에서 꼭 필요한 사람의 수준을 알아보자. 어떤 한 분야에서 글로벌에서의 최고 수준인 사람이 있고, 같은 분야에서도 국내에서의 최고 수준이 있다. 그리고 자신이 몸 담고 있는 조직에서 최고의 수준이 있다. 이 수준의 정도는 다 다르다.

그래서 최고의 수준은 자신의 역할에서 필요한 수준이다. 자신의 재능이나, 능력에 따라 목표가 다르고, 이에 따르는 자신의 책임과 의무도 다르다. 그래서 자신이 몸담고 있고, 하고 있는 일에 대하여 꼭 필요한 사람으로 남아야 한다. 작업 현장에서 기술의 기능장은 대학교수 지식과 지혜가 다르다.

사회의 조직은 꼭 필요한 인재를 요구하고, 능력이 계속 증가하기를 바란다. 이런 상황에서 안정적인 성장과 유지를 위하여, 필요로 하는 전문가로 남아야 한다.
훌륭한 조직은 좋은 인재로 구성된 조직이고, 좋은 문화를 가지고 있다. 좋은 인재는 조직의 발전에 꼭 필요한 사람이다.
우리는 어디에 있든지, 무엇을 하든지 꼭 필요한 사람으로 남아야 한다.

필요한 인재로 남기 위한 자세

일의 분야, 즉 직업의 분야에서 성공은 더 좋은 대우, 더 좋은 직장, 더 만족한 일 등 여러 가지 의미를 가지고 있다. 조직에서 필요한 인재는 스스로의 만족함은 물론이고, 사회가 요구하는 조건과 수준에 부합해야 한다.

필요한 인재로 남기 위한 자질 향상 법이다.

1) 자기계발을 꾸준하게 해야 한다. 자기계발을 통하여 자신의 재능과 능력을 최대한 높여 꼭 필요하고 인재로 존재해야 한다.

2) 믿음과 신뢰를 받아야 한다. 미래의 중요한 사업의 적임자는 믿음과 신뢰받는 사람이다. 이런 사람이 되기 위하여 조직에서 재능과 능력을 인정받는 사람이어야 한다, 평소에 자기 책임과 의무를 다하는 사람이다.

3) 스스로 기회를 만든다. 사람에 대한 애정과 믿음을 주고, 좋은 품성으로 평소에 관심의 대상이어야 한다. 선택의 기회를 스스로 만들기 위해서는 평소 활동과 업적이 믿음과 신뢰를 주어야 한다.

조직에서 믿음과 신뢰를 갖게 행동하는 요령이다.

1) 자신 있게 행동해야 한다. 자신 있는 행동은 자신감, 믿음, 책임감, 솔직함, 정의감을 준다.

2) 감성이 있어야 한다. 아무리 좋은 자질을 가져도 상대방이 잘 알지 못한다. 감사할 줄 알고, 겸손한 자세가 필요하다.

3) 창조적인 일을 해야 한다. 시키는 대로 일을 처리하고, 한 발자국 더 나가는 일의 처리가 필요하다. 시키는 것 외에 필요한 것을 찾아서 할 능력이 있어야 한다.

4) 센스 있는 행동은 도움이 된다. 상사나 상대방의 감성을 자극한다.

5) 타이밍을 조절한다. 때를 기다려야 한다. 상대방이 생각할 시간을 주어야 한다.

6) 긍정적인 마음으로 기회를 믿어라. 기회는 보이는 것은 아니다. 언

제 올지도 모른다.

긍정적인 태도의 연속은 기회가 온다는 믿음을 가지는 것이다. 이런 자세는 새로운 기회가 오지 않더라도, 조직에서 환영받는 인재가 될 수 있다.

조직에서 믿음과 존경의 노하우

조직 생활에서 자신은 어느 정도 예측 가능한 사람으로 살아야 한다. 내가 조직의 입장에서 필요한 사람인가? 나는 미래에 희망적이고, 유용한 일을 하고 있는가? 나의 장래는 계획대로, 내가 바라는 대로, 안정적으로 성장하고 있는가? 급변하는 환경에서 자신을 점검해야 한다. 그리고 필요함을 찾고, 필요한 준비를 해야 한다. 스스로 타인에게 믿음을 증명해야 한다.

조직에서 유능한 사람으로 남는 기본적인 조건이다.

1) 업무 수행 능력에서 부족함이 없어야 한다.

2) 조직원 즉 상사나 부하로부터 믿음과 존경을 받아야 한다.

3) 조직 외의 관련이 있는 사람과 신뢰와 믿음이 있어야 한다.

상사로부터 믿음을, 부하로부터 존경을 받는 것은, 너무 완벽한 조건이고, 너무 어려운 과제 일 수 있다. 그러나 모든 조직원에게 믿음과 존경을 받을 수는 없지만, 통상적인 평가로 자신의 존재 가치를 느낄 수가 있어야 한다.

나는 오래전 좋은 추억 하나를 가지고 있다. 영업부장 근무 시절이다, 회사 전체 워크샵 때다. 교육 주관부서인 기획과에서 전 직원을 대상으로 사전 설문 조사 결과를 발표했다. 총 4개 분야에 대하여 발표가 있었다.

1) 우리회사에서 누가 가장 열심히 일을 하는가?

2) 누가 회사 발전에 가장 크게 공헌하고 있는가?

3) 회사에서 가장 닮고 싶은 멘토는 누구인가?

4) 마지막 하나는 기억이 나지 않는다.

그런데 내가 1), 2), 3) 항 모두에서 최고 점수를 차지한 3관왕이 되고, 2년 연속 3관왕을 했다. 예상하지 못한 결과에 깜작 놀랐다. 그 이후 조사 내용이 바뀌어 2연패를 끝났지만, 좋은 상사로 열심히 일한 보람에 만족했다.

오랜 조직 생활에서 좋은 상사, 좋은 부하는 많이 만나고 헤어진 것을 경험했다. 나는 운이 좋아 많은 좋은 상사와 좋은 부하를 만나게 되었다.

간혹 조직 내에서 자신의 가치를 알지 못하거나, 착각하는 경우가 있다. 이럴 경우 결국에는 직장에서 어려움을 겪게 된다.

좋은 조직원은 기업의 부정적인 환경과 관계없이 살아남을 수 있는 힘을 가진 사람이다. 기업의 변화와 혁신은 조직원이 몫이기 때문이다.

좋은 조직 구성원으로 남기 위한 조건이다.

1) 좋은 상사가 되기 위해서는

(1) 업무를 지도할 수 있는 실력자이어야 한다.

(2) 약간의 미숙한 업무에 대하여 이해하고 지도해야 한다.

(3) 부하 업적을 가로채지 마라, 칭찬을 아끼지 마라.

(4) 미래를 같이 고민하고 진심으로 일을 한다.

(5) 책임을 회피하지 마라.

(6) 정책을 잘 이해하고 조직에 외풍을 막아준다.

2) 믿음이 가는 부하가 되기 위하여

(1) 주어진 업무는 책임 있게 완수한다.

(2) 지시한 업무에 플러스 알파의 창의성을 더한다.

(3) 스스로 배우고 성장한다.

(4) 동료와의 유대 관계를 원만하게 한다.

(5) 불평불만과 이유를 찾지 않는다.

(6) 근면 성실하고 정직하다.

(7) 책임감과 도전정신이 충만하다.

3) 동료 간 의리와 상부상조 조직원이 되기 위하여

(1) 이기심을 절제한다.

(2) 경쟁은 정당하게, 선의의 경쟁을 한다.

(3) 공동의 목표는 적극적으로 참여한다.

(4) 서로의 차이에 대하여 과민반응 하지 않는다.

(5) 서로 믿고 도와라 그리고 차이를 인정하고 수용한다.

4) 대외 업무를 잘하기 위하여

(1) 마음과 마음이 통하는 인간적인 관계를 유지한다.

(2) 조직과 개인간에 약간의 융통성 있는 의사 결정을 한다.

(3) 진심으로 대화하고 서로 공감해야 한다.

(4) 약간의 개인적인 유대관계까지 발전하는 것도 좋다.

책임과 의무를 다 함이 믿음이다

일에 대한 책임과 의무를 위하여 최선을 다하고, 부족한 점을 배우면서 채워 간다. 순간순간 최선을 다한 점도 있지만, 부족한 점을 인지하고, 배움에 갈증을 느끼는 것이 중요하다. 지금의 시대에는 기술 정보가 많이 오픈되어 있기 때문에 지혜와 지식을 쉽게 채울 수 있는 환경이다.

주 40시간 근무제가 강제되는 사회에 살고 있다. 이전의 세대는 능력이 부족하면 시간으로 채우는 시기도 있었다. 그러나 지금은 더욱더 효율적인 일을 해야 한다. 더욱이 가정이 있는 삶을 위해서도 능률적인 일처리는 필수 요소다. 조직도 같은 입장이다. 노동환경이 강화되어 인력의 운용이 어려워졌다.

일을 효율적으로 처리하는 기법이다.

1) 일을 분류한다. 꼭 해야 할 일, 주요한 목표와 관계 있는 일, 기여도가 적은 일, 남이 할 수 있는 일은 삭제한다. 그리고 일을 규격화하고 표준화한다.

2) 일을 단순화한다: 매 활동마다 낭비의 요소를 제거한다.

3) 일을 미루지 않는다, 간단한 문제는 즉시 처리한다. 아이디어의 기록, 신문이나 잡지의 스크랩은 당일에 한다. 내일은 새로운 것이 또 발생된다.

4) 한 번에 하나씩 하고, 전심전력하여 일에 집중한다.

5) 싫고 까다로운 일부터 처리한다, 그러면 나머지는 쉽게 처리된다. 그러면 마음이 편해진다.

6) 창의적으로 일을 한다, 항상 새로운 방법이 없는지 일단 부정하고 긍정한다. 창의적인 생각은 암묵 지식으로부터 나온다,

7) 일의 성취 후 만족감을 생각하고, 일에 집중하고, 일의 극복에 힘을 보탠다.

8) 정성껏 일을 한다, 열심히 부지런하게 때로는 미래를 생각하며 힘을 낸다.

9) 휴식을 적절히 취한다, 잘 했을 때에는 나를 칭찬하고 위로하며, 스스로에게 상을 준다.

필요한 사람이 되는 길은 결국 자신의 재능과 능력을 높이는 길 밖에 없고, 그 길은 배움이다. 현대는 지식 공유의 시대다. 디지털 시대를 잘

활용하면 배움이 쉬워졌다.
그러나 고전적으로 활용되는 독서도 매우 중요하다. 독서의 장점은 깊이 있고, 폭 넓은 지식과 지혜를 얻을 수 있다는 것이다. 그리고 책은 믿음과 신뢰를 담보한다.
세계는 하나다, 좋은 책은 빠르게 유통된다. 새로운 지식은 전문가의 노력으로 앞다투어 소개된다.

자기 계발의 배움에 독서가 필수라는 것과 독서는 취미가 아니다 라는 글귀에 100% 동의한다.
"독서는 취미가 아니다." "독서는 배움이다"

38. 부자로 살기 위한 지혜

세상의 모든 사람이 다 부자가 될 수 없다. 그러나 부자의 마음으로는 살아갈 수는 있다. 가난하여 원조를 받던 나라에서 원조를 주는 나라로 성장한 대한민국이다. 세계에서 유일하게 성공한 나라가 되었다. 지난 세대는 절대적 빈곤국이었다. 의식주에 모든 것이 턱없이 부족했다. 지금은 세계 무역규모 8위의 나라로 국민 소득이 중진국을 넘어 선진국에 도전하고 있다.

역사적으로 볼 때에 모든 국민은 성공한 국민이다. 그러나 개인적으로 가난하다고 생각하는 사람이 많다. 개인 삶에서 가난과 부자는 관념적인 부의 크기와, 정신적인 만족에 의하여 나타나므로 객관화하기 어렵다.

일은 스스로 물질적으로 부를 창출할 수 있는 유일한 도구다. 일터가 주는 것 중 하나가 부의 창출이다. 부는 삶에서 꼭 필요한 것이고, 부 크기가 성공의 기준이 되기도 한다.
그러나 절대적인 부의 크기가 가난과 부자의 구분에 직접적인 관계에 있지 않다. 가난과 부자는 절대빈곤을 제외하고는 관념적이다.

성공적인 삶에서 부에 대한 목표는 자신의 수준에 맞추어 목표를 정한다. 시절의 흐름에 맞추어 자신의 능력에 맞추어 목표를 높여가는 것이 순리다. 지금 자신이 희망하는 부는 삶에 소요되는 필요 비용이면 충분하다. 그리고 자신의 능력과 노력을 감안하여 부의 목표를 정한다. 그리고 수요와 공급을 맞춘다. 그러면 항상 부자의 마음으로 성장한다.

필요 수요에 비하여 공급이 부족하면, 가난을 느낀다. 가난을 벗어나는 방법은 여러 방법으로 수입을 늘린다. 이 방법이 여의치 않으면 수요를 줄인다. 간단해 보이지만 쉬운 일이 아니다. 실천하는 사람들은 삶의 지혜를 아는 사람이다.

가난이라는 불편함이 결코 수입과 지출의 크고 작음만으로 결정되는 것이 아니다. 절대적인 빈곤을 제외하고는 수입, 지출, 욕구의 세 가지 상호 관계에서 가난의 불편함이 나타난다.

가난을 싫어하는 이유는 가난 그 자체보다, 가난을 보는 다른 사람의 시선 때문이다. 다른 사람의 평가가 더 두려운 것이다.

절대적 빈곤보다, 상대적인 빈곤이 더 사회적인 문제가 되는 이유이다.

자주적인 삶의 지혜로 이런 환경에서 벗어나야 한다.

가난과 빈곤의 기준을 바꾸어라

조사 결과에 의하면 가난을 느끼는 사람들 중, 집을 가진 사람이 51.85%, 자동차를 가진 사람이 59.15%. 강남에 살며 외제차와 국내 대형차를 보유한 사람도 있었다.

가난하다고 생각하는 사람의 교육수준도 대학 졸업자 64.69%, 대학원 졸업 8.44%, 73.13%가 고등 교육을 받은 사람이다.

가난을 느끼는 경우이다. 중복 답변이다.

1) 원하는 것을 살 수 없을 때 52%.

2) 남아 있는 대출을 볼 때 34.87%.

3) 항상 가난하다 19.16%.

4) 아플 때 16.85%.

5) 20대는 부모님이 용돈 이야기할 때.

6) 30대 노후준비가 미약할 때.

7) 50대 주변 사람과 비교될 때.

8) 60대 자녀 결혼이 다가올 때이다.

가난은 일정한 기준에서 느껴는 것이 아니라 상황이다. 그래서 대처 방법도 어렵다. 그러나 확고한 의지만 있다면 바꿀 수 있다.

2019년 소득 자료를 기준으로 가난의 실체를 알아보자.

부자와 가난의 실체이다. 소득의 차이는 크다.

1) 상위 0,1%의 1만 9167명에 연평균 급여는 7억 6760만 원이다.

중위 소득자의 급여 2820만 원의 27.2 배이다.

2) 상위 0.5%의 연평균 급여 3억 6540만 원, 중위 소득자 13배.

3) 상위 1%의 연평균 급여 2억 740만 원, 중위 소득자 9.6배.

4) 상위 10%의 연평균 급여 7830만 원, 중위 소득자의 2.8배.

5) 총 근로자 평균 급여는 3647만 원, 중위 소득자의 1.29배.

1),2),3)항의 경우는 재능, 환경, 조건에서 비범한 사람들이다. 4)항의 경우 사회적으로 눈에 보이고, 부대끼는 이웃이다. 어쩌면 90% 사람들이 상위 10%의 삶을 보면서 가난을 느끼는 지도 모른다.

5)항을 볼 적에 총 평균 급여가 중위 소득자의 1.29 배라는 것은 하위 계층의 소득이 더 낮다는 증거이다. 그래서 사회적인 정책이 필요하다.

한국은행에 따르면 2021년 1인당 국민소득은 3만 5000달러 안팎으로 전망한다.

2021년도 평균 환율 1,145.07$로 1인당 국민소득을 원화로 환산하면 4008만 원이다. 이런 정보와 자료를 분석하고 접하다 보면 많은 사람이 가난을 느끼는 것을 이해하지 않을 수 없다.

그러나 자본주의 사회에서 능력에 의한 소득의 차이는 어쩔 수 없다. 그래서 가난을 이런 정보와 자료에 의하여 느끼지 말고, 실제 삶에서 찾아야 한다. 욕구와 필요에 의한 공급 차원에서 이해되어야 한다.

가난은 상대적이다. 내가 가난하다고 느끼면 가난이다. 소득 격차로 오는 가난은 항상 존재한다.
1) 실제로 절대적인 가난이다. 객관적으로 소득 하위 그룹에 있는 가구가 해당이 되고, 의식주 해결과 평범한 삶에도 재정이 부족한 사람들이다.

2) 상대적인 가난이다. 중위권 소득자로서 보통의 삶은 지장이 없다. 그러나 더 높은 수준의 삶을 살기 위하여 부의 부족함을 느낀다. 특히 상류층의 삶을 사는 사람들이, 자기보다 더 나은, 더 많은 것을 가진 것을 볼 때에 부러워하고 더 큰 빈곤을 느낀다.

3) 상위층에 있으면서 자신의 욕구와 욕망에 대하여 충족되지 못한 사람들이다. 인간의 욕망이 끝이 없고, 욕망을 이룬 성공도 오래가지 못한다. 또 다른 더 높은 욕망에 빈곤을 느끼게 한다.
가난이나 빈곤에서 벗어날 수 없는 이유는 자본주의에 살기 때문이 아니다. 부의 불평등이 심해지는 이유다. 자유시장경제 사회에 살고 있기 때문도 아니다. 모두가 부자가 될 수가 없다는 이유밖에 없다.

수입과 지출의 균형을 맞추는 삶의 지혜를 연습하는 것이 가난과 빈곤을 면하는 길이다. 과거는 한 가정에 한 사람의 수입으로 살아가는 시절이 있었다. 현재는 지출에 수입을 맞추는 구조이다.

그래서 맞벌이와 투잡 등 새로운 수입 모델이 생기고 있다.
가난을 면하는 길은 소비와 수입의 균형을 맞추는 지혜가 필요하다. 구체적인 방법은 사람마다 환경과 조건에 따라서 다르다.

종자돈이 마중물이다

부동산 투자, 주식투자, 가상화폐 투자 등 20-30대의 투자 열풍이 불고 있다. 그러나. 개인마다 부의 축적 방법은 다르다. 투기로 한 목 한 사람도 있겠지만, 정상적인 돈 관리가 주요하다.

부자가 되는 길은 부의 법칙을 이해해야 한다. 우리에게 익숙한 말 가운데 종자돈이라는 말이 있다. 부의 시작은 종자돈이다. 최악의 경우에는 수입 대비 지출의 측면에서 적자의 가계도 있을 것이다. 일정 기간 극단의 소비 축소로 종자돈을 마련해야 한다. 즉 여유 자금은 부를 만드는 종자돈이다.

부의 법칙에서 가장 먼저 해야 할 것은 일단 빚을 갚고, 계속 빚이 없는 상태를 유지하는 것을 첫째로 꼽는다.
작은 빚을 하나하나 없앤 후 일생을 통하여 필요한 부를 약간씩 만들어 간다. 주택자금, 학자금, 비상금, 노후자금, 등 삶의 매 순간마다 필요한 자금이다. 크고 작음보다 실천이 중요하다.

큰 부자가 되기 위하여는 투자와 기업을 창업하여 경영을 해야 한다. 일부 소수의 고액 연봉자를 제외하고는 보통의 연봉 생활자로서는 잘 살아갈 수는 있지만, 부자가 되기는 쉽지 않다. 전문적인 투자 방법과 요령에 대하여는 전문적인 공부와 경험을 통하여 시행해야 한다.

큰 부자를 목표로 하지 않고, 보통의 삶으로 잘 살아갈 수 있는 부의 축적은 필요하다. 삶의 질적인 향상과 미래의 필요 재원을 위하여 부의 축적은 필수적이다. 주거 환경의 향상, 자녀교육, 자녀 결혼, 삶의 질 향상, 노후생활을 위하여는 보편적으로 필요한 부의 축적을 준비해야 한다. 자유롭게 살기 위하여도 저축도 필요하지만, 더 많은 수익을 창출하는 투자가 필요하다.
보통의 삶에서 저축과 투자를 위한 행동 요령이다.
1) 종자돈을 만든다.
2) 위험을 감수하며 배우면서 신중한 투자를 한다.

3) 현실에서 주거의 목적과 주택을 통한 투자는 분리해야 한다.
4) 현실의 불편한 삶이 미래에 도움이 된다.
5) 빚을 줄여야 한다.
6) 소비는 최소화한다.
7) 과시욕 소비를 찾아 제거하라.

그런데 우리나라의 부동산 이론과 시장의 원리가 자율적으로 작동하지 않아 예측하기 어려움이 있다. 국가의 정책에 의하여 통제되고 좌지우지된다. 그래서 위의 제안은 참고하여 자신이 스스로 판단해야 한다. 현실 사회의 부의 크기가 일을 통한 것보다 부동산에 의하여 이루어지는 것은 정상적이라 볼 수는 없다. 실자산의 크기보다 부를 대하는 지혜로운 태도가 부자를 만든다.

부자의 마음으로 살기 위한 작은 실천 전략이다.
1) 종자돈 즉 여유 자금을 확보하고 투자한다.
2) 이자를 제로화 한다.
3) 위험을 대비한 작은 비상금이라도 확보한다.
4) 품격 있는 삶을 위하여 작은 노후자금이라고 준비한다.
5) 가능하면 당당한 부모로서 학자금 부담을 한다.
6) 임금 외의 수입을 위한 투자 방안을 찾는다.

현대 삶에서 투자는 선택이 아니라 필수이다. 그리고 요행이 아니라 대응이다.

돈을 모으지 못하는 행동에서 벗어나라.

1) 빚을 내서 소비한다(통신, 유흥).

2) 내 집 마련의 전략에 무리수가 있다.

3) 돈이 없다는 이유로 재테크를 포기한다.

4) 자신도 모르게 돈이 샌다(돈 관리가 안 된다).

5) 월급이 적다고 불평만 한다.

6) 가난을 남 탓으로 돌린다.

7) 재테크를 아예 포기한다.

8) 귀가 얇아 남의 말을 잘 듣는다.

9) 한탕주의에 목을 멘다.

10) 두려움 때문에 투자를 하지 못한다.

삶의 시절에 따라 재정의 지출이 최고점으로 갈 때가 있다. 보통의 가정에는 자녀의 대학 교육비, 그리고 결혼 비용이다. 미리 준비하는 것이 좋다. 준비 과정에서 부부의 협력을 구하고, 지금의 수입으로 도저히 불가능할 때에 다양한 방법을 찾아야 한다.

돈에 행복의 가치를 두는 사람은 창업을 하라

급여 생활자가 부를 축적하는 것에는 한계가 있다. 기업의 부가가치 분배 시스템을 감안하면 큰 돈을 버는 것은 어렵다.

경영 원리에서 생산 가치의 분배시스템이다. 내가 만든 생산가치는 분배 시스템에 의하여, 일을 한 만큼의 몫으로만 돌아온다. 생산 가치는
1) 일한 사람의 급여와 회사의 운영 비용으로
2) 자본과 자산의 사용 대가로 이자와 배당금으로
3) 기업 발전을 위한 미래준비금으로 사용된다.
그래서 기업을 하는 사람은 자신의 노력의 대가와 자본의 가치, 미래 투자의 가치 모두를 가지게 된다. 그래서 월급만으로 살아가는 사람은 부를 축적하는 데에는 한계가 있다.

사업하는 사람은 큰돈을 벌 수가 있다. 그러나 사업의 실패하면, 자산을 모두 잃어버릴 수 있는 위험성을 가지고 있다.

MJ 더마코의 '부의 추월차선' 이란 책에는 돈을 많이 벌기 위하여 타인이 나를 위하여 일을 하게 해야 한다고 지적했다.
기업에서 일을 하는 사람은 자본에 투자한 사람을 위하여 일을 하는 것이고, 은행의 직원들은 돈을 맡긴 사람을 위하여 일을 한다. 우리 주위에도 비슷한 환경에서 출발하여, 직장 생활을 정년까지 한 사람과, 중도에 창업한 사람의 재산의 차이는 매우 크다.

사업에 성공한 사람들은 보통의 직장인 보다 다른 많은 특성을 가지고 있다. 이런 사람은 창업이라는 성공할 가능성이 높다.
1) 독립의 욕구가 강하고, 남의 지시를 따라 움직이는 것을 싫어하고,

스스로 모든 것을 처리한다.

2) 주도성과 적극성이 강하다, 아무도 자신의 일을 대신해 주지 않는다는 것을 알고 스스로 한다.

3) 활동성이 강하다. 활동 에너지의 레벨이 높다, 일에 만족하지 못하고 성장해야 한다.

4) 낮은 지원이나 의존도에도 자신의 한계를 극복한다.

5) 사업의 환경이 불확실하고 혼란스러운 환경을 즐기며, 긍정적으로 보는 안목이 있다.

6) 끈기와 각오는 강한 정신력을 요구한다. 극단의 어려움도 긍정과 각오로 극복한다.

7) 모든 것은 자신의 책임으로 생각한다. 타인의 도움 없이도 성공한다, 도움은 보너스다.

8) 문제는 연속적이다. 문제를 긍정적으로 받아들이고 침착하게 해결한다.

9) 설득력이 보통의 사람보다 좋다. 사업은 대내외적으로 대인관계가 많은 것이 보편적이다.

10) 본인의 의사와 관계없이 자기관리와 통제력에 능하다.

11) 돈의 가치를 귀하게 여겨야 한다, 창업 단계에서 고비용의 행위는 자제한다.

12) 자신감이 강한 사람이고 긍정적인 마인드와 두려움을 이길 수 있는 배짱이 있다.

13) 자부심이 강하고, 성공한 사람은 자신의 성공에 대하여 자부심이 높다.

14) 시장 감각과 하고자 하는 시장의 환경에 대한 지식을 가졌다. 시작의 좋은 기회를 포착한다.

큰 부자는 돈을 일하게 한다. 처음부터 종자돈으로 부를 일으킨다. 보통사람은 노동으로도 부를 모은다. 다른 사람이 나를 위하여 일하게 하고, 시스템적으로 일하게 해야 큰 부를 만든다. 지식 재산권이나, 창작권으로 부가 창출되는 것이 타인의 시간을 이용하여 나의 부를 창출하는 전형적인 형태다.

39. 멋진 삶 자아실현의 터

일은 누구에게나 성공적인 삶을 위하여 필수 요소이고 자신에게 성취감을 주는 곳이다. 일이 없으면 삶에 의미와 가치를 느끼지 못하고 자아실현의 삶도 없다.
보편적으로 일은 힘들고, 어렵고, 만족하지 못한다. 그렇다고 멈출 수 없고, 살아 있는 동안 평생을 해야 하는 것이다. 그러나 일이 주는 의미와 가치를 생각하면, 감사하고 모든 것을 즐거이 감수한다.

일터는 자아실현을 위한 장소이다. 비록 일이 생계수단이라고 하더라도, 자신만의 모든 소망을 이루는 장소이다. 또는 소망을 이루는데 필요한 재원을 얻는 곳이다.

멋진 삶이나, 자아실현의 삶을 살아야 한다 라고 하면, 책이나, 강연에서 나오는 남의 이야기로 들릴 것이다. 자신에게는 무관하다고 받아들인다. 성공적인 삶은 지금보다 더 성공하고, 행복한 삶을 추구하는 것이기 때문에 실현 불가능한 삶도 아니다.
어떤 삶이라도 의미와 가치를 잘 음미하면 멋진 삶이 된다.
그래서 멋진 삶과 자아실현의 삶은 자신이 희망하고, 목표로 하는 삶을 살아가는 것과 같다. 그 자체가 멋진 삶이고 자아실현의 삶이다. 누구나 지금 자신을 삶을 좀 더 체계적으로 정리하여, 삶의 의미와 가치를 찾기만 하면 된다. 삶이 타인 누구에게 보이기 위하여 사는 삶이 아니다. 자신의 삶은 의미 있는 삶이다. 그러나 그냥 무심하게 생각하고 흘려 버리면 안 된다.

지금 스스로 선택한 일을 하고, 직장을 가지고 있고, 비록 크게 만족하지 않지만, 최선의 삶을 살고 있다면, 그리고 미래에 희망이 있다면, 멋진 삶을 살고 있는 것이다.
그것은 자아실현을 한 단계 한 단계 실천하고 있는 중이다.

또한 일터에서 이룬 성공의 결실을 행복의 터에서 행복을 완성하는 원천이 된다.
1) 가정생활에 부족함이 없도록 최선으로 뒷받침하는 일이다.
2) 성장과 변화로 자존감을 하나하나 높여 가는 일이다.
3) 무엇이 더 멋진 삶인지, 어떻게 하면 만들어 가는지, 수시로 고민하

고 만들어간다.
멋진 삶과 자아실현의 삶은 삶의 지혜를 통하여 만들어 가는 것이다.

시간의 지배자가 되자

성공의 크기는 시간과 밀접한 관계가 있다. 자기 시간의 가치를 높이는 사람이 성공한 사람이다. 억대 연봉의 사람과 천대 연봉의 사람의 차이는 무엇일까? 그것은 그 사람이 가지고 있는 시간의 가치가 다르기 때문이다. 사람마다 시간당 창출하는 부가가치가 다르다. 수 억대 연봉은 아무 이유 없이 조건 없이 결정된 것이 아니다. 그 사람은 꾸준하게 자신의 시간당 생산 가치를 높이기 위하여 노력한 사람이다.

자신의 가치를 높이는 삶은 시간을 지배하고 낭비하지 않는 사람이다. 먼저 성공을 위하고 자신의 가치를 높이기 위하여, 시간에 대한 지배자가 되어야 한다.

조물주가 우리 인간에게 가장 공평하게 준 것이 시간이다. 누구나 가장 자유롭게 사용할 수 있는 권한을 준 것이다. 모든 삶은 시간이라는 보이지 않는 공간 속에서 이뤄지고 있다.

보통의 많은 사람은 지금 자신에게 주어진 시간 속에서 성공의 성과를 만든다. 무심한 사람은 시간의 소중함을 모른다. 어쩌면 삶이 시간을 팔고 보상을 받는 구조인지 모른다. 지나간 시간에 내가 무엇을 어떻게 하였는지를 생각하여 보라. 그러면 지금의 나의 시간을 과연 효율적으로 사용하고 있는가?

지금 이 순간 내 인생의 시간은 무엇에 중점을 두어야 하나를 고민해야 한다. 오늘 해야 할 일이 있고 또 내일 할 일이 있기 때문이다. 오늘 일을 미루면 영원히 못할 확률이 높다. 이것이 시간의 저주이다. 지배할 것인가? 아니면 지배당할 것인가의 문제이다.
현대의 직장인은 '바쁘다 바빠' 라고 하면서 산다. 그러나 현명한 시간의 지배자는 출퇴근이라는 매일 발생하는 자투리 시간이라도 자신의 시간으로 만든다. 디지털 스마트 세상이라 언제 어디서나 시간을 지배할 수 있다.
한 달 한 권의 책의 힘, 객관적으로 표현할 수 없지만, 1년이면 12권, 지나고 나면 당신의 수준은 웬만한 학위의 수준 이상 될 수 있다. 이 모두가 시간이 주는 선물이다.

삶의 요소에 스스로 만족하면 멋진 삶이다

멋진 삶, 자아실현의 삶이 사회적인 성공을 의미하지 않는다.
각 삶의 요소 중에서 자신이 크게 비중을 두는 분야에 최선을 다하고,

자신이 만족할 만큼 이루면 된다. 멋진 삶이다.
모든 분야에서 빛날 필요는 없다. 재능 있는 아이로 잘 키운다.
최선을 다하여 아이로 키웠다면, 그 부모는 멋진 삶을 사는 것이다. 우리는 가끔 최고의 삶이 멋진 삶이라 생각하지만, 최고가 아니라도 존경, 신뢰, 믿음, 도덕, 윤리, 정의 같은 정신적인 면에서 보통의 평범함에서 멋진 삶이 나온다.

멋진 삶과 자아실현의 삶이 일터에서만으로 결정되지 않는다.
그러나 일터 삶의 수준이 기본 이하로 떨어지는 삶이 되면 타 분야에서 어려움이 생긴다. 조화와 균형의 삶에서 보면, 크게 기울면 안 된다. 일터 성공의 수준이 최소한 어느 정도는 수준 이상은 되어야 한다는 의미이다.

경쟁에서 항상 누구보다 선두에 설 수는 없다. 우리라고 하는 좋은 관계에서 앞서는 사람이 있고 뒤처지는 사람이 있다. 앞선 사람은 좋은 대우를 받게 되고, 뒤처지는 사람은 위로를 받게 되는 것이 보통이다. 그래서 최선을 다하는 삶에 긍정하지만, 너무 뒤처지는 삶을 경계해야 한다. 삶이 나 혼자의 삶이 아니기 때문이다.

너무 뒤처지지 않기 위해서도 자기관리를 꾸준하게 해야 한다.
1) 강점은 키우고 약점은 보완을 꾸준하게 한다.
2) 사회생활에서 적극적이고 긍정적으로 관계를 유지해야 한다.

3) 항상 새로운 정보나 기술을 확보하고 나만의 노하우를 가져야 한다.
4) 경쟁에 너무 뒤처지지 마라, 경쟁은 앞서는 것이 더 좋다.

일의 처리에 주인이 되자

자아실현의 일터는 일을 대하는 태도는 매우 중요하다.
이 태도에 따라서 열정이 발현된다. 일을 크게 하나로 볼 수도 있고, 상황이나 시기별로 목적이나 목표에 따라서 세분화될 수도 있다. 가장 중요한 것은 세분화된 일에 대한 직접적인 행동의 주최자가 되는 것이다. 주체적으로 이룬 성공은 더 큰 만족감을 준다.

일을 대하는 태도에 주인의식이 있어야 한다. 조직의 소속원으로 일을 하고, 상사로부터 지시를 받아 일을 하더라도 자신에게 주어진 일은 자신의 일이다. 주인의식을 가지고 하는 일은 일단 일이 즐겁고, 책임감과 의무감이 높아지고, 창의적 태도도 함께 높아진다. 일을 이루고 나면 만족감이 최고로 올라간다. 어떤 일이라도 하려고 마음을 먹으면 자신의 일처럼 하는 습관을 길러야 한다. 이는 책임감을 가지라는 것과 같다. 조직의 일에 책임감을 갖는 습관이 되면, 자신의 모든 일에 스스로 책임감이 높아지는 것을 느끼게 된다. 이것이 주인의 마음가짐이다. 지금까지의 산업 구조나 과거 시스템은 조직원의 힘으로 업적을 만들었다면, 지금은 개인적인 역량이 우대받는 구조이다.

이것은 산업이 창의성을 많이 요구하는 기술 산업으로 변화했다는 이유이다. 개인의 창의성이 조직과 기업의 발전을 견인하고 있다. 그래서 자기가 맡은 분야에서 책임과 의무를 물론이고 혁신을 요구한다. 개인 업적이 중요시되는 시대이다.

관리자는 자신에 고유의 일과 일의 개선과 지도를 통하여 조직의 실적을 높인다. 그러면 자신의 업적이 배가된다. 일의 개선을 통하여 조직의 실적을 항상 지도해야 한다. 또한 선진 기업의 벤치마킹을 통하여 조직에 맞는 제도를 창조한다.
그리고 조직의 업적 향상을 위한 정보와 기술을 지속적으로 제공하고 조언해야 한다.

업적 향상을 위한 과학적인 업무 진행 태도이다.
1) 가치 있는 일에 집중한다.
2) 집중적 근무 태도를 일상적으로 한다.
3) 조직원을 믿고 일을 맡긴다.
4) 부정적인 사고와 타성을 개선한다.
5) 명확한 목표와 성과 기준을 제시한다.
6) 그 일에 적합한 사람과 그 사람을 적합한 일에 배치한다.
7) 창조적인 인재를 육성하고 노력한다.

어떤 명예와 권위도 영광이다

일터에서의 성공은 한마디로 정의하기 어렵다.
무엇이 성공인지에 대하여 개인마다 목표가 다르기 때문이다. 그러나 누구나 그 성공의 종류는 다르지만, 분명한 것은 자신에게는 명예이고, 일에 대한 권위이다.

직장에서 성공은 여러 가지 목표 중에서 명예와 권위에 대한 것도 매우 중요하다. 명예와 권위를 다른 표현으로 하면 자신의 위치에서 책임과 의무를 다하고 사회로부터 인정받고, 존중받는 스스로에 대하여 만족한 상태이다.

특히 일터는 외관상 보이는 권위와 명예가 있다. 승진에 대한 욕구이다. 이것은 직장인 누구에게나 있다.
융합과 창의적 업무가 요구되는 4차 산업 구조 속에서는 과거계층 조직의 권위는 약화되고, 수평적 조직 형태에서는 개인의 능력이나, 업적이 중시된다. 능력으로 명예와 권위가 인정된다.

성공적인 삶, 더 성공하고 더 행복한 삶, 행복한 성공 모두 같은 삶이다.
성공적인 삶은 성공의 크기 중에서 부의 크기, 권력의 크기, 명성의 크기에 좌우되지 않는다.

30대 임원, 30대 본부장이 그 예가 된다. 명예와 권위가 높은 것은 직책이 아니라, 지식, 기술, 능력, 재능, 실적이다.
일터에서의 가장 큰 명예와 권위는 아름다운 정년퇴직이다.
길고 긴 모진 세월, 온갖 풍파 속에서 최선을 다한 영광이다.
이 이상 무슨 명예와 권위가 필요할까?
그러나 준비되지 않은 은퇴와 정년이 존재하는 사회이다.
준비된 마지막 실버의 삶은 연착륙의 삶이면 좋다.
준비는 개인의 조건과 환경에 따라 다르다. 그래서 실버 준비는 일찍부터 생각해야 한다. 다른 표현은 노후 준비이다.
자신에게 필요한 최소한의 준비는 필요하다. 일터에서 해야 할 준비 중 실버 삶의 비중이 적지 않다.

멋지고 자아 실현의 삶은 최선을 다한 자신만의 삶이다. 소박한 명예와 권위, 그리고 영광은 화려한 퇴임식에 울러 퍼지는 팡파르보다, 보통 사람으로 축하 받고 가족의 사랑과 함께 있는 것이 더 영광이다.

[제4장]

가정에서 행복한 삶 만들기

가정이 행복하면 되었지

무엇이 더 필요 할까?

행복을 먼 곳에서 찾지 마라,

일상의 삶에서

기쁨, 보람, 사랑, 봉사, 믿음, 성장으로

가족 구성원 모두의 행복한 삶

후회 없이 사랑을 실천하고

비움과 멈춤으로 행복을 채운다.

40. 가정의 탄생과 행복

가정의 탄생은 축복이요, 행복과 함께 출발한다. 이 축복받은 행복한 가정은 세월의 흐름에 따라, 삶의 환경과 조건이 변화하여 다양한 유형으로 가정이 만들어진다. 그래서 가정의 유형에 따라 다양한 특성을 가지게 되고, 이에 따라 지혜로운 관리가 필요하다.

지금 존재하는 여러 가정의 유형을 이해하고 존중하며, 상호 공감을 통하여 공동체의 안녕을 같이 해야 한다.

1) 양 부모 가정이다: 가장 보편적인 가정의 모습이고, 가장 바람직한 가정의 기본 모형이다. 다른 유형보다 안정적이다. 그러나 이 유형의

가정이 모든 문제를 해결하고, 행복의 필요 충분 조건은 아니다.

2) 한 부모 가정이다: 한 부모의 사망, 이혼, 별거, 미혼모 등의 다양한 사유로 발생한다. 상대적으로 경제적인 어려움과 양육의 어려움을 가지고 있다.
자녀의 정서적 면에서 성장과정이나, 교육의 문제에서 어려움이 크다. 그러나 씩씩한 싱글 맘들이 열심히 사는 모습을 주위에서 가끔 본다.

3) 재혼 가정이다: 재혼 가정은 가족 구성원의 환경과 조합이 매우 복잡하다. 양 당사자가 결혼의 경험이 있는 경우, 한 쪽만 있는 경우, 양 당사자가 자녀를 동시에 가진 경우, 한 쪽만 가진 경우, 서로가 없는 경우, 그리고 자녀의 연령에 따라서 삶의 문제와 어려움은 다양하다.

4) 다문화 가정이다: 다른 민족, 다른 문화권의 사람과 결혼한 정상적인 양부모 가정이다. 국제결혼을 통하여 이뤄지는 경우다. 우리 사회도 많이 개방되어 긍정적으로 받아들이는 추세다. 그러나 본인들이 문화의 적응, 언어의 소통, 자녀의 또래 집단에서 적응이 어렵다.

5) 돌싱, 독신 남, 독신여 가정이다. 스스로 결혼을 하지 않은 사람이다. 결혼 후 자녀가 없이 이혼하여 혼자 사는 가정도 있다. 1인 가구다. 젊은 세대가 결혼 포기로 인하여 1인 가구가 증가하고 있다. 최근에는 노인 1인 가구도 사회적인 문제로 나타나고 있다.

가정의 모양이 어떠하든, 어떤 환경에 처하여 있든, 가정의 행복은 성공적인 삶의 중요한 원천의 하나이다. 인생 삶이 다양하고 복잡함을 감안하여 자신이 처하여 있는 환경과 조건을 지혜롭게 해결하는 방법밖에 없다. 지혜로운 해결이란, 가족 구성원이 최선의 노력과 최대의 행복을 위한 삶의 방법을 선택하는 것이다.

가정의 형태와 특성

가정의 형태에 따라 구성원으로서 자신이 처하여 있는 보편적인 특성을 파악함으로 상호 이해와 상생 방안이 나온다.

1) 양 부모의 가정은 가정의 모든 일을 상호 협의하여 결정하며, 부부가 공동 책임과 의무로 만들어 가는 것이 원칙이다. 그러나 양 부모가 있다고 해서, 가정의 모든 삶이 다른 유형보다 우수하다는 의미는 아니다. 조건과 환경이 유리하다.

2) 한 부모의 가정은 경제적인 문제가 제일 심각하다. 경제적인 자립과 자녀 양육의 이중고를 겪는다. 특히 모자 가족의 경우가 가장 어렵고 빈곤계층으로 전락할 위험이 있다. 그리고 정서적인 면에서 심리적으로 위축되고, 절망감, 슬픔, 스트레스, 우울증 등이 온다. 이것도 경제적인 면과 결부되면 더 크게 작용한다. 일부 중산층의 한 부모 가정을 제

외하고 국가적인 차원에서 적극적인 지원이 필요한 가정이다.

3) 재혼 가정은 가장 다양한 문제를 안고 있다. 계자녀와 계부모의 의사소통, 친자의 편애와 상호 동거의 문제, 재혼에 대한 사회적인 부정적인 인식 등 문제를 안고 있다. 다행히 이 사회가 혈연 중심 사회에서 개인 중심 사회로 변화하여 다소 일반화되는 추세이다.

4) 다문화 가정은 문화적인 부적응이 가장 크다. 외국인 아내의 문화적인 이해 부족도 문제지만, 남편의 일방적인 강요가 더 문제이다. 물론 외국인 아내의 노력 부족의 원인도 있다. 의사소통의 부재도 포함된다. 미래의 문제도 상존한다. 다문화 자녀의 외모, 언어, 학습부진, 성장기에 정체성의 혼란도 겪고 있다. 인구 감소의 시대적 현상을 감안하여 적극적인 대응책의 준비가 필요하다.

5) 돌싱, 독신남, 독신여의 삶은 각자의 다양한 특성을 가지고 있다. 돌싱의 경우는 싱글의 편안함, 재혼의 실패에 대한 두려움, 재혼 준비와 조건이 되지 않은 경우다. 이 세 분류가 존재한다. 독신남, 독신여는 첫째는 어떤 이유이든지 기회를 놓친 사람이고, 어떤 이유로 결혼을 아예 포기한 사람이다. 이 중에는 화려한 싱글도 많다는 것이다.

이런 다양한 속성 속의 가정에서 구성원들은 자신의 성공적인 삶을 만들어가야 한다. 어떤 환경의 삶에 있는 사람도 자신의 운명이다. 그래서 받아들이고 더 성공하고 더 행복하게 성장하는 삶을 추구해야 한다. 이런 조건과 환경은 개인이 극복해야 할 운명적 상황이다. 이런 형태의 가정에 각자 약간의 어려움은 있지만, 긴 일생의 삶에 절대적인 것은 아니다. 포기하지 않고, 적응하며 성공적인 삶의 지혜를 실천하는 길 밖에 없다. 특별한 가정의 어려움은 시절 삶에서 오는 고통이다. 이 시절의 고비를 잘 넘기면 분명하게 행복한 성공을 이룰 수 있다. 더 행복하기는 어떤 어려움 속에도 자신만의 행복이 존재한다.

가족 구성원의 행복

행복은 오직 자신만이 느끼는 감정이다. 그러나 행복의 원천은 가족 구성원 모두의 삶에서 나온다. 자신 삶의 완성은 모든 가족의 삶이 포함된다. 가족은 혈연의 공동체다. 개인적이지만 때로는 한 몸이다. 인생을 깊게 생각하면, 인생은 자신의 인생이 아니라, 다른 사람을 위한 인생이라 해도 틀린 말이 아니다.

무엇이, 어디서 성공과 행복을 만드는가? 삶의 각 요소별로 원천이 존재한다. 모든 원천들이 가족 구성원들과 상호 균형과 조화를 유지하고 발전해야 한다. 오직 자신만의 성공과 행복이 성공적인 삶, 즉 행복한 성공을 이룰 수가 없다.

나를 중심으로 가까이는 부모, 형제, 아내, 자식을 포함하여, 넓게는 사회 공동체의 평화와 안정이 함께 해야 완성된다.

완전한 행복의 삶은 어렵다. 때로는 행복하고, 때로는 불편한 삶이 같이 존재한다. 그래서 전체적으로 걱정과 불편함이 없으면 행복이다. 그래서 구성원들이 더 성공하고 더 행복한 삶을 살아가는 것이다.

다양한 가정의 유형에서 각자 다른 특성을 가지고 있지만, 삶의 에너지는 가정에서 나온다. 가정이 불안정하고, 가족에게 우환이 있으면, 정상적인 삶의 활동이 어렵다. 그리고 가정에는 구성원 모두가 각자의 역할을 충실하게 할 때에 만족한 가정이 된다. 그래서 구성원은 각자의 책임과 의무를 성실하게 임해야 한다. 그래서 가정에서 아버지는 아버지 답게, 어머니는 어머니 답게, 자녀는 자녀 답게, 각자의 자리에서 각자의 역할을 해야 한다. 가족 전체가 만족하지 못하면, 진정한 성공적인 삶이라 말할 수 없다. 가정에서 구성원 전체로부터 환영을 받지 못한 성공과 행복은 그 순간에는 이룬 것 같지만, 시간이 흐르고 나면 결국 후회할 수도 있다.

가정에 대하여 변화된 가치관을 존중하라

시대의 급속한 변화에 따라 다양한 가정의 유형이 생기고, 그 분포도 확대되고 있다. 그 이유와 원인이 옳고 그름의 문제가 아니라, 사회의 흐름이고 현상이다. 새로운 변화에 대하여 인정하고 존중해 주어야 한다. 가정의 구성원도 다양하게 세대 차이를 보이고. 삶에 대한 가치관의 차이도 크다. 가정에서 성공과 행복을 위하여 구성원 각자의 의사를 존중하고, 가치관에 대하여 이해하는 노력을 해야 한다. 그리고 공유해야 가정에서 성공적인 삶이 만들어진다. 이런 가치관의 변화를 잘 이해하고 받아들여야 가족 상호 간에 갈등이 없어지고 행복한 성공이 만들어진다.

새로운 시대에 새로이 변화된 가정의 가치관은 서로 존중되어야 한다. 그리고 변화하는 세대차를 적극적으로 수용하고 공유한다.
1) 가족에 대한 기본 가치관이 효 사상과 가부장적인 사고에서, 가족 개인 중심 가치로 변화했다. 자율과 평등, 개인 존중 중심사회로 변화하고 있다. 또한 여성의 지위와 역할이 증대되고, 가정에서 아내와 엄마의 역할이 커졌다. 남아 선호 사상도 사라졌다.

2) 효를 바탕으로 한 어른의 권위를 우선으로 하는 수직적인 관계에서, 민주적인 수평 관계로 변화했다. 가정의 의사 결정도 가족 의사를 존중하는 민주적인 가정으로 변모했다.

3) 결혼의 가치관이나 가계의 계승도 부모의 의견 중시보다, 개인의 성향이나 본인의 의사가 존중되는 시대로 변화했다. 결혼도 무조건 하는 시대가 아니라, 선택의 시대이다.

4) 가부장적 관혼상제의 틀에서 벗어났다. 가정의 일, 자녀의 양육과 교육, 가족 부양에도 남편과 아내의 공동 책임으로 변화했다. 의사 결정의 방법, 역할의 분담에 대하여 협의가 상식이다. 남녀가 장가를 가고, 시집을 가는 것이 아니라 대등한 조건으로 결혼을 하고 새 가정으로 독립한다. 양가의 관계도 대등한 관계이고, 환경에 따라서 자유로이 이해하고 협의한다.

5) 가족 간의 세대차를 극복해야 한다. 가족에 대한 인식의 차이, 결혼도 선택의 문제, 무자녀, 비 혈연 입양, 별거 등 탈 근대적인 가족 가치를 세대 간에 공유하고 인정해야 한다.

6) 개인주의적 가치가 크게 변화되고, 가족 이기주의가 크게 대두되고 있다. 자신의 가족을 위하여 상대방의 피해를 두려워하지 않고, 편법이나 불법이 성행하는 것도 이런 이유이다.

불법과 편법을 제외한 정상적인 가치관의 변화에 구성원 스스로 이해하고 양보하고 동의해야 한다.
방치하면 가족 간의 결속력이 더욱 떨어지고, 가족 간의 불신이 고착될 수가 있다. 갈등은 제때에 해결한다. 가족 간의 갈등이 발생하면 적극적으로 해결한다.

각 가정마다 환경에 맞게 스스로의 규칙을 정하고 갈등 해소의 노력이 필요하다.

가족 간의 갈등 해소를 위한 실천의 지혜이다.
1) 발생했을 때 피하지 말고 적극적으로 해결하라.
2) 진지한 대화를 통하여 서로의 생각과 감정의 차이를 인식하고, 그 차이를 객관적으로 인정한다.
3) 서로의 생각의 차이를 좁혀 나간다.
4) 현재 발생한 문제만 다룬다, 과거의 이야기를 다시 끄집어 내지 마라.
5) 긍정적인 면, 부정적 면, 모두를 표현한다.
6) 언어적인 소통과 비 언어적인 소통을 일치시킨다.
7) 가족 간에 서로가 위로하고, 격려하면서 사랑을 나눈다.
8) 어려운 상황에도 가족이 있다는 인식과 희망을 준다.

구성원 모두가 삶의 요소에 공감하라

가족 구성원의 삶의 요소는 생애 라이프 플랜에서 찾을 수가 있다. 생애 라이프 플랜의 관리자는 주로 가정의 최고 선임자이다. 관리자 겸

집행자 중심으로 만들어진 플랜이라도 관련된 가족에게 설명하고 동의를 받고, 때로는 공감해야 한다.

예시된 생애 라이프 플랜은 대분류 요소이다. 시절에 따라서 하위 실천 계획이 필요하다. 이와 같이 삶의 대분류 요소에서 다시 수개의 작은 실천의 요소가 생기고 필요에 따라서 더 작은 실천 계획이 필요하다. 이 실천 계획 속에 성공과 행복의 원천들이 있다.

예시: 내 삶의 요소들

1) 내 삶의 요소들: 스스로 관리를 통하여 성공을 이루어 간다.

2) 자녀에 대한 요소는: 시절에 따라서 자녀가 성장하는 과정에서 가족과 공감하고 협의한다.

구분	1) 가정에서	2) 일 터에서	3) 가정과 일터
1) 나	10.나의 결혼	9.나의 취업	14.은퇴준비
	18.부모 형제	11.자기계발	16.주택 마련
	21.취미 생활	12.직업안정	17.부의 축적
	22.산행	13.승진	20.삶의 질
	23.여행	15.사회관계	26.골프
	24.운동 마라톤		
	25.취미 사진		

2) 자녀	1. 재능		
	2. 습관 관리		
	3.자녀 양육		
	4.자녀 교육		
	5.자녀 전공		
	6.자녀 진로		
	7.자녀 취업		
	8.자녀 결혼		
	16.자녀 사랑		

주) 번호는 생애 라이프 플랜에서 가져왔다.

각 삶의 요소별로 하위 실천 계획을 만들어 활용한다. 필요하면 더 작은 삶의 요소로 세분화되고 그 세분화된 요소마다 또 다른 목표가 생긴다. 이것이 일상 삶의 실천 계획이 될 수도 있다.

41. 부부의 역할과 책임

성공적인 삶의 모양은 개인의 성향이나 환경에 따라 다르고, 만들고자 하는 의지와 처지에 따라서 다르게 만들어진다.
평생을 홀로 사는 사람도, 이혼이나 재혼의 삶을 사는 사람도, 그리고 평생 동안 부부의 정을 꾸준하게 나누며 살아가는 사람도 있다. 어떤 형태의 삶에 있더라도 최선을 다함에 만족하고 자신만의 행복한 성공을 만든다.

개개인에 삶의 형태나 크기를 비교할 수는 없지만, 혼자의 삶보다, 부부가 함께 만들어가는 가정이 훨씬 복잡하고 힘들지도 모른다. 그러나 복잡하고 힘들다고 해서 또는 간단하고 힘들지 않은 삶이라고 해서, 항상 좋고, 행복한 삶이 되는 것은 아니다. 복잡하고 힘들다는 것은 삶에서 성공과 행복의 요소가 다양하고 많다는 의미이고, 삶이 풍부하다는 뜻이다.

성공적인 삶에 가장 큰 핵심이 자신에 삶을 자신의 가치 기준으로 판단하고, 스스로 느끼는 만족도를 관리하는 것이다. 어떤 형태의 가정이 좋다, 나쁘다 말할 수 없다. 더 성공하고 더 행복한 삶을 살아가는 성장과정이 성공적인 삶이기 때문이다. 지금 자신의 자리에서 긍정과 희망으로 성장 발전하는 것이 가장 중요하다.

우리 사회에 가정의 보편적이고 정상적인 삶의 형태가 부부의 삶을 통하여, 자식을 낳고, 살아가는 것이다. 작은 공동체의 시작은 가정의 두 기둥인 부부가 결합할 때 시작된다.

최근의 사회구조나 현상에서 부부의 역할이 급변하고 있는 것이 현실이다. 부부 각자가 어떠한 역할 분담에 우선한다고 하더라도, 함께 공동의 목표를 추구한다. 어떤 어려운 환경과 조건도 함께하고 극복하여, 성공적인 삶을 함께 만드는 주체자이다. 독신이나 이혼 가정의 삶에도 성공적인 삶이 있다는 것은 당연한 사실이다. 그것도 부인하지는 않지만 보편적이고 일반의 삶에서, 온전한 가정이 가장 바람직한 가정의 형태라는 것도 부정할 수 없다.

부부 역할은 위로 양가 부모와 아래로 자녀, 옆으로 형제자매의 관계를 잘 조절하는 것이다. 이 모두가 성공적인 삶의 구성원이기 때문이다. 생애 주기에 따라 자녀는 성장하여 부부도 되고, 부모도 되고, 또 형제자매도 된다. 역지사지의 삶이다. 일생 동안의 삶을 보면, 부모와 자식 사이에도 책임, 의무, 역할을 이어간다.
부부는 삶에서 각자의 고유의 역할이 있지만, 한 독립된 가정을 기준으로 볼 때, 성공적인 삶을 위하여 행복 관리의 주체자는 아내와 남편이다. 성공적인 삶의 가정은 남편과 아내가 상호 이해하고 협조하여 계획을 수립한다. 그래서 부부는 가족 전체의 행복한 삶을 만들어 가는 주체자임이 분명하다.

가정에서 부부의 역할과 책임

한 세대 전만 하더라도 가정에서 부부의 역할이 나누어져 있었다. 남편은 주로 밖에서 돈을 버는 역할을 하였고, 아내는 안에서 가사와 육아를 전담했다. 사회 환경과 생활양식이 변화하고, 부부가 각개인의 삶에서 자아실현의 욕구도 증가했다. 재정적인 지출도, 대량소비, 다양한 소비욕구, 삶의 질적인 향상 등 많이 필요하게 되었다. 행복한 삶의 요소에서 재정이 차지하는 비중이 커졌다. 그래서 가정에서 필요로 하는 재정이 보통의 외벌이로는 감당하기 어려운 구조로 변화됐다.

특히 외환위기를 겪으면서 외벌이의 위험성을 경험하여 여성의 사회 진출이 보편화 되고, 이후 여성의 사회 진출이 급증했다. 소위 맞벌이가 크게 증가하게 되었다. 그래서 부부의 역할이 양육, 교육, 가정 생활과, 재정을 책임지는 사회적 활동의 두 영역을 상호 분담하고 공동 책임으로 전환됐다.
여성의 사회 진출 증가와 맞벌이의 증가로 남편과 아내의 역할이 전통적인 관습에서 새로운 역할 분담으로 자리를 잡아 가고 있다. 이것은 선택의 문제가 아니라 필수 요건이 되었다. 이와 함께 남자 중심 사회의 가부장적인 사회가 퇴색되고 양성 평등의 사회로 변화했다.

이런 환경에서는 아내와 남편의 역할이 생리적인 경우를 제외하고는 상호 협의하며 평등하게 분담해야 한다. 이런 사회 현상은 우리 사회의 보편화된 소비 구조에서 기인된다. 일부 고소득자를 제외하고 보통의 가정에서는 한 사람의 외벌이로는 선진국형 소비 욕구를 충족하지 못하기 때문이다.

이전 전통적인 부부 역할의 시대에는 부부 각자의 역할에서 오는 고통과 고충을 서로가 이해하기 어려웠고 이해하지도 않았다. 그런 과정에서 부부간의 서로의 욕구 불만으로 인한 갈등이 많이 존재했다. 과거에는 아내는 남편의 일터에서 어려움을, 남편은 아내의 가사와 육아에 대한 어려움을 이해하기도 어려웠다. 지금 이 시대의 주력 세대인 30대~40대 부부는 상호간에 삶의 환경과 조건을 잘 조절하며 행복한 삶을 추구하고 있다.

과거의 삶에서도 지혜로운 아내는 불만과 욕구만을 주장하지 않고, 불편하지만, 작은 행복을 통하여 남편과 아내가 서로 성공적인 가정을 만들어 가는 역할을 했다. 벌어 오는 돈이 소비 목적에 부족하면, 지혜로운 소비로 저축에 목표를 두고 실천했다. 고도 성장의 산업화 시대에는 일찍 퇴근하는 것이 능사가 아니었다. 근로시간에 제한 없이 최선을 다하여 퇴근한 것에 위로를 했다. 늦은 시간 차려진 저녁을 마치고 행복의 시간을 가졌다. 휴식의 시간도 없이 주말에는 아이와 놀아 줌에 서로 감사를 느끼며, 같은 취미 생활을 갖기 위하여 노력을 했다. 이것이 과거 보통 가정의 모습이다. 이런 부부가 최선을 다한 삶에서 지금의 우리가 있게 되었다. 부부의 역할은 시대와 개인의 환경과 여건에 따라 합리적이고, 지혜롭게, 그리고 유연하게 조절되어야 한다.

어떤 환경에서나, 어떤 시절에도 남편과 아내의 생각과 사고가 다르지만, 이해와 상호 관심만 있다면, 부부가 성공적인 가정을 만들어갈 수가 있다. 다행스럽게도 지금 시대의 부부는 모두 교육 수준이 높아, 개방된 사회로서 필요 정보를 서로 공유하고, 상호 존중한다. 이런 풍토 속에서 필요에 의한 가사 분담은 과거 보다 많이 개선되었다. 그러나 아직도 일부 남편과 아내의 이기적인 마음에 의하여 많은 갈등이 존재하는 것도 현실이다. 부부간의 양보는 희생이 아니라 사랑이다.

최근 통계에 의하면 황혼 이혼도 문제지만, 젊은 신혼부부의 이혼도 심각하다. 결혼과 이혼을 너무 쉽게 생각하는 풍토도 문제이지만, 부부간의 상호 존중과 이해가 더 큰 문제로 나타난다. 상호 존중과 이해의 문제는 정서적인 문제이므로 갈등이 우려되면 바로 배움과 상담으로 치유해야 한다. 특히 신혼 부부는 결혼을 시작으로 새 가정의 삶에 대한 책임과 의무가 생기고 그리고 결혼의 의미와 가치에 대하여도 깊이 생각하고 정립해야 한다. 신혼 초기 부부의 삶에 대한 기술을 배울 필요가 있다. 다양한 행복연습을 해야 하고, 익숙하지 않은 신혼 삶에서 작은 행복을 찾는 연습이 필요하다.

그러나 대다수는 바람직한 부부의 모습들이다. 사실 사회적인 문제의 부부는 일부이다. 그러나 일부이지만, 방치할 수 없는 사회 문제다. 항상 사회적인 문제는 소수의 일탈로 사회적 비용과 혼란이 발생한다.

어떤 조사 보고서에 의하면

1) 남편이 아내에게 원하는 다섯 가지가 있다.

(1) 시각과 후각을 통한 성적인 만족

(2) 편안한 휴식

(3) 동일한 취미 활동

(4.) 아름다운 몸매

(5) 서로에 대한 존경심과 신뢰이다

2) 아내가 남편에게 바라는 것이다.

(1) 부드러운 보살핌

(2) 청각적으로 만족한 대화

(3) 신뢰감

(4) 경제적인 안정

(5) 가정에서 헌신하는 모습이다

이것이 절대적인 기준은 아니지만, 가정에서 여러 가지 역할 중에서 부부간의 서로 신뢰와 화목을 위하여 참고하고 노력해야 한다. 가끔은 음미하며 부족한 부분은 상호 개선의 노력을 해야 한다.

일터와 가정의 균형 있는 삶

일터와 가정의 균형 있는 삶은 성공적인 삶의 균형과 조화이다. 부부 각자가 일터에서는 개별적으로 더 성공을 이루어간다. 그리고 가정에서는 부부 공동으로 더 행복한 삶을 목표로 한다.
이런 일터와 가정의 균형 있는 삶은 쉬운 것이 아니다. 각자의 환경과 조건에서 정성을 다한 최선의 삶에 만족해야 한다.
일터와 사회의 균형 있는 삶은 자신이 처하여 있는 환경과 조건, 그리고 자신의 욕구와 욕망의 관계에서 만족도가 나타난다. 나의 조건과 환경이 내 마음대로 되는 것이 아니다.

굳이 일터와 가정 한 쪽을 선택해야 하는 고비가 생기면, 가정을 선택해야 한다. 왜냐하면 일터의 더 성공은 가정의 더 행복을 위한 수단이다. 일터의 더 성공에는 다른 기회가 존재할 수 있지만, 가정의 더 성공과 더 행복은 시절성이 강하고 미래 기회의 상실이 될 수 있기 때문이다.
그런데 많은 현대인들은 지금 눈에 보이는 물질적인 더 성공에 취하여 선택을 거꾸로 할 수 있다. 미래의 더 행복의 크기는 눈에 보이지 않기 때문이다.

지금의 시대는 맞벌이가 대세이다. 일을 가진 사람은 일터와 가정에 대하여 균형 있는 삶이 되도록 스스로 노력한다.
남편과 아내는 가정의 더 행복을 위하여 상호 이해하고, 책임과 의무, 즉 역할을 다해야 한다. 서로가 사회생활에서 오는 어려움에 대하여 이해와 존중이 필요하다.

일을 가진 사람은 직장에서 역할이 있고, 가정에서의 역할도 있다. 이 두 가지를 다 잘 하려고 하면 어려움이 있겠지만, 가정은 삶의 가장 중요한 자리이기 때문에 지혜를 모아야 한다.
직장에서의 역할은 업무의 매뉴얼이 있고, 상하, 수평조직 간의 업무 협의가 있다. 그러나 가정은 항상 성장 발전하여 간다. 새로운 하루는 부부가 처음으로 경험하는 일이다. 스스로 배우고 가정의 일에 애착을 가지고 노력하지 않으면 시절에 책임과 의무를 놓치게 된다. 가정의 더 성공과 더 행복을 위하여 부부가 체계적인 실천의 노력이 필요하다.

누구나 한 번은 직장과 가정의 두 곳 다 충실하게 적응하려고 노력하고 갈등을 한 경험이 있을 것이다. 직장에 몰두하다 보면, 배우자와 부모의 역할을 충실하게 하지 못한다. 가정의 삶에 우선순위를 두다 보면, 직장에서 불이익을 당한 경험이 있을 것이다.
직장과 가정은 삶에서 두 중심 축이기 때문에 어느 쪽이 더 중요한지는 개인의 판단이다. 그러나 부부가 협의하여 현명하게 우선순위를 정하여 선택을 하는 방법 밖에는 없다. 우선 순위의 선택 기준은 지금 기회 상실의 영속성이다. 직업과 재물은 크고 작음의 차이는 있지만, 다음 기회가 있다. 시절사랑, 시절행복, 자녀양육, 자녀교육은 기회가 지나고 나면 다시 오지 않는다. 선택과 결과는 자신의 몫이다.

맞벌이 부부는 분명하게 서로 환경과 조건이 다르다. 어느 쪽이 더 힘들고 수월한지는 모른다. 분명한 것은 정도의 차이는 있어도 힘든 것은 사실이다. 그래서 이유 없이 상호 이해하고 위로하며 스스로 약간의 희생을 감수할 각오를 해야 한다. 맞벌이의 가장 큰 이유는 경제적인 풍요 때문이다. 분명한 것은 맞벌이의 경우 외벌이 보다 경제적인 풍요이지만 가정생활에서는 가족과 함께하는 삶의 시간은 줄어든다.
특히 가정에서 출산이나 육아와 교육과 같이, 아이의 미래에 대한 영향은 매우 크다. 깊이 생각하면 아주 예민한 문제이다.
맞벌이는 많은 경우 현재의 풍요한 삶과 아이의 미래 삶과 연관된 문제이다. 신중하게 선택해야 한다.

일과 가정의 양립을 위하여 선진국으로 갈수록 많은 정책적인 제도를 시행하고 있는 것이 사실이다. 아직도 우리 사회에는 낮은 수준에 머무르고 있다. 공무원, 교사, 공기업, 은행, 소위 좋은 직장에 속하는 사람들은 일과 가정 사이의 갈등이 상대적으로 어려움이 적다. 아직도 많은 사기업 직장인은 기업의 환경에 의하여 어려움을 겪고 있다.

일과 가정의 양립에 가장 큰 어려움은 한정된 시간을 가지고 일과 가정에 분배하는 문제이다. 노동시간이 점차 줄어들고, 주 5일 근무제, 적극적인 연차의 활용 등 많이 보완되었다고 하지만 정착되기 위하여 아직 시간이 필요하다.

기업 환경은 아직도 일에 대한 긴장과 스트레스는 변함이 없다.
가정에서는 육아의 어려움과 과열된 교육, 소비 풍토, 급등하는 주거비용, 사회적인 비용의 증가로 스트레스는 갈수록 증가하고 있다.

부부가 공감해야 할 10가지 지혜

일상의 삶을 살아가는 동안에 항상 마음속에 간직해야 할 것이 있다. 그것은 가족 구성원의 생각과 나의 가치관이 항상 일치하는 것은 아니며, 많은 갈등을 동반한다는 사실이다.
가정마다 갈등의 시간이 평화의 시간보다 더 긴 삶도 있을 것이다.

갈등의 시간도 일터와 가정을 성공적으로 살기 위한 과정이다. 긍정적으로 생각하고 가정을 이끌어 가야 한다.
가족은 숙명적인 관계이므로 어떤 경우에도 양보와 이해를 통하여 수용해야 한다. 그래서 어떤 갈등 속에서도 항상 마음속에 간직해야 할 것은 숙명적으로 만들어진 가족이라는 화두를 잊지 말아야 한다.

1) 가족 전체의 정신적 육체적 건강을 바란다. 우리 주위에는 정신적이나 육체적으로 장애를 가지고 살아가는 사람이 많다. 가끔은 자신에게 주어진 가장 큰 선물을 잊고, 다른 욕망에 불타는 자신을 볼 때가 있다. 가족 모두가 건강한 육체와 건전한 정신을 가졌다면 이에 가끔 감사해야 한다.

2) 가족 간의 화목과 이해와 배려를 희망해야 한다. 참으로 어려운 과제이다. 가끔은 언성이 높아지고 분노의 시간도 있고, 반목의 경우도 있다, 그러나 누구나 꾸준하게 노력하고, 가끔은 반성을 하면서 행복을 키운다.

3) 부부간에 가치관을 가능한 일치토록 노력한다. 가장 많은 시간, 가장 많은 대화의 관계에 있는 아내와 호흡은 매우 중요하다. 사람에 따라서는 가장 많은 갈등의 관계이기도 하다. 평생의 삶을 통하여 가치관의 차이를 맞추어 간다. 특히 먹는 것, 취미 활동, 운동 같은 것도 오래도록 같이할 수 있도록 한다. 서로 공감하는 대화의 요소를 찾는다.

4) 자녀의 양육, 교육에 대한 공감대를 갖는다. 자녀의 양육이나 교육이 생각과 같지 않고, 부부의 생각도 차이가 있다. 그래서 부부가 생각을 통일해야 한다. 자녀의 재능과 능력을 알고, 목표를 현실적으로 세우고 최선을 다하며, 결과에 긍정한다. 자녀의 양육과 교육의 결과는 하루아침에 결정되지 않는 것으로, 과정에 최선을 다하고, 최선을 다함에 만족한다.

5) 의.식.주의 재정적인 자립을 한다. 타고난 부자도 있겠지만, 보통의 사람은 삶의 과정이 수요와 공급을 맞추는 삶이다.
최선을 다한 직장 생활, 꾸준한 노력으로 의식주 면에서는 최소한 궁핍하지 않아야 한다. 그리고 안정적이어야 한다. 미래에 많은 재정의 수요를 대비하여 필요한 만큼의 저축은 필수이다. 최소 궁핍한 삶에서 벗어나고, 만족의 수준을 높여 가야한다.

6) 보통 문화 생활에 긍정해야 한다. 문화생활 정도의 차이는 다양하고 크다. 타고난 환경과 소득 수준의 차이로 문화생활과 소비 생활의 차이는 매우 크다. 수입과 직결되어 이루어지는 현상은 자신의 수준에 맞는 생활에 긍정하고 점차 높여가야 한다. 사회적으로 보통 수준의 문화생활을 목표로 두어야 한다.

7) 공동체에 대한 윤리적 도덕적으로 당당함이다. 우리나라의 크게 성공한 사람들의 윤리적 도덕적인 결함은 세계적 수준이다. 설사 유혹의

환경에 있다고 하더라도 실수를 범하지 말아야 한다. 가장 가까운 가족에게 신뢰를 잃는 것에 두려움을 가져야 한다. 일시적인 유혹에 마음이 가지만 약간의 시간이 지나고 나면 후회하게 된다. 그리고 상호 응원하고, 견제해야 한다.

8) 호기심과 적극적인 행동으로 꾸준한 경험 쌓기를 한다. 일에 있어서도, 취미와 도전의 분야에서도 하고자 하는 마음과 적극적인 행동이 있어야 한다. 일의 분야에서는 기회를 선점할 수가 있고. 경험의 측면에서는 행복의 요소가 축적된다.

9) 내 수준의 희생과 봉사 실천이다, 희생과 봉사를 아무나 하는 것이 아니다. 외부적인 봉사가 어려우면 가정의 봉사도 의미가 있다. 업무적으로 자신을 위함도 있지만 진심으로 남을 돕고, 부하의 육성이나 교육도 희생과 봉사의 일종이다.

10) 비움과 채움으로 완성하고 현재에 만족한다. 욕심과 욕망은 한계가 없다. 만족과 행복을 위하여는 능력과 재능 이상의 목표를 세우지 마라, 높으면 성공과 행복의 지수가 낮아진다. 목표와 욕심을 낮춤으로써 성공과 행복이 커진다.

이상 10가지 삶의 지혜를 일의 선택과 의사 결정에 참고로 삼는다. 이 기준이 모든 이에게 만족한 삶을 살도록 하지는 못하지만, 부부 서로는 지혜로운 성장의 기준으로 삼는다.

의사결정에 서로 환경을 존중한다

아무리 부부의 사랑이 크다고 해도 자기애를 이기지 못한다. 서로의 이해보다 자신의 주장이 강하다는 것이다. 자신의 환경을 너무 중시하고 강조하다 보면, 가족의 삶과의 조화가 깨어질 수가 있다. 그래서 사회적인 성공과 가정의 행복의 조화를 강조하는 것이다. 어쩌면 양보, 희생일 수 있다.
가정에 성공적인 삶을 볼 때에 가족 구성원 개개인의 재능과 개성, 자존감이 다르기 때문에 한 사람의 기준으로 가정의 목표를 정할 수가 없다. 그래서 어떤 사람은 가정의 민주화를 주장하는 사람도 있다.

가정 삶의 목표에는 가족 구성원의 시절에 따라 소년기, 청년기, 30대, 40대, 50대, 60대로 나누어 볼 수 있다. 구성원의 삶의 시절과 세대에 따라 삶의 요소가 다르다. 그 세대 시절에 삶의 요소에 따라 정해진다. 가족 상호 간에 개인의 특성을 이해하고 존중해야 한다.
가정 삶의 목표에서 소년기 청년기를 나누어 표현하는 것도 가정의 삶에서 자녀의 비중이 매우 크기 때문이다. 그리고 자녀에 대한 청년기가 끝나고 독립할 때까지 가정의 리더인 부부는 자녀의 양육과 교육에 절대적인 실천자가 되어야 한다.

특히 한국의 교육제도에 따라서 보면, 주로 대학입시에 중점을 둔다. 고 학년의 성적은 소년기의 습관이 매우 중요하다. 소년기의 생활 태도와 습관을 지도해야 한다. 청소년기의 필요한 재능과 능력을 단기에 만들 수 없다. 그래서 유아 시절부터 필요한 재능을 성장 발전시켜야 한다.

기업이 이윤을 창출하기 위하여 치밀한 전략을 세우듯, 성공과 행복을 추구할 때에도 정교한 전략이 필요하다. 가정의 성공과 행복도 계획이 필요하다. 가정의 행복 계획은 부부가 함께 만들고 구성원의 동의를 받고 꾸준하게 실천해야 한다.

특히 맞벌이 부부는 가사와 육아, 자녀 교육에 대한 상호 분담에 불만이 없어야 한다. 아무리 편안하고 수월한 직장에 다닌다고 해도 맞벌이 부부의 가사, 양육, 교육은 힘든 일이다. 하지 않을 수 없는 환경에서는 부부 상호간에 불평불만이 없는 지혜로운 분담이 필요하다.
맞벌이 부부가 가정에서 상호 불만 없는 삶의 원칙을 정하여 실행해야 한다. 가사와 양육을 겸하는 맞벌이 부부의 두 사람 모두 어려운 삶을 사는 것은 사실이다. 불만이 존재하면 더 행복을 이룰 수가 없다.

그래서 상호 이해와 양보, 약간의 희생을 감수해야 한다.
맞벌이 부부의 삶의 지혜 8가지이다.
1) 가사, 양육, 교육에 대한 분담은 상호 협의하여 정한다.
2) 정해진 원칙은 특별한 경우를 제외하고는 철저하게 준수

하도록 노력한다.

3) 양가 부모에 대한 대우, 처신은 균형을 맞춘다.

4) 재정적인 부분은 상호 공개하되 관리는 독립적으로 한다.

5) 일터에서 자기 발전을 위하여 서로 도와준다.

6) 상호 진실하고, 숨김이 없어야 한다.

7) 도덕적, 윤리적인 실수를 제외한 일상 삶의 실수는 상호 이해하고 조정한다.

8) 상호 의견을 존중하고 배려하며, 다름을 인정한다.

이외에도 다양한 환경과 조건에서 이견이 있을 수 있다. 서로 양보와 이해가 있다면 어떤 문제도 해결된다.

42. 현명한 배우자의 조건과 역할

새 가정은 배우자의 만남과 결합으로 시작된다. 행복한 성공을 위하여 부부의 역할이 중요하다. 이 사실을 부인하는 사람은 아무도 없다. 보통 결혼을 하는 이유를 물으면, 서로 좋아서 결혼을 한다라고만 한다. 그러나 미래에 배우자로서 막중한 자신의 역할에 대하여 깊이 있게 생각하는 사람은 많지가 않다.
'세상에서 가장 행복한 사람은 현명한 아내를 가진 남자다' 라는 말이 있다. 탈무드에 나오는 이야기다.

아내를 잘 만나야 된다라고 하여, 잘못 이해하면, 가부장적인 가치관에서 나온 이야기처럼 보이지만, 아내이고 엄마가 남편과 아빠보다,

엄마로서의 역할이 더 중요하다는 의미이다. 현실에서 두 사람 모두 현명한 선택이 필요하다.
이혼율이 10% 미만이라고 하지만 주위나, 매스컴에 나오는 뉴스 기사를 볼 때 걱정이 아닐 수 없다. 정상적인 가정생활이 두려워 결혼을 포기하는 사람까지 있다.

무엇이 현명함이고, 똑똑함일까? 이것은 상당히 주관적이지만 보편적으로 이 사회에서 개인들이 느끼는 보편적인 현명함과 똑똑함을 말한다. 배우자를 선택할 때에 외형적으로 나타나는 것과 내면에 가지고 있는 것을 함께 보아야 한다.
재산, 미모와 같은 외형적인 것에 우선을 두고, 내면의 재능, 잠재력, 성격 같은 것을 등한시하는 것은 좋은 선택이 아니다.
내면이 탄탄한 사람을 현명하고 똑똑한 사람이라고 한다.

미모는 평생 바꿀 수는 없지만, 한순간일 수 있다. 그러나 현명함과 똑똑함은 평생을 성장하며 변화하여 가지고 간다. 행복도 재물도 현명하고 똑똑한 배우자를 만나면, 시너지 효과로 더 큰 것을 얻을 수 있다. 배우자 각자가 가지고 있는 정체성은 평생 동안 서로의 삶에 영향을 미친다. 심지어 후세까지 유전적, 후천적 영향을 준다. 결혼 시점에 각자가 가지고 있는 환경과 조건 보다, 미래의 재능과 성격에 더 큰 비중을 두는 것이 현명한 배우자의 선택이다. 더 성공하고 더 행복의 잠재력을 가진 배우자가 현명하고 똑똑한 배우자다.

현명함과 똑똑함은 앞으로 더 좋은 삶을 만드는 원동력이 된다.
그 반대로 현명함과 똑똑함이 부족하면 지금의 가지고 있는 것도 잘 간수하지 못한다. 특히 보통사람은 성공적인 삶을 위하여 배우자가 가지고 있는 현명함과 똑똑함을 제일 우선순위로 두어야 한다. 그래야 더 큰 성공의 힘이 된다.
행복한 가정을 만들고 유지하는 데에는 부부는 그 역할과 책임 그리고 의무를 함께 한다. 그러나 굳이 두 사람 중 누가 더 중요할 까? 라는 질문에는 여자와 남자라는 속성의 차이 때문에 아내, 즉 엄마라 말할 수 있다.
아내와 엄마는 한 사람의 두 이름이다. 아내는 남편과의 관계에서 현명한 협력의 관계이고, 엄마는 자녀의 생산과 양육, 교육에 중요한 역할을 한다. 그래서 좋은 아내는 남편에게는 행운이다.

현명하고 똑똑한 배우자란?

배우자의 선택 조건은 개인의 취향이다. 그리고 결혼 당사자의 상호 선택과 결정이 존중되어야 한다. 왜냐하면 어떤 누구도 개인의 삶을 대신할 수 없고, 책임지지 못하기 때문이다. 미래의 삶을 경험하지 못한 결혼 적령기의 많은 젊은이들은 현재의 만족에 집중할 수밖에 없다. 그러나 배우자 선택은 변화무쌍한 평생의 삶을 같이할 사람을 결정하는 것이다. 현재의 만족도 중요하지만, 성공적인 미래를 위하여, 예상되는 미래를 생각해야 한다. 왜냐하면 미래의 그날은, 그날이 되었을 때 오늘이기 때문이다. 오늘 하루의 행복보다 더 많은 수많은 그날의 오늘에 행복을 생각해야 한다.

내가 처해 있는 환경은 나의 의사와 상관없이 변화하고 발전한다. 누구나 지금보다 나은 삶을 만들어가야 하는 과제를 안고 있다. 그렇게 하려면 동반자와 공유하는 합일된 생각과 힘이 필요하다.

인생의 삶이 사람에 따라 다르지만, 편안한 삶만이 있는 것이 아니다. 많은 새로운 삶이 존재하고, 새로운 삶을 만들기 위해서는 크고 작은 어려움을 동반한다.

배우자의 만남이 보통 사람은 지인이나 동료 등의 소개로 만남이 이루어지고, 일부 계층의 사람들은 결혼 전문 회사를 통하여, 조건에 따라 배우자를 만나기도 한다. 결혼 전문 회사의 좋은 배우자의 객관적인 기준은 많이 공개되어 있다. 어떤 경로를 통하여 만나더라도 그중 가장 기본이 되는 것은 현명함과 똑똑함이다.

이것도 시대에 따라서 그 조건과 기준이 많이 변화하고 있는 것도 사실이다. 과거에는 주로 내면적인 기준에 우선을 두었다면, 지금은 능력과 재력에 우선하는 외면적인 면에 우선한다.

남성은 여성의 외모를 가장 중시하고, 여성은 남성의 능력과 경제수준이나 전문직을 선호하는 것이 보통이다.

지금 사회에서 공개적으로 노출되어 있는 좋은 배우자는 소수의 특별한 직업을 가진 사람에게 해당이 되고, 재정적으로 부유한 사람에게 해당이 되는 것이 일반적인 경우이다.

보통 사람이 현명한 배우자에 대한 조건은 개인의 성향, 여건, 환경에 따라서 다양할 수 있다. 절대적인 기준은 있을 수가 없다. 경험에 의한 배우자 선택의 지혜이다.

1) 자신의 환경과 조건을 잘 알고 사랑하며 긍정적인 사람.
2) 자신의 재능과 능력을 발전시킬 수 있는 자신감 있는 사람.
3) 상대방 조건과 환경을 이해하고 동의하며, 적극적인 사람.
4) 가정 삶의 의미를 알고 협동하며, 노력하는 성실한 사람.
5) 부족함을 알고 항상 노력하는 자세를 가진 겸손한 사람.
6) 상대방을 배려하는 마음을 소유한 배려 깊은 사람.
7) 올바른 가치관을 가지고 있는 도덕적인 사람.

결혼 정보 회사에서 발표하는 외형적인 기준이 일부는 도움이 되겠지만, 부부는 평생을 함께 살아간다. 그래서 지금 현상으로 보이는 것보다 내면에 가지고 있는 성격, 재능, 태도가 훨씬 더 중요하다. 현명함과 똑똑함은 미래에 수십년 동안에 일어날 여러 가지 예측할 수 없는, 경우의 일을 잘 해결하는 힘이 되기 때문이다.

예측하기 어려운 많은 일들은 현명한 선택으로 해결할 뿐이다.
그래서 어렵고 애매한 표현이지만 현명함과 똑똑함이라고 표현한다. 현명함은 삶의 모든 것을 어떤 경우에도 잘 헤쳐 갈 수 있는 가능성을 가진 것이다. 현명하고 지혜로운 배우자가 좋다.
현명한 배우자는 지금은 최고 최상이 아니더라도, 모든 가능성을 가지고 있고, 최선을 다하는 발전 가능한 배우자이기 때문에 서로가 믿음이 가고 의지하는 부부가 된다.
현명하고 똑똑한 배우자를 싫어하는 사람이 어디 있냐고 반문하는 사람이 있을 것이다. 그러나 우리 주위에는 허영에 찬 사람, 미모를 위해 성형을 많이 하는 사람, 배려 없는 사람, 자기주장만을 하는 사람, 낭비와 사치가 심한 사람, 정직하지 못한 사람, 게으른 사람 등등 많은 경우가 있다. 그래서 배우자를 부정적인 성격이나 생활 태도를 배제한 사람이면 긍정적인 배우자로 보면 된다. 그러나 남녀가 만나서 이성적이지 못하고, 감성에 빠져 선택의 오류를 범한다.

배우자의 상호 이해와 협동

현명하고 똑똑한 배우자를 선택하는 데는 많은 어려움이 있고, 짧은 시간에 알 수 없다. 배우자가 관계할 대상은 본인 두 사람을 포함하여 미래에 태어날 아이와, 양가 가족이다. 행복한 가정을 위해서는 많은 노력과 희생이 필요하다.

이를 위하여 배우자는 상호 이해하고 협동하는 자세가 필수적이다. 또한 각자가 현명하고 똑똑해도 두 사람이 이해하지 못하면, 가정의 안녕과 번영, 행복을 만들 수가 없다. 이해와 양보,노력, 희생하는 자세가. 배우자의 덕목이다. 너무 이기적이지 않아야 한다.
배우자의 선택에는 감성보다는 이성적으로 결정하고, 결혼을 하게 되면 서로 양보와 이해로 합심하는 것이 최고의 지혜이다. 살면서 부족한 부분은 서로 배움으로 충분하게 대처할 수 있다.
선택은 이성적으로 하고 부부생활은 감성적으로 한다.

배우자의 역할은 잘 알려져 있고, 새로운 것이 아니다. 알고 있지만 꾸준하게 실천하는 지는 미지수다. 무심히 넘기지 말자.
1) 함께 새로운 가정을 만들어 간다. 가정이라는 작은 세상의 두 주인공은 상호 협의를 통하여 더 성공하고 더 행복한 삶을 설계하고 실천한다.
2) 엄마, 아빠가 되어, 내가 되고 싶었든 모습을 2세를 통하여 실현한다. 새로운 나를 만들기 위하여 최선에 노력을 다하게 된다. 나보다 더 훌륭한 2세를 목표로 해야 한다.
3) 결혼은 당사자의 결합인 동시에 양가 관계가 맺어지는 것이다. 새로운 환경과 조건을 관행적으로 받아들이고, 존중한다.
배우자의 역할에 크게 3개 항으로 축약되었지만, 그 각항이 포함하고 있는 수백의 삶의 요소는 파란만장하게 삶을 만들어 가는 요소이다.

현명한 배우자는 복잡하고, 예측 불가한 상황 속에서도 기회의 선택으로 성공을 이뤄야 하는 책무가 따른다. 때로는 나쁜 선택으로 실패의 아픔을 경험할 때도 있다.
현명하게 참고 견디는 것도 배우자의 역할이다. 어떤 성공한 삶도 아픔이 없는 삶은 없다. 배우자는 가정의 모든 어려움을 함께 공유하고 해결하는 공동의 책임과 역할이 가장 중요하다.

현명한 배우자는 서로 만들어간다

돈이 많은 배우자는 돈이 많은 배우자일 뿐이다. 잘 생긴 배우자는 잘 생겼을 뿐이다. 잘나가는 배우자는 잘 나 갈 뿐이다. 이런 배우자는 쉽게 판단할 수가 있다.

그러나 현명한 배우자는 쉽게 알 수가 없다. 현명한 배우자는 무한한 가능성을 가진 내면이 충실한 사람이다. 그래서 현명한 배우자를 알아보는 지혜가 가장 중요하다.

현명한 배우자는 상호 대화를 통하여 유추하고, 대화 속에서 생활 방식, 태도, 경력, 이념, 철학 등을 파악한다. 그리고 가장 중요한 것은 자신의 생각에 가장 근접해야 한다.

1) 성실성은 그 사람의 살아온 과정에서 찾을 수가 있다. 만약 사회적으로 평균 이하라고 생각이 되면, 그 이유에 대하여 깊이 생각하고 판단해야 한다.

2) 배우자의 삶의 태도는 지금까지의 삶과 배우자 가족 즉 부모 형제의 삶에서 찾을 수 있다. 윤리적, 도덕적 태도를 유추한다. 그리고 사고에 크게 흠결이 없어야 한다.

3) 부에 대한 태도이다. 수입과 지출에 철학, 부의 축적에 대한 소신이 있어야 한다. 소비에 대한 철학과 성향이 상호 자신과 비슷해야 한다.

4) 환경에 대한 이해 현재에 서로의 환경과 조건에 충분하게 동의하며, 부족함이 있다면 같이 해결하는 철학을 가져야 한다.

5) 논리적이고 합리적인 판단으로 주장이나 의사가 명확해야 한다. 다른 생각이라도 논리적이고 합리적이어야 한다.

6) 서로의 환경이 비슷하고 그 환경에 긍정해야 한다. 연애이든 소개팅이든 결혼을 하기 전에 가능한 모든 요건을 동원하여, 지혜롭고 현명한 결정을 해야 한다.

전통적인 배우자의 선택 시절에는 주로 가문이라고 하는 부모의 삶을 통하여 배우자의 과거와 미래 삶을 판단했다. 서로의 가풍에 대하여 짐작할 수 있는 길이 있었다.
그래서 자식은 부모로부터 배움을 중시하였다. 현대 사회는 청소년기 이후는 자주적인 삶을 산다.
전항의 내용이 배우자 현재의 내면이라면, 미래의 힘을 예측할 수 있는 것이 긍정의 힘이다. 긍정적인 성격의 소유자 이어야 한다. 자신의 학업이나 사회생활에 긍정적이고, 적극적인 소유자이어야 한다. 현재의 좋고 나쁨 보다, 과거에 대한 핑계보다, 미래의 희망을 이야기해야 한다.

돈이라는 것이 수입은 한계가 있지만, 지출의 욕망은 끝이 없다. 배우자의 소비에 대한 성향을 잘 파악해 볼 필요가 있다. 우리는 주위에서 자신의 수입 이상으로 소비하여 낭패를 당하는 경우를 자주 목격한다. 과소비도 습관이고, 과소비 습관을 잘 다스리지 못하면, 행복감이 살아지고, 불평불만이 커진다.

지금 서로의 조건에 대하여 수입과 지출에 대한 깊은 성찰을 통하여 동의해야 한다. 새 가정의 주거나 살림살이에 대하여 마음의 동의가 필요하다. 부의 축적에 대한 가치관도 비슷한 것이 좋다.

배우자의 사회적인 상식이나 지식과 지혜를 갖추고 있으면 좋다. 그리고 부족한 지식과 지혜를 배울 수 있는 호기심과 의지와 자질이 있으면 더 좋다.

삶의 과정에서 부닥치는 어려움을 극복하기 위하여는 학습 능력은 갖추고 있어야 한다. 어려울 때에 배우자 서로가 조언과 충고, 도움을 협의할 수 있는 상대가 좋다.
배우자의 현명함과 똑똑함은 자식의 양육에 영향이 크다.

열심히 고르고, 고른 배우자와 한 평생 잘 살아가는 듯 보인다. 그런데 다시 태어나면, 선택될 사람은 그렇게 많지가 않다. 여러 가지 의미가 있을 것이다. 그래도 어려움을 극복하고 마지막까지 살아 준 것만으로 만족해야 하나? 다음 생까지 고통을 강요하는 것은 무리인지 모른다.

이혼이라는 것이 결혼에서 벗어나는 자유처럼 보인다. 그러나 사람마다 차이가 있겠지만, 몸은 자유이지만 마음은 상처투성이다. 분명한 것은 한쪽은 더 아픔이 많다는 것이다. 이혼율이 세계에서 상위권에 속한다는 보도를 볼 때에 그 이유를 다 알 수가 없지만, 그것은 결혼을 잘못한 것이 아니라, 결혼생활을 잘못한 것이다. 즉 결혼생활에 대한 철학의 부족으로부터 온 것이 더 많을 수 있다.
성공적인 삶의 지혜를 활용만 해도 부부의 삶이 많이 좋아졌을 것이다.
편안하게 살아가는듯 보이는 가정도 어려움을 극복하면서, 참고 이해하며 살아 가는 것이다.

결혼생활에 아픔의 원인은 상호 간의 기대와 현실의 괴리에서 온다. 큰 기대 혹은 잘못된 기대를 가지고 있는 이유이다.

그리고 사회 환경이 물질 만능주의로 흘러, 자주적인 삶을 사는데, 어려움이 있다. 기대와 희망의 오판을 방지하기 위하여 결혼 전에 상대방의 내외적인 모든 것을 공유하고 동의하며 공감하는 것이 좋다.

또한 결혼 후에 생활이란 것이 인생의 전부이다, 자기희생은 자기를 위한 것이다. 부부는 한 몸이기 때문이다. 표현은 자기희생이라고 하지만, 배려 깊은 사랑이다.
충분한 대화는 많은 다른 의견을 동의하고 공유하는데 도움이 된다. 가정 삶의 환경이 변화할 때마다 대화하고 협의하며 공유해야 한다. 부부는 생애 라이프 플랜에 대하여 공유하고 성장 변화하는 모습에서 행복과 만족을 찾는 노력을 한다. 작은 일상 삶의 방식이나, 태도, 취미를 상호 맞추어 가야 한다.

어떤 상황과 어려움이 다가올지 알 수 없는 평생의 삶이다.
인내, 이해, 양보, 배려, 협동하는 만능의 배우자가 현명하고 똑똑한 배우자이다.
현명함이란? 배우면 깨닫고 이상과 현실을 조절하며 적응하여 가는 지혜이다.

43. 숙명적 인연과 시절 사랑

가정에서 더 행복한 삶의 요소에는 숙명적 인연과 시절 사랑이 있다. 이 사랑은 더불어 사랑이고 삶이 혼자만의 삶으로 이뤄지지 않는다. 지난 삶에 최선 다한 사랑이지만 지나고 나면, 항상 아쉬움이 있는 사랑이다. 지난 사랑에는 긍정하고 남은 시절 사랑에 최선을 한다. 보편적으로 가정의 중심에 부부와 자녀가 있고, 부모 형제와 더불어 살아간다. 더 넓게는 조직, 사회, 국가, 세계까지 포함된다. 주체적인 나의 삶이라도 주위가 안정적 이어야 하고, 사회가 평화롭지 못하면 행복이 불안정해 진다.

코로나와 같이 갑작스러운 국가적 위기와, 사회적 혼란이 있었다. 공동체 전체가 겪는 환경이다. 나 혼자의 힘으로 해결할 문제가 아니지만, 정책에 동참하고, 지지하면서 어려움이 있더라도 자신만의 성공적인 삶을 만들어가야 한다.

일터와 사회생활을 통한 인연은 주로 필요에 의한 인연이고 한시적이다. 선택된 인연의 가치와 중요성에 대하여 시리즈 3 '일터에서 더 성공을 위한 지혜 10'에서 이야기했다.

이 인연들은 이웃사촌이라는 말이 있듯이 더 밀접한 관계이다.
시절성이 강한 관계이다. 어쩌면 혈육보다 더 많이 부대끼면서 산다. 그러나 혈육의 관계와 혼인으로 만들어진 인연은 숙명적인 인연이다. 쉽게 바뀌지 않는 인연이고. 인연이 선택되어 지는 것이 아니라, 필연이다. 이 인연들은 숙명적인 관계를 유지하며 희로애락을 항상 함께 한다.

전통적이고 윤리적인 대가족 가계 풍습이 점차 개인 중심으로 급격하게 변화되고 있다. 그래서 자기중심으로 직계 가족에게만 충실한 개인주의적 삶이 정착되어 가는 추세이다. 그러나 좀 더 풍요롭고 가치 있는 여유로운 삶을 위하여 가끔은 자신을 중심으로 숙명적인 인연과의 관계를 폭 넓게 확대하는 노력이 바람직하다. 옛날에는 8촌이 형제처럼 살고, 지금은 형제가 남처럼 살아가는 시절이다. 그러나 더 행복한 삶을 위하여 숙명적인 인연과 시절 사랑을 귀하게 여겨야 한다.

삶이 자신만의 힘만으로 살아가는 것처럼 보이지만, 주위에서 응원하고 지원하는 사람들이 많이 있다. 보이지 않는 지원과 힘이 작용한다. 숙명의 인연은 평생을 같이해야 하는 운명이지, 마음의 의지대로 인연을 정리할 수가 없다. 성공적인 삶과 행복을 위하여 같이해야 할 인연이다. 숙명의 인연과 관계를 잘 유지하는 것이 더 행복한 삶의 중요한 요소이다.

이런 숙명적인 인연의 가장 대표적인 것이 가족관계이다. 부부관계, 부모와 자식의 관계, 형제자매 관계, 조부모와 손자의 관계다. 이 가족 관계가 행복한 삶의 대상들이다. 이들은 모두 각자의 행복을 추구하는 삶을 산다. 그리고 모두는 서로서로가 성공적인 삶을 살기를 바라는 사이이다. 너의 기쁨이 나의 기쁨이고, 너의 아픔이 나의 아픔이다. 숙명적 인연이다.

더불어 사랑의 실천은 화목이다

화목한 가정은 부모를 중심으로 가정 공동의 목표를 공유하고 정을 나누면 사는 것이다. 자녀의 어린 시절은 주로 부모의 가르침과 보호 아래에서 사랑이 실천됐다. 형제가 많던 옛 시절에는 서로 경쟁과 다투면서 자랐다. 지금은 시대가 바뀌었다.

많아야 두 자녀이고, 하나인 경우도 많다. 왜소해진 가족 환경에서 삶의 풍요를 위하여 함께하는 사랑의 실천이 더 중요하다.
개인적인 삶과 이기적인 삶에 익숙할 지라도 더 행복을 위하여 서로 뜻을 맞추고 따뜻한 마음을 키워가야 한다.

의식주 해결이 어려운 시절에는 가족의 화목이 제일 덕목일 때가 있었다. 그것은 대가족 중심 사회이기도 하고, 어려운 삶을 극복하는데 가족 전체의 힘이 필요했다는 증거이다. 가족이 화목하기 위하여 가족 구성원이 각자의 역할을 제대로 수행해야 한다. 설사 좀 부족한 면이 있더라도 이해하고 양보하고 돕는 자세가 필요했다. 더불어 사랑의 실천에 부담을 느낄 필요는 없다. 최선을 다하는 자세는 모든 분야에 적용된다. 시절 사랑의 실천도 자신의 처지와 수준에 맞게 역할을 다하면 된다.

부부는 가족에게 안정적인 터전을 제공하고, 자녀를 양육하고, 부모 형제와의 사랑을 자신의 수준에 맞게 하면 된다. 물질 만능의 시대에 사랑의 표현도 많이 변화했다. 그래서 자신의 능력에 맞추어 실행하면 된다. 포기하거나 방관해서는 안 된다. 예를 들어 부모를 잘 모신다는 것이 돈으로 해결하는 것이 아니라 잦은 안부와 근황을 살피어, 외로움을 달래고 기쁨을 주는 것이 잘 모시는 것이다.

화목한 가정은 무엇을 어떻게 하라는 주문이 아니다. 상호 구성원은 모두 비슷한 마음을 가진 집단이다. 그래서 사회 구성원 중에서 서로가 가장 많은 이해와 애정을 가진 관계이다.

화목한 가족 관계에서 바람직한 행동이다.

1) 상대방의 입장을 이해하고 배려하는 마음을 가져라.

2) 서로의 차이를 인정하고 받아들이라, 특히 결혼한 자식은 본가와 처가의 차이점을 인정하고 받아들인다.

3) 구성원 상호 간에 정신적인 상처를 피해야 한다.

4) 상호 잦은 SNS 같은 소통을 통하여, 가족의 정을 나눈다.

5) 가족 구성원끼리 정서적 신뢰감을 가질 수 있도록 노력한다.

6) 건설적인 의견에 박수를 보낸다.

7) 작은 즐거움에도 반응을 크게 하여 소속감을 키운다.

8) 가족 행사 참여는 개인 삶을 풍요하게 하는 요소이다.

9) 서로 노력한다.

부모와 자식 간의 사랑

혈연으로 맺어진 아가페 사랑의 표본이다. 모든 것을 아낌없이 조건 없이 주고받는 가장 가깝고 기본적인 관계이다. 인연을 인간의 힘으로 바꿀 수 없는 관계이기도 하다. 이 관계를 생애에 긴 시절로 나누어 보면 크게 네 단계로 구분할 수 있다.

1) 자식이 태어나서 양육, 교육, 독립할 때까지 부모가 리드하는 단계이다. 이때 부모는 자식에게 조건 없이 모든 사랑을 베푼다.

2) 자식의 독립으로 부모와 대등한 관계에서 자주적이고 독자적인 생활을 하는 단계다. 정신적으로는 상호 독립적이지만 물질적인 지원은 주로 부모 쪽에서 베푼다. 부모는 졸업이고 자식은 새로운 가정의 시작이다.

3) 자식은 자신의 자식이 생기고 부모와 정신적으로 소원하다.

사회적으로 바쁘고 자식의 양육과 교육에 힘들고 바쁜 시기이다. 부모는 실버의 삶을 나름대로 준비하고 이어간다.

4) 부모는 연로하고 자식의 관심과 보살핌이 필요한 시기다.

전통적인 사회에서는 경제적으로나 정신적으로 모두 자식의 보살핌이 필요했다. 그러나 현대는 개인의 차이는 있지만 노후준비가 있고, 사회적인 정책적인 지원도 있다. 재정적인 문제는 어렵지 않게 해결된다. 그러나 정신적인 보호가 필요한 시기다.

부모와 자식 사이 사랑과 보살핌을 시절별로 잘 보내기 위한 삶의 지혜이다.

1) 양육과 교육의 시기다. 미래 주인공을 만드는 시기로 때를 놓치지 말아야 한다.

(1) 의식주를 비롯하여 살아가는 데에 필요한 모든 조건과 환경을 제공한다.

(2) 자녀의 신체적 정신적 건강과 성장을 보살펴야 한다.

(3) 가정생활과 사회생활에서 모범을 보여야 한다.
(4) 자녀의 재능과 인격, 습관, 형성에 도움이 되게 한다.
(5) 청소년기를 잘 넘기도록 대화와 관심을 가져야 한다.
(6) 자녀의 의사를 존중한다.
(7) 자립적인 힘을 키우고, 스스로 책임지는 인격체로 키운다.
(8) 시대에 순응하고 억압보다는 대화로서 차이를 좁힌다.
(9) 학업의 목표는 자녀의 능력을 감안하여 점진적인 성장으로 관리한다.
(10) 자녀의 진로는 자신의 의사를 존중하되 부모와 차이가 많으면 대화로써 조절한다.
(11) 청년기에 삶에 자신의 책임을 점차적으로 높여간다.
(12) 청년기에는 의식주만 제공하고 용돈은 벌어서 쓴다.

2) 조언이 필요한 독립 준비의 시기다. 직장을 준비하고 독립을 준비하는 시기이다. 부모는 선배로서 조언한다. 이때에 자녀는 배우자를 만나고 결혼을 준비하는 시기이다.
부모는 삶의 선배로 적극적인 조언을 한다. 결혼을 하게 되면 결혼의 의미와 가치를 토론하고, 허용하는 범위 내에서 새로운 가정으로 독립하도록 적극 돕고 주체자로 스스로 삶을 시작하게 한다.

3) 부모와 자식 간에 상호 독립 분리의 시기이다. 특히 결혼에 대한 방법과 지원에 정석이 있을 수가 없다. 재정과 환경이 가지가지이고 또 결혼 비용에 대한 생각도 가지가지이므로 정답은 없다. 환경에 맞추어

독립을 돕는다. 가능한 범위에서 지원한다.

그러나 자녀의 결혼과 독립에 빈부의 격차가 심한 것이 현실이다. 자유 자본주의 사회에서 이 격차를 없앨 수는 없다. 자식의 입장에서 이것이 더 성공하고 더 행복한 데에 절대적인 영양은 아니니다. 그 이유는 지금까지 많은 설명한 바와 같이 두 사람의 행복한 삶이 시작이기 때문이다. 더 성공과 더 행복의 시작점이다.

건전한 현대 젊은이는 정말 현명하다. 결혼식에 대하여 자신의 환경과 처지를 긍정하고, 사랑과 믿음, 신뢰를 바탕으로 진행한다.

(1) 결혼식은 간소하게 한다.

(2) 초청자를 소규모로 한다. 모든 게 빚이다.

(3) 전세로 출발해도 만족한다.

(4) 결혼식 준비로 인하여 빚을 지지 않는다.

(5) 삶을 만들어가는 즐거움도 성공적인 삶의 하나이다.

4) 부모는 사회생활로부터 점점 멀어지고, 부모에 노년의 삶과 자녀의 삶이 독립적인 관계를 유지한다. 현대는 대가족 중심 사회에서 소가족 사회로 급속하게 변화했다.

새로이 분가한 장년의 삶은 국민소득 3만 5천 불의 시대이지만, 삶은 빠듯하다. 자신의 자녀와 함께하기도 힘겹다. 주거비용, 양육비용, 사교육비, 삶의 질 향상을 위한 생활비로 여유가 없다.

부모와 자식 사이에는 사랑만이 존재하지 않는다. 시절마다 책임과 의무를 서로 주고받는 사이로 살아간다. 개개인의 삶의 환경에 따라서 주고받는 사랑도 다양하다. 때로는 원망과 비난의 관계도 존재한다. 이 관계는 지금까지 삶의 결과에 의한 것으로 쉽게 바꿀 수 없다. 최고가 아니라도 최선의 환경과 조건을 긍정해야 한다. 그리고 지금에서 더 성공하고 더 행복한 삶의 지혜를 동원한다. 부모와 자식 간에 비움의 지혜를 실천하지 않으면 부모나 자식 둘 다 여유 있는 삶을 살기 어렵다. 특히 사회적인 환경의 변화와 불안정한 삶이 욕구와 욕망을 비우는데 한계가 있다.

누구도 지금까지의 삶의 결과를 되돌릴 수는 없다. 지금 자신의 환경과 조건을 긍정하고 미래의 삶을 위해서 더 성공하고 더 행복한 삶의 지혜의 실천이 현실적인 대안이다.
부모와 자식은 어떤 경우이든 상호 가능하고 필요함에 공감하는 정성을 보이는 것이 좋다. 이래야 시절 행복에 크게 기여하게 된다. 시절 행복은 시기가 지나고 나면, 시절 사랑의 기회를 놓치는 것에 아쉬움이 남는다. 이는 모두의 문제이다.

부모와 자식 간에는 살고 죽음의 시차로 인하여 시절 행복이 존재한다. 시절 사랑, 시절 행복은 때를 놓칠 수 있는 사랑과 행복을 말한다.
1) 서로 사랑하는 마음을 갖고 표현한다.
2) 자주 안부하고 정기적인 방문으로 기회를 놓치지 않는다.

3) 서로 건강에 관심을 가져 심리적 안정을 준다.

4) 이유 있는 작은 선물이라도 서로 주고받는 즐거움을 만든다.

5) 계절별 제철의 음식을 함께하며 행복감도 함께 나눈다.

6) 상호 미래에 아름다운 삶을 계획하고 행동한다.

7) 부모도 건강하고 재력이 있으면 서로 나눔을 실천한다.

8) 맞벌이를 한다면 건강이 허락하는 한 손자 돌봄을 한다.

부모와 자식 간에는 상호 시절사랑과 시절행복이 가장 크다. 자신의 환경과 조건에 맞추어 후회가 없도록 최선을 다하면 더 행복한 삶이 실천된다.

형제자매의 인연 관리

자신의 삶에는 형제자매 사이에 시절 사랑이 있다. 일정 기간 부모님의 보살핌과 통제 속에서 형제자매는 성장한다.
그 삶의 특징은 청소년기는 같이 부대끼며 살아가는 시절이고 추억의 시절이다. 청년기를 지나고, 성년이 되면 부모와 형제자매는 각자 독립의 새로운 가정을 이루게 된다. 초기에는 자신의 새 가정에 몰두하다 보면 형제자매의 관계는 소원하다.

그래도 부모님이 살아 있을 때에는 부모님이 구심점이 된다. 특별한 날, 명절과 생일날 만남으로 사랑이 유지된다. 그러나 부모님이 돌아가

시면 모임의 관계가 뜸해진다. 한동안 형제자매의 사랑을 실감하지 못한다.

삶에 여유를 가진 시절에, 부모님의 떠나고 나면 가장 가까운 혈육이 형제 자매이다. 그래서 더 행복하고 삶의 풍요를 위하여 형제자매의 사랑을 키우는 것이 좋다. 서로 독립하여 살아가지만 정기적인 교류의 기회를 만들고 우애를 유지하는 것이 좋다. 이웃사촌이라는 말이 있긴 하지만 사회에서 환경과 조건 만남의 인연보다 혈육으로 맺어진 인연이 더 가치가 있다.

특히 지금은 실버의 생활이 길어진 시대이다, 사회적 만남은 점점 줄어들고, 홀로 삶의 세월이 길다. 그래서 가족 중심 생활로 돌아오면 가족의 중요성이 더욱 높아진다. 평소의 유대가 좋아야, 후일의 만남에 추억이 많아져 만남이 즐거워진다.

형제자매 간에도 오래도록 좋은 관계를 유지하기 위하여는 지혜와 노력이 필요하다. 삶의 지혜이다.

1) 형제자매간 서로의 삶에 관심을 가지고 표현하라.

2) 도움이 필요할 때에 가능하면 도움을 주라.

3) 상호 서운한 일이 있을 때에는 상대방에게 혼자가 아니라, 배우자가 있다는 것을 이해시켜라.

4) 절대로 막말을 하지 마라.

5) 위계질서에 벗어나는 용어를 쓰지 마라.

6) 서로 비난하지 마라.

7) 자기주장을 너무 강하게 하지 마라.

8) 서로 위로하고 격려하라.

9) 갈등이 생기면 적시 해결하고 방치하지 마라.

행복의 터에서 성공적인 삶을 살고, 행복을 누리기 위하여, 가족 구성원과의 사랑과 아름다운 관계가 중요하다.
희로애락이 나에게 올 적에 진심으로 같이할 사람은 가족들이다. 가족 구성원 전체가 어느 하나 기울어진 삶 없이 여유 있는 삶이 되도록 관심과 격려와 지원을 해야 한다. 나의 더 행복을 위하여 다 같이 행복해야 한다.

44. 자녀 양육과 교육의 실천

성공적인 삶의 요소 중 가정의 더 행복을 좌우하는 것이 자녀의 양육과 교육이다. 그리고 오랜 시간을 요하고 가장 많은 정성과 에너지를 쏟는 곳이다. 그리고 결과에 따라 항상 희로애락을 반복한다. 자녀 양육과 교육에서 분가까지 자녀 성장에 대한 결과가 자신의 행복한 삶에 오래도록, 크게 영향을 미친다. 일생의 과정에서 자녀의 양육과 교육은 기간도 길고 의미와 가치의 비중이 매우 크다. 이 가치와 의미가 더 행복한 삶을 크게 좌우한다. 이 장에서 소개되는 내용은 직접 경험한 것을 많이 원용했다.

자녀를 둔 많은 부모들이 자녀 양육이나 교육에 관심이 절대적이다. 그래서 이 경험이 그렇게 완벽한 성공은 아니지만, 스스로 만족하고 내 삶에서 가장 성공한 분야이다. 조금이라도 공감하고 동의하면 다행으로 생각한다.
왜냐하면 자녀의 양육과 교육에는 정도가 없다. 각 개인이 처하여 있는 시절이나, 환경과 조건이 다르고, 실행 방법도 매우 다양하기 때문이다. 그리고 자녀 양육과 교육에 대한 훌륭하고 위대한 사례가 많다.

부모와 자식의 관계는 어떤 조건이나 환경에서, 어떤 모습으로 태어나도, 천륜의 정으로 맺어진 관계이며 바꿀 수 없는 운명이다. 그러나 사랑과 희망을 바탕으로, 자식과 부모는 연이 끝날 때까지, 정성을 다하고 최선을 다 한다. 무한한 사랑과 무한 책임으로 양육과 교육에 최선을 다한다. 그 기간이 개인마다 차이가 있겠지만, 보통의 가정, 보통의 삶에서 대략 양육에서 취업까지 그리고 결혼까지 약 20년에서 30년이 소요된다.

최근에 유행처럼 돌고 있는 손자 돌봄을 합치면, 부모 삶 전체가 자식의 굴레를 벗어나지 못한다. 이런 벗어날 수 없는 관계가 가장 힘들고 고통스러운 관계이지만, 한편으로는 더 성공과 더 행복한 삶이 의미를 주고, 가치가 있는 삶의 기회를 제공한다. 이 의미와 가치가 행복의 원천이다. 자식과 관련된 삶은 기쁨과 슬픔, 애처로움, 즐거움이 반복되는 연속의 삶이다.

나는 사회에서 한 때에 농담으로 회자되든 목메달의 삶을 살고 있다. 아들만 둘을 두고 있다는 뜻이다. 부모의 삶에서 자식의 양육과 교육, 그리고 취업, 결혼과 분가까지 끝이 나면, 내 삶의 책임과 의무가 절반 이상이 끝난다. 그만큼 자녀의 양육과 교육의 짐이 무거웠다는 증거이다. 보통의 많은 사람들도 자식의 양육과 교육을 최우선으로 하는 삶을 산다. 이것이 보통 부모들이 안고 있는 숙명의 짐이다. 지나고 나면 삶에서 자식과 함께한 삶에서 보람과 가치를 가장 많이 찾으면서 산 것을 기억하게 된다. 물론 개인의 만족도는 천차만별이다.

나는 다행스럽게도 자식의 양육과 교육, 취업, 결혼까지 모든 과정이 크게 자랑할 것은 없지만, 나의 희망에 가장 가깝게 이루어졌다. 비록 삶의 과정에서 수시로 현실과 타협하고 상황에 따라 욕망을 줄이고, 희망을 비움으로 조율하면서 성공을 이뤘다. 삶의 현실에서 욕망과 희망의 조율 방법은 더 성공하고 더 행복한 삶의 지혜에서 찾는다. 삶에서 목표를 변화할 수 없는 절대적인 기준으로 삼으면 안 된다. 가끔은 재능과 능력, 노력과 인내, 그리고 환경의 변화에 맞추어 목표를 수정해야 한다.

자식에 대한 평가는 다분히 개인적이고 주관적이다. 최고는 아니지만 두 아들은 내가 기대하는 학교에 입학했고, 본인들도 원하는 학교, 학과에 입학했다. 자기들이 맞추어 원하는 곳에서 일하고 있다. 그러나 자신들의 만족에 대한 속마음은 알지 못하지만, 외형적으로는 잘 살고 있는 것처럼 보인다.

그리고 자신이 선택한 아내와 결혼하고 2세를 두었고, 원만한 삶을 산다. 그러나 자식에 대한 부모의 심정은 항상 애환의 삶을 산다. 자식들이 외형적으로는 완성된 삶을 살고 있지만, 부모도 불완전한 인간으로서 자식에 대한 만족도가 완전하지 않다. 서로의 세대차와, 사고의 차이로 아쉬움을 항상 간직하고, 마음도 불안정하다. 애증에 끝이 없다. '잊어야 한다', '버려야 한다', 입버릇처럼 이야기하지만, 수시로 찾아오는 애증은 숙명의 사랑이다.

스스로 할 수 있는 환경을 만든다

자식이 좋은 대학에 들어가면 부모가 성공한 것일까? 자식의 성공일까? 그것은 분명히 자식의 성공이다. 그러나 양육에서부터 오랜 바람과 정성을 다하고, 수 십년의 뒷바라지를 한 입장에서 보면 부모의 성공이기도 하다. 그러나 자식에 대한 성공적인 삶은 오랜 기간 동안 부모도 만족하고 즐거움을 같이 한 삶이다.

2019년 정치권에서 나라를 떠들썩하게 한, 스펙 위조, 표창장 위조, 인턴 증명서 부정 발급, 허위 논문 저자 등록 등 비정상적인 방법으로 서울의 명문대에 입학한 사건이 보도되었다.

지금도 고위 공직자 후보만 되면, 자식의 입학과 취업에 아빠찬스, 엄마찬스가 문제된다. 어쩌면 권력과 상류층이 사용하는 보편적 특권인지 모른다.

대학 입학이라는 것이 이렇게 힘들게 하는 것을 새삼 알게 되었다. 그리고 정보에 강하고, 능력 있는 부모는 이런 방법으로 스펙을 만들고 사용하는 것도 처음 알았다. 자식을 위하여 그 동안의 모든 권위와 명예, 몸과 마음까지 전부를 바친다는 것도 알았다. 평범한 보통 사람들은 충격이 아닐 수 없다.

그런데 이런 대학입시의 광풍 속에서 사교육 없이, 방과 후 자율 학습만으로, 원하는 대학에 진학했고. 부모로서는 행운이고 자식에 대하여 고마울 뿐이다. 그러나 이것은 하루아침에 이루어진 성공이 아니다. 태어나 양육 과정에서부터 청소년기까지 꾸준한 재능 개발과 좋은 습관을 만드는데 정성을 다한 결과다.

당사자들은 자신의 노력이라고 생각하지만, 부모의 역할을 무시할 수 없다. 그러나 그 공을 차지할 의사도 없다. 아무리 좋은 환경을 만들어도 본인의 노력이 없다면 이룰 수 없기 때문이다.

공부머리를 타고나지 않아도, 상위 1%가 될 수 있는 유일한 비결은 '공부정서'를 가지는 것이다. 비슷한 환경과 비슷한 지능을 가지고 있어도, 어떤 아이들은 그저 그런 학습상태에 머무르는 반면, 어떤 아이들은 계속해서 뛰어난 학업 성취를 이룬다.
또한 초등학교 입학 전부터 영재성을 나타냈으나, 학년이 올라갈수록 학업이 떨어지는 아이가 있는가 하면, 학년이 올라갈수록 자신감을 가지면서 최상위권으로 치고 올라가는 경우가 있다. 타고난 공부머리는 부모의 학력과는 무관하다. 특별한 지도 없이도, 놀라운 학습 성취를 일궈낸 아이들의 비결은 무엇일까? 그 결정적인 차이는 바로 '공부정서'라고 한다.

공부정서란 공부하면 떠오르는 '첫 감정'이다. 아이에게 공부하면 어떤 기분이 드나? 하고 물었을 때 '좋다' 또는 '싫다'라 고 하는 직관적으로 떠오르는 공부에 대한 감정을 말한다. 공부머리가 작동하려면 제일 먼저 공부에 대한 긍정적인 정서가 발동해야 한다.

문과, 이과의 두 아이는 고등학교 1학년 반 배정 고사에서 약 10등(15% 정도) 수준에서 출발했다. 그래서 1차적인 대학 진학 목표를 보수적으로 잡아, 서울에 소재하는 대학을 목표로 삼았고, 공부는 학교에서 하는 방과 후 자율 학습만 했다.

가끔 사교육이 필요한 과목이 있는지 물었다. 본인은 사교육이 필요 없다고 했다. 사교육에서 별도로 더 배울 것이 없고, 학교 수업만 충실히 해도 된다고 했다. 그리고 사교육을 받고 온 친구는 수업 시간에 주로 졸고 있다고 했다. 그래서 자율학습에 몰입했다.

학년이 올라 갈수록 성적은 상승했다. 계속 성적이 오르고, 모의고사에 성적에 따라 대학의 목표가 높아졌다. 본인도 자신감을 가지게 되었고, 3학년 때에는 SKY 대를 목표로 했고 성공을 했다. 두 아이가 다닌 학교는 달랐고, 진로도 이과, 문과로 달랐다. 그러나 집에서 공부하는 패턴은 비슷했다. 3년을 가까이에서 본 경험에 의하면 스스로 했기 때문에 별다른 것은 발견하지 못했지만, 공부 정서가 몰입도를 높이는데 긍정적으로 작용했을 것으로 믿는다.

S대와 Y대 아빠로서 직장 후배들이 자녀 교육에 대한 질문을 받은 적이 있다. 객관적인 답은 할 수 없고, 다만 부모의 정성은 있었다. 등하교의 차량 이동, 가정에서 TV 시청 자제 등 정숙함에 최선을 다했다. 생활 태도와 습관을 지켜본 결과에 의하면, 한 가지는 말할 수 있다. 규칙적인 생활이고, 일찍 자고 새벽에 공부하는 습관이고, 자질과 재능은 책을 좋아하고, 독해력이 좋았다.

평범하고 보통의 성장과정이다.

1) 어릴 때부터 책을 좋아하도록 영상을 멀리 했다. TV가 저녁에만 방영되는 시절이라, 비디오 기기를 사지 않았다. 가족 전체가 보조를 맞췄다. 꾸준한 학습지와 당시 수입에 비하여 고가의 시리즈 이야기책을 구입하여 읽게 했다. 그래서 둘 다 좋은 독서 습관이 생기고 독해력이 좋다.

팍팍한 월급에도 독서에 필요한 지원은 최대한 했다. 특별한 활동 없이

고등학교 고학년에 갈수록 성적이 향상되었다. 고등학교 3년을 옆에서 지켜본 결과는 독해력이 좋고 책을 좋아하는 이유밖에 없었다. 독서 습관을 좋게 하는 데는 돈이 많이 필요치 않는 것으로 평범한 가정에서도 충분하게 할 수 있는 지혜다. 성장과 양육에 세심한 정성이 필요하다.

2) 좋은 교육 환경을 위하여 맹모삼천지교의 뜻으로 초등학교 4학년과 2학년 때에 지방에서 서울로 직장을 옮기고, 이사를 했다. 서울로 이사를 결정하는 이유가 직업의 문제도 있었지만, 교육 환경을 좋은 지역에 가야 한다는 것이 반 이상이었다.
89년 시절에는 서울과 지방의 교류가 빈번하지 못했고, 인터넷도 없고, 교육 방송이 없던 시절이다. 서울과 지방의 교육 격차가 지금보다 훨씬 심한 시기였다. 특히 아이들에게 지방 사투리라도 벗어나게, 서울 표준어를 쓰는 아이로 키우고 싶었다. 초등학생이라 좋은 대학 진학에 대한 큰 목표는 없었다. 서울말을 쓰는 아이로만 키워도 서울로 이사 온 보람과 목표를 달성한다고 생각했다. 어쩌면 내 삶보다 자식의 삶에 우선권을 주었다.

3) 결과는 S대 컴퓨터공학과를 졸업하고, 게임회사에서 기획자로 근무하고 있고, Y대 법대를 졸업하고 공기업의 변호사로 일하고 있다. 사회적으로 비범하게 성공한 것은 아니지만, 좀 좋은 평범한 직장인이다. 이 사회에는 더 훌륭한 사람도 많이 있지만, 그래도 나는 만족한다. 지금의 아이들은 나보다 더 성공하고, 더 행복한 삶을 살고 있기 때문이다.

이 사회에는 정말 훌륭하고 사회적 기준으로 크게 성공한 사람들이 많다. 그들과 비교하면 많이 부족하지만 자식들도 최선을 다한 결과에 만족하고 부모로서 동의하고 만족한다.
그러나 자신들은 지금까지 자신의 삶에 대하여 얼마나 행복했는지 알 수는 없다.

몸과 정신을 새싹부터 키워라

공부 정서나 독서습관이 하루아침에 만들어지는 것이 아니다. 유아, 청소년기의 재능과 자질은 모두 부모와 함께 만들어진 결과이다. 유아기, 청소년기의 신체적인 성장은 눈에 보인다. 그러나 내면의 정신을 이루고 있는, 인성, 재능, 잠재적인 능력은 눈에 보이지 않지만, 몸과 함께 성장시켜야 한다. 미래 아이의 잠재력은 모두 이 정서 발달에서 온다.

신체적인 성장은 눈에 보이기 때문에 비만이다, 영양이 부족하다, 운동이 부족하다 등 쉽게 알 수 있고, 그 대응이 어렵지 않다. 그러나 정서적인 성장은 부모의 세밀하고 정성스러운 관심이 없으면 놓치기 쉽다. 세밀한 관찰이 요구된다.
어린아이의 지능 발달은 유아기에 형성된다. 유아 청소년 발달에 대한 이론과 실천의 지혜는 관심만 있으면, 오픈된 지혜를 쉽게 접할 수가 있다. 그리고 지금은 모든 부모들이 학습 수준이 높기 때문에 관심과 마음만 먹으면 목적을 이룰 수 있다.

우리 아이의 성장기는 1980년대 초이다. 교육 환경은 열악하고, 정보도 부족하고, 삶의 생활 형편도 팍팍한 시절이다. 아이에게 필요한 책을 충분하게 사기도 어려웠다. 그러나 학습과 재능과 습관은 모두 엄마의 세심한 노력의 결과로 만들어졌다.
두 아이가 그래도 좋은 대학을 가게 된 것은 엄마의 현명함과 노력이 크게 영향을 주었다. 한 사례를 살펴보면, 엄마는 유아기 교육의 중요함을 알고, 말단 직원의 급여에서도 적극적으로 재능 발달 프로그램 교육을 실천했다.

인간은 유아 시절부터 알게 된 개념, 언어. 감각 등 모든 종류의 원재료를 동원하여, 말 그대로 '딥러닝' 할 수 있는 뇌의 구조를 만든다는 연구결과가 있다. 뇌는 우리가 생각한 것보다, 훨씬 일찍부터 책 읽기를 필요로 한다.

생체 학자 스카몬(Scammon)의 성장곡선에 따르면, 갓난아이의 두뇌 중량은 성인의 25%이다. 1세가 되면 50%, 3세 땐 75%, 6세까지 성인의 90%에 도달한다고 한다. 전문가들은 이 시기가 책을 접하는 결정적인 시기로 책을 접하도록 해야 한다.

영국이나 미국에서는 신생아부터 11세 아이들을 대상으로 독서 기본 프로그램을 통하여 책을 선물하거나 책을 읽어준다.
아이들이 원하는 대학을 가고 필요한 성적을 낼 수 있는, 재능과 습관은 유아 청소년기의 부모의 세심한 노력이다.

이것은 한 가정의 실천 사례이다. 객관적 연구 결과가 아니다.
유아기.
1) 많은 사물과 환경을 접하게 한다.
2) 들과 강, 산, 바다, 계곡 같은 새로운 환경을 많이 경험하게 한다.
3) 시청각 보다, 책을 중심으로 시각과 생각에 중점을 둔다.
4) 레고 같은 만들기를 자유롭게 하고 촉감 활동을 많이 한다.

청소년기.
1) 책을 가까이하는 독서 습관을 만든다.
2) 쉽게 받아들이는 시청각을 자제한다.
3) 체계적인 학습 패키지를 활용한다.
4) 학교 공부에 충실하고 숙제와 과제물을 꼭 한다.
5) 월 정기적으로 서점을 방문, 자기가 원하는 책 3권 이상 사고 읽는다.
6) 성적은 결과보다, 결과에 대한 이유와 원인을 찾는다.
7) 자신이 감당할 목표를 스스로 정하게 한다.
8) 학습의 성취도는 반에서 10% 수준이면 된다. 1등을 고집하지 않는다.
9) 자신의 목표 달성 시에 인센티브를 준다. 성적 목표 달성 시 컴퓨터

시간 늘려 주기.

10) 동급생과의 대화에 동참을 위하여 게임을 적당하게 허용하지만, 시간을 제한한다.

건강한 생활같이 하기.

1) 아동기에는 가까운 산과 계곡을 찾는다.

2) 휴가에는 여행 또는 바다, 계곡에 캠핑을 간다.

3) 소년기 산행으로 힘든 경험을 하게 한다.

4) 유적지 방문으로 호기심을 가지게 한다.

5) 같이 운동하며 즐거움을 나눈다.

6) 많은 경험 쌓기 낚시하기.

7) 자전거 타기.

이것이 나의 실천 사례이다.

그러나 지금의 세대에는 더 많은 다양한 환경이 만들어져 있다.

승용차 없는 집이 없고, 놀이터, 키즈 카페, 놀이방, 도서관, 체육관, 디지털 교육, 취미교실을 적극적으로 활용하면 자녀의 양육과 교육이 훨씬 쉬워질 것이다.

지식의 홍수 시대 독서가 무기다

김은주 강남 세브란스병원 교수
12세까지 독서 습관 골드타임이다.
어린 시절 책 읽기가 중요하다. 영. 유아 때 인간 뇌가 폭발적으로 성장하기 때문이다. "책을 읽고 행간(글에 직접적으로 나타나 있지 아니하나, 그 글을 통하여, 나타내려고 하는 숨은 뜻을 비유)의 의미까지 파악하는 고차원적 이해력과 사고력이 뛰어난 아이로 키우려면, 적어도 만 12세 이전에 독서 습관을 길러 주는 것이 좋다"라고 말한다.

김붕년 (서울대병원 소아청소년 정신과 교수)
어린이와 청소년의 심리, 행동, 정서를 연구해 온 교수는 영. 유아 어린이들의 책 읽기는 상상력과 창의성을 길러준다. 어린이의 평생 행복을 결정하는 매개체로 작용할 수 있다고 강조했다.

김 교수는 일본 도호쿠 대학의 류타 교수의 연구를 인용하여 "아이들의 상상력과 창의력은 뇌의 가장 앞부분인 전 전두엽에서 나온다" 라며, 그런데 책을 읽게 되면, 전 전두엽을 많이 사용하게 돼 상상력이 길러지게 된다" 라고 설명했다.

인간은 3-5세에 언어적 발달이 특히 왕성해지고 책을 접하면서, 정서적 유희와 즐거움, 사고력과 판단력의 체계가 잡히는 경이로운 경험을 할 수 있다. 학습 능력에 관심을 가지고 있거나, 성적을 높이고 싶다면, 먼저 아이의 독해력을 파악한다.
독해력이 부족하면 독해력을 키워라. 공부하는 도구가 좋지 않으면 성적이 나지 않는다. 공부의 도구는 독해력이다.

나는 운이 좋아 일찍부터 아이들에게 책을 가까이하는 독서 습관을 갖게 했다. 자녀 양육과 교육의 한 사례라고 생각하고 참고하면 된다.

45. 부자의 마음으로 사는 기술

자신의 능력과 재능에 관계없이 사회 정책의 변화로 부자도 되고 가난한 사람도 되는 불편한 사회다. 누구에게는 행운이고, 누구에게는 불운이다. 가난한 부자도 되고, 부자이면서 궁핍한 삶을 산다. 갑작스러운 정책 변화로 많은 국민이 주거의 혼란에 빠졌다. 주거의 불안정으로 일상 삶이 불안정하다. 가정에 근심 걱정이 생겼다. 수입 없는 재산에 세금은 증가하고, 주거비는 급등이다. 예측할 수 없는 부의 이동으로 2022년 대한민국 중산층 삶은 고통스럽다. 각자의 환경에서 지혜로운 고비 탈출을 희망한다. 그리고 계획된 삶으로 빨리 돌아간다. 일생 동안 수입에 맞추어 살면서 궁핍하지 않는 삶을 살았다. 지금도 그러하지만 마음은 부자다. 왜냐하면 부족함에 맞추어 삶을 살기 때문이다.

어떤 형태의 가정이라도 가정을 지탱하는 물질적인 힘은 돈이다. 가정의 모든 활동에 돈이 소요되지 않는 곳이 없다. 그래서 일터에서 가정의 경제를 책임지기 위하여 최선의 노력을 한다. 부유한 삶은 행복한 삶의 한 요소이고, 많은 삶의 요소에 큰 영향을 미친다. 그리고 부유한 삶의 상한선은 한계가 없다. 최소의 삶은 최저 생계라는 국가 기관의 기준이 있지만, 최고의 삶의 기준은 없다. 다만 사회적으로 통용되는 보편적이며 윤리적인 부자들의 삶은 확인된다.

가정경제에서 부의 크기는 개개인의 환경과 조건, 필요, 욕망에 따라서 다르다. 그리고 시절에 따라, 상황에 따라, 필요에 따라 변화하고 만들어지는 특징이 있다. 그래서 가정경제 부의 목표는 생애 라이프사이클에 따라 필수적인 필요와 개인의 욕망이 합하여 만들어지고 변화 발전한다.

가장 바람직한 가정경제의 합리적 목표는 희망하는 삶의 계획에 의거 필요한 재원을 산출하고, 이에 필요한 재원을 충당하면 가장 바람직하다. 여기에 예상하지 못하는 미래를 대비하는 약간의 여유 자금이면 금상첨화다. 삶의 시절별로 부의 수요가 다르고 공급도 다르다. 수요와 공급에 크게 부족하지 않게 서로 조절하여 사용하고, 이에 긍정하면 된다.

현실은 모든 가정에 필요한 경제의 부를 만족하게 제공하지 못한다.

필요한 수요도 예측하기 어렵다. 그것은 필요한 수요에는 욕망이 작용하기 때문이고, 필요한 만큼의 공급도 어렵다. 자유 자본주의 경쟁 시스템이 작동하여 분배를 조정하고 있기 때문이다.

자유 자본주의 경제는 개인 모두에게 원하는 만큼의 부를 제공하지 못한다.

성공적인 삶에서 가정경제에 최소한의 기준인 생계유지는 되어야 한다. 최소한 궁핍에서 벗어나서 희망하는 부자의 길로 가는 기회를 잡아야 한다.
ICT로 무장한 디지털 시대, 4차 산업의 발달로 고전적 임금 근로자의 위기가 오고 있다. 그래서 국가는 기본소득제가 검토되고, 이미 변형된 기본소득 제도가 시행되고 있다. 한 가정을 꾸려가는 필요한 경제적인 부의 크기 차이는 크다. 삶은 사는 욕구의 수준과 조건에 따라, 부의 크기가 다르기 때문에 객관적인 기준을 정하기 어렵다. 그러나 절제된 삶에 필요한 부가 충족되면 만족해야 한다.

여기서 절제된 삶과, 필요한 부라는 단서의 의미와 내용은 자신이 정하고 자신의 평가 기준에 의한다는 것을 의미한다.
그리고 경제적인 부는 성공적인 삶을 살아가는데 필요한 하나의 요소일 뿐이다.

부에 대한 자유는 계획한 삶에 적응이다

부에 대한 자유는 계획한 삶에 충분하면 된다. 삶의 계획이나, 필요한 부는 모두 자신이 계획한 것이다. 자신은 모든 삶의 자주적이고 지혜롭게 실천하는 주체자다. 실천 가능한 현실과 희망을 지향하는 계획을 포함한다. 이에 필요한 재원은 최선의 방법으로 충당한다.
가정에서 경제적인 부의 자유는 필요에 의한 지출의 만족도에서 찾는다. 수입이 무한정 보장되지 않는 시스템에서 항상 지출에 초점을 맞추어 조절한다. 최선의 욕구에 충족하는 지혜를 찾아야 한다.
수입의 원천은 외부 상황에 의존하지만, 지출은 자신의 필요에 의하여 조정할 수 있다. 그래서 부의 만족은 지출에 대한 욕망 관리가 실천하기 쉬운 지혜다. 때로는 최선을 다한 수입으로 욕구와 욕망을 충족하는 방법도 있다. 그러나 채워진 욕망은 또 다른 큰 욕망을 부른다. 채움과 비움의 조화가 바람직하다.
보통의 삶에서 지혜로운 사람은 항상 부족한 삶을 살지만 만족도는 높다. 한 가정의 경제적인 부의 기준이 절대적인 금액도 중요하지만, 더 중요한 것은 필요한 곳에 돈을 사용함으로써 오는 만족도가 더 크다.

누구나 부자가 되기를 원한다. 누구나 동의하는 부자의 기준은 없다. 그것은 경제적으로 풍족하고, 정신적으로 만족하지 못하면 부자라고 생각하지 않기 때문이다. 진정한 부자는 물질적으로 풍족하고, 정신적으로도 풍족한 상태이다. 그래서 부자는 상대적인 개념이기도 하고, 절대적인 개념이기도 하다. 부자는 자신의 생각과 철학에 따라서 부자가 될 수도 있고 가난한 사람이 될 수 있다.

절대적인 빈곤이나 가난을 제외하고는 부자나, 부자가 아닌 사람도 성공적인 삶을 사는 사람이다. 행복한 삶을 위하여 부의 크기가 얼마이면 될까? 그것은 경제적으로 자유롭고 정신적으로 자유로우면 된다.
돈의 가치는 소비에 달려 있다. 돈의 가치는 그 금액 자체가 아니라, 돈의 사용 후에 오는 효용가치가 결정한다. 우리 일상에서 행복한 삶을 위하여 돈이 꼭 필요하다. 그리고 작은 돈으로 큰 행복을 만들 수도 있다. 돈 없이도 행복이 만들어지는 경우도 있다. 그래서 행복에서 재정적인 역할은 돈의 크기에 비례하지 않고, 필요한 만큼이면 충분하다.

가정 경제에서 부자의 개념은 돈의 가치를 어떻게 평가하는가에 달려 있다. 가정 경제에서 부자의 돈의 크기는 연봉으로 결정되지만, 만족도는 다르다. 가정과 사회 활동을 통하여 돈의 사용에서 돈의 가치가 발생하고, 그 만족도로 나타난다.

욕구를 줄이면 넉넉한 삶을 살 수 있다

부자는 재물이 많아 살림이 넉넉한 사람을 말한다. 본인이 넉넉한 삶을 살고 있지만, 넉넉한 삶이라고 느끼는 사람은 그리 많지가 않다.

넉넉함이란 것이 주관적이고 개인의 욕구에 따라서 결정되기 때문이다. 욕구를 줄이면 누구나 넉넉한 삶을 살 수 있다.
한 집안의 살림살이를 표준으로 정하는 것은 불가능하다. 개개인의 환경이나 조건이 각양각색이고 욕구 또한 다르기 때문이다. 그래서 객관적인 기준은 정할 수는 없고, 일부를 제외하고 항상 넉넉하지 못한 삶을 살고 있다.
생애 라이프 사이클에 따라 재정적 수요와 니즈가 많은 시기가 있다. 보통사람의 대부분은 이 시기에 부의 궁핍함을 많이 느낀다. 이때 수입과 지출의 지혜로운 조절이 요구된다. 아마 경제적인 고비를 지혜롭게 넘기고 나면 좀 여유로운 시절이 온다.

평생 넉넉한 삶은 없다고 하더라도 후회할 정도만 아니면, 성공적인 삶을 유지하고 행복을 만들며 살아간다.
니즈를 줄이면 넉넉한 삶이 되는 것이다. 니즈를 그대로 두면, 경제적으로 부족한 삶이 된다. 자유 자본주의 사회에서 보편적인 일을 통하여 벌어들이는 부는 제한적이다. 이 한계를 인정하고 지혜로운 지출의 삶을 통하여 행복하다면 성공적인 삶이라고 본다.

넉넉한 삶을 위해 물질적인 욕심을 버리라고 하는 것이 어찌 보면 그게 가장 큰 욕심일지 모른다. 버릴 수 없다면 그걸 발판으로 삶의 욕구에 불을 지펴 삶의 에너지로 삼는 것이다.
욕구를 조절하면 훨씬 넉넉한 삶을 살아갈 수 있다.

보통의 사람들은 물질적 소유욕이 본성인 것처럼 소유를 인생 삶의 목표로 삼는다. 그 소유에서 오는 만족감과 즐거움이 행복이라고 믿는다. 소유의 만족감도 행복의 일종이다. 다만 소유를 통한 만족감은 오래도록 유지되지 않는다. 인간 본성의 소유욕은 끝없이 상승한다. 자유 자본주의 사회에서는 더욱 그러하다. 그래서 소유가 주는 긍정적인 면이 있지만 전체적인 삶을 보면 소유는 한 분야이다. 부족함이 없는 소유에 만족하는 지혜를 익히고 배워야 한다.

돈이 적어도 성공적인 삶을 사는 법

우리는 평소에 무심코 성공을 이야기할 때에 돈, 권력, 명예를 중심으로 이야기한다. 그러나 진짜로 인생의 성공적인 삶은 다른 곳에 있다는 사실을 경험해야 한다. 우리 사회는 돈이 없이는 살아갈 수 없지만, 절대빈곤을 제외하고는 부와 명예와 권력이 성공의 주요 변수가 아니다. 돈 없이는 한순간도 살아갈 수가 없지만, 아마 돈이 많이 없어도 성공적인 삶을 사는 방법이 있다. 지금 우리 사회에 많은 행복한 사람은 이런 사람이다.

돈이 많이 없이도, 아니 돈이 적어도 성공적인 삶을 사는 방법에 대한 지혜가 있다.

1) 자신의 삶의 가치를 자기만의 것으로 가진다.

2) 자신의 모습과 비슷하고, 서로 공감하는 친구를 옆에 둔다.

3) 시 공간을 초월하여, 자신의 생각을 나눌 수 있는 환경을 만들어간다.

4) 그때그때마다 감사한 일이 있을 때에 감사를 표현한다.

5) 누구에게도 확실한 미래는 없고, 고난과 고통은 있다. 이 속에서 삶의 의미와 가치를 찾는다.

6) 본인의 약점을 인정하고, 자신을 사랑하며 약점을 개선 보완하고 노력한다.

7) 귀중한 인연을 사랑하라, 가족, 친구, 연인, 자녀, 주변 사람들로부터 행복을 찾는다.

8) 삶에 호기심과 열정을 가져라.

9) 경험의 추억을 많이 만들어, 두고두고 음미하라.

10) 자신의 환경과 의지대로 살며 환경에 흔들리지 않는다.

11) 경험과 교훈을 성장시킨다.

12) 현재에 안주하지 말고 새로움에 도전한다.

이처럼 돈이 크게 필요하지 않는 일에 집중하고, 살아가면 돈을 모으는데 모든 힘을 쓸 필요가 없다.

돈의 가치는 사람마다 다르다. 같은 금액의 돈이라고 다 같은 가치를 가지는 것은 아니다. 익명성으로 존재하는 돈의 가치는 거래의 수단으로는 평등의 가치를 가진다. 내가 가지고 있는 일정 금액의 돈, 돈에 숨어 있는 가치를 이해해야 한다.

그래야 부와 성공적인 삶과 행복의 관계를 이해할 수가 있다. 각 개인의 돈의 가치는 내 품으로 들어올 때의 가치와, 그 돈이 내 품에 존재하면서의 가치, 그리고 그 돈을 소비함으로 발생하는 가치가 개인마다 다르다.

내 돈의 수입 원가는 얼마일까? 힘든 노동의 대가로 번 돈, 재벌의 부모로부터 받은 돈, 절대금액은 동일하다고 하더라도 개인이 느끼는 가치는 다르다. 또한 돈의 미래 가치가 다르다.
보통 가정에서 생산적으로 사용된 돈과 부자의 사치의 생활비로 사용되는 돈의 가치가 다르다.
절대 빈곤자를 제외하고 가난한 자와 부자의 삶에 돈의 크기는 관계가 적다. 돈을 많이 가진 사람도 가난하게 사는 사람도 있다. 그들은 주거비가 비싸고 생활비가 비싼 지역에 사는 사람이고 가난하게 산다. 그들은 가난한 부자들이다.

반대로 주거비가 저렴하고 생활비가 적게 드는 지역에 사는 사람은 풍족하게 살지만 상대적인 빈자들이다. 같은 연봉의 사람도 가난한 삶을 사는 사람도 있고, 풍족하게 사는 사람도 있다. 부자스러운 삶과 가난한 삶은 가진 부의 크기보다 사용 방법에 따라서 달라진다.

가난을 면하는 방법은 두 가지 길이 있다.
하나는 생활에 필요한 재정을 필요한 만큼 충분하게 만드는 것이다. 또 하나는 내가 벌어들이는 재화에 욕구를 맞추어 사는 방법이다. 벌어들이는 만큼 사용을 하면 가난을 줄일 수 있다. 가난을 면하는 길은 수입과 지출의 관리가 지혜롭게 이루어져야 한다.

자신의 재능과 취향의 가치를 뒤로하고, 오직 돈을 많이 벌 수 있는 직업을 선택한다. 근무조건, 복지환경과 돈은 직접 눈에 보인다. 그러나 잠재적인 이득이나 성장의 기회는 절대적으로 보장된 것이 아니다. 그래서 많은 보통의 사람은 현재 이득에 매몰되고 미래의 성장 가치에 낮은 가치를 메기게 된다.

현실의 삶에서 부는 필수적이고 절대적이다. 정당한 부는 많을수록 좋다. 그러나 그 부가 성공적인 삶의 하나의 요소이지 절대적인 요소가 아니라는 것을 알아야 한다.

그러나 나는 평생 크지 않는 직장에서, 많지 않은 연봉으로 부자는 아니지만 현명한 지혜의 삶으로, 가난한 삶은 살지 않았다. 내가 벌어들이는 재화에 나의 욕구를 맞추어 살았다. 벌어들이는 만큼 사용을 하면 가난을 줄일 수 있다. 그래서 가난을 면하는 길은 수입과 지출의 관리가 지혜롭게 이뤄져야 한다.

46. 선택한 기회가 운명을 바꾼다

내가 선택한 기회가 내 운명을 결정한다. 나의 운명은 내가 선택한 방향으로 만들어진다. 어떤 이유와 원인이든 기회의 선택은 내가 결정한다. 평상시의 선택은 일상에서 습관처럼 이루어진다. 일상 행동의 선택은 신중하고 이성적인 판단보다 직관적으로 이뤄지기 때문이다. 그러나 습관처럼 보이는 그 선택의 과정을 미세하게 나누어 보면, 그 선택에도 이유와 근거가 있다. 이성적이든 직관적이든 선택에는 이유와 근거가 있다.

일상의 선택으로 나타난 결과가 삶의 결과물이다. 가끔 큰 결과에 대하여 한마디로 표현할 때에 운이라는 말로 평가할 때가 있다. 운이 좋았다

혹은 운이 좋지 못했다 라고 말한다. 그래서 내 삶의 운명은 내 행동의 결과이기도 하고, 그 행동을 선택한 것이 운명이 되기도 한다. 그래서 중요한 삶의 선택은 객관적이고 이성적인 기준에 바탕을 두는 것이 좋다. 직관이나 감각이 뛰어난 사람은 그 사람의 내면에는 그 분야의 지식, 지혜, 경험을 가지고 있을 확률이 높다.
너무 감각에 의존한 기회의 선택으로 실수를 하게 되면, 삶에 오래도록 큰 영향을 미치게 되고, 행복에도 역효과를 준다. 누구나 지난 삶에 이런 오류가 많이 있다. 지금 자신의 삶은 이런 오류를 포함하여 만들어졌다.
좋은 선택은 이성적이고 객관적인 지식과 지혜 그리고 경험을 바탕으로 이루어지는 것이 가장 바람직하다. 그래서 현명한 선택은 힘든 고뇌와 올바른 지혜를 바탕으로 결정된다. 결과적으로 자신의 운명은 자신의 능력이 좌우한다는 것이다. 그러나 많은 사람은 잘된 결과는 자신의 능력으로 표현하고, 잘못된 결과에 대하여 운이 좋지 못했다. 라고 하며 말한다.

성공한 사람과 실패한 사람의 차이는, 성공한 사람은 긍정적인 요인을 많이 선택한 사람이고, 실패한 사람은 반대로 적게 선택한 사람이다. 실패 요소를 적게 선택한 사람과 많이 선택한 사람의 차이이다. 완벽한 선택은 있을 수 없지만, 가능한 성공의 요소를 많이 선택할 수 있는 지식과 지혜를 가져야 한다. 선택을 할 때에는 분명한 이유가 있어야 한다. 지식과 지혜가 많은 사람이 성공의 확률이 높다. 그러나 다른 사람의 눈에는 운이 좋은 사람으로 보일 뿐이다. 그것은 지식과 지혜는 타인의 눈에는 잘 보이지 않는다. 새로운 선택은 분명히 여러 개 중의 하나이고, 그 하나의 선택은 자신의 모든 지혜가 동원되어 신중하게 결정해야 한다. 그러나 성공한 사람은 겸손하게 말할 때에 나는 운이 좋은 사람이라고 한다. 그것은 자신의 꾸준한 노력으로 쌓은 지식과 지혜를 바탕으로 선택했기 때문이다. 일상 삶에서 선택한 행동은 중요도가 그리 높지 않다. 그러나 직종, 직업, 배우자, 주거지, 투자, 등 중요한 선택에는 지식과 지혜, 경험, 타인의 조언을 구한다. 그리고 객관적 판단과 이성적으로 선택해야 한다.

만들어진 운이 기회를 잡는다

기회의 선택은 운도 작용하지만, 지식과 지혜가 함께 작동한다. 그래서 지식과 지혜에 약간의 운이 포함되어 좋은 선택을 하게 된다. 그래서 잘 되는 사람은 무엇이든 잘되고, 운이 좋은 사람으로 보이지만, 그 삶의 내면에서 선택을 좌우하는 지식과 지혜 그리고 운이 어떤 크기로 작용하지는 아무도 모른다. 기회의 선택에 있어서 운의 비중이 100%에 가까운 것을 행운이라고 하고, 0%에 가까운 것은 지혜의 결과이다. 그래서 삶에 기회 선택의 결과는 운과 지혜 사이에서 결정된다.

타인의 조언이나, 도움도 자신의 능력이다. 그리고 좋은 조언과 정보를 받는 것도 능력 플러스 운이다. 더 행복한 삶을 사는 과정에서 성공과 행복이 자신의 노력만으로 이루었다고 할 수는 없다. 많은 분야에서 주위의 조언이나 도움의 영향이 크다. 노력과 운은 엄격하게 구분되지 않는다. 얼핏 보면 운으로 보이지만, 자신은 운을 부르는 행동을 하기 때문에 얻어지는 운도 많이 있기 때문이다. 운명이라고 할 정도로 삶에 큰 변화가 예상되는 기회를 선택할 때에는 신중하고 지혜롭게 해야 하는 것은 틀림이 없다.
지금 약간의 차이가 세월이 지나고 나면, 비교할 수 없는 큰 차이가 발생하는 경우를 허다하게 본다. 누구에게나 생애 라이프 사이클에 따라 생각하여 보면, 중요한 삶의 선택이 몇 고비가 있었을 것이다. 지금 그 결과에 대하여 생각해 보자. 그때의 선택이 지식과 지혜 그리고 운이 얼마나 작용했을까? 아쉬움이 많이 있음을 실감하게 될 것이다.

예를 들면 학교와 학과의 선택이나, 직장과 직업의 선택, 배우자 만남, 투자 등 많은 분야에서 성공도 있고, 아쉬움도 있을 것이다. 여기에 지식과 지혜 그리고 운이 작용했다. 그러나 최선을 다했다면 긍정하고 만족해야 하는 것이 운에 대한 긍정적인 태도다. 이것은 내가 선택한 운이기 때문에 긍정하는 것이다. 그 당시에는 최선의 선택이기 때문이다.

어떻게 하면 지식과 지혜를 포함한 운을 부르는 힘을 가질 수 있을까? 그것은 일상을 통하여 배우고, 삶의 경험을 통하여 축적된다. 삶에서 기회의 선택은 항상 지식, 지혜와 운이 상호 작동하여 객관적이든, 때로는 이성적인 형태로, 직감의 형태로 작용한다. 그래서 지식과 지혜를 축적해야 한다. 그래야 운을 부르는 성공의 신뢰도를 높인다.

졸업 후 첫 직장의 선택이 중요한 것은 지금의 차이보다 수년 후에는 매우 큰 차이를 보이기 때문이다. 학교 졸업 동기나, 입사 동료를 보며, 출발 시점은 비슷하다. 그러나 오랜 세월이 지난 후에 보면, 큰 차이를 보인다. 잘 알고 지낸 학교 후배나, 직장의 부하가 어느 날 사회적인 큰 성공을 하여 나타났다.
그들은 하루하루를 다른 삶을 선택한 결과의 누적이다. 삶은 하루하루의 선택에서 만들어진다.

오늘 내가 가지고 있는 모든 것은 과거에 무수히 많은 삶의 선택에 의하여 만들어졌다. 아파트 재테크를 잘하여 부자가 된 친구가 있다. 그가 운으로 부자가 된 것처럼 보이지만 숨은 노력이 있다. 보통사람들이 하지 않는 행동을 한다. 그는 재테크 정보를 얻기 위하여, 부단히 노력을 한다. 투자 정보가 많은 곳을 찾는다. 투자 정보를 얻기 위하여, 헬스클럽, 사우나, 실내 골프장을 꾸준하게 다닌다. 정보의 교류를 위하여 친밀한 관계를 유지한다. 좋은 정보를 얻기 위하여, 기다리고 좋은 관계를 유지한다. 자신도 공부를 하며, 정보를 서로 공유하고 상호 체크를 한다. 새로운 좋은 투자 정보가 있으면 투자한다. 잘 되는 사람은 결코 운만으로 되지 않는다.
서울에서 주택 가격이 높은 지역에 아파트를 소유한 사람들은 소수를 제외하고는 투자의 전문꾼들이다. 투기꾼으로 보기는 어렵고, 자신들의 투자 경험과 정보를 신뢰하면서 과감하게 투자한다. 지식과 지혜, 경험을 잘 활용하는 사람이다.
과감한 투자라는 것은 보통사람의 눈에는 미래의 가치가 불확실하고 위험성이 많아 투자를 꺼린 것을 선택하는 것이다. 정보, 경험, 지식이 있는 사람들은 보통 사람과 다른 판단을 하고 과감한 투자를 한다. 다른 사람의 눈에는 운으로 보인다.

그래서 운으로 보이는 많은 것들이 타인의 눈에는 행운으로 보이지만 투자를 선택한 자신은 실력이라고 한다. 혹은 투자의 감이라고 한다. 감도 일종의 실력이다. 운은 실력으로 만들어지고, 실력은 삶의 여러 경험과 배움으로 만들어진다. 실력을 포함한 운은 외부에 보이지 않기 때문에 하는 것마다 잘 되는 것처럼 보인다.

좋은 운명은 좋은 선택이 만든다

많은 사람들은 결과론적으로 운을 말한다. 결과론적 운은 성공이든 실패이든 변함이 없다. 분명 운은 결과론적이지만 사전에 지혜의 관리와 좋은 선택이 좋은 운으로 만든다.

누구에게나 크고 작은 운명적 삶이 있다. 그러나 작은 운명적 삶은 깊이 사고하지 않으면 그냥 지나친다. 그러나 큰 변화의 삶은 지혜로운 선택이 요구된다. 그런데 보통의 많은 사람은 지금의 이 선택이 미래의 내 삶에 큰 영향이 있다는 사실을 잘 알지 못한다. 그래서 나중에 후회한다.

이런 오류를 방지하기 위하여 침착한 사람은 주위의 조언과 도움을 받는다. 그리고 평소 폭넓은 지식과 지혜, 타인의 경험을 꾸준하게 축적한다. 많은 후회하는 사람은 어떤 변화의 고비가 왔을 때에 그 때에 지혜를 찾는다. 지혜는 그냥 찾아서 얻어지는 것이 아니라, 여러 가지 지식과 경험이 조합되어 현명한 지혜가 만들어진다. 흡사 빅데이터와 AI가 작동하여 새로운 방향을 제시하는 것과 같은 원리이다.

가끔 어떤 사람은 필요한 지식이나 궁금증을 검색을 통하여 알아본다. 그것이 자신의 지식이나 지혜로 착각한다. 살아있는 지식과 지혜는 그냥 아는 것을 넘어, 여러 가지 지식과 지혜 경험이 융합하여 새로운 것을 창조하는 것이다. 이것이 남이 갖지 않은 지식이고 지혜이다. 누구나 쉽게 공유하는 지식과 지혜는 차별화되지 못한다.

지나간 과거는 숙명으로 치부될 수 있지만, 앞으로의 새로이 만들어질 운은 지금 내가 선택할 수 있다. 그것이 잘한 선택인지 잘못된 선택인지는 나중의 문제이고 지금 삶의 내용이나 방법을 바꾸지 않으면 지금의 내 모습이 운명적인 모습으로 계속 남는다.

일생을 통하여 가정에서 운명적인 선택은 매우 중요한 것이다.
부모 형제의 만남은 숙명이지만 이후의 모든 성장과 변화는 그리고 행복은 선택에 의하여 바뀌게 된다. 어떤 사람은 어려운 환경에서 자수성가한 사람이 있고 또 어떤 사람은 좋은 환경에서 많은 것을 가지고 태어나도 성공하지 못한 사람이 있다. 또 많은 것을 가지고도 불행한 삶이 있고, 많이 가지지 못해도 행복한 가정의 삶이 있다.

가정에서 변화에 대한 지혜로운 선택이 중요한 것은 그 영향이 가족 전체의 행복한 성공의 삶을 주기 때문이다.
한 사람의 지혜로운 삶의 선택이 3대에 걸쳐 좋은 운으로 작용함을 경험했다.
나의 청소년 시절은 1960년대이다. 농업이 국가 산업의 주를 이루는 시대에 살았다. 좁은 농토에 인구는 많고, 국민 다수가 빈곤이 극에 달했다. 봄철 보릿고개가 있든 시절이다.

아버지의 빈곤 탈출을 위한 지혜로운 삶의 선택에 대한 것이다.
한 사람의 결단으로 빈곤에 처한 3형제가 모두 자족의 삶으로 전환했다. 그리고 60년대 한 농부의 결단이 지금 나를 있게 했다. 아버지는 일본 강점시절 1917년 태어났다. 일본 시즈오카 누마 주의 탄광에 강제징용을 다녀왔다. 6.25 전쟁 때에는 보급병으로 참전, 홍천에 있는 이름 알 수 없는 고지에서 구사일생 살아서 고향으로 돌아왔다. 돌아온 고향은 빈곤 밖에 없었다.

경상남도 낙동강변의 빈농의 3남 2녀의 장남이다. 조부의 사망과 여동생 출가 후 3형제는 빈농 중에 빈농이 되었다.
빈농으로 미래의 삶에 희망이 보이지 않았고, 궁핍에서 벗어나는 길도 보이지 않았다.

장남인 아버지는 결심했다. 둘째의 결혼에 맞추어 상속된 땅은 각자 소유로 하고, 경작은 둘째가 한다. 그리고 조모와 제사를 담당한다. 막내는 젊은 나이라 외항선을 탈수 있는 자격증을 취득하고, 외항 선원이 되었다. 장남인 아버지는 5남매의 가장으로 무일푼으로 대도시 근교에서 소작농을 시작했다. 채소를 경작하여 매일 도매시장에 내다 파는 생산자 도매업을 시작했다. 지금의 경영 원리로 보면,
1) 둘째의 농사는 규모의 경제 원리로 수익이 났다.
2) 셋째의 외항선 선원은 글로벌 경제 활동의 진출이다. 그 당시 해외근로자로 진출하여 외화벌이의 역군이 되었다. 60년대의 외항선원은 괜찮은 직업이 였다.
3) 대도시 근교에서 생산과 유통을 겸한 일은 급속한 도시화와 결합하여 좋은 결과를 낳았다.

이렇게 지혜로운 결단과 선택으로 3형제 모두가 후일에 부자의 삶은 아니지만, 저축하고, 자녀를 교육하는데 부족함이 없는 중산층의 삶을 살게 됐다.

그리고 지금 나의 행복한 성공에 삶의 시작도 아버지의 소작 농업과 함께 했다. 공부보다 농사일에 우선 했지만, 4남 1녀가 모두 고등학교를 졸업하게 되었고, 집과 작은 자영 농토도 마련하게 되었다. 첫째가 67학번, 70학번, 5남매 모두가 대학을 졸업할 수 있는 발판을 만들어 주었다.
비록 주경야독이라는 자신들의 노력은 있었지만, 그 시절의 국민소득과 학비를 감안할 때에 모두 대학을 간다는 것은 보통의 일이 아니다. 이 선택이 운처럼 보이지만, 계산되고 논리적인 판단에서 나온 것이다.

또 다른 운명적인 선택은 앞의 '자녀 양육과 교육 실천'에서 언급했듯이 나의 이야기이다.
88올림픽이 끝나고 대한민국은 세계화의 길로 접어들었다. 내 나이 만 38세, 두 자녀 미래의 삶을 위하여 지방에서 서울로 이사를 결심했다. 직장과 주택, 생활비의 문제와 익숙한 도시를 떠나는 것이 쉬운 결정은 아니었다.

이런 불투명하고 불안한 계획을 실행하는데 모시던 상사의 조언과 응원 있었다. 그리고 서울에 새로운 직장의 선택도 과거에 좋은 인연을 맺고 있던 상사의 도움이 있었다. 그리고 새 직장에서의 정착과 오래도록 일을 하는 데에도 운이 좋게, 나의 신입사원 때 만난 상사와 함께 했다. 지금에서 보면 지난 삶의 결과는 좋은 운명적인 선택이었다.

어떤 동료는 나를 운이 좋았다고 한다. 그러나 세 분 상사님의 조언과 격려를 참고하여 나의 지식과 지혜를 바탕으로 선택한 삶이다. 그리고 평소 믿음과 신뢰의 관계도 평소의 인간 관계에서 나오는 것이다. 기회는 스스로 만든다.

선택의 기준과 방법을 찾는 지혜

필연의 변화가 요구되지만, 변화의 선택이 어려울 때가 있다. 그 선택의 기준은 나에게 가장 소중한 사람이 누구인가를 생각하게 한다. 또는 내가 지금 인정을 받아야 할 대상이 누구인가? 그리고 그들의 내면을 깊이 생각하여, 그들이 필요한 것이 무엇이며, 내가 할 수 있는 것이 무엇인가를 찾는다. 그러면 상대방이 감탄할 만큼의 결과를 얻을 수 있다.

나에게 지금 가장 소중한 사람 혹은 내가 가장 필요로 하는 사람이 겪는 고통이나 바람이 무엇인가를 찾는다. 또한 부정적인 환경 외로움, 그리움, 슬픔, 아픔, 번거로움, 기다림, 불편함 이런 것을 찾아서 바꾸어 간다. 그냥 두면 이런 운명이 되고 바꾸면 저런 운명이 된다. 그래서 운명은 개척되는 것이다.
바꿔야 할 필요성이 생기면, 필요성을 깊이 심사숙고하면, 방법과 조건이 떠오른다. 그 방법으로는 삶의 시간과 공간을 바꾸어 생각해 보기도 한다. 현재의 익숙함이나 안정감이나 안락함에서 벗어나면 도전의 기회가 생긴다.

나에게 주어진 일상에 즐겁고 재미있는 시간을 다른 용도로 활용한다. 위로, 격려, 휴식, 성찰, 봉사, 배움, 체험, 창조, 고독 등의 시간으로 바꾸어 본다. 그러면 기존의 생각에서 벗어나며, 새로운 선택의 방법과 조건이 생긴다. 나에게 가장 소중한 사람에 대하여 다시 생각하게 되고, 어떤 새로운 시간과 공간이 필요한가를 알게 된다.
건전하고 발전적인 운명을 만들기 위하여, 새로이 선택해야 할 것들은 어떤 의미가 있을까? 새롭고 건전한 가치를 지니고 있어야 한다. 생각이 바뀌고 행동이 바뀌면 운명이 바뀐다는데 한 번쯤 도전해 보자. 현재에 안주하지 말자 편안함에 익숙하지 말자.

누구나 한 번씩 자신의 운명에 대하여 생각한 적이 있을 것이다. 어떤 사람은 아! 이것이 내 운명인가라고 치부하고 넘기는 사람이 있다. 또 다른 한 사람은 새로운 운명에 도전하는 사람도 있다. 이번 기회에 자신의 작은 운명이라도 한번 바꾸기 위한 노력을 하기 바란다.

분명하게 말하지만, 그냥 있어도 그 운명의 삶이지만, 약간의 변화가 10년 후에는 정말 좋은 운명이라고 할 만한 사건이 될 수도 있다. 삶의 선택이 운명으로 나타나려면 긴 세월이 필요하다. 그래서 조급하지 말고 장기간을 기다리고 두고 보아야 한다.

건전한 삶의 선택 기준이다.

1) 의사결정의 기준에 가족을 제일 으뜸으로 둔다.

2) 물질적인 부분보다, 내면적, 정신적 면에 우선을 둔다.

3) 도시 문명의 각박함에서 벗어나 자연과 함께하는 시간을 늘린다.

4) 권위와 침묵보다 누구와도 격이 없이 친구와 같은 삶의 방식을 추구한다.

5) 작고 소중한 하나하나의 인연과 작은 성공, 작은 행복을 중시하고 축적하여 간다.

6) 실수와 사과, 자랑과 겸손, 반성, 소탈한 인간미 넘치는 생활을 한다.

7) 풍요와 사치보다 노동, 절약, 절제, 봉사 같은 생활의 가치를 중요하게 생각하고 실천한다.

47. 후회 없는 사랑의 기술

사랑은 모든 것을 포용하는 묘약이다. 가족 간의 삶에서 사랑이 빠질 수가 없다. 쉽게 사랑하고 쉽게 헤어지는 젊음의 사랑도 있지만, 가족 간의 사랑은 숙명적인 사랑이고, 진정한 사랑은 쉬운 것이 아니다. 사전적 의미로 보면 '어떤 사람이나 존재를 몹시 아끼고, 귀중히 여기는 마음 또는 그런 일, 남을 이해하고 돕는 마음'이다. 사랑을 쉽게 이야기하는 사람이 있지만, 이런 마음을 항상 가지고 살아가는지는 의문을 갖는다.

가족 간의 사랑에도 현실은 사랑할 때도 있고, 미움과 화를 낼 때도 있고, 이해와 양보가 부족하여 오해와 다툼도 있다. 사랑은 가족의 형성과 발달에 대단히 중요하다. 사랑은 인간의 사고방식이나 행동, 태도처럼 인간관계 형성에 밀접하게 작용한다. 어린아이에게도 성격이 안정적으로 형성되도록 아가페사랑을 쏟아야 하는 이유이기도 하다.

사랑은 더 행복하고, 더 성공의 원천이다. 특히 가정에서 더 행복은 더 성공을 위한 에너지를 지속적으로 공급한다. 가정에서 사랑이 한결같이 유지하는 것은 쉬운 일이 아니다. 가족 간의 처음 사랑은 무조건적이다. 시간이 지나고 나면 하나 둘 조건이 발생한다. 누구에게나 인간 본성에 기대 심리라는 것이 있다. 이 기대 심리에 만족하지 못하면 서운함이 생긴다. 그런데 기대 심리가 충족되면 사랑이 깊어 간다고 생각하지만 반대로 상대방은 기대 심리를 채우기 위하여 희생이 따를 수밖에 없다.
그래서 사랑의 기본 조건은 나와 상대를 있는 그대로 인정하는 것이며 상대방을 이해하고 존중하는 것이다. 그러면 내가 할 수 있는 만큼 조건 없는 사랑을 하면 좋다.

그러나 아무리 마음 관리를 열심히 해도 긴 일생의 삶에서는 갈등과 시기의 마음도 생긴다. 갈등과 시기의 마음은 대부분 일시적이고 순간적이다. 이 부정적인 순간을 아가페 사랑으로 묻어주는 노력을 해야, 더 행복한 삶을 유지한다. 모든 가족 간의 사랑도 끊임없이 자신을 성찰하며 노력해야 한다. 사랑은 성찰 없이는 오래도록 유지하지 못한다.

사랑도 가끔은 이성에 의하여 지배되어야 한다. 가족이라는 숙명의 관계에서도 부정적인 일이 생긴다. 이때에 종전의 순수한 감정만으로 유지하기 어렵다.
이때에 이성적인 생각으로 긍정적인 요소를 강하게 발현하고 유지하여 화의 고비를 넘겨야 한다. 사랑이나 미움은 시시 때때로 변화하기 때문에 순간의 미운 감정을 이성으로 감정을 억제해야 한다.

일반적인 만남의 사랑은 조건에 따라서 사랑의 농도가 달라진다. 주고받는 감정이나 조건은 환경에 따라서 사랑의 표현이 달라진다. 그러나 숙명으로 만들어진 가족의 사랑은 다르다.
더 행복을 위하여 무조건의 사랑이 필요하다. 간혹 무책임한 사랑도 있지만, 가족의 사랑은 무거운 사랑이다. 받는 사랑보다 주는 사랑이 더 만족하고 더 행복한 것을 경험해야 한다. 더 행복을 위하여 마음의 훈련과 수양이 필요하다.

가족의 사랑은 아가페 사랑

가족 간의 사랑은 가족 구성원 사이에 주고받는 마음의 상태이다. 그리고 넓은 의미의 사랑은 가족 간의 일어나는 모든 긍정적인 행위이고 마음이다. 모두를 사랑이라는 용어로 사용된다.

그러나 그 내용은 조금씩 다 다르다. 사랑의 실체는 가족 구성원 상호 관계에서 나온다.

가정에서 사랑의 관계는 나와 부모의 관계, 부부관계, 자녀 관계, 형제 자매 관계로 구분할 수 있다.

1. 나와 부모의 관계.
 1) 아낌없이 모든 것을 받은 관계.
 2) 감사와 사랑을 되돌려줄 기회를 놓친 관계.
 3) 아쉬움, 후회, 그리움을 간직한 관계다.

2. 부부관계.
 1) 수시로 보고 싶고 같이 있고 싶은 본능적 관계.
 2) 서로 위로한다.
 3) 독점적 사랑이다.
 4) 협력하고 존중한다.
 5) 사랑은 주고받는 평등하고 동등하다.
 6) 때로는 용서하고 이해하고 양보한다.
 7) 같이 만들어 간다.
 8) 희로애락을 같이한다.
 9) 가끔은 위기를 극복해야 한다.
 10) 변화무쌍한 관계다.

3. 나와 자녀 관계.

1) 일방적으로 희생하고 사랑을 주고, 받는 숙명의 관계.

2) 독립할 때까지 아낌없이 주는 관계.

3) 완전한 독립체로 성장하길 바라고 돕는 관계.

4) 꾸준히 지켜주고 보호한다.

5) 사랑을 정리하고, 바라보는 관계.

6) 필요시에는 무한 책임과 의무를 가진다.

7) 아가페 사랑이다.

8) 가끔은 아쉬움을 간직한 관계다.

4. 형제와 자매의 사랑.

1). 부모를 함께 그리워한다.

2) 추억을 함께 만들고 나누고 간직한다.

3) 성공적인 삶을 기원하고 함께 기쁨을 나눈다.

4) 어려움에 서로 위로하고 힘이 된다.

5) 가끔은 갈등을 겪는 관계다.

자녀의 숙명적인 사랑

자녀와의 숙명적인 사랑은 유전적인 사랑인가? 아니면 본능적인 사랑인가? 어떤 이유이든 자녀와의 사랑은 숙명적이고, 누가 원하여 만들어진 관계도 아니다. 태초부터 내려온 자연 섭리에 의한 본능적인 관계이다.

이 본능적 관계의 사랑은 참으로 다양하게 만들어 간다. 죽고 못 사는 애절한 관계다. 자기 새끼가 최고라는 고슴도치 사랑이다. 때로는 기대에 부응하지 못하여 아쉽고 서운한 관계다. 책임과 의무에 후회의 관계다. 부양과 재산의 다툼으로 악연의 관계다. 상황과 조건에 따라 다양하게 나타나고 소멸한다.
숙명적 사랑은 그 누구에게도 핑계와 원망을 할 수가 없다. 유일하게 주고받은 관계이기 때문에 원인과 결과가 동시에 연관되어 끊을 수 없는 관계다. 책임과 의무가 동시에 생긴다.
관계의 지속은 개개인의 환경과 조건에 따라 다르지만, 보통 평범한 삶은 보통 약 50여 년으로 추정하면 된다. 부모의 일방적인 내리사랑이 약 20~30여 년, 자립하고 자리를 잡는데 약 10~20년 이 지나야 자녀가 삶에 여유 있는 시간이 된다.

자녀의 삶이 여유가 있는 시기가 상호 존중의 수평적인 관계 시기다. 수명이 길어진 이유로 이 관계의 기간이 길어졌다.

그래서 과거는 부모에 대한 사랑의 기회를 놓치는 경우도 많았지만, 지금은 젊은이의 삶에 노모가 부담을 주는 경우도 있다.
전통적인 부모에 대한 효의 사상이 약해지고, 부모가 스스로 살아가기 위하여 많은 준비를 한다. 이제 효도라는 일방적인 사랑보다 서로 주고받는 시절사랑의 모델을 만들어야 한다.
시대를 앞서가는 많은 가정은 가족여행, 서로의 생일 챙기기, 기념일 챙겨 주기 등 많은 활동을 한다.

자녀 사랑에 대한 보답을 기대하고 책임과 의무를 다하는 사람은 많지가 않다. 더 행복한 삶에서 자녀 사랑을 깊게 성찰해 보면 부모는 자녀를 통한 자신의 행복을 다 가져왔다고 보아야 한다. 자녀와의 30여 년 사이에서 어려움과 초조함, 실망과 성취를 끊임없이 주고받았다. 이것이 성공적인 삶의 요소이고 행복의 원천이다. 이런 애증의 삶이 없었다면 삶에 무슨 의미와 가치가 있었을까?

그래서 자녀와의 숙명적인 사랑은 같이한 시간에서, 사랑과 위로를 서로 주고받았다. 부모의 일방적인 내리사랑처럼 보이지만 서로 주고받은 계산이 끝난 사이이다. 굳이 손익을 따지자면 자식에 대한 사랑은 아가페 사랑으로 남겨야 한다.

사랑은 항상 후회하지 않을 만큼은 충실하게 해야 한다. 부모 자식의 간의 사랑은 시절 사랑이고, 각자의 인생에 서로 만족을 위한 이기적인 사랑인지 모른다.
부모의 사랑은 아가페 사랑이다. 이기적으로 생각하면 희생적인 사랑이라고 하는 사람도 있다. 희생적인 사랑이라고 하더라도 삶에 의미가 있고 즐거움과 보람이 있다면 아가페적 사랑이다.

부부는 칼로 물 베기 사랑

부부의 갈등도 사랑의 한 방법이고 칼로 물 베기다. 이 말은 옛 할머니 이야기이고 옛날에는 진리였지만, 지금은 지키길 바라는 이야기다. 부부의 관계가 유지되는 동안은 사랑과 갈등이 함께 포장되어 행복으로 나타난다. 그러나 요즈음 신세대의 사랑은 다르지만 혼인 관계가 유지되는 동안에는 서로 존중과 이해하며 예의 바른 사랑을 한다. 그런데 어떤 이유로 헤어질 때에는 야만적이고 이기적으로 변한다. 사랑의 본질을 의심케한다.

해로하는 부부는 칼로 물 베기 사랑을 하면서 인간 승리의 사랑을 이룬다. 오랜 세월을 하루같이 한 시간이다. 세월의 시간 속에 남아 있는 수많은 희로애락을 간직한 사랑이다. 부부의 사랑은 세월과 함께 그 농도가 변해 간다. 현실의 삶에서는 항상 아름답고 행복한 일만이 있는 것은 아니다.
어쩌면 불만과 시기의 시간이 더 길었는지도 모른다. 고비와 고통이 지나고 나면 고비와 고통은 사랑에 흡수되어 행복의 원천이 된다.

부부 싸움도 사랑싸움으로 끝을 맺어야 한다. 이혼을 하기 전까지는 숙명의 관계이다. 비록 인위적으로 만들어진 관계이지만 필연적인 숙명보다 강할 때가 있다. 아니 강하다고 봐야 한다. 부부의 사랑은 좋은 상태에는 사랑이 없을 수가 없다. 문제는 어느 한쪽이 이상이 발생했을 때의 관계이다. 부부의 갈등은 사랑이 변했다고 항변한다. 틀린 말은 아니다. 사랑은 만들어가고 가꾸어 가는 것이다.
부부간의 사랑은 감성적인 사랑처럼 보이지만 주고받는 이성적인 사랑에 가깝다. 현대의 부부간의 사랑은 예의와 존중까지 포함된 동등한 사랑으로 자리했다.

부부의 사랑은 희로애락을 통하여 만들어가는 관계이다. 쉬운 일이 아니지만 희로애락을 받아 드려야 한다. 부부의 사랑은 주고받는 계산된 사랑이다. 먼저 주는 사랑을 습관화해야 한다.
기다리고 받는 사랑은 애타고 목마르다. 주는 사랑은 주체적이고 자발적이다. 그래서 부부의 사랑은 베푸는 사랑에 익숙해야한다. 주고받는다는 계산이 없는 사랑이다. 부부는 한 몸이기 때문에 주고받음의 계산이 없어야 한다.

생활과 연관하여 부부 사랑의 지혜다.

1) 재정적인 수입 지출에 대한 긍정적인 합의가 필요하다.
2) 서로의 다름을 인정하고 부족함에 대하여 이해하라.
3) 재정 가사의 분담을 합리적으로 분담한다.
4) 상호 존중한다.
5) 여가와 취미의 활동을 같이한다.
6) 문제를 이성적으로 판단한다.
7) 상호 간에 약간의 구속이 사랑이다.
8) 가족관계, 자녀 관계 등은 대화를 통하여 협의한다.
9) 가끔 다툼은 자연적인 현상이다. 빨리 멈춰라.

삶에서 부부 사랑의 시간이 가장 길다. 상호의 관심과 간섭, 잔소리도 사랑의 표현이니 받아들여라. 결과적으로 부부의 사랑은 조건부적인 사랑에 가깝다. 그리고 삶의 연령에 따라 변화한다. 조건부 사랑과 무조건적인 사랑의 갈등 속에서 유지된다. 표면적인 사랑과 내면의 사랑의 농도는 일치하지 않을 수가 있다.

일방적으로 희생한 부부의 사랑은 시간이 지나면 지날수록 의미와 즐거움이 희석되어 서로 원망하게 된다. 황혼이혼의 이유가 되기도 한다. 그러나 현대의 젊은 세대는 서로를 존중하고, 개인적인 삶도 인정한다. 그래서 취미 생활이나 모든 것을 대화를 통하여 협의하고 현명한 결정을 한다.

희생이란 말은 상대방을 위하여 자신의 가장 주요한 것을 포기하는 것을 의미한다. 부부의 사랑은 희생과 양보가 같은 것이다. 또한 부부의 행복은 서로 얽혀 있다. 그래서 부부가 돕는 것은 자신을 돕는 것과 같다. 희생이라는 말도 조심하여 사용해야 한다. 그래서 가능한 공동의 목표와 목적을 만들고 실행하면 완전한 사랑에 도움이 된다.

형제자매의 사랑

세월이 지나고 나면 새로이 만들어지는 사랑도 있다. 주로 어린 시절 같이한 사랑이다. 그때는 사랑인지 몰랐다. 부모님의 그늘에서 그저 추억으로만 남았다. 그래도 옛날에는 형제 사이에 우애라는 것이 있었지만, 현대는 청소년에게 자유의 시간이 없다. 부모가 짜준 스케줄과 시대의 요구에 따라 기계처럼 움직인다. 현대는 청소년 시절부터 형제도 없이 개인주의 사고에 빠지는 환경이다. 안타까운 현대의 풍속이다. 형제보다 친구가 중요하고 청소년부터 여자친구를 챙기고 혼자 하는 놀이에 빠지고 형제와 같이하는 시간이 확 줄었다.

성인이 되어서도 형제의 관계는 아주 형식적인 경우가 많다.
특히 결혼 후에는 부부 중심이고 형제는 3순위이다. 때로는 혼자의 경우가 많아 형제의 정이 무엇인지 모르고 살아간다.
형제의 사랑은 다분히 시절 사랑이다. 필요할 때에 서로 도와야 하고 응원을 해야 한다. 물질적으로나 경제적인 공유는 한계가 있다.
정신적인 공유를 통하여 외로움이나 그리움을 같이 공감한다.
각 개인의 환경과 조건에 따라서 할 수 있는 만큼, 부담 없는 아가페 사랑의 비중을 높여 가는 지혜의 삶이 필요하다.

후회 없는 마지막 사랑

자신의 마지막 날을 상상한 적이 있는가? 그 순간을 후회 없이 아쉬움 없이 맞이할 수 있을까? 자신의 마지막 순간에 나의 손을 잡아 줄 사람은 누구일까? 자신은 삶에 대한 미련과 애착은 받아들인다고 해도, 남은 이에 대한 미안함은 최소화해야 한다.
지금은 삶에서 후회스럽고 미안한 삶을 바꿀 기회가 있다. 반성의 기회도 있다. 지금 만회할 기회를 놓치지 않게 사랑을 해야 한다.

자신의 기분에 따라 나만의 만족을 위하여 상대방을 대하는 것은, 나는 만족할지 몰라도 상대방은 결코 좋은 감정은 아니다. 나쁜 감정을 남기지 않도록 노력해야 한다.
무관심하고, 싫어하고, 미워하고, 만족하지 못하고, 이 모든 감정들은 지나고 나면 실체가 남지 않는다. 부정적인 감정은 아무런 실체도 없고 도움되는 것이 없다. 내면의 마음을 깊이 성찰하고, 부정적인 감정에서 벗어나는 훈련을 해야 한다. 먼저 깨닫고, 현자의 말씀을 실천하자. 가족을 대할 때에도 타인을 대하는 것과 같이 예의를 갖추어 대한다. 그러면 큰 실수와 후회를 줄일 수 있다. 지난 시절의 마음의 상처는 어쩔 수 없지만, 지금부터 사랑을 받는 익숙함에서 벗어나고, 사랑을 주고 나눔에 익숙한 삶으로 패러다임을 바꿔야 한다.

보통의 사람들은 대체로 사랑을 받는 데에 익숙해 있다. 사랑을 받으려고 하는 사람도 힘들고 괴롭다. 관심을 받고 사랑을 받기가 쉬운 일이 아니기 때문이다. 자기중심으로 생각하고, 사랑을 받기만을 원한다면 항구적인 행복을 지킬 수가 없다.

내가 사랑을 나눌 수 있는 여유와 여력만 있다면, 최소한 입가에 미소를 지을 수 있는 여유만 있다면 미소를 지어야 한다.
언제든지 마음을 먹고 행복의 미소를 짓자. 이게 마지막 사랑의 표현이다. 서로가 마지막 미소를 지을 수 있게 평소에 나눔의 사랑을 실천해야 한다. 행복의 나눔은 자신의 마음에서 출발하기 때문이다.

48. 여가 시간의 가치

일터에서 일하는 시간을 제외하면 여가 시간이다. 이 여가 시간에서 가정의 필수 가사 시간을 제외하면, 순수 여가 시간이다. 이 순수 여가 시간을 의미 있고 가치 있게 사용하면 성공적인 삶이 훨씬 커진다. 이 시간을 휴식의 시간 또는 재충전의 시간이라고 하며, 이 시간의 특징은 통제 받지 않는 자유 시간이다.

가족의 행복 만들기는 주로 이 순수 여가 시간이 활용된다. 이 여가 시간을 유용하게 사용하는 것이 내 시간의 가치를 높이는 것이고 내 삶을 풍요롭게 한다. 지금의 시대는 일하는 시간이 점차 줄어들고 여가의 시간이 늘어나는 추세다. 여가 시간의 활용이 삶에서 더 중요해졌다. 행복의 터 가정에서 여가 시간의 가치를 높이는 것이 행복을 만드는 핵심이다. 여행, 레저활동, 취미생활, 자기계발 활동 등 가정에서 삶의 비중이 높아졌다.

일터로부터 벗어난 시간을 여가 시간이라고 했다. 일터에서 벗어난 시간이라고 해서 일과 무관한 시간은 아니다. 그러나 여가 시간을 이용하여 가정을 통하여 더 행복한 삶을 만들고, 자신이 하고 싶은 일을 한다. 통제가 없는 시간이라 허송 세월하기 쉽다. 잘 활용해야 한다.
여가 시간의 활용을 크게 세 가지로 나누어 생각하자. 하나는 자신의 부족한 재능이나 능력을 배양하는 자기계발의 시간이다. 다른 하나는 가족 구성원과 더 행복을 위한 시간이다. 마지막으로 자신만을 위한 자유의 시간이다.

이 전체의 시간을 어떤 사람은 쉬는 시간이라고 하고, 노는 시간, 또는 충전의 시간, 자기 계발의 시간이라고 한다. 그래서 여가 시간을 잘 활용하면 다른 사람과 차별화된 삶을 살게 되고, 삶의 질을 높이는 면에서 무한한 가치를 창출하는 시간이다. 그런데 이 시간은 통제하는 사람이 없다. 스스로 잘 관리하지 않으면 허비하는 시간이 될 수 있다.

여가 시간을 자기 계발의 시간으로 활용하는 일부의 사람을 제외하고는 주로 가정을 중심으로 사용한다. 가정에서 여가 시간 중에 필수적으로 꼭 해야만 할 일을 해야 한다. 다른 하나는 선택적인 일이다. 현대는 맞벌이 가정이 많아 평소에 밀린 필수적으로 해야 할 가사의 일이 많다. 가정생활에 꼭 해야 할 일이 여기에 속한다. 근무 시간이 길고 여가 시간이 짧은 사람은 가정의 필수적인 일을 하는 데에 모든 여가 시간을 소모한다. 그래서 여가 시간을 레저의 시간이나 자기 계발의 시간으로 활용하는데 어려움이 많다. 그러나 근무 환경이 점점 좋아지는 추세이고, 어려운 과정에서도 짬을 내어 효과적으로 활용할 수 있다. 특히 디지털 스마트 시대다. AI, 로봇 등 4차 산업 혁명으로 가사의 일을 많이 분담하는 추세다. 앞으로 더 많은 것을 신 기술이 분담하게 될 것이다.

그러나 가장 중요한 것은 마음의 자세이다. 아무리 기술 발달이 가사를 분담한다고 해도 개인의 차이는 심하다. 그래서 하고자 하는 마음이 제일 중요하다. 80년대의 근로 환경에서도 피곤함을 감수하고 시절 행복을 만들어 본 경험이 있다. 여가 시간의 효율적인 문제는 시간이 많고 적음의 문제보다 자신의 여가 시간 활용에 대한 콘텐츠와 실천 의지다.

지난 시절 행복을 생각하면 지금의 젊은 세대의 라이프 스타일이나 가족이 바라는 욕구를 볼 때에 레저, 여행, 취미, 체험 활동 등은 해도 되고 안 해도 되는 시절이 아니다.
안 하면 삶의 질이 떨어지고 가족의 불만과 원성이 커진다. 그래서 가정의 리더는 여가 시간 관리를 잘하는 책임과 의무를 가지게 되었다.

시간의 가치를 높여라

우리에게 주어진 물리적인 시간은 유한하다. 평균 수명이라는 물리적인 시간은 우리에게 공평하게 주어졌다. 그러나 어떤 사람은 세월이 빠르다고 하고, 어떤 사람은 지루하다 한다.
어떤 사람은 많은 것을 이루었고, 또 어떤 사람은 아무것도 이룬 것이 없다. 또 어떤 사람은 작은 이룸에도 만족해하고, 어떤 사람은 상대적으로 큰 이룸에도 불만족이다.
그래서 시간의 가치는 사람마다 다르다. 여가 시간도 이와 마찬가지다. 삶에 시간의 가치는 유한한 물리적인 시간에 한정되지 않는다. 무엇을 하고 어떤 것을 하는가에 달려있다.

일의 시간은 타율적으로 통제의 시간이다. 성과를 검정받는 시스템 속에서 시간을 보낸다. 재택근무의 시간도 IT와 AI가 결합하여 완벽하게 통제 받는 시간이 되었다.

그러나 여가의 시간은 통제의 시스템에서 벗어난 시간이다.
스스로 여가 시간의 활용에 가치와 의미를 생각하고 관리와 통제를 하지 않으면, 허송세월이 된다. 수억원의 연봉을 받는 사람이라도 가정에서 행복을 만들지 못하면, 수천만원의 연봉을 받고 행복한 가정을 이룬 사람보다, 성공적이지 못한 삶이 된다. 가정에서 행복의 시간은 주로 여가의 시간에서 만들어지기 때문이다.

수십만원의 국내여행이 의미와 가치가 있다면, 수백만원이 소요되는 불편한 해외여행보다, 여가 시간의 가치는 더 높다.
짧은 시간이라도 의미가 있고 가치가 있는 것을 하는 것이, 무의미한 긴 시간보다 가치와 의미가 더 크다.
그래서 여가 시간의 가치를 높이는 것이 더 행복한 삶을 위한 중요한 부분이다. 여가 시간을 허송세월로 보내지 마라.

의미와 가치를 높이는 삶의 지혜

특히 여가의 삶을 즐기지 못하거나 의미를 찾지 못하면 힘들고 고통의 삶이 된다. 어떤 서울 한 중산층 실버의 여가 삶을 소개한다. 숙식 손자 돌봄으로 심신이 지쳐 있다. 주말 여가의 삶을 통하여 고통을 해소하고 힐링 한다. 계절마다 특성에 따라 이른 봄 야생화 탐방과 사진 찍기, 캠핑과 여행, 명소 걷기와 트레킹, 축제, 맛집 탐방 등으로 지친 몸을 회복한다. 여가 시간의 활용에서 온 만족은 주중 삶의 고통을 보람과 의미 있는 희생으로 변화시킨다. 힘든 고통이 뿌듯함이 된다. 주말에 여가의 삶과 주중의 힘든 삶이 결합하여 전체 삶이 즐거움이 있고 보람 있는 삶으로 변화한다. 이것이 삶의 지혜다.

일의 시간 속에서 나타나는 삶의 고통을 과연 즐길 수가 있을까? 성공한 많은 사람들은 실패도 고통도 즐기며 일을 한다. 보통의 사람들도 힘든 고통을 즐길 준비를 해야 한다. 고통을 즐기게 하는 힘은 긍정적 사고의 힘이다. 고통의 의미와 가치를 알면 보람으로 바뀐다. 긍정적 사고를 가진 사람들은 고통 속에서 희열을 경험한다. 고통의 이유를 알면 희열은 당연하다.

일 그 자체에서 즐거움을 찾는 것도 매우 바람직한 태도이다. 그렇지 못한 경우에는 그 일이 주는 가치와 의미를 여가의 삶과 결합하여 새로운 삶의 의미와 가치를 창조한다. 엄밀하게 말하면 일과 여가는 단절되는 것이 아니며 연속된 삶의 과정이다.

여가의 시간에 즐거움을 찾는 지혜를 찾아야 한다. 여가의 시간이 만든 행복한 마음을 일의 시간까지 가지고 간다면, 일의 시간에 활력이 된다. 그래서 행복한 사람이 성공의 확률이 높다는 연구 결과를 뒷받침하고 있다.

여가 시간의 활용은 가족 구성원과 함께하기 때문에 혼자의 생각과 방식으로 결정되지 않는다. 나의 행복을 포함하여 가족 구성원의 행복이 포함된다. 그래서 동의와 합의가 필요하다. 여가 시간을 잘 활용하는 것에도 여러 가지 제약이 따른다. 집 밖을 나서면 모든 것에 돈이 필요하다. 그래서 여가 삶에 재정적인 지출이 많다. 세상은 여가 시간만 주었지, 필요한 재정은 지원하지 않았다. 그래서 계획적인 재정 지출이 요구 된다. 한정된 시간과 재정의 지혜로운 활용이 필요하다.

근무시간의 단축과, 연차, 월차 휴가의 의무적인 사용으로 시간이 많아졌다. 그러나 일부 여유 있는 사람들은 다양한 여가의 삶으로 더 행복해졌다. 어떤 가정은 여가를 위한 비용 지출로 가계의 삶이 더 어렵다, 안타까운 것은 시간은 있으나 돈이 없는 사람이다.

그러나 지혜로운 사람은 여가의 삶을 재정에 관계없이 잘 활용한다. 도시 근교와 도심 공원의 환경이 좋아졌다. 지자체에서는 주민의 복지를 위하여 많은 지원을 한다. 공원, 도서관, 박물관, 체육시설, 자신의 환경에 맞는 여가 공간이 많다. 분명한 것은 비용에 관계없이 여가 삶을 즐길 수 있다. 제일 중요한 것이 시간 관리이고, 의지이다. 일의 시간, 가정의 필수의 시간 모두가 삶에 얽메인 시간이다. 여가 시간을 잘 활용하면 풍요로운 삶이 된다. 가정의 필수 시간을 효율적으로 활용하고 나머지 시간을 늘리는 지혜가 필요하다.

여가 시간은 순수한 자유의 시간이고, 하고 싶은 일을 선택할 수 있는 시간이다. 가족과 같이하는 삶 외에 스스로 성찰의 시간도 매우 중요하다.

49. 더 행복한 가정의 모습

더 행복한 가정의 모습은 지금 자신의 성공에 만족하고, 미래의 삶도 희망적이면 된다. 가정에서 걱정이 없는 삶이고, 가족 구성원 모두의 마음이 만족한 상태를 의미한다. 그러나 현실에서 가정 행복의 각 요소는 항상 변화하고 불안정하다. 그래서 삶에 대한 태도는 항상 노력하고 긍정해야 한다. 왜냐하면, 행복은 흔들리는 마음에서 오는 것이기 때문이다. 한결같이 행복한 마음을 유지하기란 어렵다. 환희의 행복 보다는 걱정이 없는 평안한 삶을 포함한 넓은 의미의 행복을 지향해야 한다.

이를 위한 실천으로 긍정적인 생각을 유지하는 것이다. 긍정적인 생각은 부정적인 생각을 걷어낸 것이다. 부정적인 생각의 근원인 증오, 분노, 교만, 의심, 무지, 사견을 멀리 하면 부정적인 생각에서 벗어날 수 있다. 그러면 긍정적인 마음이 된다. 수시로 나의 생각과 행동을 점검해야 한다. 그러면 행복한 마음이 더 오래 지속된다.

아주 기본적이고 보편적인 행복한 가정의 모습이다.

1) 가정의 구성원이 모두가 건강하고 건전한 삶을 살아야 한다.

2) 가정과 일터 그리고 사회에서 존경과 존중되는 삶이어야 한다.

3) 필요로 하는 재정적인 자립이 이루어져야 한다.

4) 부모, 자녀, 형제에 큰 걱정이 없는 삶이어야 한다.

5) 삶의 질적 향상을 위하여 꾸준한 활동을 한다.

6) 미래에 대한 희망과 안정이 유지된다.

이외에도 여러 가지 삶의 요소를 긍정적으로 유지한다. 모든 것이 순리에 따라서 유지되도록 노력하고 만들어 간다.

삶의 여러 요소가 완전한 행복을 이루면 좋겠지만, 최소한 불행과 걱정이 없는 상태가 되어야 하고 현실에서는 이것을 완전한 행복으로 받아들여야 한다. 삶에 어떤 한 부분에서 걱정이 있다고 하더라도, 시간이 해결하는 것이고, 긍정적인 생각을 가지고 기다린다. 이것이 다른 삶의 요소를 실천하는데 크게 지장을 주어서는 안 된다. 그리고 빠른 해결을 통하여 걱정이 없는 상태로 돌아가야 한다.

완벽하고 지속적으로 행복한 가정을 유지하는 것은 쉬운 일이 아니지만, 정성을 다하여 자신이 이룬 삶이 필요와 욕구를 충족하면 행복한 가정의 삶이다.

풍요로운 삶의 지혜

현실의 삶에서 가정 행복의 필수 요건 중 가장 중요한 것이 의식주의 해결이고, 미래에 희망이 있는 삶이다. 여기에 더 행복한 삶을 위하여 의식주의 질을 높이는 것이다.
그리고 보편적인 사회적 욕구를 충족해야 한다. 이 사회적 욕구의 크기는 천차만별이지만, 최소한 중산층 이상의 삶을 목표로 해야 한다. 그리고 삶의 질은 욕구에 맞추어 계속 성장해야 한다.

절제된 욕구를 충족하는 재정적인 뒷받침이 있다면 부에 대하여 긍정해야 한다. 그러나 인간의 욕구는 증가하고 사회적인 시스템은 부를 자신이 원하는 만큼 제공하지 않는다.

일부 상류층의 가정을 제외하면 한정된 재원으로 어디에 어떻게 합리적으로 사용해야 하는가를 고민한다. 그것은 항상 욕구에 비하여 가진 것이 충분하지 않기 때문이다. 그래서 보통의 삶에서는 필요한 욕구를 한정하고, 가능한 재원으로 합리적인 사용을 통하여 만족을 찾는다.

보통의 가정은 재정적인 만족에 대하여 항상 갈증을 느낀다. 그리고 오랫동안 지속된다. 재정적인 갈증을 다른 말로 표현하면 욕구의 불만이기도 하고, 필요한 욕구이기도 하다. 이 욕구는 삶의 목표가 되기도 한다. 또한 성공의 목표가 되기도 한다. 풍요로운 삶의 지혜는 이런 현실의 재정적인 갈증을 비움과 줄임으로 지혜롭게 대처하는 삶이다.

생애 라이프 사이클에 따라서 젊은 시절, 중년, 장년, 노년으로 시절에 따라 성장하며 변해 가듯이 재정의 수요도 따라서 변해간다. 시절마다 재정적인 수요는 크게 차이를 보인다. 일반적으로 보통의 삶은 부족한 재원을 합리적이고 지혜로운 지출로 균형을 맞추어 살아 간다. 때로는 재정적인 욕구와 수입의 불균형으로 궁핍 또는 빈곤을 경험하기도 한다. 이것이 정상적인 삶이다.

부유한 가정에서 충분한 재정적인 지원이 있는 경우를 제외하고는, 보통 사람의 가정 대부분이 재정적인 갈증을 경험하며 살아간다. 만약에 이 어려운 고비를 넘기고 있는 시절에 있다면 더 지혜로운 삶으로 분발해야 한다. 이 시절 고비를 지혜롭게 넘기면 풍요의 삶이 기다리고 있다.

재정적인 갈증의 근본적인 이유는 욕구와 지불 능력의 차이이다. 필요한 강한 욕구와 꼭 해야 하는 중요도에 따라서 갈증의 강도는 달라진다. 그래서 대부분의 사람들은 재정적인 갈증 해소를 위하여 욕구 조절을 통하여 궁핍이 없는 풍요로운 삶을 산다.

믿음과 사랑을 위한 일

삶의 과정에서 가족 구성원은 서로 사랑과 행복을 함께하는 관계이지만 때로는 수많은 갈등과 오해를 경험하게 된다. 이런 일이 발생하면 화해하고 용서하며 살아간다. 그러나 부정적인 순간들은 지나고 나면 아쉬움이 남게 되고 후회도 함께 남게 된다.

그래서 아쉬움과 후회를 줄이기 위하여 해야 하는 나눔이 있고, 하지 말아야 할 일들이 있다. 아주 일반적이고 평소에 실천하는 삶의 내용이다. 그러나 성실하게 꾸준하게 잘 실천하는지는 알 수 없다. 가능하면 많이 실천하는 것이 더 행복한 가정의 모습을 갖추게 된다.

1) 하면 좋은 나눔이다. 많이 하는 것이 좋다.

부모와 자녀 관계	1. 추억 여행 만들기
	2. 정기적인 용돈 주고받기
	3. 좋아하는 취미생활 동참하기
	4. 주기적인 방문과 식사하기
	5. SNS를 통한 대화하기.
	6. 청소년기의 추억 모아 주기
	7. 기념일 챙겨 주기
	8.
형제자매 관계	1. 어려움에 대한 공감과 격려하기
	2. 상호 행사에 적극 참여하기
	3. 필요시 작은 재정적인 지원하기
	4. 주기적인 전체 모임 하기
	5.

2) 하지 말아야 할 일은 적극적으로 자제한다.

부모와 자녀 관계	1. 무리한 요구 금지 (시간, 금전)
	2. 편애 이중적인 자세 지양
	3. 폭행이나 폭언을 하지 마라
	4. 상호 자존심 파괴
	5.
형제자매 관계	1. 무관심한 태도
	2. 절대적인 고집을 지양한다
	3. 폭언을 하지 마라
	4. 금전적인 거래나 요구 지양
	5.

나의 삶과 타인의 삶

많은 불행의 시작은 타인의 삶과 비교에서 발생한다. 내 삶에 대하여 자주적이고 독립적으로 생각하고 자신의 성공적인 삶을 축하해야 한다. 그러나 이 사회 현상은 부와 권력의 삶을 미화하고, 공정과 정의를 무너뜨린 비도덕적인 삶도 선택적 정의에 매몰되어 사회를 지배한다. 또한 오락이란 이름으로 창작이란 이름으로 희극화하여 개인의 착한 성공적인 삶을 더 작게 만든다.

이것은 많은 사람들이 지적하고 있는 것과 같이 부를 가진 사람의 부정적인 사회적 행동과 처신이 상대적인 빈곤자의 자존심과 의지를 손상시키고 있다.

기득권의 카르텔은 정보를 독점하고 상부 상조하며, 불공정하게 사용하여 사회적 성공을 한다. 이것이 정의, 공정, 부정과 거짓, 불법을 떠나서 당장의 피해자는 반대편의 사람들이다.
그리고 공론화되지 않은 불법, 편법, 밀어주기와 같은 부정적인 사회 불공정은 반대편의 사람을 더 분노케 한다. 그러나 다수의 많은 보통 사람은 공정하고 정의롭게 삶을 살아간다.

민주국가에서 정의의 힘만으로 하루아침에 불공정의 시스템을 바꿀 수는 없다. 씁쓸하지만 받아들이고 나만의 삶을 살아야 한다. 공정을 부르짖는 많은 사람은 진정으로 공공선의 입장에서 보통 사람 입장을 대변하는지 의문스럽다.

사회의 정의를 위한 노력은 계속해야 하지만, 현실의 지혜로운 삶도 병행해야 한다. 지금이 존재함으로 변화의 미래가 존재하기 때문이다. 그리고 내 삶은 가족의 삶이고, 가족의 성공적인 삶을 위하여 나의 역할과 의무와 책임을 다한다. 그래서 부정적인 타인의 삶을 당장 어쩔 수 없기 때문에 더 분노하는지 모른다.
남과의 삶에서 비교되는 삶은 있는 그대로 받아들이고, 다른 분야, 다른 삶의 요소에서 나만의 성공적인 삶의 프레임을 만든다. 이 사회 기득권의 힘으로 공정과 정의를 파괴하는 행위는 받아들이기 어렵지만, 보통의 삶에서 분노 외에 방도가 없다. 사회에서 공론화되고 법적으로 심판 받은 경우가 전부라고 보기도 어렵다. 민주국가로서 더디지만 점차 사회가 좋아질 것을 희망할 뿐이다.

타인의 삶은 의식하지 않으려 노력하지만 의식할 수밖에 없다. 집착하지 마라, 많은 삶의 요소 중에서 자신의 장점이나 유리한 점은 꼭 있다. 만약 찾지 못하면 만들어라. 나는 한 때에 고비용 운동인 골프를 마음껏 못한데에 대하여 아쉬움이 있었다. 그런데 골프 대신 등산을 취미로 했다. 백두대간을 완주했다. 100대 명산을 대부분 경험했다. 이로 인하여 지금은 건강과 더 많은 경험과 추억에 만족한다. 꼭 필요하면 타인의 삶과 비교할 수 없는 더 멋진 삶을 만들어 패러다임을 바꾸는 것이다.

성공과 행복은 한 몸

행복한 가정에도 완벽한 성공과 완전한 행복이 존재하지 않는다. 작은 실패는 교훈이 되어 큰 성공에 흡수되어 원천이 되고, 아쉬움과 작은 불편함은 다른 행복을 더 크게 한다. 삶은 이렇게 작은 성공과 작은 행복이 선순환 하면서 행복한 성공을 만든다.
행복이 만들어지는 것은 일상 삶의 과정에서 만들어지고 긍정심리도 생긴다. 긍정심리의 요소들은 사랑, 만족, 즐거움, 성취감, 아름다움, 배려, 양보, 존경, 편안함 등 많이 존재한다.
이런 기분의 요소들과 함께하는 삶을 만들기 위하여 노력한다.
역으로 부정의 요소들은 부족함, 아쉬움, 질투, 부러움, 이별, 무료함, 아픔, 더러움, 배고픔, 맛없음, 불편함, 못남, 화남, 등 이런 요소와 멀어지는 삶을 선택한다.

긍정 심리의 요소와 함께하는 시간을 늘리는 활동을 의식적으로 한다. 이것이 더 행복하기의 지혜다. 성공과 행복을 만드는 기술은 다르다. 성공은 사회의 환경과 타인의 관계에서 이루어진다면, 행복은 순수하게 자신의 마음의 선택에서 이루어진다. 행복은 긍정의 마음과 부정의 마음이 갈등하는 것이다.
일상의 삶에서 내가 겪는 많은 마음의 정보가 나를 행복의 자리에 가만히 있게 두지 않는다. 그래서 행복을 계속 유지하기 위하여 약간의 노력이 필요하다. 긍정심리의 요소와 가까이하고 부정의 요소를 멀리하는 노력은 해야 한다.

이는 타인과의 경쟁도 필요 없고, 여유 있는 마음으로 행복을 소유하면 된다. 행복은 오로지 자신의 책임이다. 행복의 원천과 함께 할 수 있는 긍정의 삶을 찾고 만든다.
자신의 행복을 위하여 실현 가능한 사치는 인간의 본능이다. 인간의 본능을 너무 억압하는 수양을 통한 행복은 바람직하지 않다. 왜냐하면 우리는 수도자가 아니기 때문이다.
행복하기 위하여 자연스러운 마음의 다스림은 힐링의 차원에서 바람직하지만 고통스러운 수양은 반대한다.
현대 삶은 시간, 재정, 사회적 환경, 기술, 등 긍정적인 활동을 많이 할 수 있는 여건이다. 마음만 먹으면 즐거운 마음의 시간을 늘이기 좋아졌다. 자신의 자주적인 삶을 만들어 가야 한다.
더 행복한 가정의 완성은 매일매일 새롭고 즐거운 가치 있는 시간을 갖는 것이다. 또한 부정적인 생각을 걷어내는 것이다.
부정적인 생각의 근원인 증오, 분노, 무지, 교만, 의심, 사견만 벗어나도 긍정의 마음 상태가 된다. 이 시간이 길어지면 성공과 행복의 시간도 길어진다. 누구에게나 자신만의 성공과 행복은 항상 같이 존재한다.
성공과 행복이 자신만의 것으로 존재하기 위하여 자신의 성공과 행복을 마음으로 받아들이고, 자신의 삶을 사랑해야 한다. 자신의 삶에 자긍심을 가져야 한다. 누구나 자신만의 성공적인 삶을 가진다.

[제5장]

성공적인 삶 지키기

정성을 다한 성공적인 삶

시절별 삶의 목적과 목표에 따라

이루고 채워온 삶

때로는 욕구를 조절하고, 욕망을 멈추면

성공과 행복은 채워진다.

채움, 버림, 멈춤으로 이룬 성공적인 삶

부족함이 없는 삶이 성공이고

걱정이 없는 삶이 행복이다

자신만의 성공적인 삶을 긍정하라.

후회 없이 사랑을 나누고, 비움과 멈춤으로

성공적인 삶을 채우고 지킨다.

50. 아쉬움이 있는 삶에 만족하기

아쉬움이 있는 삶을 만족하기란 쉬운 일이 아니다. 그래서 연습과 지혜가 필요하다. 성공적인 삶이 행복한 성공이고 삶의 과정이다. 삶의 과정 속에는 항상 아쉬움이 있다. 필연의 삶에서 발생한 아쉬움은 긍정과 희망으로 치유한다. 최선을 다한 삶에 대하여 긍정하면 만족해진다. 그리고 아쉬움이 있는 삶의 요소는 내일의 삶에서 채운다. 채움과 비움의 과정에서 아쉬움이 해소되면, 성공적인 삶이 완성된다.

우리는 태어나서 일정 기간 보호자의 보살핌이 있었고, 스스로의 힘으로 일터와 가정에서 그리고 사회에서 자신만의 성공적인 삶을 만들어 왔다. 지금 내가 있는 이곳이 내가 최선을 다하여 만들어 온 행복한 성공의 터이고, 내가 만든 성공적인 삶이다.

지난 삶은 숙명이다. 그러나 다행스럽게도 아쉬움을 느낀다는 것은, 삶에 대한 애착과 희망의 긍정적인 반응이다. 변화를 요구하는 것이고, 희망이 있고, 포기는 아니다. 어떤 시절의 삶에 있더라도, 지금의 삶에 긍정하고, 앞으로도 꾸준하게 더 성공하고 더 행복한 지혜의 삶을 선택하면, 아쉬움은 다른 행복한 성공의 요소에서 채운다.

지금 자신의 시절 삶에 따라서, 아쉬움의 삶을 극복할 세월이 많이 남은 사람도 있고, 시간이 부족한 사람도 있다. 또 어떤 사람은 장년의 삶을 지나, 마무리의 삶에 도달한 사람도 있다. 은퇴 가까이에 있는 사람은 채움의 삶에서 비움과 멈춤의 삶으로 전환하고, 자신을 긍정하면서 아쉬움을 받아들인다.

직장인은 누구에게나 시절에 따라 은퇴의 삶에 대하여 적극적인 고민의 시기가 다가온다. 은퇴 준비는 경제적, 사회적으로 자신만의 라이프 스타일을 구상하고, 이를 위한 준비의 시기다.
개인적인 능력, 성향, 역량, 환경에 따라서 준비는 다양하다. 그러나 은퇴 준비라는 것이 평소의 일상 삶의 일부처럼 하는 것이 좋다. 만약 준비의 시간이 촉박하고, 소홀한 사람은 의식적이고 적극적으로 은퇴 후의 삶에 필요한 준비를 한다. 사실은 은퇴의 삶이라는 것이 지금의 삶보다 좀 크게 변화한 삶이다.

은퇴 후의 삶을 아름답게 유지하기 위하여 지금까지의 삶에 아쉬움이 있더라도 긍정하고 잘 마무리해야 한다. 지금 즉 은퇴 전의 삶을 긍정하기 위해서는 성장과 채움의 삶에서 멈춤과 비움의 삶으로 전환하는 것이 좋다. 그것은 성장과 채움의 동력과 선택의 기회가 점점 없어지기 때문이다. 그리고 멈춤과 비움으로 자신의 삶을 긍정하면 마음이 편안해지고 여유가 있고 행복감이 더해진다.

은퇴 후의 삶을 실버의 삶이라고도 하고, 기존 삶의 연장이고 연속이다. 평상의 삶에서 꾸준하게 준비되어야 하고, 그 준비 결과에 따라서 은퇴 후의 삶에 질이 달라진다. 그리고 현대는 기대 수명이 길어졌다. 건강한 은퇴자가 많아, 은퇴 후의 삶도 다양하다. 편안한 삶 뿐만 아니라, 새로운 삶, 모험적인 삶, 그 동안 꿈꾸었던 삶을 실천하는 시기이다.

내 잘난 멋에 살아도 좋다

자신의 삶을 긍정하는 것은 자신을 사랑하는 것이고, 다른 사람의 눈치를 보지 않는 것이다. 내 삶은 내가 책임지고 타인에게 피해를 주지 않으면서 나의 기준대로 내 멋으로 산다는 것은 보편적이고 정상적인 삶이다. 타인의 눈치를 볼 필요가 없다.
생애 라이프 플랜을 기준으로 보면 청년, 중년, 장년의 삶을 거쳐 노년의 삶을 산다. 우여곡절의 시절 삶에도 자신을 긍정하고 지켜온 삶이다. 끝까지 자존감과 자신감을 가져라. 타인은 당신의 삶에 크게 관심이 없다.
장년의 삶과 실버의 삶이 은퇴라는 이정표로 구분되지만, 현대는 다양한 삶의 환경과 조건으로 인생 2막의 삶도 있다. 그러나 은퇴 전후의 삶은 큰 차이가 있는 것은 사실이다. 은퇴 이전의 삶은 주로 채움의 삶이다. 그러나 은퇴 후의 삶은 비움과 멈춤의 좀 다른 삶이다. 그래서 때가 대면 실버의 삶을 위해 생애 라이프 플랜을 리모델링 하는 것이 좋다. 실버 삶은 육체적, 정신적으로 약해지고, 이룸의 요소가 적어지고, 이룸의 크기가 작다. 기회의 선택도 많이 남지 않았다.
위험성이 있는 일보다 안정적이고 지금의 것이 더 빛나고, 지난 시절의 아쉬움을 보충하고, 꼭 하고 싶은 것을 이루는 시절이다.

보통사람들도 자신의 성공과 행복에 대하여 자존감으로 뻔뻔해야 한다. 뻔뻔함이란 당당함이다. 타인의 도움이나, 눈치를 볼 필요가 없다. 나의 분수에 맞는 삶에 만족하고, 즐겁게 사는 것이다. 남과 비교할 필요 없고, 남과 다른 나만의 성공적인 삶에 만족해야 한다. 약하게 보일 필요가 없다.
세상의 삶은 다양하고, 성공과 행복의 모양도 다양한데, 외부의 힘에 흔들릴 이유가 없다. 그러나 보통사람들은 자칫하면 아쉬움이 있는 삶을 실패로 생각하고, 패배감으로 크게 낙담할 수가 있다. 아쉬움이 있는 삶은 정상적인 삶이다. 타인의 비판에 흔들리지 말고, 불안에 붙잡히지 말고, 나만의 뻔뻔함으로 내 삶의 만족을 지켜야 한다. 자신만의 당당함이 남에게 피해를 주는 것이 아니다. 오히려 사회를 건강하고 밝게 만든다.
내 잘난 멋에 산다는 것은 아주 자존감 있는 삶이다. 지금의 자신에 대하여 만족하면서 자신을 사랑한다는 증거다. 자신이 어느 정도 사회가 인정하는 도덕적 윤리적 삶을 살아왔다면 사회적 성공에 좀 부족하다고 해서 기죽을 필요 없다.

타인의 삶을 존중하는 시대다. 다행스럽게도 지금에 젊은 세대는 남을 존중하고, 자존감도 많이 강해졌다. 그래서 무서운 10대도 있고, 20대, 30대의 CEO도 많이 탄생했다. 세상에는 너무도 훌륭한 사람이 많지만, 제 잘난 멋에 살아도 된다. 자신의 성공과 행복을 타인으로부터 인정받을 필요가 없다.

다만 내 삶이 오직 나 홀로의 삶이 아니기 때문에 내가 이룬 성공은 최소한도로 갖추어야 할 모양과 크기는 필요하다. 그래야 가까운 관계를 맺고 있는 가족이나 주위 사람에게 최소의 안정과 만족감을 주고, 고통이나 부담을 주지 말아야 한다. 사회로부터 꼭 돌봄이 필요한 삶이나, 가족 구성원에게 걱정과 부담을 주지 않는 삶이면 성공적인 삶이다. 인생이라는 긴 삶에서 순간순간 성공과 행복의 맛을 경험하고, 때로는 긴장과 노력, 고통, 좌절, 분노도 함께 경험하는 것이 정상적인 삶이다. 잘난 멋으로 사는 힘은 자신감이다. 누구의 삶도 다 아픔이 있고 완벽하지 못하다. 나의 삶을 스스로 인정해 주어도 된다.

나의 성공과 행복을 타인과 비교하지 마라. 그러나 삶을 비교하지 말자고 해서, 비교되지 않는 환경이 아니다. 보지 않고 듣지 않으려 해도 들린다. 힘센 사람들의 나쁜 꼴이 보이고, 부의 화려함이 보이고, 크고 비싼 아파트가 보이고, 백화점에는 명품이 보이고, 수천 수만 가지의 비교 대상이 보인다. 만물이 존재하는데 차이가 있고 조화를 이룬다. 다양한 차이는 세상 삶의 본질이다. 지혜로운 마음은 부러움은 순간으로 받아들이고, 내가 가지고 있는 다른 가치로 내 성공과 행복의 요소에 집중하면 부러움이 약해진다.

인간의 기본 욕구는 채움만으로는 오래도록 만족할 수 없다. 다만 욕구를 줄이고 다스림으로써 만족을 유지할 수 있다. 지금 내가 이룬 삶이 사회의 기준에 연연하지 말고, 나 스스로가 만족하고, 나 잘난 맛에 살면 된다. 그러면 만족도가 최상이 된다.

지난 삶, 아쉬움 없는 삶 없다

생애 라이프 플랜을 점검하여 보자, 지금 자신의 라이프 사이클에 따라 많은 삶의 요소는 지나갔다. 어떤 것은 성공을 이루었고, 또 어떤 것은 아쉬움이 있고, 또는 계속 진행 중인 것도 있다. 새로이 시작하는 것도 있다.

실버의 삶은 해가 갈수록 삶의 요소가 줄어간다. 어떤 시기가 되면, 자연적으로 소멸하고 때로는 의도적인 소멸도 있다. 시절별로 이루고, 지나감으로 자연 소멸하고, 비움과 멈춤으로 의도적 소멸도 있다. 그래서 지금 자신에 삶의 환경에 맞게 재구성하여, 아쉬움과 함께 행복한 삶을 지속한다.

성공적인 삶의 만족도는 성공과 행복의 만족도에 비례한다. 삶의 요소가 성공과 실패, 행복과 불행으로 이분법으로 나누어지는 것이 아니다. 성공과 행복은 자신만의 기준에 따르는 만족도이다. 자신이 정한 성공의 목표 일지라도, 항상 성공을 이룰 수는 없다. 내가 세운 목표도 불완전하고, 이룬 결과가 부족할 수 있다. 그러나 아쉬움이 있는 성공은 실패가 아니다.

성공을 했다고 해서 너무 과신하지 말라, 성공은 삶에 한 요소의 성공에 불가하다. 다른 요소를 생각하면 아쉬움이 있을 수 있다. 삶에 모든 요소가 성공적일 수는 없다는 것이다. 행복도 마찬가지다. 행복하다고 해서 너무 기뻐하지 마라, 행복 뒤에도 또 다른 근심이 존재할 수 있다. 그래서 작은 성공과 작은 행복을 자주 경험하는 삶이 좋다. 그래서 성공과 행복은 빈도의 관리이다.

성공과 행복이 항상 100점이 아니므로, 삶은 항상 아쉬움이 존재한다. 그래서 현재에 만족해야 한다. 걱정이 없는 삶이면 행복한 삶이다. 오랜 삶의 경험에 의하면 지금의 성공과 실패가 미래에는 성공과 실패가 아닐 수도 있다. 그때의 성공이 지금의 입장에서 보면, 아쉬움이 될 때도 있고, 지금의 고비와 좌절이 새로운 기회의 선택일 수 있다. 그래서 오늘에 아쉬움 있는 삶이 부끄럽지 않은 삶이면 만족해야 한다. 오늘 성공과 실패의 경험이 미래에 어떤 성공과 실패의 원인으로 나타날지 아무도 모르기 때문이다.

삶에서 항상 행복을 누리면서 살아가는 사람은 없다. 걱정이 없는 삶에서 행복을 찾는다면 행복의 길은 멀어진다. 걱정이 없는 삶 자체가 행복이기 때문이다. 사람은 누구나 자신만의 행복을 가지고 있다. 불행할 것 같은 사람도 가끔은 행복을 경험한다. 행복하게 사는 사람도 가끔은 절망하고 아쉬워한다.

특히 실버는 지난 삶의 아쉬움을 비움으로 이해하고 긍정하며 만족해야 한다. 그러면 풍요롭고 여유가 있는 삶이 되고 행복하다. 행복한 성공의 지수는 성공적인 삶 지수의 다른 표현이다.

51. 디지털 시대, 시니어 삶 준비

누구나 항상 최선을 다하는 삶을 산다. 최선을 다하는 삶은 일반적으로 힘든 삶을 말한다. 힘든 삶이라고 불행한 삶이 아니고, 의미와 가치를 가지면 행복한 삶이다. 힘든 삶이 가지고 있는 의미와 가치를 생각하면 뿌듯하고 만족감으로 힘든 삶을 모두 포용한다. 만족한 삶은 각 개인의 마음속에 있는 행복한 성공의 삶이다. 이 행복한 성공의 삶은 개인별 시절에 따라 지금까지 이룬 성공의 삶이고, 자신이 꾸준하게 만들어 오고 있는 삶이다. 어떤 누구도 대신할 수 없는 삶이고, 많은 것을 이루었고, 크고 작은 책임과 의무를 완수한 삶이다. 약간의 아쉬움도 함께하는 삶이다.

저마다 더 성공하고, 더 행복한 삶에 지혜를 바탕으로 꾸준하게 시절의 삶을 살고 있다. 일터와 가정에서 시절에 따라 책임과 의무를 다한다. 그리고 누구나 거쳐 가야하는 시니어 삶도 함께 준비한다. 지혜로운 사람은 언젠가는 비움과 멈춤이 필연으로 찾아온다는 사실을 알고 있다. 작은 것부터 은퇴 준비라는 이름으로, 새로운 시니어 삶을 준비한다. 미래 준비의 한 분야이다. 철저히 하면 할수록 좋지만, 환경과 조건에 따라 각양각색이다. 시니어 준비는 크게 두 분야로 나누어서 한다. 하나는 지금까지 성장, 발전, 성공, 이룸, 채움을 중시하는 삶에서 멈춤과 비움과 아쉬움을 받아들이는 자세이다. 다른 하나는 시니어 후에 새로운 패턴의 삶에 필요한 재정, 생활방식, 여가활동, 못다한 일, 보람 있는 일을 준비하는 것이다. 삶은 연속이다. 장년의 삶에서 연착륙의 삶도 있지만, 부족한 부분이 있다면 의도적으로 준비해야 한다.

은퇴 후 시니어 삶의 모형은 각 개인마다 매우 다양하다. 그것은 사람마다 인문학적, 사회적, 경제적, 신체적 등의 차이와 기본적인 욕구와 욕망, 개인이 처하여 있는 환경과 조건에 따라서 다양하다. 또한 수명이 크게 길어져 시니어의 삶이 길어졌다. 시니어 삶이 길어짐에 따라서, 은퇴 준비가 더 복잡하고 어려워졌다. 준비가 잘 된 사람과 그렇지 못한 사람에 따라 시니어 삶이 질이 크게 차이가 난다. 시니어 삶에서도 가장 중요한 분야가 경제적인 자립과 풍족함이다.

경제적인 자립과 풍족함이란 크기도 중요하지만, 최소한 경제적인 자립이 되어야 행복한 시니어의 삶을 살 수가 있다. 경제적인 자립이 어려우면, 여유 있는 실버의 삶을 살기 어렵다. 그래서 은퇴 준비의 중심에 경제적인 자립이 자리하고 있다.

이와 같이 성공적인 삶에서 부의 성공이 큰 사람은 재정적인 별도의 은퇴준비가 필요 없지만, 성공적인 삶에서 부의 크기에 따라서 별도의 재정적인 준비가 필요한 사람이 있다. 특히 재정적으로 보통 수준 이하로 성공한 사람에 있어서 재정의 준비는 단 시간에 어렵다. 그래서 각자의 환경에 맞게 시간적인 여유를 가지고 은퇴 후의 삶을 준비해야 한다.

행복한 시니어의 삶을 위하여 준비해야 할 것들이다.
1) 경제적인 삶에서 자유를 위하여 준비한다. 꼭 풍족할 필요는 없다.
2) 필요에 따라 제2의 새로운 경제활동을 위한 준비를 한다. 자격증, 창업준비, 기술획득, 디지털 스마트 1인 창업 등.
3) 체력과 건강 관리를 위한 생활 습관을 익힌다.
4) 취미 및 특기를 하나 이상 준비한다.
5) 은퇴 후의 여가 활동에 호기심 있는 계획을 준비한다.
6) 부부가 같이 활동하는 삶을 위한 계획을 가진다.
7) 디지털 세상에 적응할 준비를 한다.

특히 시니어의 삶을 풍요롭게 하기 위하여 디지털 환경에 익숙할 필요가 있다. 물론 미래의 실버는 저절로 디지털에 익숙할 것이지만, 2022

년 이 시대에 실버 삶을 시작하는 사람은 먼저 디지털 세상에 호기심을 가지고 익숙할 준비를 한다. 그리고 4차 산업 혁명과 디지털 세상에서 즐거움을 찾을 준비를 하는 것이 좋다.

행복 위한 은퇴준비

은퇴는 누구에게나 예외 없이 찾아온다. 은퇴 준비는 누구에게나 필요하다. 모든 사람이 예상을 하며 살아가지만 준비는 항상 부족하다. 바람직한 은퇴준비는 성공적인 삶의 과정에서 각 요소별로 준비하는 것이 좋다. 은퇴 후의 경제적인 문제를 잘 준비하는 사람은 투자, 연금, 보험, 창업, 재취업, 자격증 등 다양한 방법으로 준비한다.
재정적인 준비의 상한선은 없겠지만, 보통사람은 항상 부족하다. 그러나 은퇴 시점의 상황에 따라서 최소 삶의 준비는 필요하다. 특히 경제적인 자립이 요구된다. 통계적으로 고도성장기의 산업화 세대는 자녀 양육과 생활 지원으로 은퇴 후 삶에 준비가 부족함이 드러났다. 국가적인 지원책이 시행되고 많은 노력은 하고 있지만, 은퇴자의 안정적인 생활을 보장하는 데 한계를 보이고 있다. 자유 자본주의 사회에서 은퇴 후의 삶을 일차적으로는 스스로 책임져야 하는 의무를 갖고 있다. 그러나 국가도 준비가 부족한 은퇴자의 삶에 대하여 지원을 증대하는 추세다. 이것은 최소 삶을 위한 공공선의 확대 정책이다.

그러나 아직은 은퇴준비가 본인 책임이 대세이다. 중, 장년의 삶에서 잘 준비된 사람은 은퇴 후에도 화려한 액티브 시니어의 삶을 살아가지만, 보통사람들은 시절에 따라 장년기 후반부터 수시로 생각하고 고민하고 준비해야 한다.
은퇴의 시기는 사람마다 다르다. 어떤 사람은 은퇴 후에도 창업이나, 재취업으로 제2의 인생을 사는 사람도 있다. 그러나 보통사람들은 은퇴 후 일이 없고, 수입이 없는 사람이다. 그래서 은퇴 준비는 자신의 재능이나, 환경, 욕구에 따라 장기적으로 목표를 정하고 준비해야 한다. 은퇴 준비가 잘 된 사람은 정년이란 것이 서운하지만, 기분 좋을 수 있다. 어떻게 보면 수십 년을 매인 생활에서 벗어나는 것이다. 준비가 부족한 사람은 새로운 걱정이 시작되기도 한다. 개인의 환경에 따라 차이가 크지만, 긍정적인 측면에서 자유다. 국가와 사회에 대하여 근로의 의무를 마쳤다. 경우의 차이는 있지만, 가정에서는 자녀의 독립으로 책임과 의무감에서 벗어났다.

준비가 잘 된, 행복한 시니어 삶의 가장 중요한 자세는 지금의 삶을 긍정하고 만족하는 것이다. 삶의 각 요소 즉 건강 지수, 재산과 명예, 자녀의 삶, 지난 삶에 대한 회상, 사회적인 소속감, 스스로의 자존감 등 일생의 삶에 최선을 다한 것에 대하여 긍정하고 만족하면서 사랑하는 것이다.

왜냐하면 자신의 삶에 만족하고 긍정하지 않으면, 은퇴전의 삶 모두가 부정되기 때문이다. 지금 가지고 이룬 자신의 삶을 다시 변화할 수도 없다. 이 현실을 바탕으로 새로운 패턴의 삶을 시작하면 된다. 그래서 어떤 이유를 만들고, 핑계를 만들어서도 지금 자신의 삶에 긍정하고 새 출발을 해야 한다.

시니어 삶도 장년 삶의 연속이다. 다만 삶의 요소가 줄어들고, 단순해진다. 그래서 은퇴 후의 삶에 대한 기본적인 준비와 계획이 중요하다. 기대 수명이 크게 길어진 탓에 은퇴의 삶이 길어졌다. 그래서 시니어 삶 설계가 더 중요 해졌다. 사회적 활동의 시간은 줄고, 가정에 있는 시간이 길어진다. 그래서 부부 공동의 삶의 지혜가 필요하다. 은퇴 전부터 점차 같은 라이프 스타일을 만들어 가면 은퇴 삶이 연착륙의 삶이 된다. 그리고 때가 되면 부부가 함께할 새로운 라이프 스타일로 완전 전환한다. 자녀가 점차 성장하여 독립적인 삶을 살아가고, 자신은 은퇴의 삶으로 사회 동료와 점점 멀어진다. 그래서 시니어 삶에는 시간의 지혜로운 배분과 활용이 중요하다. 부부는 수시로 시니어 삶을 위하여 같이 협의하는 것이 좋다.

은퇴 후의 삶도 참으로 다양하다. 우리 사회의 잘 구축되어 있는 사회 복지 인프라를 잘 활용하면, 시니어의 삶도 새로운 경험의 세계가 된다. 오히려 은퇴 후의 삶이 더 다양하고 풍부하며, 평소에 자신이 하고 싶었지만 하지 못한 것을 하면서 살아갈 수 있는 기회이다. 특히 부담 없고, 책임과 의무에서 자유로운 삶이 된다.

그러나 현실은 자신의 환경에 따라 다양한 삶을 살고 아직도 긍정적인 삶보다 부정적인 은퇴의 삶이 더 많다. 점차적으로 개선되어 가는 추세이다.

다양한 실버 삶의 형태를 보면

1) 필요에 따라서 재취업으로 새로이 직업을 가지는 사람.

2) 새로운 분야의 자기계발을 위해 배움에 열중하는 사람.

3) 취미 생활을 통하여 여유로운 삶을 사는 사람.

4) 무료하게 지루한 시간을 보내는 사람.

5) 건강이나 기력의 소진으로 타인의 도움으로 사는 사람.

등 다양하지만 자신의 행복한 삶을 위하여 어떤 삶을 선택할 것인가? 지혜로운 준비와 선택이 필요하다. 자신에게 적합한 행복한 삶을 선택하고 긍정하면 된다.

공동의 시간 준비

은퇴 초기의 삶이 많이 혼란스럽다. 수 십년의 규칙적인 패턴의 생활이 바뀌었다. 본인 뿐 아니라 가족의 삶에 크게 영향을 준다. 그래서 은퇴 전부터 일정부분 부부 공동의 삶에 과제를 만들고 연습하면 좋다. 이런 과정의 기간을 지나면서 상호 동의하고 바라는 삶을 만들어 간다. 가장 바람직한 삶은 부부가 함께 즐기며 사는 삶이다. 서로가 육체적 정신적으로 왜소해지는 시기다. 그래서 서로 의지하고 위로하면서 살아야 한다. 같은 취미를 가지고 같이 행동한다. 서로 그동안의 노고에 대하여 치하하고 위로하고 보상의 시간을 만든다.
비록 현재에는 취미가 좀 다르다 하더라도 어느 한쪽이 양보하여 맞추어야 한다. 여행, 사진찍기, 캠핑, 등산, 트레킹, 운동, 사이클, 그림 그리기, 영화감상, 등 서로 협의하여 노후준비의 상황에 따라 다양한 삶을 설계한다. 그러나 서로에게 구속의 삶이 되지 말아야 한다. 상호 필요에 의한 자유의 시간을 주어야 한다.
산업화 세대의 실버 삶은 경제적 열악함이 가장 큰 과제이다.
최소한에 삶의 기준에도 준비가 부족한 사람은 수입을 위한 활동을 계속해야 한다. 그 방법에 대하여는 각자가 처하여 있는 입장에서 기술과 재능에 따라서 다르지만 긍정해야 한다. 그리고 재정적인 리스크에서, 부채를 동반하는 사업은 철저한 점검을 통하여 안전성을 담보해야 한다.

재정적으로 노후 준비가 잘 된 사람도 새로운 삶의 방식을 선택해야 한다. 매일 출근하고 퇴근하던 사람이 자유 시간이 너무 많아졌다. 삼식이라고 구박받는 남편의 이야기가 심심찮게 들린다. 은퇴 후의 삶은 아내의 삶까지 영향을 준다는 이야기다. 수십 년의 삶에 습관 변화가 요구되는 삶이다. 그래서 은퇴 후, 가정에서의 삶은 부부가 협의한다. 상호 존중의 차원에서 협의하고 공동의 일을 찾아야 한다. 부부가 공동으로 할 수 있고, 남편이 하고 싶은 일을 열거하고, 또 아내가 하고 싶은 것을 열거하여 공통의 항목을 찾는다. 그리고 어느 정도는 각자 개인의 독립성을 존중해야 한다.
24시간 같이하는 시간은 자칫하면 구속의 시간이 될 수도 있다.
그래서 은퇴한 사람은 지정된 일 또는 일정의 시간에 개인적인 활동을 해야 한다. 현대에는 배움이나, 놀이, 디지털의 발달로 개인적인 활동이 훨씬 쉬워졌다. 부부가 함께하는 시간과 개인적인 시간 배분이 적절하게 이루어지는 것이 좋다.

자신만의 인생 2막 삶 준비

은퇴 후 인생 2막의 삶은 다양하다. 보수를 떠나서 일을 통하여 즐거움을 찾는 사람도 있고, 생계유지에 도움을 위한 일을 해야 하는 사람도 있다. 모두 존중되는 삶이다.
제2의 인생을 위한 삶으로 자격증을 취득하여 1인 기업도 많이 창업한다. 개인적으로 중, 장년의 왕성한 시기에 하지 못한 취미 활동이나, 다양한 배움에 도전한다. 다양한 방법으로 삶을 만들어 간다. 모두 바람직한 일이지만 한 가지 명심해야 할 일은 일에 얽매이지 말고, 작은 일에 감사하고, 즐기는 것이 좋다.

원만한 제2의 인생을 위하여, 평소에 생각을 하고 연습을 하는 것이 좋다. 내가 은퇴 후 무엇을 하겠다고 목표를 정하면 이에 대한 자료나, 정보에 관심을 가지고 준비한다. 그러면 은퇴 후에 바로 새로운 삶에 적응할 수 있어 좋다. 그러면 은퇴 초기의 혼란과 고독한 삶이나, 절망의 삶 시간을 줄여준다.

52. 사소한 작은 즐거움 만들기

성공적인 삶 속의 작은 행복은 일상 삶에 작은 즐거움으로부터 온다. 작은 즐거움을 만든다는 것은, 일상의 삶을 즐겁게 사는 것이다. 일상에서 모든 삶에 요소는 저마다 가치와 의미를 가지고 있다. 그 의미와 가치를 느껴야 한다. 힘든 봉사활동에서 보람과 의미를 찾듯이, 의식적인 행동은 의미와 가치를 만들어 스스로 즐거움이 생긴다. 이렇게 모든 일상을 긍정적으로 보고 행동하면 행복의 원천이 아닌 것이 없다. 그래서 현명한 사람은 일상에서 더 많은 행복을 느끼며 살아간다.

중, 장년 시절에 삶의 목표는 필요에 의하고, 필수적이고 전투적이고 명확하다. 그래서 중, 장년의 삶에서는 작은 즐거움의 요소는 크게 주목 받을 여유가 없다. 중, 장년의 삶은 최선을 다하여 성공을 이루고, 채움의 삶이기 때문이다.
삶의 후반기인 장년 이후의 삶은 지금까지 최선을 다한 삶에 긍정하고, 시절마다 중요한 목표와 목적을 이루고, 자신의 책임과 의무를 마무리하는 삶이다. 그리고 멈춤과 비움을 생활에 적용하고, 사소한 작은 즐거움에 비중을 늘여 간다. 채움에서 비움을 강조하는 시니어 삶은 채움의 삶보다는 의미와 가치가 작은 것은 사실이다.
그래서 자칫하면 우울해지고 슬퍼진다.
특히 지난날의 삶을 부정적으로 평가하게 되면, 성공적인 삶의 지수는 더 떨어진다. 그래서 지난 시절 채움의 삶은 의도적으로 긍정하고 사랑해야 한다. 그래야 시니어 시절의 사소하고 작은 즐거움도 의미와 가치를 크게 두고, 귀하게 생각하면 즐거움이 배가 된다.

현대 사회는 건강지수가 높아, 장년기 이후의 삶이나, 은퇴 후의 삶도 매우 왕성한 삶을 추구한다. 그래서 스스로의 일을 가지는 인생 2막의 삶이 가장 바람직하나, 이 사회는 사회적 활동을 동반하는 인생 2막의 삶을 쉽게 허락하지 않는다.
그래서 경쟁 사회와 부대끼는 일반적인 인생 2막의 시대가 아니라도 좋다, 자신만이 추구하는 제2의 인생 삶을 만들어도 된다. 사회의 환경이 매우 다양해졌다. 실버의 일자리도 다양하다. 그리고 디지털 시대에 관심을 가지고, 조금만 배우면 자신만의 세계를 만들어 갈 수 있다. 건강이 허락하고, 시간이 허락하는 조건에서 배움 자체를 포함한 다양한 삶이 모두가 제2의 인생 삶에 요소들이다.

제2의 인생 삶의 요소는 작은 일, 사소한 일, 레저 활동, 간단한 배움, 건강을 위한 운동, 작은 봉사, 작은 희생 등 많이 존재 한다.
중, 장년의 삶에서 하지 못한 많은 활동이 제2의 인생 삶의 작은 즐거움의 요소들이고, 행복한 실버의 삶에 요소들이다.

새로운 즐거움의 요소 찾기

중, 장년의 삶에서, 여가의 삶은 성공을 위하고 가정의 행복을 위한 삶이라 했다. 시니어의 삶은 여가 시간이 더 많다. 어쩌면 실버 삶에 가장 중요한 과제는 여가 시간 활용이다. 기존의 삶에 활동을 점점 줄이고, 새로이 계획한 일을 점점 늘이고, 새로운 것을 찾는다. 새로운 것을 찾는 것은 자신의 환경과 조건에 따라 만들어 간다.

일반적인 업무를 제외한 순수한 여가 활동은 기존의 취미 생활을 체계적이고 적극적으로 개발하고 확장하며, 과감하게 실천한다. 그 취미와 활동에 몰입한다.
1) 기존에 하던 취미생활이나 운동도 계획과 목표를 세우고 실천한다.
2) 그동안 하지 못한 테마가 있는 다양한 취미 생활을 계획하고 의미와 가치를 부여한다. 예를 들면 100대 명산, 야생화 산행, 단풍 여행, 상고

대 산행, 눈꽃 산행. 등 기대와 희망으로 즐거움을 만든다.

3) 해외여행, 국내여행, 섬 여행, 지역 축제, 지역 명소, 국립공원, 자연 휴양림, 식물원, 등에서 즐거움의 요소를 찾는다.

4) 지금의 시대는 SNS, 메타버스 시대다, 산행 기록이나, 사진과 글을 유튜브, 카페, 블로그, 페이스북, 트위터, 인스타그램 등 활용하여 디지털 세상에서 활동을 늘인다.

이와 같이 자신의 조건과 환경에 맞추어 삶을 만들고 이를 통하여 현장에서, 또 사이버 세계에서 소속감을 느끼고 즐거움을 찾는다.

자연의 세계, 전국 곳곳이 즐거움의 장소이고, 가상의 공간도 즐거움의 장소들이다. 이의 활용과 적응이 실버 시니어 삶을 건강하게 한다.

즐거움의 요소가 많은 곳이다.

1) 봄, 여름, 가을, 겨울 사계절 있는 자연과 함께 생활을 늘인다. 보는 즐거움, 건강, 동료와의 소속감, 그리고 추억의 공유가 즐거움이다. 눈 덮인 설산을 보면서 감탄도 하고, 눈 속에 파묻힌 봄의 야생화를 상상하며 행복을 찾는다.

2) 새로운 즐거움의 일들은 다양하다.

봄의 야생화 꽃 여행, 여름의 계곡 여행, 가을단풍 여행, 겨울의 눈 산행, 명승지 여행, 역사 기행, 대한민국은 여행과 맛집 천국이다. 그리고 곳곳에 천년의 사찰이 즐비하다. 유네스코에 등재된 세계적인 유산도 즐비하다.

3) 삼면이 바다이고, 수천 개의 아름다운 섬이 있다. 사계절이 있다. 국립공원, 국립자연휴양림, 공립자연휴양림이 잘 정비되어 있다. 그리고 잘 갖추어진 캠핑장도 수없이 많이 있다. 4대 강이 잘 정비되어 자전거 동호인에게는 천국이다. 봄, 여름 강변은 꽃밭이다.

4) 전국 곳곳에 명승지와 트레킹 길이 과할 정도로 정비되었다.
계절마다 전국에 축제가 과할 정도로 많이 한다. 이 많은 환경이 다 새로운 즐거움의 원천이다.
즐거움의 원천 선택은 자신의 취향에 따라 소재를 찾아야 한다.
자연을 좋아하면서 자연을 품는 방법을 찾는다.

5) 부담 없는 배움이다. 디지털 시대, 4차 산업의 시대다. 나보다 젊은 세대와 소통도 필요하다. 급변하는 디지털 세상을 배워야 한다. 과거는 직접적으로 여행과 운동에 참여하는 방법에서 앞으로는 AR, VR, 메타버스 세상을 활용한 가상의 세상에서도 경험하게 된다.

6) 독서는 진화하여 책 쓰기로 발전했다. 그림 그리기, 음악 등 수많은 사소한 즐거움을 쉽게 활용할 수 있는 환경이다. 앞으로 거동이 불편하거나 야외 활동을 싫어하는 사람은 집에서 인터넷, 영화, 음악, 메타버스, VR, AR 등을 통하여 즐길 소재가 풍부하게 개발되고 있다.

이런 사소한 즐거움 속에 행복이 있다. 그러나 자신의 은퇴 후의 삶의 여건이나, 환경에 따라서 제약이 있을 수 있지만, 잘 활용하면, 즐거움의 원천이고 행복의 원천이다.

자신만의 배움에 즐거움을 가져라

실버의 배움은 현실적으로 자신만의 배움이다. 어떤 사람은 그것 배워서 뭐해라고 한다. 지난 시절의 배움은 필요에 의한 강제적 배움이다. 그러나 시니어의 배움은 자발적이고, 자유로운 배움이다. 안다는 것에 대하여 스스로 만족하고 즐거움을 가진다. 부담 없는 배움이요, 행복한 배움이다. 배우고 싶은 분야의 자유로운 선택이다. 자유가 이렇게 행복함을 느끼게 한다. 왜냐하면 배움에 부담이 없고, 스스로 감당할 수 있고, 감당해야 할 만큼만 배우면 된다.

참 좋은 세상이다. 배움이 이렇게 쉬워질 수가 없다. 너무 지난 과거 이야기이지만, 70 ~ 80년대에는 지식인이나, 대학교수가 지식을 독점했다. 대학에서 교수로부터 배우지 않으면 높은 지식을 배우기 어려웠다. 지금은 지식과 정보의 홍수 시대다. 세상을 읽고, 보고, 느끼고, 쓰고, 말하고, 실천한다. 정신적으로 풍요로운 시대다.

디지털 세상에 정보와 지식이 오픈되고 공유되었다. 자신의 지성을 높이고, 자신의 삶의 지혜를 만든다.

어떤 학자는 10년 내에 일부 대학은 없어진다고 했다. 틀린 말이 아니다. 한 교수의 지식을 여러 학생에게 주입하는 지식 전달 시스템은 변화하고 있다. 다양한 정보의 전달 시스템이 생겼다.
이제 필요한 지식과 기술을 스스로 선택하여 배우는 시스템이 구축됐다. 디지털 세상은 N개의 삶이 존재하고, N개의 스토리가 만들어지고, 다양함이 존중받는 시대다. 일반인이 전문가가 되고, 하나의 재능만으로 최고가 된다. 배움은 나이와 장소와 시간에 구애를 받지 않는다.

벌써 어떤 학생은 세계 유명 대학의 공개강좌를 유튜브, 인터넷, 메타버스와 같은 디지털 도구로 실시간으로 강의를 듣는다. 그래서 그 사람은 세계 여러 대학을 다니는 효과를 얻는다. 교실 없는 대학에서 공부를 한다.
지금에 디지털 세상은 어떤 시절의 삶에 있더라도, 자신의 삶이 환경과 조건에 따라서 빠르고 다양하게 변화하고 있다. 그래서 자신의 수준에 맞추어 가야 한다. 청소년의 삶이나, 중 장년의 삶이나, 실버의 삶도 변화의 시스템 속에 놓여 있다.

내가 이 변화의 시스템을 바꿀 수 없고, 이 시스템 밖에서 살아갈 수 없다면 긍정하고 순응하면서 시스템과 함께해야 한다. 그리고 이 시스템이 더 좋고 풍부한 시스템으로 돌아가게 참여하고 주어진 역할을 한다.
다양하고 독창적인 플랫폼이 만들어지고 있다. 누구나 작가가 되고, 누구나 개발자가 되는 세상이다. 변화와 성공은 상대적일 수 있다. 이 상대적인 변화에 조금만 노력하면 즐길 수 있다.
세상은 다양하여 한 방향, 한마음으로 통찰하는 것은 어렵다. 보이는 것이 다가 아니기 때문이다. 삶의 선택에는 긍정적인 것과 부정적인 요소가 동시에 존재한다. 어느 쪽을 더 비중 있게 볼 것인가에 따라서 현상의 판단도 달라진다. 이 판단에 지성과 지혜가 동원된다. 세상에는 긍정적인 요소가 많이 있다. 변화를 긍정하고 호기심으로 도전하면 즐거움이 된다.

중, 장년의 배움은 필연의 과제이다. 그리고 지식의 차이가 지혜의 차이로, 능력의 차이로 나타나고, 사회적 우열의 차이로 나타난다. 배움을 즐거움으로 받아들이기 어려운 이유이다.
실버 배움은 배움의 욕망에서 자유로운 시기이다. 그래서 즐거운 배움이다. 그것은 실버의 삶도 같다는 의미이다. 실버 삶의 욕망도 많은 부분 비워지고, 자유로워졌다.

정규직의 삶에서 벗어난 실버는 어디서 무엇을 어떻게 배워야 할까?
디지털 세상에서 배운다. 스마트폰 하나면, 어떤 분야나 어떤 내용도 시간과 장소에 관계없이 배울 수 있다.
세상 변화에 호기심을 가져라, 그리고 자신의 수준에 맞고 좋아하는 내용을 배워라, 스마트 디지털 세상에는 즐거움이 가득하다. 배움에 즐거움을 느끼기 시작하면, 매일 즐거움이 있다. 그러면 매일 행복하다. 내일이 기다려지는 삶이 된다.

사소한 작은 즐거움에 감사하기

큰 즐거움이 자주 만들어지면 얼마나 좋을까? 현실에서는 그러하지 못한다. 그것은 삶이 모두 큰 모양의 일로 이루어지지 않기 때문이다. 일상의 삶에는 참 많은 요소들이 있다. 그 사소한 즐거움으로 행복을 관리하는 것은 당연한 일이다. 평범한 하루 속에 숨어있는 작은 성공을 발견하는 힘을 길러야 한다. 아무리 평범한 하루 같아 보여도 그곳에는 작은 즐거움, 작은 성공이 숨어 있다.

어떤 사람들은 일상의 삶에서 무엇이 행복의 원천인지를 잘 알지 못한다. 시절에 따라 행복의 원천이 다르다. 예를 들면 신혼 초에는 부부가 함께만 있어도 행복하다. 보고 또 보고 생활 속에 즐거움이 있다.
자녀가 생기면 자녀의 재롱과 성장을 보는 그 자체만으로 즐겁고 행복하다. 물론 일상의 일에서 괴로운 일도 있을 것이다. 그 괴로운 일을 잘 분석하면, 그 기분을 바꿀 수도 있다.
일 속의 많은 고통이 모두 가정에 행복을 위한 괴로움이기 때문이다. 고통의 가치가 행복의 원천이다.

행복한 삶의 지혜는 어렵지 않다. 작은 행복은 크게 느껴라. 큰 고통은 작고 짧게 느껴라. 작은 즐거움에 의미와 가치를 크게 주려고 노력하고 감사함을 느낀다.
작은 기부, 작은 봉사나 연말의 불우 이웃 돕기, 작은 선물, 작은 감사,

작은 친절, 작은 양보, 작은 희생, 모두 행복의 원천이다. 행복감은 크고 작음이 없다. 그냥 행복하면 된다.

받는 즐거움보다, 주는 즐거움은 훨씬 쉽고, 감동도 크다. 베푸는 즐거움은 자유롭다. 받는 즐거움은 남의 손에 있지만, 주는 즐거움은 내 손에 있다. 언제든지 마음만 먹으면 즐거움을 만들고 행복할 수 있다.

이것은 내가 실천한 사소한 즐거움들이다. 개개인마다 다양할 수 있고, 여유로운 사람일수록 더 풍부하다. 누구나 자신의 수준에서 실천하고 만족하면 된다. 자존감 있는 삶이다.

1) 자녀 결혼 전까지 사진첩 추억 만들어 주기, 삶의 추억이다.
2) 자녀와 여가 생활 같이하기, 주말 야외 활동, 등산, 캠핑하기.
3) 자녀의 좋은 습관 만들기, 독서 같이하기.
4) 좋은 공부 습관 환경 만들기.
5 수준에 맞춘 꾸준한 부모님 용돈 주기.
6) 알뜰 해외여행 실천하기 45여개국 실천.
7) 한국 100대 명산 60여 개 산행하기.
8) 개인적인 모험 백두대간 종주, 마라톤.
9) 부부 공동 취미 생활하기, 캠핑, 야생화 산행, 사진 찍기.
10) 가능하면 손자 돌보기.

개인마다 환경과 조건 그리고 개인의 성향에 따라서 사소한 즐거움은 무궁무진하다. 일상에서 무의식으로 행하는 많은 일들 속에 의미와 가치를 부여한다. 그러면 굳이 찾으려 할 필요 없이 삶이 풍요로워진다.

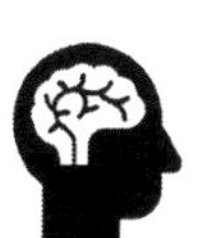

53. 부정적인 생각 멀리하기

행복한 성공을 지키는 것은 원론적으로는 그렇게 어렵지 않다.
이 사회의 보통사람은 대부분 부정적인 삶 보다는 긍정적인 삶을 사는 사람이 많다. 소수의 부정적인 일들이 사회문제로 크게 부각되어 평범한 보통사람들에게 허탈감을 준다. 그래서 행복한 성공을 유지하기 위하여, 지속적이고 긍정적인 행동을 찾아야 하고, 부정적인 요소를 멀리하는 노력을 함께 해야 한다.
삶 주위에는 긍정의 환경과 부정의 환경이 끊임없이 반복되고 혼재되어 있다.

긍정의 정보는 삶에 활력이 되지만, 부정의 정보는 스트레스와 불안과 분노를 유발한다. 공동체의 삶에서 부정적 환경의 상태가 자신의 의지와 관계없이 끊임없이 생산되고 삶을 제어한다. 멀리하려고 노력해도 다가오고, 직접 삶에 영향을 준다.
사회 공동체 어떤 사람도 부정적인 상태의 환경이 없이 살아가는 사람은 한 사람도 없다. 그리고 같은 사회에서 살아가는 사람들은 똑같은 환경과 조건에서 살아간다. 그러나 같은 환경과 조건에서도 잘 적응하는 사람과 부정적인 생각에서 벗어나지 못하는 사람도 있다.

스스로를 자책하지 말자

삶의 결과가 운명이라 생각하고, 자신의 책임이라고 생각하는 것은 자신의 삶을 긍정적으로 받아들이고, 과거 삶에 얽매이지 않고, 새로운 준비를 위함이다. 그런데 지난 삶에 대한 아쉬움이나, 실패에 대하여 자책한다면, 더 성공하고 더 행복을 위한 삶에 부정적인 영향을 준다.
자책이란 것이 결함이나 잘못에 대하여 스스로 깊이 뉘우치고 자신을 책망하는 것인데, 반성하고 대안을 찾는 것은 정상적인 과정이다. 그러나 자신의 삶에 대하여 실망하고 자신을 자책하여, 무기력에 빠지지 말아야 한다. 결함과 잘못에 대하여 반성하고 대안을 찾아 변화하면 된다. 그러나 너무 과하게 자신에게 책임을 지울 필요가 없고, 너무 오래도록 얽매이면 좋지 않다. 왜냐하면 삶의 결과가 전적으로 자신만의 책임으로 보기 어렵다. 우리 사회가 만든 시스템이나, 환경이 공정과 평등에 완벽하지 않기 때문이다. 그래서 최선을 다한 삶에 긍정하고, 더 성공의 방향으로 성장하면 된다.

누구나 자신에 대해 부정적인 생각과 긍정적인 생각을 동시에 가지고 있다. 모든 사람은 부족한 점 한두개는 가지고 있다.
그러나 숙명의 공동체에서 사회생활을 피하여 살 수가 없다. 규칙을 바꿀 수 없다면 받아들이고, 그 자체에 대하여 고민하지 말고 벗어나는 방법을 찾아야 한다. 누구나 부족함을 가지고 살아간다는 현실을 받아들여야 한다. 누구나 부족함을 채워가는 삶을 살고 그것이 진정한 현실의 삶이다.

큰 성공을 이룬 많은 사람도 수많은 어려움과 많은 실패를 경험한 사람이다. 하루아침에 이룬 사람은 한 사람도 없다. 포기하지 않고 희망을 가지고 있다면 아직은 게임이 끝난 것도 아니기 때문에 스스로 자책할 필요가 없다. 힘들지만 자신을 스스로 이겨야 한다. 다른 사람들도 다 고뇌하면서 살아간다.

마음이 잘 다스려지지 않는다면, 마음 다스리는 지혜의 말씀을 듣고 용기를 갖는다. 디지털 시대에 마음만 먹으면 도움이 되는 지혜의 정보를 쉽게 얻을 수가 있다. 이 방법이 좀 구태 한 방법이지만, 자신의 마음을 다스리는 가장 좋은 방법은 좋은 이야기를 듣고, 자신이 성찰하고 수양하는 방법밖에 없다. 때로는 자존심이나 능력에 주눅들지 말고, 뻔뻔함으로 무장해야 한다. 자만심보다는 부족한 마음을 가지는 겸손함이 훨씬 강한 힘이다. 부족함에 배움으로 채우는 것보다, 긍정적인 방법은 없다. 특히 지금까지 이루어진 삶에 대하여는 부정적인 생각을 버리고 긍정적으로 평가하고 받아들이는 것이다. 어떤 시절에 있더라도 지금에 자신의 삶을 긍정하고 더 성공하고 더 행복한 삶을 이어가는 것이다.

생각의 프레임을 바꾼다

부정적인 환경이나 상태를 바꾸기 위하여, 생각의 메커니즘을 바꾸는 것이다. 대부분의 사람들은 전체적으로 보면 비슷하다. 이 말은 누구나 장단점을 함께 가지고 있다는 이야기다. 어떤 한쪽만 바라보면 개인별 차이가 심하다. 그러나 강점과 약점을 합하면 비슷하다 그래서 강점을 찾아 살리는 전략을 찾고, 약점이나 아쉬움이 있다면, 강점을 강화하여 약점을 보완한다.

아주 고전적이고 너무나 당연한 이야기이지만, 당연한 기본을 꾸준하게 실천하는 사람은 그렇게 많지 않다. 아주 상투적인 이야기지만 진실한 지혜이다. 흔히들 하는 이야기로 네가 잘하는 일을 하라, 혹은 좋아하는 일을 하라고 권한다. 평범하고 기본적이다. 표준이 정답이고, 진실이다. 그러나 많은 사람들은 객관적으로 자신이 잘하는 일과 좋아하는 일을 잘 알지를 못한다.

자신이 좋아하고, 잘한다는 것은 사회 경쟁 측면에서 상대적인 개념이고, 가치의 우위를 점해야 한다.
누구나 현실의 삶에 대한 만족도는 천차만별이다. 가령 비슷한 재물에 대한 만족도 한 가지만 보더라도 같은 사람은 한 명도 없다. 만족도에 대하여 자신과 같은 사람은 한 명도 없다. 같은 졸업 동기, 입사 동기, 같은 부서에서 같은 일을 하고, 같은 급여를 받는 사람도 그 만족도가 같은 사람은 한 명도 없다.
그것은 기대와 욕구가 다르기 때문이다. 자신만의 기준을 가져야 한다.

경제적 성공에서 크게 부족한 사람은 경쟁을 통한 성공이 마음먹은 대로 잘되지 않음을 경험했을 것이다. 그래서 경제적 분야에 최선을 다하고, 다른 요소의 삶에 집중해야 한다. 자신이 잘하는 요소에 집중하여 전체적인 삶에 경쟁에서 우위를 가진다. 경쟁의 프레임을 바꾸는 것이다. 경제적 열세에 있는 사람도, 다른 조건 즉 인간관계, 건강, 취미생활, 건강한 가정, 여가의 삶 등으로 더 행복한 삶을 사는 사람이 많다.

시니어의 삶에서도 마찬가지다. 자신이 좋아하고, 잘하는 분야에 집중한다. 신체적, 경제적, 시간적인 한계의 삶이다. 생활을 단순화하고, 흥미에 집중한다. 즐겁고, 재미있고, 의미 있는 삶의 요소에 집중한다. 많은 삶의 요소에 집중하는 것은 돈과 비례 관계에 있지 않다. 자신의 환경과 조건에 따라서 성실하게 실천하면 된다.

부정의 정보는 끊어야 행복이 온다

공동체 삶에서 정보는 힘이고, 지식과 지혜는 삶에 꼭 필요한 것이다. 그래서 좋은 정보를 구하기 위하여 많은 노력을 한다. 그러나 반면에 부정적이고 불필요하고 생산성 없는 논쟁의 정보도 너무 많다. 정치가 불안정하고 사회도 부정적이다. 이에 따라 부정확하고 나쁜 정보가 난무한다. 긍정과 부정이 혼재하여 사회적으로 혼란이 많다. 이런 환경이 개인에게는 우울하고, 정신적인 폐해를 가져온다.

실재로 삶에 도움이 되지 않는 정보가 난무하는 시대이다. 디지털의 발달과 스마트폰 시대에 정보의 홍수 시대다. 불필요한 정보를 줄여라, 그래도 삶에는 크게 지장이 없다.
우리는 삶에서 불필요한 사실들을 너무 많이 알게 되어 행복에 부정적으로 작용한다. 좋은 긍정의 정보를 사랑하고, 부정의 정보는 멀리하라, 알게 된 부정의 정보는 명언이나 좋은 글을 많이 읽으면서 정신적인 역량을 키운다. 그러나 인간 사회가 필요한 정보만, 또는 좋은 정보만 접하는 시스템이 아니다. 때로는 부정적인 정보를 의지와 관계없이 접해야 한다. 또한 내 마음자체가 항상 공정하고 정의롭다고 할 수도 없다. 나의 생각과 다른 나의 판단과 다른 진실에 익숙할 필요가 있다.

정보의 유통면에서 좋은 정보, 부정 정보가 많이 쏟아진다.
좋고 나쁨의 판단은 대체로 주관적이다. 디지털 세상에서는 개인이 정보를 만들고 유통하는 정보의 홍수 시대다. 그래서 거짓, 허위, 질 낮은 정보가 많다. 정보 이용의 소비자 입장에서 정보의 진의를 파악하는 것도 하나의 문제이다.
또한 AI와 알고리즘에 의하여 생산된 정보는 각 개인에게 전달할 때 인위적으로 조정된다. AI의 공정성, 윤리성이 문제되는 시대다. 공감이면 절대적인 선인가? 아니면 집단의 횡포인가? 아니면 조작된 정의인가?

예일대 심리학 교수 폴 볼륨은 "나는 공감을 반대한다. 공감은 형편없는 도덕적 지침이며, 우리는 공감이 없을 때 더 공평하고 공정한 도덕적인 판단을 내릴 수 있다. 그는 공감이란 다른 사람이 느낀다고 믿는 행위이다, 다른 사람의 입장에서 세상을 경험하는 행위이다."라고 했다. SNS가 활발한 사회에 부정적인 역할을 지적하고 있다. 공감하고 동의한다.

우리 사회는 공감 부족이 아니라, 공감 과잉으로 도덕적인 편향성을 낳고 있다. 공감은 공정보다 힘이 세다. 공감은 폭력을 자극하기도 한다. 공감이 일정한 순기능의 역할을 하는 것은 사실이다. 도덕적인 행위를 위해 공감 이외에 무엇을 해야 하나, 저자는 "이성에 의지할 때에 도덕적으로 가장 올바른 행동과 판단을 한다."라고 했다.

행복을 저해하는 부정적인 정보가 난무하는 환경에서 정보를 선별하는 것도 크나큰 하나의 기술이다. 저마다 공정성을 잃어버리고 이기적인 목적에 편성하여 만들어진 편향된 정보의 홍수 속에 살고 있다. 부정적인 정보를 멀리하고, 공감이라는 미명으로 조작된 지식의 시대에서 자주적인 판단을 해야 한다.

분노하는 마음을 다스리는 지혜

잦은 화를 내는 삶이 행복할 수 없다. 분노의 조절은 행복한 성공을 위한 필수 지혜이다. 일상 삶에서 부정적인 마음 중에 하나가 화를 내는 것이다. 사실 화는 실체가 없는 것인데 화로 인하여 만들어진 결과는 엄청날 수가 있다. 분노는 상대방과의 관계를 망칠 수도 있지만, 자신을 망치게도 한다. 그래서 분노를 조절하고 분노하지 않기 위하여 많은 노력을 해야 한다.

분노를 유발하는 나쁜 감정을 특별한 경우를 제외하고는, 분노의 과정을 쪼개어 생각하면 이해할 수 있다. 그리고 순간의 마음을 가라 앉게 할 수도 있다. 주로 분노의 원인은 크게 두 분류로 나누어 생각하자. 하나는 사회적으로 도덕적, 윤리적, 불공정과 불의에서 찾을 수 있다. 이것은 내 삶에 간접적인 영향을 주는 것이다. 그러나 이 현상을 개선하고 바로잡는 데는 나 자신의 힘은 한계가 있다. 둘째는 내 삶과 직접적인 관계에서 발생하는 분노이다. 이것은 주로 기대와 현실의 차이 또는 자신의 생각, 말, 행동이 타인과의 괴리에서 발생한다. 옳고 그름의 문제를 떠나서 분노하지 말고, 지혜롭게 대처해야 한다. 인간에 원초적 감정의 표현이라고 하지만, 억제하는 훈련과 연습을 하면 도움이 된다. 모든 분노에서 자유로울 때에 편안과 행복이 온다.

분노는 순간적으로 하고 나면, 일시적으로는 후련하고 행복한 것 같지만, 그 감정이 사라지고 나면 후회의 경우가 더 많다. 그러면 왜 분노 조절이 어려울까? 그 이유는 분노의 감정에 빠지면, 평상의 감정 메커니즘이 일시적으로 정지되기 때문이다.

분노의 원인이 욕망이나 욕구, 신뢰의 상실에서 많이 기인한다면, 분노의 원인을 제거하는 것이 현명한 방법이다. 분노의 원인이 생기게 되면, 훈련을 하지 않은 보통사람은 억제하기가 쉽지가 않다. 그래서 분노 이전의 마음을 잘 다스려야 한다.

욕망과 분노 방황을 차단하는 지혜를 찾다, 불가에서 발견했다.
공감하여 인용한다. 불가에서는 10가지 자기자신을 제어하는 규칙을 정하고 있다. 이것이 십 선계이다. 욕망과 분노의 조절에 참고가 된다.

십 선계 목록이다.

사고에 관한 목록	1. 불탐욕: 욕망을 억누른다
(생각)	2. 부진에: 분노를 억누른다
	3. 불사견: 그릇된 견해를 가지지 않는다
발언에 관한 목록	4. 불망어: 거짓말을 하지 않는다
(말)	5. 불악구: 험담하지 않는다
	6. 불양설: 이간질하지 않는다
	7. 불기어: 현란한 말을 하지 않는다
행동에 관한 목록	8. 불상생: 살아있는 것을 죽이지 않는다
(행동)	9. 불투도: 도둑질 하지 않는다
	10. 불사음: 남녀의 도를 문란케 하지 않는다.

종교인이 아니라도, 살아가면서 한 번씩 자신의 행동에 대비하여 볼 필요가 있다. 그러나 노력과 연습에도 불구하고 분노의 상황이 수시로 발생하게 된다.

분노 조절 연습을 많이 한 경우에 분노의 신호가 감지된다. 이때에 일단 감정의 진전을 멈추게 하고, 발생한 분노의 감정을 잘게 나누어 생각하면, 분노의 억제에 도움이 된다. 감정을 통제하는 주인이 되어야 한다.

아주 힘든 갈등과 부정의 마음을 급히 다스리는 방법에는 몰입과 성찰이 필요한 경우가 있다. 몰입의 한 방법은 육체적인 고행이다. 걷기, 뛰기, 산행, 삼천 배(불교), 스포츠 등이 아주 유효하며, 자신을 생각하고 성찰하는데 크게 도움이 된다.

그리고 마음을 안정시키는 방법으로는 오락, 음악, 영화, 기도, 친구와의 수다 떨기, 이와 같이 자신에게 가까이에 있는 방법을 선택하여 실천한다. 이런 과정에서 부정의 생각을 깊이 성찰하게 되고, 부정의 생각이 긍정의 생각으로 바뀌는 경우도 많다. 행복의 관리는 긍정에 요소는 활성화하고, 부정의 생각은 멀리 한다. 찾아온 분노는 연습과 훈련으로 조절한다.

54. 물질보다, 무형의 자산 구매하기

조사 보고서에 의하면 우리나라 사람들은 성공의 기준을 물질적인 풍요에 가장 큰 비중을 둔다. 나 역시 지난 삶을 되돌아보면 물질적인 자산에 비중을 둔 삶을 살아온 것이 사실이다.

일생을 통하여 보면, 돈이 필요함에 부족하여 절박한 시기가 있었다. 부자를 제외하고 누구나 한두 번은 경험했을 것이다. 그리고 누구나 일생동안 물질적으로 필요한 욕구를 완전하게 채워지는 삶을 살지 못한다. 수요와 공급을 조절하여 현명하게 고비를 넘기고 부족함에 긍정하며 성공적인 삶을 살았다. 그런데 인생의 후반기 삶으로 갈수록, 남은 재물보다, 지혜로운 사용을 통하여 얻은 무형의 자산이 더 가치를 발한다.

누구에게나 돈이란 것이 한정되어 있고, 필요로 하는 돈은 항상 부족하다. 그래서 돈의 사용에 대하여 현명한 지혜가 요구된다. 돈의 사용에는 꼭 필요한 지출이 있고, 선택적인 지출이 있다. 선택적 지출의 경우에는 더 행복하고, 만족을 더 오래도록 유지하기 위한 지혜로운 사용이 요구된다. 한정된 재원의 사용은 가능하면 물질의 구매보다 무형의 가치를 얻는 데에 사용하는 것이 지혜로운 선택이다. 또한 삶에 시절성을 감안하여 시절성공, 시절행복을 위한 지출에 우선해야 한다.

보통사람들은 돈과 명품, 고가품 같은 물질적인 욕구 충족에 중점을 두지만, 물질적 충족만으로 만족하기 어렵다. 그러나 정신적인 가치를 얻는 것에는 두고두고 행복 지수를 높이고, 변하지 않는다. 일천만원의 명품은 10년 후에 고품으로 수명을 다하지만, 일천만원의 여행 경험과 추억은 두고두고 행복의 원천으로 남는다. 한정된 재원의 사용을 물질보다 경험과 같은 무형의 자산에 사용하므로 행복은 더 오래 지속된다. 특히 시니어 삶에 도달하면 과거의 고가 명품은 다 사라지고, 여행의 추억이나 지식과 경험은 되살아나, 행복의 원천으로 남는다.

현명한 소비가 풍요로운 삶을 만든다

풍요로운 삶은 수입을 크게 늘이는 것도 한 방법이지만, 지혜롭고 현명한 소비도 한 방법이다. 지난 시절에 전 국민의 절대 빈곤의 시기가 있었다. 근로시간, 근무일수, 연차, 휴가 등 여가의 시간이 절대적으로 부족했다. 재정적으로 의식주 외에는 여유가 없었다. 해외여행은 꿈도 꾸지 못했고, 평생 여행이라는 것을 한 번도 하지 못한 사람도 많았다. 그 시절은 제주도 여행이 최고의 여행지였다.
전 국민의 근면, 검소, 절약, 노력으로 지금 세계에서 가장 성공한 나라가 되었다. 선대의 희생으로 전 국민이 절대 빈곤에서 벗어났다. 그러나 절대빈곤자는 줄었지만, 빈부 격차가 심해졌다. 이 시대의 주역들은 최선의 삶을 살고, 자신의 수준에 맞추어 자유로운 삶을 산다. 검소하고, 절약만이 최선이 아니다. 감당할 수 있는 소비는 경제 순환과 자신에게 긍지와 만족을 준다. 감당할 수 있는 소비는 미래의 준비된 삶도 함께 포함한다. 합리적인 사치는 허영의 사치와는 구분된다. 열심히 일하고 멋지게 잘 사는 것이 성공적인 삶의 목표이다.

경계해야 할 사치는 감당하지 못할 빚으로 만들어진 사치이다. 사회적 윤리적인 문제가 되는 사치는 자제해야 하지만, 공동체의 윤리를 지켜야 하는 것은 의무이다. 사치는 남에게 보이기 위한 것보다, 열심히 살아가고 있는 자신을 위하여 위로하고 보상의 의미를 두는 것도 풍요의 삶이다.

공정하고 정당한 수입으로 큰집, 좋은 자동차, 명품, 해외여행, 골프가 무엇이 문제인가? 중, 장년의 삶에서 정당하고 정상적인 삶을 통하여 얻은 재물로 호화롭게 사는 것이 경제적인 성공의 기준이다. 그러나 부정부패에 의한 부의 축적과 경제적인 성공만으로 행복을 지속할 수 없다는 사실을 알아야 한다.

보통의 삶은 항상 재정적인 한계를 가진다. 삶에 모든 요소에 공평하게 효율적인 사용을 담보할 수 없다. 오랜 삶의 경험에 의하면 돈의 사용이 물질 구매의 사용보다, 무형의 자산, 정신적인 풍요를 위한 소비가 더 가치가 있다는 것을 깨달았다. 유형의 자산은 점차 효용가치가 감소하지만, 경험과 지식은 변함이 없고, 세월에 따라 가치가 더 올라간다. 풍요로움은 재물의 축적에서 오는 것이 아니라 현명한 소비에서 온다.

소유욕에서 벗어나야 행복이 유지된다

행복은 삶에 여러 가지 요소인 욕망, 욕구, 희망, 즐거움, 등 긍정의 감정으로 채워질 때 느끼는 만족감이다. 그런데 현실의 삶에서 많은 사람들은 다양한 요소의 충족보다, 오직 재물의 소유에 매달리는 경향이 있다.

재물의 소유만으로 행복을 유지할 수 없는 이유를 많이 이야기했다. 재물의 소유욕에서 벗어나고, 일상의 삶을 통하여 가족의 화목, 사랑, 건강, 자녀의 성공 등 정신적인 삶의 요소에 집중하는 것이 좋다. 이런 곳에 몰입하면, 물질적인 재물에 대한 소유의 갈증을 만회할 수 있다. 인간은 사랑받기 위하여 태어났고, 물건은 사용하기 위하여 존재한다. 물질 만능의 시대는 물건이 사랑받는 존재가 된 것과 같다. 많은 분야에서 물질이 우선되는 경우가 그 증거이다. 돈 자체가 목표가 아니며, 필요한 돈이 목표가 되어야 한다. 필요함에 부족함이 없으면 만족해야 한다.
그러면 재물의 소유욕에서 자유이다.

백만원의 명품백을 소유하는 것보다, 몇 십만원의 경험이 더 중요하다는 의미이다. 물욕은 또 다른 새로운 물욕을 만들고 사라지지만, 경험은 축적되어 오래도록 유지되고 발전하게 된다. 소유욕에서 벗어나 물질보다는 변함이 없는 경험을 구매하는 것이 좋다. 인간이 보편적으로 가지고 싶어 하는 욕구는 본능이다. 본능을 억제한다는 것은 너무나 어려운 것이다. 그러나 본능을 억제하기 보다, 관리한다는 관점으로 접근하면 그래도 쉬워진다. 자신의 본능과 자신의 삶의 환경과 협상을 하는 것이다. 소유욕을 없앤다는 이야기가 아니다. 소유욕은 삶의 기본 욕구이므로 감당할 만큼의 욕구를 가지는 것이 현명한 삶의 지혜이다.

해외여행이 대세인 때가 있었다. 연일 인천공항이 만원이라는 소식이 들린 적이 있다. 누구나 해외여행은 항상 기대되는 즐거움이다. 그런데 대부분의 사람들은 일과 여건에 따라 당장 여행하기 어려운 경우가 많다. 이로 인하여 소외감이 들고 의욕이 저하된다면, 바로 여행 계획을 세우고, 재정적인 계획을 세우면 된다.
이때 여행을 위한 재정 목표를 세우는 지혜이다. 목표는 2년 후부터 매년 1회의 해외여행을 간다. 최소 여행지는 5곳을 정하고 5년간의 계획을 세운다. 그리고 당장 적금을 든다. 예를 들어 동남아 여행 1회당 약 400만 원을 책정한다. 그래서 2년, 3년, 4년, 5년, 6년 적금을 5개 든다. 한 달의 적금 총 불입액은 약 40만 원 정도가 된다.
그러면, 해외여행에 대한 소외감은 사라지고, 여행에 대한 기대감으로 행복하다. 실제 경험이다. 그리고 이 적금은 필요시 비상금 역할을 한다. 이렇게 행복은 미래의 행복도 차용할 수 있다. 필요 불가피한 소유욕은 실재적 필요에 의하여 만들어진 것이다. 그러나 상대적인 소유욕은 타인과 비교에 의한 충동적 소유욕이다. 비 이성적인 탐욕의 경우가 많다. 필요에 의한 것은 다분히 이성적인 소유욕이다. 이성적인 소유욕은 당연하게 내가 소유 가능성을 감안하여 결정된다.

보통사람의 정상적인 소유욕은 필요에 따라 이런 방법으로 이루는 경우가 있다. 양주 파티의 유혹을 치맥으로 극복하고, 골프의 유혹을 등산이나 사이클로 극복하고, BMW의 유혹을 그랜저로, 50평의 아파트를 30평의 아파트에서 출발하는 것이 당연하고 정상적인 삶의 지혜이다.

소유는 점차적으로 늘여가는 것이고, 지금의 소유에 만족해야 한다. 소유를 늘이는 것에는 한계가 있으므로 이성적인 소유욕 관리가 필요하다. 소유를 통한 성공과 행복은 인생이라는 긴 삶을 통하여 관리되는 것이다. 소유는 물질이나 경험이나 모두 축적되는 것으로, 자신의 능력과 수준에 맞는 계획과 실천으로 성장하는 것에서 더 큰 즐거움을 얻어야 한다.

물질의 소유보다 경험을 소유하라

지난 삶을 되돌아보면 분명 물질은 낡아 없어지고, 경험과 추억은 오래도록 남아 있다. 물론 재정적으로 풍족한 사람은 물질의 소유와 경험의 가치를 동시에 소유할 수도 있다. 그러나 둘 중 하나를 선택해야 한다면 보통사람은 재정적인 효율을 감안하여 경험의 소유에 우선을 둔다.

물질적 소유욕이 큰 사람들은 물질 소유 자체에 가치를 두지 않고, 외부 또는 타인에게 과시에 더 가치와 의미를 두는 경우가 많다. 즉 과시라고 하는 잠재해 있는 욕구 충족에 목적을 둔다. 한순간에 물질적 소유의 만족은 그 순간의 성공과 행복으로 그 생명을 다한다. 그러나 경험적 소유에서 오는 가치와 의미는 하나의 고유의 경험과 행복으로 살아남아 있다.

지난 경험 중 두고두고 행복한 선택이 있었다. 2013년에 중, 남미 해외여행을 23일 다녀온 적이 있다. 그 당시 여행 비용은 나의 수입에 비하여 큰돈이다. 건강과 나이를 감안하여 기회가 있을 때에 가야 한다는 판단으로 실행을 했다.
미국을 경유 멕시코, 쿠바를 거쳐 페루 리마에 도착했다. 잉카제국의 옛 수도 쿠스코, 마추픽추, 푸노 티티카카호 등 안데스 고산지대, 긴 여정에 힘든 여행이었다. 그러나 지금은 돈과 시간이 주어져도 할 수 없는 시절의 여행이다. 신체적인 한계로 여행을 할 수 없다. 경험의 구매도 시절성이 존재함을 깨달어야 한다. TV에서 해외여행 소개 영상을 볼 때마다 경험의 가치를 실감한다. 여행 같은 경험에 무형의 자산은 특히 시절성이 강하다. 배움도 마찬가지다. 그 시절, 그때에 경험하지 않으면 다시 하기 어렵다. 삶의 시절에 따라 필요한 소유와 경험도 크게 변화한다. 특히 가족 구성원의 욕구도 정신적인 성장에 따라 변화한다. 개인의 환경과 성향에 따라 다르겠지만 보통 삶의 경험에 비추어보면 재정은 항상 풍족하지 못했다. 그래서 물질적인 소유 축적보다, 경험을 통한 소유에 더 가치를 두고 활동하는 것이 필요하다.

보통사람의 삶에서 돈이 많이 소요되지 않고 경험을 얻기 좋은 지혜로운 활동이다.

1) 자녀 유아기: 바다, 계곡, 캠핑, 놀이공원, 강, 숲 여행, 키즈 카페, 실내 놀이터를 활용한다.

2) 자녀 청소년기: 등산, 여행, 박물관, 놀이공원, 서점, 취미, 운동같이 하기, 가능한 부모와 같이 한다.

3) 아내와 중년의 삶: 등산, 여행, 배움, 캠핑, 같은 취미, 공감하는 활동을 한다.

4) 아내와 노년의 삶: 운동, 여행, 캠핑, 야생화 여행, 사진 찍기 공감하는 대화, 좋은 추억을 회상하고 공유한다.

5) 도전: 목표를 세워서 도전한다. 마라톤, 백두대간 산행, 자전거 종주, 크루즈 여행 등이다, 다 성공하지 못해도 좋다. 희망이 있어 좋다.

도전과 호기심, 적당한 욕망이 좋다

욕망이 없는 삶은 의미가 없다. 다만 관리되는 욕망이어야 한다. 일터에서 성공적인 삶을 만들기 위한 도전적인 욕망, 행복의 터에서 세심하고 희생적인 삶, 이 모두가 성장의 삶이다. 그러나 누구나 때가 되면 멈춘다.
일터와 가정에서 중년의 삶과 장년의 삶이 적극적인 도전이라면, 실버의 삶은 실용성, 안정성, 비움과 줄임으로서 만족감을 높이는 삶이다.

누구나 지금 이 순간이 자신의 인생에 가장 젊은 날이다. 누구나 숙명으로 맞이할 실버 시대를 어떻게 맞이해야 할까? 이 이야기가 개개인의 시절에서 보면, 먼 미래의 이야기일 수 있지만, 오늘 지금의 나의 삶과 매우 직접적인 영향이 있다.
실버의 삶은 소리 없이 찾아오고, 길어졌다. 그래서 젊은 실버가 주목받고, 젊은 실버를 액티브 시니어라고 부르면서 사회의 한 부류로 자리했다.
그들은 적극적이고, 왕성한 활동을 하며 실버의 삶을 살아 간다. 이제 실버의 문턱에 있는 사람은 액티브 시니어 삶을 준비해야 한다.

앞으로의 실버는 100세 시대가 가능할지도 모른다.
한국의 70년대의 기대수명이 62.3세, 2000년대 76세, 2017년 82.7세, 50년이 채 안 되는 기간에 20년 이상 늘었다. 5060세대는 기대수명의 급속도로 늘어나는 급변의 세대이다.

지금의 실버의 세대는 액티브 시니어 삶을 누릴 준비가 부족하다. 이들은 산업화 세대로 자신의 실버 준비보다 자녀의 양육과 교육에 재정 지출을 많이 했다. 이로 인하여 은퇴 후의 삶 준비가 열악하다. 그래서 액티브 시니어를 잘 실천하기 위하여, 건강과 경제적 안정, 자기 계발의 준비가 필요하다.

그러면 액티브 시니어 특징이 무엇일까?
한 일간지에 기존의 시니어와 액티브 시니어의 차이를 잘 설명하고 있다. 공감하여 공유한다.

	기존 시니어	액티브 시니어
세대특성	수동적/보수적/동질적	적극적/다양성/미래지향적
경제력	의존적	독립적
노년의식	인생의 황혼기	새로운 인생의 시작
가치관	본인을 노년으로 인식	실제나이보다5-10년 젊다
소비관	검소함	합리적인 소비생활
취미활동	취미 무/동일세대교류	다양한 취미/다른 세대교류
레저관	일 중심/여가활동미숙	여가에 가치를 두며 생활
여행	단체관광/효도관광	부부여행/자유여행선
노후준비	자녀에 의존	스스로 준비
보유자산	자녀에게 상속	자신의 노후준비위해 사용

이러한 특성에 맞추어 준비를 해야 한다.

삶이 살아 있는 한 인간은 도전, 희망, 욕망을 버릴 수는 없다.
시절이나 젊음에 맞추어 적극성을 가지고 자신의 연령에 적합한 도전, 희망, 욕망, 호기심을 놓지 말아야 한다.

55. 삶의 과정에서 행복 찾기

삶이란? 살아 왔음이요, 살아 있음이요, 살아갈 일이다. 모두를 포함한다. 삶과 죽음을 대비하면, 죽음이 삶의 멈춤이라면, 삶은 분명한 움직임이다. 그래서 삶은 과정이고, 행복은 삶 속에 있는 정신이다.

행복은 가만히 있는 정지된 삶에서는 얻어지지 않는다. 행복에 원천의 활동에서 얻어진다. 행복 원천은 활동에서 오고, 이것이 삶의 과정이다. 삶의 과정에는 분명하게 희로애락이 포함되어 있다. 사람마다 차이가 있겠지만, 보통사람의 삶에는 편안하고 안정적인 시간보다, 불편하고 걱정스러운 마음의 시간이 더 많을 수도 있다. 이런 걱정스러운 마음도 궁극적으로는 잘 되고자 하는 마음을 위하여 발생한다. 포기한 삶이라면 아쉬움과 걱정의 이유가 없다. 이 감정의 의미와 가치는 다 성공과 행복을 위한 것이다. 긍정의 힘으로 보아도 좋다.

성공의 원천에 목표가 있고, 목적이 있다면, 행복은 성공에 원천을 이루기 위한 에너지를 원활하게 공급하는 역할을 한다.
행복은 일상의 삶에 녹아 있는 정신 즉 마음의 상태다. 안정, 평안, 만족, 즐거움, 희망, 사랑, 존경, 인정, 존중 등 여러 가지 삶의 긍정적인 상태다. 한편으로는 삶에서 오는 고통, 실패, 걱정, 불안, 불만 등의 부정적인 감정도 함께 존재한다. 이 부정적인 감정도 성공과 행복의 바람을 위한 것으로 긍정의 에너지로 포용해야 한다.

미래에 대한 불안에 너무 오래 머무르지 마라. 당연함으로 생각하고 빨리 벗어나라. 삶의 긍정적인 요소를 활성화하여 부정적인 상상을 지혜롭게 포용해야 한다. 그러면 행복한 성공의 삶이 오래도록 유지된다. 이것이 삶의 과정에서 행복한 성공을 만드는 지혜이다.

지금 이 삶의 과정이 복잡하고 힘들어 보이지만, 미래에 가서 지난 과거의 삶을 되돌아보면 자신의 삶이 대단해 보이고, 자신의 삶에 스스로 좋은 평가를 하게 될 것이다.

행복 원천의 행동을 늘려라

의식적으로 행복을 부르는 행동을 할 필요는 없다. 왜냐하면 정상적인 삶을 사는 사람은 라이프 플랜이 성공과 행복을 지향하고 있기 때문이다. 그러나 어떤 환경과 조건에서 나태한 삶이나, 망각의 삶을 살게 될 때에 의식적으로 자신을 독려해야 한다. 깨어 있는 삶은 나태함이나, 무기력한 삶을 허락하지 않는다. 긍정에 요소와 함께 같이 하는 행동의 시간을 늘리는 것이 행복의 시간을 늘리는 것이다. 당연하고 원칙적인 말이지만, 삶의 과정을 즐기다 보면, 부정적인 삶의 요소가 유혹을 하게 된다. 이런 부정적인 요소에도 달콤한 맛도 있다. 이런 유혹에서 벗어나는 의지와 이성적인 판단이 필요하다.

시간은 유한하다. 행복에 시간을 많이 갖는 것이 당연한 삶이다. 행복의 원천과 같이하는 시간을 갖는 것과 같은 의미이다.
그 방법 중 하나로 바쁘게 사는 삶을 추천한다. 어쩌면 바쁘게 사는 것이 오래 사는 것인지도 모른다. 바쁘게 산다는 것은 육체적인 활동만을 의미하지 않는다. 시인의 묵상과 고요함에서 시상을 찾듯이 깨어 있는 삶을 말한다.
어떤 사람은 바쁘게 사는 것에 대하여, 불만을 가진다. 바쁘게 산다는 것을 육체적, 시간적으로만 생각하기 때문이다. 무의미한 시간 없이 사는 삶이 바쁘게 사는 것이다. 생각하며 사는 삶은 많은 것을 얻게 한다. 경험을 얻기도 하고, 인생에 공평하게 주어진 시간에 생각을 많이 하고, 많은 경험을 한다는 것은 상대적으로 오래 산 것과 같은 결과이다. 성공적인 삶을 사는 것이다. 오래 살기를 바라는 사람은 바쁘게 살아야 한다. 그러나 과로의 삶을 옹호하거나 의미하는 것은 아니다.

평생 동안 주어진 삶의 시간은 누구나 비슷하다. 그러나 일을 하고, 의미 있고 가치 있는 유효 시간은 개인별로 다르다. 성공적인 삶에서 이룸은 이 유효시간에서 나온다. 특히 행복도 이 유효시간 속에서 만들어진다. '허송세월' 이라는 말이 있다.
아무것도 한 것이 없는 시간이 허송세월이다. 행복의 시간을 늘리는 것은 가치 있고 의미 있는 시간을 늘리는 것이다.

행복의 시간을 늘리는 행동은 다양하다. 그 중에서도 가장 많은 시간을 소비하는 것이 일을 통하여 가치를 만드는 시간이다.
일의 의미를 생각하라. 일의 역할을 생각하라, 힘든 일도 즐겁지 않을 수 있을까? 즐겁게 느끼는 사람이 행복한 사람이다.

중 장년의 삶은 사회적 통제 시스템 속에 있기 때문에 대체로 유효시간이 많다. 근무 시간이라는 것은 관리를 받기 때문에 허송세월이 많이 없다. 그러나 여가의 시간은 잘 관리되어야 한다.

실버의 삶은 대체로 시간적인 여유가 많다. 시간을 보내기 위하여 무엇인가를 찾는다. 실버의 행복도 똑같다. 행복의 원천이 되는 행동을 하는 것이다. 자신의 환경과 체력에 맞게 활동해야 한다.
특히 실버의 삶은 같이 활동할 동료가 급격하게 줄어든다, 그래서 가족과 부부의 호흡이 중요하다. 부부가 같이할 수 있는 활동이 가장 좋다. 때로는 각자의 활동을 인정하고 권장해야 한다. 활동의 과정에 즐거움과 행복이 있기 때문이다.

특히 부부간에 행복을 위한 활동의 지혜이다. 상호의 취미활동에 대한 이견은 서로 공유하는 자세를 가져야 한다. 서로 협의하여 정한다. 국내여행도 테마별, 계절별, 명승지 기준으로 정하고, 명산산행, 야생화 꽃 여행, 사찰 고궁 관람, 섬 여행, 배움 등 모두 행복 원천의 대상이다. 건강을 겸한 즐거운 운동도 좋다. 과거에 중단했든 배움, 노래 부르기, 그림 그리기, 컴퓨터, 스마트폰 활용, 사진 찍기, 외국어 공부, 개인 창업을 위한 배움 등 프로그램도 다양하다. 이를 통하여 행복을 찾는다. 행복의 시간을 늘리기 위하여는 부정적인 환경에서 멀어지는 것도 하나의 방법이다. 좋은 글을 많이 읽고 성숙한 자신으로 만들어 가야 한다. 그러면 행복의 시간이 늘어난다.

정신적인 삶의 질을 높여라

보통의 삶에서 가장 강한 욕망이 경제적인 부와 권력이다. 그 자체는 속성상 행복의 원천으로는 한계가 있다. 오랜 세월을 통하여 부와 권력으로 행복하게 살았다는 사람이 없다. 오히려 가난하고, 정신적으로 충만한 사람, 보통사람으로 봉사와 희생으로 행복한 삶을 산 사람은 많이 보았다.

그래서 행복은 정신적으로 풍요로운 사람이 행복하고, 정신적인 삶의 질이 행복한 성공을 좌우한다. 보통의 삶에서 물질과 정신을 확실하게 분리할 수는 없지만, 물질적인 삶의 질 향상은 부와 권력의 문제이고, 정신적인 삶의 질은 삶의 방법과 태도의 문제이다. 그래서 부는 사회로부터 얻어지는 것이고, 삶의 방법과 태도는 자신의 정신에서 나온다.
마음을 먹고, 의지만 있으면 정신적인 삶의 질을 높일 수 있다.
그래서 부와 명예를 좇는 삶보다 정신적인 풍요의 삶을 좇는 것이 더 쉽다.

부의 크기로 인하여 상대적으로 행복이 멀어지는 경우가 많다.
가끔 부자들의 호화스러운 소비로 인하여 일반 국민에게 거부감을 줄 때가 있다. 그러나 한편으로는 부에 관계없이 정신적인 삶의 질에 의하여 만족한 삶을 사는 사람이 더 많다.
정신적인 삶의 질을 높이는 데는 긍정의 마음의 역할이 가장 크다. 일상 삶의 요소를 긍정적으로 보아야 즐겁고 만족한다. 오늘 하루를 살아가는 과정에서 즐거운 마음으로 희망을 가지고 행동하는 것이다. 물질적인 삶의 질에 목표가 있듯이 정신적 삶의 질에도 자신이 만족한 수준의 기준을 가지는 것이 좋다. 걱정이 없는 삶이 행복이라고 정하자. 그러면 많은 정신적인 삶에 목표가 나올 수 있다.

일상의 삶에서 정신적인 삶의 원천들:

1) 오늘도 가족 모두가 건강하여 감사하다.

2) 부족함이 없는 의식주에 감사하다.

3) 자주적, 자존적 가족 각자의 삶에 대하여 만족하고 감사하다.

4) 매일매일 성장해 가는 자녀의 모습에 감사하다.

5) 가족 상호 믿음과 사랑이 충만하여 감사하다.

6) 오늘도 사고 없고 무사하여 감사하다.

7) 작은 봉사와 희생은 더 삶을 풍요롭게 한다.

이렇게 삶의 질을 높이는데 돈이 적게 들면서도, 행복을 누리는 방법이 많이 있다. 우리의 주위에는 무한히 즐거움을 주는 곳도 많다. 사고의 전환으로 삶의 의미와 가치를 긍정적으로 평가하면 삶의 질은 높아진다.

현대를 백세의 시대라고 말한다. 육체적인 나이가 백세라고 한다면, 정신적인 삶의 나이는 몇 살로 마감하게 될까?
마지막 삶의 나이가 정신적이든 육체적이든, 그 나이도 의미가 있겠지만, 삶의 과정이 더 중요하다.

지금 국가에서 시행하고 있는 삶의 질 향상을 위하여 많은 제도가 생기고 있다. 이런 제도를 잘 활용하면, 행복의 시간을 늘릴 수 있다. 지난 과거는 모두가 아름다울 수는 없고, 미래는 다 희망적일 수도 없다. 모든 삶에는 긍정과 부정의 삶이 혼재해 있다는 것을, 항상 마음에 담고 있어야 한다.

그래야 어려움이 있을 때에 당황하지 않고, 부정의 환경에서 빨리 벗어날 수 있다. 곧 회복된다는 희망으로 긍정한다.

편안한 삶이 전부가 아니다. 무의미한 삶, 어제와 오늘이 같은 반복된 삶, 이는 육체적인 삶은 늘려주지만 정신적인 삶에는 성장이 없다.
새로운 느낌이 있는 삶, 새로운 감동의 있는 삶, 새로운 변화가 있는 삶, 움직임이 있는 삶이 살아 있는 삶이고 과정이 있는 삶이다. 어떤 조건과 환경에서도 정신적으로 살아있는 삶이 건강한 삶이다.

56 수시로 긍정하고 위로하기

아무리 만족하고 자랑스러운 성공적인 삶이라 하더라도 삶의 과정에는 긍정적인 요소와 부정적인 요소가 함께 있는 것을 경험했다. 그래서 삶의 상태가 항상 만족하고 행복한 상태를 유지하지 못하는 것에도 동의해야 한다. 일상에서 변화무쌍한 삶에 환경과 조건이 있고, 자신도 삶에서 일관성이 흔들리고, 마음의 상태도 수시로 변화한다. 비슷한 조건과 환경에서 만족도는 변화하고 흔들린다. 그래서 수시로 자신의 삶을 조절하고, 긍정하고, 위로하여 부정적인 마음의 상태를 긍정의 상태로 바꾸는 노력을 해야 한다. 최선을 다한 삶에 대하여는 무조건 긍정해야 한다.

자신이 이룬 성공적인 삶 속에서 항상 긍정적인 부분과 부정적인 부분이 혼재하여 있는 것이 정상적인 삶이다. 다만 어느 부분이 더 크게 부각되어 내 삶을 지배하는가에 따라 전체적으로 삶을 지배한다. 그래서 우리는 가끔 자신의 삶을 생각할 때 삶 전체를 종합적으로 평가할 때도 있고, 당면한 한 요소에 집중할 때도 있어야 한다. 부정적인 자신의 삶이라고 하더라도 세밀하게 보면 긍정적인 부분이 많이 있다. 그래서 지금 자신의 삶을 너무 부정적으로 평가할 필요가 없다. 그리고 삶을 포기하지 않은 한, 삶은 진행형이고, 변화하고 있다. 긍정적으로 희망을 가져야 한다. 모두 받아들이고 위로하고 용기를 내야 한다.

아무리 어려운 삶이라도 받아들이면 어려움이 줄어 든다.
이것이 긍정의 힘이고, 최선을 다 하면 된다는 인간 본능의 힘이다. 그리고 내 삶을 내가 긍정하지 않으면, 누가 긍정해 줄까? 나의 노력을 내가 위로하지 않으면 누가 할까? 나를 인정하고 사랑하는 긍정의 마음을 잊지 말아야 한다.
정말 포기에 가까운 삶도, '운이 나빴다, 그래도 수고했다, 다시 시작하자'라고 선언을 하면 작은 희망이 보인다. 포기하지 않으면 언젠가는 성공한다. 포기하지 않고 파이팅 하기 위하여 자신의 수고를 긍정하고, 스스로 찾아 칭찬하고, 자신에게 보상의 기회를 주어야 한다. 때로는 조건이 허락하는 한, 자신에게 약간의 사치스러운 소비와 여행, 취미생활 같은 것으로 보상해야 한다. 개인주의 성향이 점차 높아지는 현대 삶에서 자신은 자신이 지키고 사랑해야 한다. 특히 실버의 삶에 대한 긍정과 위로는 행복한 성공을 지키는 필수품이다.

스스로 긍정하고 위로한다

누구는 인생이 짧다고 하고, 누구는 삶이 고달프고 힘들고 길다고 한다. 길고 짧은 느낌은 정신적으로 느끼는 시간이다. 길게, 그리고 짧게 느끼는 시간은 물리적인 시간과 다르다. 삶의 시간에는 이룸도 있고, 느낌(행복)도 있기 때문에 물리적인 시간과는 다르다. 긍정의 즐거운 시간은 빨리 지나간 것처럼 느껴지고, 고달픈 환경의 부정적인 시간은 길게 느껴진다. 그러나 시간이 지나고 나면, 짧게 느껴진 이룸의 시간은 길게 느껴지고, 이룸이 없고 남은 것이 없는 허송세월의 시간은 짧게 느낀다. '아무것도 한 것이 없는데 세월만 갔다' 라 고 탄식한다.

현실의 삶에서 일부 소수를 제외하고 최선을 다한 삶을 산다.
성공과 행복에 크기의 차이는 있어도, 육체적 정신적으로 최선을 다하여 삶을 산다. 그래서 모두는 스스로 긍정적인 평가를 받을 권리가 있다. 누군가의 위로가 없어도 최소한 자신으로부터 위로 받을 권리가 있다. 특히 실버의 삶에 고독과 외로움의 시작은 바로 지난 삶에 대한 허무함에서 온다. 긍정하라.
그리고 수고했다. 라고 위로하라.

현대는 실버의 삶 시간이 길어졌다. 전 생애의 삶에서, 실버 삶이 차지하는 비중이 커졌다. 특히 실버는 어떤 환경의 삶이라도 무조건 자신이 긍정하고 위로의 마음을 가져야 한다.

타인으로부터 위로를 받는 것은 쉽지 않다. 아니 위로할 사람이 많지가 않다. 수천만의 국민 속에 내 삶에 진정으로 관심있는 사람은 별로 없다. 소수의 가족이 있을 수 있지만, 그 또한 기대하기 어렵다. 그래서 셀프 칭찬이나, 위로나 보상을 해야 한다. 얼마나 편안하고 당당한가? 행복한 삶의 지혜다. 수시로 자신을 위하여 보상하라. 그러면 실버 이전의 삶에 대한 행복의 아쉬움도 채울 수 있다. 자신을 긍정하고, 위로하고, 보상하라.

청춘의 시간을 늘리고 아껴라

누구나 지금 이 순간이 자신에게 가장 청춘의 시간이다. 청춘의 시간은 힘이 생기고, 힘이 넘치고, 희망의 시절이다.

모든 사람은 누구나 인정하고 공감하는 청춘의 시절이 있다.

지나간 청춘은 지나간 꿈으로 추억으로 기억된다.

청춘을 물리적인 시간으로 보면 이십 대 전후의 젊은 나이 또는 그 시절이다. 청춘을 현상적으로 보면 새싹이 파랗게 돋아나는 봄철과 같은 느낌이다. 만물이 계절을 통하여 매번 새로운 시작을 하듯이, 인생도 시절에 맞게 자신만의 청춘의 삶을 만들어 왔다. 성장, 생산, 채움, 이룸, 용기, 도전, 희망이 왕성한 시절에 '저 사람은 젊게 산다' 라는 말을 가끔 들으면서 살았다.
누구나 시절의 삶을 산다. 어떤 시절의 단계에서도, 어떤 삶의 과정에서도 청춘의 마음으로 사는 것이 창조적이고 진취적이다. 중, 장년의 삶에서 청춘의 마음은 기본 자세이다.

청춘의 시절이 지나고, 장년의 삶도 지난 사람은 정신적, 육체적, 의식적으로 젊게 사는 노력을 해야 한다. 청춘의 마음은 어떤 나이, 어떤 시절에도 존재한다. 청년이 청춘의 마음이 없으면 늙은이의 마음이고, 반대로 실버가 청춘의 마음이 있으면 청년의 마음이다. 현실에서 청년도 장년도 청춘의 마음이 많이 살아졌다. 한 때에는 활기차고 도전하고 호기심이 청년의 전유물인 시대가 있었다. 그러나 미래가 불확실하고, 급변하는 시대에 경쟁은 치열하고, 정신적인 힘이 약해졌다. 변화에 도전보다 편안하고 안정에 우선한다. 그러나 너무 안정에 집중하지 말고, 청춘의 힘으로 변화의 기회가 많은 곳에서 도전하고 성공하라.

"아프니까 청춘이다' 라는 책에서 불안한 미래와 외로운 청춘에게 격려의 메시지가 있었다. 아무리 힘들고, 독한 슬픔이라도 스스로 극복해야 한다는 것이 청춘이다. 삶이 고뇌의 청춘에만 머무는 것이 아니요, 빠르게 삶은 흘러간다. 내일보다 젊은 오늘의 청춘은 지체할 시간이 없다. 오늘의 청춘을 유지하고 즐겨야 한다.

성공적인 삶을 사는 지혜는 자신의 수준과 재능을 합리적으로 판단하여 대처하는 것이다. 청춘은 완벽함보다, 지금의 안정보다, 미래 가능성에 도전하는 것이다. 청춘의 힘과 용기, 호기심과 열정으로 희망에 긍정하고, 도전하는 것이다.

청춘의 시간을 이룸이 없는 상태로 오래도록 머무는 것은 바람직하지 않다. 청춘의 열정이 활성화되어 실제의 삶은 발전하고 성공한다. 청년, 청춘의 세대는 청년다운, 청춘의 특성을 잘 활용하여 성공의 발판으로 삼아야 한다. 디지털 스마트 시대에 청춘의 세대가 가장 경쟁력이 있다. 세상을 폭 넓게 보고 청춘의 특권을 누려라.

젊은 세대가 디지털 스마트에 익숙한 것은 사실이다. 앞으로 실버의 삶도 디지털 스마트 시대에 적응해야 한다. 뉴노멀 시대에 사회적 생활환경의 기준이 바뀌었다. 스마트폰이 없으면, 친척집 방문도 어렵다, 매식의 주문도 어렵다, 대중교통 이용도 어렵다. 당장 생활이 불편한 시대가 되었다. 어떤 학자는 스마트폰이 신체의 일부라고 했다. 그래서 지금 실버의 삶을 사는 사람도 디지털 환경에 적응해야 한다.

4차 산업, 디지털 스마트 시대, 메타버스 시대, 빅 데이터, 클라우드, AI 등 청춘들의 전유물이다. 스타트 업의 창업을 보라, 20대의 성공한 기업가를 보라, 대기업의 30대 CEO를 보라. 이 시대가 청년과 청춘들의 세상이다. 전 산업이 4차 산업, 디지털 스마트 기술이 접목되고 있다.

기술발달에 누구나 참여할 수는 없지만, 적극적인 활용은 모두의 몫이다.

이 급변 시대를 적응하고 내 삶을 유지 발전하기 위하여 청춘의 마음을 가져야 한다. 청춘의 마음은 정도의 차이는 있어도 모든 세대의 마음속에 가져야 할 자세이다. 그래야 자신의 삶은 활기차고, 창조적으로, 도전의 마음을 가지게 된다. 그리고 다른 세대를 포용한다. 신체적, 정신적인 청춘은 당연하게 청춘이 힘을 발하게 되고, 장년이후 실버의 삶은 청춘의 마음 속에 있는 호기심과 배움을 꾸준하게 해야 한다.

실버의 청춘에 삶

디지털의 세상은 4차 산업, 인터넷, AI, 스마트폰 등 많은 기술이 연결과 융합으로 하루가 다르게 발전하고 있다. 새로운 기술을 탑재한 스마트기기는 일상의 삶에 접목되었다.

실버가 청춘의 삶을 위하여, 디지털 세상과 호흡해야 한다. 최소한 사용자로서 원활하게 사용해야 한다. 앞으로 모든 일상의 생활, 은행, 병원, 스포츠, 오락, 공연 등 모든 분야가 디지털과 융합되지 않은 것이 없다. 이런 삶을 즐기고, 활용하기 위하여 디지털에 익숙해야 한다.
이것은 다른 누구보다 더 행복해지는 것이 아니라, 내가 지금의 행복을 유지하는 지혜이다. 이런 하드웨어의 사용 부분도 필요하지만, 정신적인 면에서 청춘의 마음으로 사는 것이 더 필요하다. 이 마음은 변화하는 세상에 호기심을 가지고 참여하는 것이다. 젊게 산다는 것은 약간의 용기가 필요하다. 젊게 산다는 것은 시대에 뒤떨어지지 않는 삶을 의미한다.

과거의 유행을 좋아하던 나보다, 젊은 세대의 환경에 맞추는 것이다. 젊은 세대와 운동을 하고, 더불어 여행하고, 사용하는 언어에 귀를 기울인다. 그리고 변화하는 환경에 호기심을 가지고 도전한다. 굳이 나이 든 티를 낼 필요가 없다. 그리고 젊은이를 이해하고 젊은이의 문화를 존중하는 것이다.

청춘의 마음을 이해하면, 마음속에서 용기와 활력이 생기면, 행복의 원천이 새로이 생기게 되어 행복해진다. 살아 있음도 활동함에도 감사를 느낀다.
미래에는 실버도 메타버스 세상에서 일상을 보내게 될 것이다. 지금 도전하고 관심을 갖고 호기심을 가져라, 그리고 디지털 세상과 친숙해지는 노력을 하자.
이것이 청춘의 마음으로 사는 지혜의 하나이다.

사무엘 울만의 '청춘' 이라는 시를 음미하며, 청춘의 마음이 약해진 사람은 다시 청춘을 찾아라.

청춘(사무엘 울만)
청춘이란 인생의 어느 기간을 말하는 것이 아니라
마음의 상태를 말한다.
그것은 장밋빛 빰, 앵두 같은 입술, 하늘거리는 자태가 아니라
강인한 의지, 풍부한 상상력, 불타는 열정을 말한다.

청춘이란 인생의 깊은 샘물에서 오는 신선한 정신
유익함을 물리치는 용기, 안이를 뿌리치는 모험심을 의미한다.
때로는 이십의 청년보다 육십이 된 사람에게 청춘이 있다.
나이를 먹는다고 해서 우리가 늙는 것이 아니다.
이성을 잃어버릴 때 비로소 늙는 것이다.

세월은 우리의 주름살을 늘게 하지만
열정을 가진 마음을 시들게 하지는 못한다.
고뇌, 공포, 실망 때문에 기력이 땅으로 들어갈 때
비로소 마음이 시들어 버리는 것이다.

육십 세이든 십 육 세이든 모든 사람의 가슴속에는 놀라움에
끌리는 마음

젖먹이 아이와 같이 미지에 대한 끝없는 탐구심
삶에서 환희를 얻고자 하는 열정이 있는 법이다.

그대와 나의 가슴속에는
남에게 잘 보이지 않는 그 무엇이 간직되어 있다.
아름다움, 희망, 용기, 영원의 세계에서 오는 힘
이 모든 것을 간직하고 있는 한 언제까지
그대는 젊음을 유지할 것이다.

영감이 끊어져
정신이 냉소라는 눈에 파묻히고,
비탄이라는 얼음에 갇힌 사람은
비록 나이가 이십 세라 할지라도 이미 늙은이와 다름없다.
그러나 머리를 드높여 희망이란 파도를 탈 수 있는 한
그대는 팔십 세일지라도 영원한 청춘의 소유자 일 것이다.

누가 나를 위로할까?

힘든 일주일에 내 마음의 고통을 알아주는 사람은 아무도 없다. 평생을 같이하는 가족도 나만큼 잘 알아주지 못한다. 누가 나를 위로해 줄까? 위로를 받고 싶을 때가 있다.

환경에 따라서 차이는 다르지만, 모두 다 힘든 삶을 살아간다. 보통의 삶이나, 특별한 환경의 삶, 수조원을 가진 재벌의 삶도, 어려움의 내용은 달라도 고민과 고뇌의 시간은 비슷하다.
그것은 보통사람과 특별한 사람도 하루에 주어진 시간, 24시간에 일어나는 행복 원천의 삶은 비슷하다.
그러나 위로 받아야 할 일에 대하여는 다른 사람은 나의 생각과 다르다. 모두 자신의 입장에서 생각하기 때문이다. 그래서 사람마다 자신을 위로하는 방법은 다양하다. 자신에게 용기와 힘을 주기 위하여 자신만의 위로 방법을 만들어야 한다. 자신을 이해하고 위로해 주는 것은 자신이 가장 확실하다. 일종의 마음에 한 수양 방법일 수 있다.
그리고 가끔은 다른 환경을 만들어 보상하는 것도 한 방법이다.

1) 맛있는 만찬을 한다.
2) 약간의 여흥을 즐긴다.
3) 취미 생활을 적극적으로 한다.
4) 좋은 선물을 받는다.
5) 적당한 사치를 한다.
6) 혼자의 시간을 갖는다.

삶은 일생 동안에 주어진 시간에 이루어지는 삶의 결과물이다.
시간은 나 자신의 의지와 상관없이 흐른다. 주어진 시간이 의미와 가치 있는 삶으로 변화해야 정상적인 삶이다.

그래서 최선을 다한 삶이라는 전제 하에서 모든 삶은 긍정되어야 하고 위로 받을 가치가 있다. 아니 최선을 다하지 못한 삶이라도 위로 받아야 한다.

왜냐하면 그 삶에도 이유가 있고, 위로의 주체가 본인이기 때문이다.
내 삶을 긍정하는 것은 나 자신의 권리이고, 나에 대한 의무다.
확실한 미래가 보이지 않는 삶이지만 희망을 잃어버리지 않은 삶은 긍정적인 삶이기 때문이다. 긍정적인 삶은 다 가치가 있는 삶이다. 실버의 연착륙의 삶도 긍정적인 삶이다. 위로 받아 마땅하다.

57. 필요함에 부족함이 없는 삶 살기

누구나 성공적인 삶을 크게 이루고자 한다. 인간의 본능이다. 모든 사람은 자신의 삶에 요소가 자신이 원하는 모양으로 만들어지기를 원한다. 그리고 최선의 노력을 한다. 그러나 삶의 결과는 내가 원하는 모양으로 완벽하게 만드는 것은 어렵다. 그것은 삶의 요소가 다양하고, 환경이나, 조건, 욕망이 끝없이 변화하기 때문이다. 욕망의 관리가 쉽지 않기 때문이다. 그래서 가끔은 욕망을 줄이고 포기하고 자신의 필요함을 조정한다.

그래서 필요함에 부족함이 없는 삶이면 성공한 삶이다. 최선을 다하여 이룬 삶의 결과에 자신이 허락한다면, 목표를 결과에 맞추어도 좋다.

그러면 내 삶은 항상 100% 성공을 이루게 되는 결과를 가져온다. 그러나 실적에 맞춘 목표가 보편적으로 공감하고 긍정의 수준은 되어야 한다. 보편적 공감의 수준이란 평균 이상의 삶을 의미한다. 왜냐하면 높은 목표로 인하여 계속적인 실패는 긴 인생의 삶에서 좋은 것은 아니다. 가끔 '이만하면 되었다' 라고 자평할 수가 있어야 한다. 바로 이 순간이 목표의 채움을 위해 욕망의 줄임과 멈춤의 순간이다.

어떤 사람도 타인의 삶을 경험하지는 못한다. 그 사람이 얼마나 자신의 삶에 만족하고 행복한지도 잘 알지 못한다. 당연한 일이다. 그것은 그 사람의 욕구와 욕망이 무엇이고 얼마나 큰지를 객관적으로 알지 못하기 때문이다.

그리고 사람들은 자신의 삶에 대하여도 얼마나 만족한지도 잘 느끼지 못한다. 그것은 자신의 목표가 여러가지 이유로 변화하기 때문이고, 멈추어 채움을 평가할 삶에 여유가 없기 때문이다. 자신의 삶에 진정으로 필요함이 무엇인지를 잘 알지 못하기 때문에 만족감이 떨어진다.

사회적 명예와 명성이 높은 사람이나, 재벌이라고 칭하는 사람, 그리고 돈으로 크게 성공한 졸부까지 보통사람으로서는 가까이 갈 수 없는 사회적으로 성공한 사람들이 많다. 이들도 스스로는 얼마나 만족하고 행복한지를 잘 알지 못한다.
성공적인 삶의 목표는 필요로 하는, 필요에 의한 목표이다. 이 목표에 부족함이 없는 삶이면 만족해야 한다. 이 만족의 상태에서 또 다른 삶의 요소에 집중하는 것이다.

성공적인 삶 속에서 성공하고 행복하기 위하여 필요함 즉 욕구와 욕망 관리, 희망의 관리가 필요하다. 필요함의 관리는 욕구, 욕망, 희망, 관리를 의미한다. 더 성공과 더 행복이라는 성공적인 삶의 지혜를 활용한다. 성공적인 삶의 만족도는 성공의 크기와 이룸의 정도에 비례하고, 욕구와 욕망에 반비례한다.

더 필요함이 없다면 부족함도 없다

행복한 삶에 걱정이 없는 삶을 포함한다면, 더 필요함도 없고 부족함도 없는 상태이다. 삶의 모든 요소에는 필요함이 있다. 더 필요함이 없다는 이야기는 필요함이 충족되었다는 의미이고 부족함이 없다는 의미이다. 그래서 필요함의 관리 즉 욕구와 욕망의 관리가 중요하다. 그러나 사회적으로 큰 성공을 이룸에도 불구하고 성공하지 못했다고 생각하는 사람은 자신의 욕구와 욕망, 희망 관리가 부족한 사람이다.

성공적인 삶의 요소 모두가 더 필요함이 없고, 부족함이 없는 삶을 살기는 어렵다. 이런 삶은 완벽한 삶이다. 그래서 각 삶의 요소마다 비움, 줄임, 멈춤의 지혜를 통하여 부족함이 없는 삶을 만든다. 삶의 결과는 최선을 다한 결과이고, 이 결과를 긍정하고 비움, 줄임, 멈춤으로 이룸을 조정한다. 이것이 행복한 성공의 삶의 마지막 지혜이다.

정치인에 권력의 맛, 재벌에 부의 맛, 연예인에 팬덤의 맛, 지식인에 명예의 맛, 졸부에 돈의 맛, 이 모든 맛은 외부에 대하여 보이기 위한 일종의 욕망에 맛이다. 이런 맛은 대부분 중독성이 있어서 필요함의 수준에 멈추기 어렵다. 이 맛의 정점에 있는 소수의 사람을 제외하고는 대다수 부족한 삶을 산다. 이 부족한 삶을 사는 지혜로운 사람들은 비움, 줄임, 멈춤의 지혜로 자신의 행복한 성공을 조절한다.

비움, 줄임, 멈춤에 실패하면, 필요한 욕망을 채우기 위하여 사회의 공정과 정의에 벗어난 행위를 하여, 사회의 비난과 지탄을 받는다. 그러나 이런 욕구, 욕망의 맛이 삶에서 부정되는 것이 아니라, 이성적으로 통제하지 못하여 과도한 욕망으로 인한 사회적 부작용을 우려하는 것이다.

우리 사회에는 정상적인 삶, 윤리, 도덕, 공정, 정의, 노력으로 성공적인 삶을 사는 사람이 더 많고 대부분의 보통사람이다. 그들은 자신의 재능이나 능력에 합당하게 필요함을 관리하는 사람이다. 한 마디로 순리대로 사는 사람이고, 보통의 철학과 원칙으로 사는 사람이다.

보통사람들도 권력, 부, 명성, 명예, 돈에 대하여 욕구를 다 가지고 살아간다. 다만 자신의 수준에서 계획하고 만들어 간다. 그러면 그 성공에 이룸의 크기는 달라도 이룸에는 크게 어려움이 없다. 성공의 목표를 합리적으로 정하여 실천하기 때문이다.

삶에 필요함이란? 삶에 필요함도 위로는 끝이 없다. 성공적인 삶의 만족도를 높이기 위하여 삶에 욕구를 자신의 능력과 환경 조건에 따라 지혜롭게 관리하는 것이다. 삶에 필수적인 필요함은 당연하게 포함하고, 삶에 크게 불편하지 않게, 불만을 받지 않을 정도로 설계하는 것이 지혜로운 관리 방법이다.

행복에는 꼭 비용이 필요한가?

3세 아이 동화에 나오는 아빠 품에 안긴 아기 펭귄 이야기다.
남극의 빙하 위에, 아기 펭귄이 아빠 펭귄 품에 안겨 있다.
아기 펭귄: '아 따뜻하다. 아빠, 행복이 뭐 예요'
아빠 펭귄: '행복은 따뜻한 거야'
아기 펭귄: '추울 때에는 다 행복이 아빠이네요'
아빠 펭귄: '하하 그래 아빠는 네가 행복이구나'

행복은 개개인이 필요로 하는 모든 것이 행복의 원천이 된다. 엄마는 사랑스러운 아기가 행복이고, 가정을 위하여 일을 하는 아빠는 일이 행복이다. 자연을 좋아하는 사람은 자연의 아름다움을 보는 것이 행복이요, 아픈 사람은 건강이 행복이다. 행복의 원천은 삶에서 무한하게 존재하고, 시시각각 마음에 따라 변화한다. 행복의 원천은 일상 삶 속에 있다. 이처럼 행복은 별도의 비용이 필요하지 않는 것이 많다.
즉석 즉답으로 유명한 스님 한 분의 말씀에 "건강하다는 것은 달리기를 잘하고, 턱걸이를 많이 하는 것이 아니라, 아프지 않으면 건강한 것이요. 행복하다는 것은 100억 원의 돈도 아니요, 권력도 아니다. 괴롭지 않으면 행복한 것이요. 들뜨고 흥분된 즐거움을 행복이라고 생각하는 것은 쾌락이다" 라 고 했다. 공감 가는 이야기다.
"쾌락은 술과 마약 같은 것이고. 슬프고, 외롭고, 밉고, 원망하고, 화나고. 짜증나는 것이 다 행복하지 않은 상태이다. 마음이 병들지 않고, 아프지 않은 사람이 바로 그 사람이 행복한 사람이다" 라 고 했다.

일상의 삶에는 행복에 긍정의 요소와 부정의 요소를 함께 가지고 산다. 그것은 운명이다. 그러나 운명은 선택되기 때문에 긍정의 요소를 활성화하고, 부정의 요소를 순화하여 긍정요소로 삶을 채운다. 그리고 행복을 먼 곳에서 찾지 말고 긍정의 요소를 수시로 내 주위에서 찾아서 활성화한다.
감사합니다. 고맙습니다. 사랑합니다. 알겠습니다. 미안합니다. 이것만 생활화해도 행복은 커진다.

필요함에 부족함이 없는 삶

필요함에 부족함이 없는 삶이 가능한가? 라는 질문에 어떤 답을 해야 솔직할까? 이론적으로는 필요함도 내가 정하고 부족함의 판단도 내가 하므로 가능할 것 같다. 여기서 '내' 라는 존재는 오직 내가 아니다. '내' 라는 존재는 주인처럼 보이지만 사회라는 공동체에 필연으로 소속되어 있다. 일정한 범위의 자주성을 부여받았을 뿐이다. 그래서 자신의 삶에서 필요함, 부족함을 아주 객관적으로 정확하게 정하기 어렵다. 그래서 필요함이 복잡하다.

그래서 필요함도 부족함도 보통사람들의 일상의 삶을 기준으로 다룬다. 필요함에 부족함이 없는 삶은 현실의 삶에서 부족했지만 어쩔 수 없이 필요함을 줄여서 살았다는 말이 더 솔직한 말이다.
얻을 것은 타인의 손에 있고, 사용은 내 손에 있기 때문에 얻은 것에 맞추어 사용하는 것이 삶의 지혜이다. 긍정해야 한다. 만족감의 차이는 있지만, 실패의 삶은 아니다. 재정적인 작은 성공을 이룬 것과 같다. 가난을 호소하는 부자가 있고 만족하게 사는 가난한 사람도 있다. 재정관리 하나의 요소에도 이렇게 다양한 생활의 지혜가 필요하고 관리가 요구된다.

필요함의 절대적 크기는 무엇일까? 생활의 한 요소에도 절대적인 크기의 차이가 너무나 크다. 그래서 필요함의 절대적인 크기를 정할 수는 없다. 점심 한 끼에 필요함이 생겼다. 다양한 사람들이 다양한 방법으로 다양한 금액의 돈을 지불한다.
추위를 이기기 위하여 점퍼 하나가 필요하다. 그 기능을 하는 점퍼는 수만 원에서 수백만 원으로 차이가 있다. 하룻밤의 잠자리도, 여가의 삶도 모든 것이 용도와 목적은 같으나, 비용은 천차만별이다. 그래서 필요함에 부족함이 없는 삶은 절대 빈곤을 제외하면 가능하다.

특히 실버의 삶에서는 필요함 즉 욕구, 욕망, 희망을 비움과 멈춤을 통해서, 부족함을 채워 넘치게 하는 비움과 멈춤의 지혜로 풍족한 삶을 유도한다.

58. 비우면 더 행복하다. 비워라!

비우고, 줄이고, 멈추면 이룸이 채워진다. 비우면 채워지는 지혜가 성공적인 삶을 사는 마지막 지혜다. 인생이 이것, 비움과 멈춤이 없으면 행복한 성공을 완성하고 유지할 수 없다.
왜냐하면 인간의 본능적인 욕구와 욕망은 끝이 없다. 이제 비움과 멈춤의 철학을 경험하고 익히자. 비움, 멈춤, 줄임은 모두 같은 지혜다. 지난날의 삶의 과정 속에서 가끔은 비움과 줄임으로 성공을 이루어 왔다. 시절에 따라 삶의 목표, 희망, 욕망, 욕구를 환경과 조건에 맞추어 조절하면서 자신만의 성공을 이뤘다.

그러나 중, 장년의 삶은 비움과 멈춤보다 채움이 강하게 요구되는 삶이다. 최선을 다한 채움이, 목표에 미달하면, 비움과 멈춤으로 시절별 성공적인 삶을 이뤘다. 그러나 실버의 삶은 채움보다 비움과 멈춤이 더 요구되는 삶이다. 특히 장년 이후의 삶과, 노년에 삶으로 갈수록 비움과 멈춤이 더 필요하다. 채움의 힘이 정점을 지나 체감한다. 욕구와 욕망을 비우고 줄이면, 욕구와 욕망에서 자유로워지고 더 만족이 커진다. 청소년의 삶, 청년의 삶, 중장년의 삶이 채움에 주력하는 삶이라면, 장년 이후부터 실버의 삶은 비움의 지혜를 안고 사는 삶이다. 비움으로써, 멈춤으로써 여유롭고, 풍성하고, 안정적이다. 행복이 더 오래 유지되고 완성된다.

왜 비워야 할까? 무엇을 비울까? 그러면 무엇이 얻어질까?
장년기 이후 삶은 경제적, 사회적, 신체적, 정신적 모든 분야가 정점을 지나면서 감소하고 약해지는 시기다. 행복한 성공을 유지하기 위하여 비움에서 오는 만족감을 느껴야 한다.

무엇을 비울까? 그것은 사람의 욕망과 욕구에 따라 다르지만, 진실하게 자신의 삶에 지금 필요한 것을 생각하면 나온다. 비워야 할 것과 멈춰야 할 것을 찾고 실천해야 한다. 개인별로 비워야 하고 멈춰야 할 내용은 다르다, 그리고 얼마나 비워야 할지도 환경과 조건에 따라 다르다. 왕성한 삶의 시기에 사회적으로 필요했던 삶의 요소들은 시절별 의무를 다했다. 그리고 역할이 감소하고 때로는 소멸한다.

비움과 멈춤 TOP 10이 주는 행복

실버가 채움을 고집한다면, '노욕'이라 할 수 있다. 비움과 멈춤을 실천하면 행복이 채워진다. 지난 일생의 삶을 통하여 보면 절박하게 필요함이 있었다. 젊은 시절에 필요 욕구와 욕망의 의해 적극적인 채움에 익숙했다. 그러나 실버는 환경과 조건에서 채움의 삶을 살기에는 열악하다. 그래서 비움과 멈춤으로 행복한 성공을 유지 한다.

비움과 멈춤의 실천은 어쩔 수 없는 채움의 포기일 수도 있지만, 비움과 멈춤으로 마음이 편안하고 안정적이고 행복한 마음이 온다면, 익숙할 때까지 노력해야 한다. 비움과 멈춤이 주는 편안함은 신의 한 수다. 나의 수십년 몸에 밴 익숙한 채움의 습관과 무의식적인 관념을 의식적으로 바꾸어 가는 것이다.

비움과 멈춤은 채움보다는 훨씬 쉬운 행동이다. 주로 채움은 외부나 상대방으로부터 경쟁과 긴장된 관계에서 얻어진다. 그러나 비움과 멈춤은 내 마음의 의지만으로 얻을 수 있다. 욕구와 욕망 그리고 욕심이란 것이, 본래는 본능적인 것이다. 쉽게 비우고, 멈춤으로 포기하기란 쉬운 일이 아니다. 그러나 비움과 멈춤은 새로운 다른 것으로 채움을 위한 지혜라는 것을 깨달아야 한다.

무엇을 비울까? 비움 TOP 10 이다.

1) 재물의 애착에 대한 비움이다.

노년에도 재물에 대한 애착이 없는 것은 아니다. 그러나 지금의 상태와 현실에 대하여 직시하고, 긍정하며 만족해야 한다. 보통사람들은 직장에서 정년이라는 제도가 있어서, 어느 순간에 수입이 끊기게 된다. 수입이 끊긴 후의 생활은 개인마다, 노후 준비의 강도에 따라 다르다. 보통의 경우 아무리 준비를 한다고 해도, 수입이 있을 때 보다 부족하므로 수입에 맞추어 지출을 결정한다. 수입에 맞춘 삶이 재물 비움의 지혜다.

2) 활발한 인간관계의 비움이다.

인연의 소중함을 알고 노력했다. 이제 삶에 반경이 축소되고 변화했다. 만남의 기회가 점차 줄었다. 이에 긍정하고 받아들인다. 친구, 동료, 선후배, 거래처 관계인 등이 점점 멀어지고, 잊어지고, 소원해진다. 서운함을 가지지 말라, 우울하지 마라. 책임과 의무에서 벗어난 자유의 관계다.

3) 하고 싶은 욕망에 비움이다.

지금까지 이룬 성공에 감사하고, 새로이 이루어지는 것은 보너스다. 더 크고, 더 많은 것이 성공이었다면, 작고 새로운 것이 귀하고 소중한 만족이다. 지금까지 이룬 것에 감사하고, 더 하고 싶은 욕구와 호기심은 버리지 마라, 환경이 되는 만큼 실천한다. 그런데 어떤 이유로 실천하지 못한다고 해도 받아들인다. 실버에서 이룸과 채움은 삶에서 보너스이기 때문이다.

4) 책임과 의무에서 비움이다.
이 사회에서 국민의 4대 의무를 완료했다. 이제 마지막 남은 것은 삶에 주역의 자리를 다음 세대에게 물려주는 것이다. 다음 세대의 의견을 존중하고 그들이 원하는 쪽으로 동의하고, 응원한다. 새로운 세대와 생활양식, 사회적 인식, 태도에서 만족하지 못해도 다름을 인정하고. 사회적 책임과 의무를 점점 내려 놓는다.

5) 완벽함에서 비움이다.
디지털 시대, 스마트 시대, SNS 시대, You Tube 시대, 메타버스, 4차 산업 혁명 시대, 이 시대에 익숙하지 못해도 기죽지 마라.
급변하는 시대에 따라가지 못함은 당연한 현상이다. 나만의 생활에 자신감을 가지고 행동하자. 그러나 타인에게 피해를 주거나 꼴불견이 되지 말자, 사리와 분별에 정정당당 하자.

6) 신념과 철학의 비움이다.
나의 생각과 나의 삶의 방식을 고집하지 말고, 타인의 의견을 존중하자. 세상 삶의 주역이 변화했다면, 이제 이 사회를 만들어가는 주역의 의견과 철학을 존중해 주어야 한다. 나의 신념과 철학을 버리라는 것이 아니다. 다만 고집하지 말고, 상대를 바꾸려 하지 말자. 있는 대로 받아들인다. 자기 소신과 의견을 일반화하지 마라, 다양한 환경의 사람은 다양한 이유와 근거가 있다.

7) 젊음에서 비움이다.
신체적, 정신적, 건강도가 점점 쇠락함에 긍정하자. 누구도 피해 갈 수 없는 노화를 즐거이 받아들이고, 건강 유지를 위하여 자신에게 맞는 활동을 중단 없이 해야 한다. 운동은 높은 강도에서 점점 낮은 단계로 간다. 취미 활동도 움직이는 것에서, 점점 낮은 단계로 집안 활동으로 책 읽기, 노래하기, 노래 듣기, 그림 그리기 등으로 변화함을 예상하라. 그리고 준비하라.

8) 자식 사랑의 비움이다.
오랜 연민과 사랑의 구속에서 벗어나라, 사랑이라는 이름으로 구속되지 마라, 부정, 모정의 환상에서 벗어나라, 그들은 나보다 더 현명하고 더 이기적으로 산다. 그리고 기대하지 마라, 나보다 더 살기 바쁘고 힘들게 산다. 내가 과거에 했던 것처럼. 그리고 그들은 부모보다 더 귀한 자식이 있다.

9) 아쉬움에서 비움이다.
지난 일 중에서 후회나 아쉬움에서 벗어나고, 아름답고, 좋은 추억만을 되살린다. 긴 삶에서 얼마나 많은 아쉬움이 있는가, 그 아쉬움을 만회할 수 있는 기회가 있다면 즉시 실천하라.
그리고 지난 것을 만회할 수 없다면, 다른 방법으로 실천하라. 영영 기회가 없는 아쉬움은 잊어야 한다. 그리고 좋은 추억은 더 크게 더 자주 회상하라, 그러면 아쉬움은 묻히고 살아진다.
좋은 추억은 재 생산하라. 지금의 잘못 선택은 후일에 아쉬움의 원인이 된다.

10) 서운함에서 비움이다.
지나간 모든 원망과 서운함, 불편함은 아무 실체가 없고, 근거와 원인이 소멸되었다. 잊어라. 당사자는 나름의 이유가 있고, 원인이 있었다. 마음속에 아픔으로 간직한 나만이 손해인지 모른다. 그리고 부질없는 일이다. 하루아침에 잊어지지는 않지만, 큰 소리로 주문을 외우듯 잊자, 이해하자, 용서하자 라고 부르짖으면 잊어진다.

대중교통의 노인 배려석에 앉은 모습, 다른 젊은 승객들보다 항상 초라함을 느낀다. 그것이 우리들의 미래 모습이다. 저 젊은이의 마음과 머릿속은 더 복잡한 번뇌가 있음을 안다. 그런데 비록 내 모습은 초라해도, 나는 비움으로써 정신적으로 풍요로운 삶을 살아가고 있다. 노년은 늙어가는 것이 아니라, 행복을 채워간다. 비움에서 오는 풍성함에서 행복함을 느낀다.

비움으로 만족함을 얻는다

비움으로 제일 먼저 얻어지는 것은 마음의 편안함이고 생활의 여유로움이다. 노년 삶에서 가난을 예방하기 위하여는 장년의 삶 이후부터 최소한의 준비가 필요하다. 최소한의 준비는 재정의 합리적 비움을 의미하며, 정신적 가난으로부터 자유를 얻는 것이다.

물질적인 세상이 공허하다는 것을 알고, 세상이 아름다움도 허망하다는 것을 느낄 때에 참된 삶의 의미를 깨달을 수 있다. 그러면 자연스레 욕망과 욕심을 버리고 비워진다. 인간관계에서도 욕망과 책임, 의무감이 낮아지므로 삶이 편안해지고 마음이 여유로워진다. 그리고 삶이 단순화되고 자신만의 삶을 가지게 된다. 복잡한 삶에서 벗어나야 정신적으로 안정감을 가지게 되고, 나만이 할 수 있는 일을 찾을 수가 있다.

만족함은 가짐의 크기로 가늠할 수가 없다. 아무리 많이 가져도 욕구와 욕망에 미치지 못하면, 성공의 맛과 행복의 맛을 느낄 수가 없다, 욕망을 비워서 나의 성공의 목표를 정하며, 누구나 지금의 가짐이 성공의 목표가 되는 것이다.
지금까지 이룬 모든 삶에 요소에서 욕구, 욕망, 희망을 비움으로 자신의 이룸과 맞춘다. 그러면 100% 성공과 행복을 이룬 삶이 된다. 삶의 목표와 이룸의 결과가 일치한다. 얼마나 멋진 삶인가! 지금 이룬 삶의 결과가 100% 이면, 지난 과정의 삶도 100% 이다. 앞으로의 삶도

100% 이다. 비록 이룸의 결과에 맞추어 목표를 수정하여, 행복한 성공을 이뤘다면, 이것도 지혜로운 비움의 마술 아닌가? 비움의 지혜로 이룸에 대한 만족도가 '이만하면 되었다.' 라고 긍정하면서 만족함을 얻는다.
바람과 희망과, 욕망의 비움은 행복한 비움이다.

마지막 비움은 숙명적인 비움이다. 삶의 과정에서도 고독한 삶이 있었다. 인생은 누구나 혼자만의 길을 가야할 때가 있다. 혼자 살아가고, 혼자 즐기고, 혼자 행복하고, 혼자 결정하고, 혼자 슬퍼하고, 혼자 연민하고, 혼자의 삶에 익숙할 필요가 있다. 혼자서 잘할 수 있는 것, 할 수 있는 만큼, 끝까지 신선한 호기심과 아름다운 욕망을 버리지 말고 실천하면 된다.

누구에게도 의지하지 않고, 혼자 삶에 몰입하는 것을 훈련해야 한다. 기대와 바람을 줄이고, 아쉬움을 받아들여라, 기대와 바람이 줄고, 아쉬움이 내 것이 될 때, 내가 가지고 있는 모든 환경과 조건이 안정적이고, 풍성해 보이고 만족감을 느낀다. 자신만의 삶에 몰입할 때에 성공적인 삶이 완성되고 행복한 삶이 된다.

비움과 멈춤과 버림으로 성공적인 삶, 행복한 성공이 완성된다.
부족함이 없는 삶, 걱정이 없는 삶이 행복한 성공의 삶이다.
이 삶이 보통사람이 성공적인 삶에 최선을 다하는 지혜이다.

나가며

마지막장에서 뵙게 되어 감사를 드립니다.
독자님께서 처음 들어올 때와 지금 나가면서 조금이라도 마음의 변화가 있기를 희망합니다.

보통사람이 성공적인 삶을 사는 지혜 중에서 한 가지라도 공감하고 삶에 긍정적으로 도움이 되길 바랍니다.

성공과 행복이 먼 곳에 있지 않고 일상의 삶 속에 있음을 항상 기억하십시오. 일상 삶에서 행복하고 새로운 라이프 스타일로 변화하시길 기대합니다.

인생은 긴 삶입니다. 고비와 기회가 많이 찾아올 수 있습니다.
기회는 놓치지 말고 잡으시고, 고비는 지혜롭게 넘기고, 행운의 기회를 만드세요. 그러면 더 성공하고 더 행복한 삶이 계속 성장할 것을 확신합니다.

선택적인 운이 우연처럼 보이지만, 그 내면에는 보이지 않는 지혜의 텔레파시가 있습니다. 잠재해 있는 지혜가 작용합니다.
이를 위하여 자신만의 지식 데이터베이스를 만들어 고비마다 현명한 지혜를 활용하기를 권합니다.

사회적인 성공에 휘둘리지 말고, 자신만의 성공적인 삶에 집중하여, 점차 사회적인 성공도 함께 이루기를 축원합니다.

하루의 삶이 모여 일생이 됩니다. 어제의 삶도, 내일의 삶도, 오늘 지금 선택한 삶입니다. 오늘 삶의 선택이 좋은 운명의 삶이 되게 하십시오.
성공적인 삶은 어제 오늘 내일이 하나입니다. 그리고 희망과 긍정심리로 이 순간 행복하십시오.

성공적인 삶을 사는 지혜의 힘은 제로섬 게임이 아니며, 다른 사람과의 경쟁도 아닙니다. 삶의 패러다임을 주체적으로 전환하는 것입니다. 그래서 누구나 지금보다 조금 더 성공하고, 지금보다 조금 더 행복한 삶을 살아가는 과정에 필요한 지혜입니다.

성공과 행복의 전문가도 아니며, 연구하는 학자도 아닌 사람이 인생의 경험과 배운 지식을 바탕으로 수년을 고민하고 정리한 것입니다.

그러나 내용에 공감이 부족한 부분도 있을 것이고, 사리에 맞지 않는 내용도 있을 수 있습니다.
부족한 부분은 폭넓은 해석과 이해를 바랍니다. 그리고 스스로 채우 시길 바랍니다.

당신만의 행복한 성공에 스스로 만족하시길 기원합니다.

저자 백호기 올림